Milenio Carvalho

Autores Españoles e Iberoamericanos

Manuel Vázquez Montalbán
Milenio Carvalho

I. Rumbo a Kabul

 Planeta

Vázquez Montalbán, Manuel
    Milenio Carvalho: 1 Rumbo a Kabul.- 1ª ed.– Buenos Aires :
Planeta, 2004.
    400 p. ; 23x15 cm. (Autores españoles e iberoamericanos)

    ISBN 950-49-1191-9

    1. Narrativa Española I. Título
    CDD E863

© Manuel Vázquez Montalbán, 2004
© Editorial Planeta, S. A., 2004
    Diagonal, 662-664, 08034 Barcelona (España)

Primera edición: enero de 2004

ISBN 84-08-05095-8 obra completa
ISBN 84-08-05013-3 volumen I

© 2004, Grupo Editorial Planeta S.A.I.C.
    Independencia 1668, C 1100 ABQ, Buenos Aires

1ª edición argentina: 3.000 ejemplares

ISBN 950-49-1191-9

Impreso en Printing Books,
General Díaz 1344, Avellaneda,
en el mes de febrero de 2004.

Hecho del depósito que prevé la ley 11.723
Impreso en la Argentina

A Lluís Bassets,
entonces joven periodista de Tele/eXpres,
al que en el transcurso de una entrevista
le profeticé en 1974 la escritura de Milenio Carvalho

—¡Bah! El progreso, ¡qué cuento! —agregó—.
¡Y la política, una linda porquería!

—No es una ciencia —respondió Pécuchet—.
Es preferible el arte militar: se prevé lo que sucederá. ¿Qué te parece si nos dedicamos a él?

—¡Oh, gracias! —replicó Bouvard—. Todo me
fastidia. ¡Mejor vendamos nuestra barraca y vayámonos a los quintos infiernos entre los salvajes!

—¡Como quieras!

Y al tener más ideas, sufrieron más.

GUSTAVE FLAUBERT, *Bouvard y Pécuchet*

Lifante se planteaba que lo más lógico habría sido que Pérez i Ruidoms hubiera pasado por la comisaría y no al revés, por muy padrino que el millonario fuera de Monte Peregrino, una secta de neoliberales más cósmicos que multinacionales, y por mucho que le costara mover el Lincoln Gran Limusina, uno de los diez coches de su parque móvil privado destinado a aplastar la moral de amigos y enemigos. El inspector se sentía incómodo no sólo por la media hora de espera, sino también por los quince minutos que tuvo que aguardar en el despacho del hombre de negocios, que lo invitó afablemente a sentarse en un principio, pero luego lo olvidó mientras telefoneaba a Malasia o a Matadepera, por no mencionar las tres llamadas que recibió desde Amsterdam. Tampoco las maneras del ricacho eran tranquilizadoras: hablaba, se movía, respiraba atléticamente, desde la conciencia de ser la excepción gimnástica en un mundo de paralíticos o mutilados selectivos, es decir, víctimas de parálisis sectoriales, ciegos incluidos, en el que cabían hasta policías de cámara. Por fin abrió sus brazos en mangas de camisa carísima y esparció por los espacios más ambiguos a dos de sus secretarias, para poder contemplar ahora al policía a sus anchas y dedicarle una sonrisa nada atlética, más bien desarmada, reclamando con los ojos a los cielos que lo libraran al menos de parte de tanto trabajo.

—Le aseguro, señor inspector, que comprendo a los gandules porque son los únicos que pueden hacer cosas grandes e imprevistas. Desde las seis de la mañana, no paro.

—Gimnasia, natación, ¿a qué hora?

—Veo que conoce mis hábitos más sanos. Tengo una piscina cubierta y un gimnasio particular a veinte metros de este despacho y jamás voy a ningún hotel que no tenga piscina cubierta en invierno. ¿Qué sabe usted de Pepe Carvalho?

No esperaba Lifante la pregunta de sopetón, por lo que distrajo la mirada hacia un punto indeterminado del imponente despacho, repleto de maderas y esculturas férricas, o tal vez fuesen lámparas.

—¿Y usted?

Sonrió Pérez i Ruidoms ante la pregunta contestada con otra pregunta y cogió un dossier que estaba sobre la mesa para adelantarlo en dirección al policía. Luego lo invitó con un gesto a que se hiciera cargo de él, pero Lifante se había puesto a la defensiva y contemplaba a Pérez i Ruidoms como a un cretino con piscina cubierta, a pesar de lo cual, no dejaba de ser un cretino. Quedó el policía a la espera de que el magnate moviera ficha o palabra.

—Es un asesino.

Cuando emitió su sentencia, el hombre de negocios clavó sus ojos en los de Lifante como si le estuviera diciendo: «Queda usted detenido», y el policía siguió con la mirada viajera por la habitación.

—¿Son lámparas apagadas?

—Aquella de allí, sí. Pero todo lo demás son esculturas metálicas. Las hay de Alfaro, Álvarez, Solano, Àngels Freixanet y Fajardo. Las de Chillida las tengo en casa o en mis residencias. Soy un apasionado chillidista. Perdone si insisto, pero creo que el tiempo se nos echa encima. Carvalho es un asesino, como queda demostrado en ese dossier. Tengo incluso testigos dispuestos a declarar que vieron cómo mataba a Jordi Anfruns, el famoso sociólogo, en la escollera.

—El famoso sociólogo —musitó Lifante, mientras leía la ficha de Anfruns, que le circulaba por la cabeza como pasan los textos ante los ojos de los locutores de televisión. Famoso sociólogo. Un rojo cachondo más que había llegado a teólogo de alguna religión y a hombre de confianza de aquel nadador en piscinas cubiertas.

—Hasta ahora es sólo un cuerpo más encontrado sin vida en esta ciudad. Pero su muerte llevaba la firma de Carvalho.

—Carvalho ha matado muy poco, y no firma los cadáveres que se le atribuyen.

La sonrisa de Pérez i Ruidoms volvía a ser atlética.

—Éste lleva firma, pero no los culpo por no haber sabido encontrarla. Ha sido un asesinato pasional, impropio de Carvalho.

—¿Estaba enamorado de Anfruns?

—No. Pero lea el dossier.

Lifante no hizo el menor ademán de acercarse al dossier y mantuvo el juego de miradas y silencios con su anfitrión, hasta que éste suspiró, resignado, y pidió por el interfono:

—Irasema, póngame con Julia.

Irasema —pensó Lifante— es un nombre de secretaria o recepcionista que sólo puede encontrarse en el negocio de un nadador en piscina cubierta propia. Tableteó con los dedos sobre su rodilla más próxima y finalmente dijo:

—Sigo sin entender por qué me ha llamado. Si tiene usted todas esas pruebas, puede denunciar el caso en un juzgado.

—No me interesa aparecer como el inductor del proceso. Ese trabajo corresponde a la policía.

Ya estaba Julia en la otra orilla telefónica y Pérez i Ruidoms la interrogaba enigmáticamente:

—¿Está todo dispuesto? Correcto. Correcto.

Colgó el teléfono y se levantó, invitando a Lifante a que lo siguiera.

—Si es tan amable, en la sala de proyección tal vez usted reciba las respuestas necesarias.

La sala de proyección era la de al lado y allí los esperaba Julia, con coleta rubia, gafas y dos tetitas exactas bajo el pullover de alta primavera. Era una sala de proyección «de Hollywood para arriba», apreció Lifante, y nada más sentarse junto al prócer, se apagaron las luces y sobre la pantalla apareció el rótulo: «Dossier Anfruns.» Un hombre camina de espaldas por la escollera y se detiene ante unas rocas que bajan hacia el mar. De pronto suena un disparo y el hombre se desploma. La cámara enfoca el cuerpo y, cuando éste desaparece, en su lugar queda la silueta en tiza de su derrumbamiento.

—Ése es el punto exacto y la posición en que se encontró a Anfruns. A mí me dijo que acudía a una cita con Carvalho, y a aquellas horas eran varios los que corrían por allí haciendo footing. Me he tomado demasiado tiempo y molestias y puedo aportarle dos o tres testigos que describen al hombre que disparó, y los tres coinciden: se parece mucho a Carvalho.

Sobre la pantalla, ahora, los testigos. Saben su papel. Incluso balbucean bien.

—¿Lo ve, Lifante? Hay que detener cuanto antes a Carvalho.

—No está.

—¿Cómo que no está?

—Se ha marchado de viaje. Ha levantado la casa. Se ha llevado incluso a su ayudante, Biscuter. Viaja en coche.

—¿Control de fronteras?

—En Francia no registran el nombre. En la de Marruecos no consta, tampoco en la de Portugal. En cualquier otra, Carvalho sabe cómo llamarse de otra manera. Puede haberse ido a Mallorca, a Génova...

—Veo que le ha seguido la pista. Por algo será.

—Mis jefes me sugirieron que lo hiciera. Supongo que usted los presionó.

En el telefilme que sigue en marcha como un correlato, la cámara enfoca ahora el mar, donde varios barcos de carga fondean fuera de las aguas del puerto de Barcelona y donde Pérez i Ruidoms cree percibir con toda claridad la estela de los ferrys camino de Génova.

—No piense más, Lifante. Nuestro hombre está a punto de llegar a Génova.

Biscuter se pasó toda la travesía telefoneando por el móvil o hablando con la dama francesa que se le parecía. «Madame Lissieux», se presentó ella. Ambos estaban enzarzados en una discusión que a Carvalho se le antojó mayéutica, porque él contestaba siempre según lo esperado por ella y sus grititos de emocionada sorpresa parecían formar parte de la música de fondo de la travesía del ferry Barcelona-Génova, hasta el punto de que Carvalho buscó la paz de la cubierta y examinó desde lejos las idas y venidas de la pareja, entrelazada por las palabras y las miradas, e incluso por un cierto grado de parecido físico. Tal vez madame Lissieux también había nacido con la ayuda del fórceps, aunque disimulaba mejor sus parietales hundidos con una melena rubia cenicienta, no muy abundante.

«Especialista en diminutivos en la literatura medieval española», así se presentó Carvalho cuando madame Lissieux le preguntó por su profesión, y Biscuter la corroboró, aunque no sin antes dirigirle una señal de sorpresa mediante el breve fruncimiento del ceño. Ésta era la primera vez que veía a Carvalho mentir sobre su oficio, y lo atribuyó al deseo de tomarse unas vacaciones de verdad en el intento de dar la vuelta al mundo, lo cual siempre es algo más que un afán de comprobación geográfica. De hecho, en Barcelona Biscuter había propuesto un curioso plan de falsificaciones previas, consistente en llevar doble documentación, con nombre propio y ajeno, así como algunas acreditaciones como funcionarios internacionales que abrían muchas puertas.

—He pensado en la FAO y la OMS, porque no hay nada tan inocente como tratar de que la gente coma y sane.

—Excelente idea.

—Ahora hay que decidir los nombres y luego haré documentaciones dobles. Nuestros verdaderos nombres, José Carvalho y Josep Plegamans Betriu, y los que usted decida.

Pensó Carvalho largo rato, asimilando que Biscuter se llamaba Josep Plegamans Betriu, luego se contempló a sí mismo y a su ayudante y decidió:

—Bouvard y Pécuchet, franceses, fingiremos ser franceses del sur, por si se te escapa una catalanada. Yo, por el carácter, me parezco más a Pécuchet, pero por la función me siento más Bouvard. Luego te completo los nombres.

Recuperó un volumen de La Pléyade dedicado a Flaubert que nunca había quemado porque era demasiado caro y en él redescubrió que Bouvard se llamaba nada menos que François Dionis Bartolomé Bouvard, y Pécuchet, Just Roman Cirile.

—Dejémoslo en François Bouvard y Just Pécuchet.

Secundó Carvalho al completo la vía conspiratoria iniciada por Biscuter, y aprovechando la delgadez de su bajo vientre y el permiso internacional de armas, adaptado por Biscuter a sus distintas personalidades camufló allí una pistolita y se avino a convertir su dinero preferentemente en *travellers* y en tarjetas de crédito, con nombres propios y los de Bouvard y Pécuchet, de una extraña cuenta holandesa que Biscuter consiguió abrir mezclando sus actuales relaciones culinarias con las antiguas carcelarias. Viajaban, pues, protegidos por distintos recursos enmascaradores, y Biscuter, explotando a fondo sus conocimientos culinarios que extasiaban a madame Lissieux. Disertaba mediante ilustraciones o críticas a lo ofrecido por el bufete de a bordo, excesivamente convencional para su gusto, cuando tan interesante hubiera sido recoger las variedades del abanico de la cocina mediterránea, desde Barcelona hasta Génova. «La patria de los más curiosos pestos», proclamó el lugarteniente, que atribuyó sus conocimientos a Paolo Lingua, autor de *La cucina dei genovesi* y avalador de un plato tan de pobres y a la vez tan barroco como «Bianco e nero d'agnelletto», simple encuentro afortunado de despojos tan sutiles como pulmones, hígados e intestinos de cordero joven. No sólo se sorprendía la dama por la cultura gastronómica de Biscuter, sino también el propio Carvalho, erróneamente convencido de que era el propietario absoluto de cuanto sabía y vivía su ayudante. Su sorpresa se acrecentó cuando vio en sus manos libros, libros, libros sobre los recorridos que en teoría pensaban permitirse, y en primer plano, una monografía del cementerio genovés de Staglieno, primer lugar de visita, según una antiquísima querencia del detective, enamorado de un camposanto diseñado bajo las pautas de la Ilustración y la escasa sacramentalidad. Los repetidos comentarios eruditos de Biscuter fomentaron que la francesa se sumara al entierro, y quedó claro inmediatamente que el recorrido fúnebre iba a ser cosa de tres, por más que Carvalho tratara de advertirle a Biscuter con la mirada que no era de su agrado ampliar el censo. Inatendidos sus deseos, Carvalho optó por contemplar el mar rápidamente surcado y advertir una vez más la llamada original de las aguas, como si en ellas radicaran las dos metáforas esenciales: la vida y la muerte. ¿En qué charco se había incubado el diseño biológico del hombre? No podía decirse que Carvalho estuviera metafísico o triste porque no comiera o no bebiera, ya que había probado todos los cócteles probables e improbables que constaban en los recetarios de a bordo y había tenido tiempo de dormir intensamente las cinco horas que faltaban para el desembarco del ferry. Lo despertaron las sirenas y los canturreos de Biscuter, mientras recogía las pertenencias que no habían quedado en el coche.

—Tiempo justo para el desayuno y Génova a la vista. Jefe, quisiera pedirle un favor. Madame Lissieux sigue nuestro mismo recorrido: Roma, Brindisi, y allí embarca para Grecia. ¿Podríamos llevarla en el coche?

—Los dos se caen a pedazos.

—¿Madame Lissieux?

—Madame Lissieux y el coche.

Torció el gesto Biscuter y Carvalho asintió con los ojos. Donde caben dos náufragos de carretera caben tres, pero nada ni nadie me van a hacer variar un itinerario que comienza en el cementerio y continúa hasta la puerta abierta en los Dardanelos y el Bósforo hacia el Más Allá. Después, todo dependería del dinero restante y del deseo superviviente en un viaje demasiado improvisado. Requirió Carvalho alguna información sobre cómo conseguir llegar con su coche hasta la necrópolis de Staglieno y luego acceder a la *autostrada* vía Roma; todo consistía en subir y subir desde el nivel del mar hasta la cornisa por donde se abría paso el corte implacable de la autopista. «¿Y Génova?», preguntó Biscuter. Génova, tal vez el barrio viejo preportuario, un laberinto medieval donde las fachadas casi se tocan y a veces ocultan palacios diríase que clandestinos y arruinados por el capitalismo y la humedad. Madame Lissieux se sentó en el asiento trasero del utilitario, juntó las rodillas huesudas y apoyó sobre ellas la horquilla de sus brazos, que le permitían soportar el improbable peso de su rostro pequeño y de su no mucho mayor cráneo. También Biscuter parecía portador de cuchara y tenedor a la espera del banquete del mundo cuando a Carvalho le llegó el turno de salir del ferry y afrontar un confuso paisaje de puerto convencional y autovías elevadas. A nadie había revelado su itinerario genovés, pero Biscuter sacó de un poderoso maletín-biblioteca el libro más adecuado, el plano de la ciudad y todo cuanto es menester saber para llegar a su cementerio. Allí estaba, al pie de la montaña por donde reptaba la carretera de salida, condicionando una explanada repleta de coches no presumiblemente clientes del camposanto, dada la hora tierna de la mañana, y apenas abierto el recinto cuando el trío comandado por el detective se adentró en los pórticos introductores con la voz, para Carvalho en *off*, de Biscuter, que explicaba las virtudes de una necrópolis ideada por espíritus racionalistas y románticos.

«El cementerio de Staglieno fue abierto oficialmente al público el 1 de enero de 1851, según el modelo de cementerio monumental ya ensayado en algunas importantes ciudades europeas.» Carvalho sabía que en el desarrollo de aquella ciudad de la muerte había influido el pensamiento ilustrado y escasamente religioso de parte de la inteligencia genovesa, y que a lo largo del siglo XIX había crecido como escenario majestuoso de una ópera necrofílica en la que intervenían importantes arquitectos y escultores, así como elocuentes escenógrafos que calculaban magistralmente los itinerarios para el dolor privado y los ritos públicos. «Mark Twain, Guy de Maupassant, Nietzsche, Hemingway, Waugh... —leía Biscuter—, pasearon por estos callejones y avenidas atraídos por el, ya a finales del XIX, considerado uno de los cementerios más significantes de Europa.»

—¿Qué quiere decir significante, jefe?

—Más explicativos, supongo, más transmisores de señales —intervino madame Lissieux permitiendo así a Carvalho la tranquilidad del silencio, que rompió la irrupción sonora de una voz extraña, la de un caballero barbado en gris y sólido que los afrontaba con los ojos llenos de amabilidad.

—Perdonen que los aborde. Me presento: mi nombre es Giuseppe Marino, los he oído hablar en español y yo soy casi español, es decir, casi vasco, porque allí viví muchos años, allí paso muchas semanas y allí me casé con una vasca con la que ahora estoy poscasado. Mis lazos con España son múltiples y a veces insospechados. ¿Eran ustedes franquistas? Perdonen la indiscreción.

Negaron todas las cabezas, también la de madame Lissieux, y Giuseppe respiró, aliviado.

—Yo hice la resistencia contra Franco. He militado en el PCI de Togliatti y Berlinguer y en el Partido Comunista de Euskadi en los años terminales del franquismo.

Calculaba el caballero la posible sorpresa provocada y sólo Biscuter la exteriorizó con un contundente:

—¡Hostia! ¡Qué casualidad!

Les tendió una tarjeta en la que constaba su condición de comerciante conservero y luego se hizo cargo de la amplitud del cementerio como si lo abrazara, y suspiró liberándose de algún aire excesivamente espeso.

—Génova tiene al menos algo duradero: su cementerio. Ni siquiera conserva su memoria histórica lo suficiente, al menos esa memoria histórica ya relativamente moderna que nos permitiría explicar el nefasto presente de una Italia gobernada por un bloque reaccionario. ¿Saben que la única victoria abierta de los partisanos contra el ejército nazi durante la segunda guerra mundial se produjo aquí, en Génova? Ésta ha sido una de las cunas más singulares de la izquierda italiana, y ¿qué es ahora? El exponente mismo de una Italia que pasa del sueño de Berlinguer a la realidad de Berlusconi y los posfascistas. Este país está en plena involución difícil de explicar, habida cuenta del nivel de conciencia política con el que llegamos a los años setenta, cuando incluso era posible *Il sorpasso*, que los comunistas fuéramos la primera fuerza electoral, en condiciones de plantear el compromiso histórico a los democristianos más progresistas. Perder aquella expectativa fue como perder una esperanza laica cimentable desde el optimismo marxista y desde el optimismo del capitalismo avanzado. Nada o casi nada queda ya de ambos.

El capitalismo triunfante tiene tanto miedo de pensar en sí mismo, de autoidentificarse, que niega la posibilidad de extrañar lo realmente existente, de repensar el mundo. Un escritor italiano lo expresó magníficamente cuando habló de «el presente como inquisición». Les estoy hablando de Leonardo Sciascia, que no era lo que se dice un marxista.

Tal vez la mirada movediza, no receptiva de Carvalho, disuadió al orador de la posible voluntad de diagnosticar el presente real del desarrollo capitalista. Se ofreció como guía complementario del erudito Biscuter y éste comenzó el recorrido sistemático de la necrópolis, subrayado por las explicaciones de Marino.

—En cierto sentido, un cementerio es una reivindicación del carácter democrático de la muerte, pero no escapa a la influencia de la moral de cada tiempo o de lo que se ha considerado prestigio representativo. Aquélla es la capilla del Suffragio, inspirada en el Panteón romano.

La estatuaria o las estelas de Cevasco, Santo Varni, Iusola, Benetti, Rivalta, Orengo, Monteverde, Saccomanno, Moreno, la tumba White de 1905, de De Paoli, que mereció la dedicación ocular de Carvalho, conmovido por la gracia de los cuerpos y el patetismo de su desolación, mientras era general la admiración por las esculturas preexpresionistas de Orengo o la modernidad «matérica» (el adjetivo lo puso madame Lissieux) de la tumba de De Luca di Pietralata, esculpida por Alfieri en 1961. Biscuter había quedado arrobado ante el panteón dedicado por Grasso a Giuseppe Mazzini, uno de los más fundamentales padres de la patria, y también se mostró muy partidario de un mausoleo neogótico, la tumba Raggio, diseñada por Luigi Rovelli.

Carvalho consultó el reloj y vio con alarma que se prolongaba demasiado el desahogo necrofílico. Roma, el papa y Brindisi, más alguna ruina inevitable y tal vez por el camino adquirir el sentido de finalidad que se ocultaba en la espontaneidad de un viaje que podía parecerse a una huida hacia adelante. Giuseppe Marino los acompañó hasta la salida y les rogó, si no era mucho pedir, que le aceptaran un lote de conservas de primera calidad que llevaba en el maletero de su coche a efectos de muestrario.

—Ninguna molestia, jefe, bienvenidas sean sus sardinas porque el viaje será largo y el dinero escaso —confesó Biscuter, y al rato el BMW de Marino se situó junto al Ford Fiesta casi treintañero de Carvalho y varias cajas de latas de sardinillas, ventrescas de atunes, zamburiñas y almejas convirtieron los rincones libres del coche de los españoles en una sección de conservas de supermercado rodante.

Fue necesario darse las manos con intensidad para compensar la amabilidad del italiano, y especialmente entregado fue el abrazo de Biscuter, diríase que colgado del poderoso cuerpo del genovés, al tiempo que pregonaba:

—No se desanime. Génova volverá a ser la cuna de la resistencia y venceremos. No sé cuándo, pero venceremos. *Avanti il popolo, a la riscossa, bandiera rossa!*

Ya en la autopista, Carvalho examinaba de reojo a Biscuter y finalmente se decidió a preguntarle:

—¿Quiénes venceremos?

—El pueblo.

—¿A quiénes venceremos?

—Al enemigo de clase. Aunque usted no se haya dado cuenta, jefe, yo siempre he creído en la lucha de clases.

—¿Cómo es que conoces el himno del Partido Comunista Italiano?

—En mi juventud, en Andorra, no se cantaba otra cosa.

Hubo tiempo de tomarse unos *panini* en el establecimiento Motta de la *autostrada*. Carvalho agradeció la parada, agobiado por el intenso tráfico de las carreteras italianas y por la sospecha de que los viales de la *autostrada* eran más estrechos que los de cualquier otra carretera semejante: los camiones pasaban como si quisieran llevársele las orejas al pobre Ford Fiesta.

—Es que le falta costumbre de conducir a larga distancia, jefe.

Aunque Biscuter y madame Lissieux se ofrecieron para relevarlo al volante, Carvalho se negó, por si la escasa vida que le quedaba al coche dependiera exclusivamente de su interés de propietario. «El ojo del amo engorda al caballo», le recordó a su ayudante, ajeno a la respuesta por lo continua y animada que era su conversación con la francesa, de soltera Mimieux, y de casada y viuda Lissieux. Hablaba ese francés con música de calidad que suele distinguir a un ciudadano cultivado de otro que utiliza la melodía truncada o apocopada de la lengua de París, o la música de galillo y expectoración de las gargantas más rústicas; una música de opereta digna al servicio de la letra confesional de su vida y sus opiniones, siempre en perfecta concordancia con las de Biscuter, en quien Carvalho descubría una ignorada capacidad de diálogo y de sanción.

—En mil años se acabará la hegemonía del hombre sobre la Tierra y luego vendrá la de las mujeres.

Se entusiasmó la francesa por esta afirmación de Biscuter, pero Carvalho no estaba dispuesto a respaldar expectativas banalmente optimistas.

—Después de la del hombre, la hegemonía futura será la de los ácaros. La lucha final se producirá entre las mujeres y los ácaros, y ganarán los ácaros.

Presumió que la mujer se habría irritado y se sintió contento, ajeno a la conversación que ella mantenía con Biscuter en el asiento trasero del coche. Dos vidas intercambiaban sus finalidades en el preciso momento en que se encontraban en un coche viejísimo que se había atrevido a iniciar la vuelta al mundo. Italia pasaba ante las ventanillas del vehículo sin la menor posibilidad de ser algo más que una suma de propuestas fugitivas de ciudades convertidas en rótulos de carretera, pero había que elegir abandonos de horizontes cuando se trataba de aprehender el mundo entero. «Algún día volveré.» ¿Tendría tiempo de volver a Italia? Hay que cenar en Roma y tratar de presenciar la actuación papal del día siguiente antes de que el polaco inicie las vacaciones en Castelgandolfo. Razonó en voz alta por qué quería cenar en el barrio romano de la judería o en el restaurante Cecchino dal 1887, situado frente al antiguo matadero.

—Conozco un restaurante que se llama o se llamaba, han pasado tantos años, La Bolognese, en piazza del Popolo. Me encanta la cocina *bolognese*, sobre todo el *bollito*. Pero estamos en verano y esta noche debemos escoger entre las dos cocinas romanas más notables. La que hereda un supuesto gusto del gueto o un evidente gusto de los traficantes, los ganaderos y los carniceros vinculados al antiguo matadero. Tenemos mesa en esta segunda opción: en el Cecchino dal 1887.

Había reservado Carvalho dos habitaciones en una pensión cercana a piazza Navona, lo suficientemente escasas como para caber una noche sin necesidad de deshacer el equipaje, y se despreocupó de los problemas de madame

Lissieux, habitante de un hotel de Villa Borghese y a priori angustiada por los problemas del tráfico romano, sumada ella también a la cena en Cecchino. Cumplió Biscuter su papel de *chevalier servant* y acompañó a la francesa hasta su hotel después de concertar la cita con Carvalho en el restaurante, lo que permitió al detective callejear por la piazza de Campo dei Fiori, en busca de Via Giulia, una calle que le fascinó desde el primer encuentro más de treinta años atrás. Aparentemente, era el decorado de una decadencia, pero casi todas sus casas estaban pobladas por ricos de nueva estirpe adaptados a edificios ocres, laberínticos, culminados en terrazas vegetales asomadas a las cercanías del Tíber y a la promesa del cercano Trastevere. Debían partir al día siguiente demasiado temprano como para permitirse comprar en el mercado público de Campo dei Fiori, plaza presidida por la estatua del ajusticiado Giordano Bruno, un tanto a disgusto el austero mártir entre tantas sensualidades a la venta. O tal vez tendría tiempo de adquirir las bolsas de hierbas aromáticas combinadas, siempre acompañadas de la proporción adecuada de *peperoncino* picado, sin el cual todas las variadas cocinas de Italia situadas entre Roma y el sur más infinito carecen de la malicia necesaria. ¿Iba a atravesar el mundo entero acompañado de bolsas de hierbas aromáticas italianas o esperaría el encuentro de aderezos más propicios y sorprendentes? Tal vez en Samarkanda. Era imprescindible comprobar la existencia de Samarkanda o su improbabilidad, como la de Asmara o Granada, las ciudades que fabuladores o poetas han imaginado inaccesibles. De las *trattorie* de Campo dei Fiori salía el suficiente olor a quesos gratinados y oréganos indomables como para seducirlo, y luchó contra la tentación de dejar plantados a Biscuter y a su dama, pero la evocación del recetario de Cecchino dal 1887 fue más determinante que su sentido del deber. Tomó un taxi para no complicarse la noche en coche propio, y allí estaba la escalera de acceso al imaginario de una cocina romana donde el camuflaje conducía a platos como *bucatini a la griglia, abbacchio alla cacciatora, gnocchi alla romana, coda alla vaccinara,* o el extraordinario *fritto misto a la romana,* verdadera ceremonia de la confusión en la que sesos, hígados, calabacines, alcachofas, ricota, manzanas y peras rebozados adquirían un falsa uniformidad compensada por la riqueza de las texturas y los sabores interiores. Frascati para respetar el vino más popular romano, pero a continuación Carvalho encargó un Barolo, el tinto italiano de su predilección. Restaurante lleno y, al fondo, en un espacio delimitado, algo parecido a una celebración con aplausos y oradores, presidida por cinco rótulos: *Arcigola, Slow Food, Il lardo di Colonnata, Vacca Chiannina* y *Biodiversità,* que le parecieron enigmáticos pero sugerentes. La pareja ideal, Biscuter y madame Lissieux, ya estaba instalada en la mesa, y fue cuestión de elegir menú e ignorar el discreto jolgorio que provenía de los celebrantes, aunque Biscuter parecía muy interesado por lo que allí ocurría y había procurado enterarse.

—Se trata de una secta de gastrósofos, así me lo ha dicho un camarero, que se originó en la izquierda italiana, sobre todo en el PCI, y ha acabado convirtiéndose en un importante movimiento reformador del gusto y protector de variedades autóctonas frente a las incomprensivas normativas agrícola ganaderas del Mercado Común. Están en la fase de defensa de algo que llaman la Biodiversidad.

—*Bibamus atque amemus, mea Lesbia...* —se lanzó Carvalho en latín, muy entusiasmado por el jolgorio de los sabores y el ambiente, y tras aclarar que acababa de citar unos versos de Catulo, brindó por los pobladores de la mesa.

Y como si hubiera sido una señal, repiquetearon cucharillas sobre las copas de los cruzados del comer lento, y un san Juan Bautista canoso aunque calvo, de sonrosadas mejillas hasta donde permitía la barba, se levantó y anunció al Mesías:

—Nuestro Carlo Petrini tiene que decirnos algo.

Un coro ratificador forzó a que el presidente de la mesa hablara, sólido y dotado de ojos irónicos de viajero desde la extrema izquierda a la defensa de la manteca de cerdo de las cercanías de Carrara, *il lardo di Colonnata* o de la vaca *chianina*.

—Queridos amigos: sólo nosotros no podemos sorprendernos de que sea posible reunirnos aquí, un paso más en defensa de nuestra mejor grasa animal histórica, *il lardo di Colonnata*, y de la variedad de la vaca *chianina*, hasta la culminación en el Salón del Gusto de Torino. Evidentemente, las reivindicaciones son toleradas como movimientos sociales y como frentes de opinión, pero sólo pueden prosperar si están respaldadas por un amplio frente social. Bajo las dictaduras fascistas, los demócratas defendieron marismas y plantaciones, viviendas humanas y habitáculos de animales, derechos vecinales y derechos humanos de cara a reconstruir la razón democrática, pero en democracia la batalla sigue teniendo sentido contra una nueva dictadura: la del mercado como elemento inteligente protegido por una importante pandilla de políticos borricos.

»Darwin nos explicó lo de la selección de las especies, y hoy se habla de un darwinismo de izquierdas y de un darwinismo de derechas, según se interprete como la aportación científica frente a la versión religiosa de la dialéctica de la vida o como la coartada que justifica la victoria del fuerte contra el débil como inevitable. Lo cierto es que, en la parte del globo terráqueo que solemos habitar los lectores y escritores de Slow Food, la selección de las especies está condicionada por la lógica interna biológica de cada especie y la lógica del mercado, y sólo la inteligencia humana condicionada por la curiosidad o la compasión puede enfrentarse a tal fatalidad. Frente a la especulación inmobiliaria o industrial, hay que salvar un bosque o un río, y frente al juego de la vida o la muerte de las especies a veces hay que salvar la supervivencia de alguna de ellas especialmente amenazada por su fragilidad o por el mercado de todas las verdades, desde la científica a la alimentaria.

»Los italianos hemos de ser los europeos más empeñados en profundizar en la sabiduría alimentaria, y más allá de la bendita gastronomía o del saber meramente erudito de vinos y coliflores, se han tomado el conocimiento de todo lo comestible como una parte importantísima de la llamada cultura material. Es Italia país propicio a salvar la producción y el consumo del tocino atávico y perfumado de Colonnata, una gloria de la cultura material que se produce junto a otra gloria de la cultura absoluta: Carrara y sus mármoles, que han hecho posible las mejores esculturas y arquitecturas de nuestra memoria, o un vegetal amenazado por la desidia del campesino y la ignorancia del consumidor alienado, y ahora también es Italia la que puede presumir de haber realizado hasta movilizaciones de masas para salvar una vaca, una clase de vaca amenazada por las normativas absurdamente burocráticas del Mercado Común. Maiakovski fue uno de los más emblemáticos poetas revolucionarios soviéticos y se sometió a los rigores del racionamiento. Se supo que parte de la escasa carne que le correspondía se la ofrecía a su perro y, como fuera censurado por la Unión de Escritores Proletarios, respondió que salvar a su perro era salvar la vida, apostar por ella, anticipándose así en casi setenta años a la propuesta testamentaria de Bobbio de que hemos de revisar nuestras relaciones con los animales.

La vaca *chianina*, según dicen los expertos, es una de las más antiguas e importantes variedades bovinas de Italia. Originaria de Valdichiana, se ha convertido en un poderoso aunque tímido y elegante animal que estuvo a punto de desaparecer cuando se produjo la mecanización de la agricultura y ya no se necesitaban los bueyes como fuerza de tracción. La *chianina*, amenazada de extinción, es considerada por los expertos como garantía de una carne exquisita, y a pesar de que el animal será salvado para ser comido, es mucho mejor este destino que la extinción o que la devoren esos seres disolutos, depredadores ignorantes convencidos de que todas las proteínas son iguales, vengan de donde vengan. Slow Food desarrolla una campaña de conservación y ampliación de la cría de estos bovinos oriundos de las montañas aretinas y hoy en Toscana, Umbria o Alto Lazio. En esta campaña de salvación intervienen desde argumentos etnicopatrióticos necesarios que recuerdan la evidencia de la existencia de esta vaca ya en el siglo III antes de Cristo y su prestigio internacional previo a la segunda guerra mundial, cuando su fama competía con los más excelsos bovinos de los Países Bajos, Francia o Inglaterra. Un largo viaje a lo largo de los siglos durante el cual el animal tiró de los arados, produjo leche y deshabitó sus carnes sin un reproche, convencido de que para eso nacen las vacas, incluso las mejores vacas. Hasta propició un cierto racismo bovino cuando los expertos la describían como poseedora de una cabeza líbera con los cuernos bien dispuestos, la estatura idónea, la línea dorsolumbar casi perfecta, una excelente relación entre la proa y la popa, extraordinaria profundidad torácica y adecuadísima relación entre el esternón y el suelo. Hay que añadir una prodigiosa convexidad de la nalga para acercar el formato de la *chianina* al de las mejores misses universo de la especie humana, y valga el ejemplo simplemente como metáfora.

»Militantes en el frente opuesto al *fast food*, los seguidores de Slow Food evolucionamos cada vez más hasta componer un frente intervencionista sobre cualquier nivel y elemento potencialmente alimentario. Sin perder de vista que hay que enseñar a comer al que no sabe, Slow Food es una apuesta por el saber como principal condicionante de la necesidad alimentaria. Salvar especies no sólo es un ejercicio lúdico o una operación más o menos narcisista del respeto a la propia memoria del paladar, sino también una filosofía de vida, porque conservar la supervivencia de una especie contribuye a la cultura de la vida en su totalidad. La intensidad que demuestra este movimiento en Italia no es comparable a ninguna iniciativa similar desarrollada en Europa, aunque en los últimos veinte años haya aumentado una sensibilidad hacia el trato de los animales que todavía no evita la cría de los más comestibles como si fueran condenados a muerte en campos de concentración urdidos por los peores nazis. En una Europa en la que las granjas de cerdos o de pollos son lo más parecido que hay a Buchenwald o Mauthausen, salvar a la *chianina* no debe asumirse como una manera de compensar nuestra mala conciencia, sino de crear una nueva conciencia. ¡Salvar a la vaca *chianina* es salvarnos a nosotros mismos!»

Biscuter y madame Lissieux fueron todavía más aplaudidores que los secuaces del caballero Petrini, y tal vez por ello, el presidente del movimiento gastronómico más progresista del mundo alzó hacia ellos una copita de *grappa millésimé* firmada por Angelo Conterno. Biscuter seguía aplaudiendo entusiasmado y mereció la atención de algunos miembros de la reunión, atención que aprovechó para acercárseles y decirles que ellos eran españoles, de Barcelona, y que estaban dispuestos a hacerse cargo de la filosofía del grupo, tan necesaria en estos tiempos de globalización en los que el mercado se convierte en el gran dictador. Estaban los gastrósofos asombrados por el brillante análisis del escudero de Carvalho y como premio le regalaron dos libros, *Il buon paese*, inventario de los mejores productos alimentarios de Italia, y *Salumi d'Italia*, un casi exhaustivo informe sobre la chacinería del país. Especialmente el libro sobre las chacinas entusiasmó a Biscuter, que lo puso sobre su corazón con la declaración secreta de que iba a ser su libro de cabecera durante todo el viaje.

—¡Olé tus cojones! ¿Ha oído, jefe? Esto es un país serio. En España no hay nada semejante. Allí sólo se defiende a los animales cuando los matan más brutalmente que de costumbre o cuando ellos nos matan tontamente.

—Me falta fe. En el fondo, estos gastrónomos ecólogos militan en una religión. Son optimistas, tienen el futuro como religión, aunque sean materialistas. Se creen capaces de salvar a la vaca *chianina* de la indiferencia de millones de tragones de proteínas, vengan de donde vengan, incluso de las hamburgueserías de McDonald's. Frente a ese optimismo sostengo mi pesimismo original. Mi total desacuerdo con la Creación tal como la entienden todas las religiones, es decir, como un acto mayestático y generoso de un Dios bueno o de una ignorada inteligencia superior y urdidora. La Creación es una chapuza impresentable que no resiste el más mínimo análisis ético porque se basa en la necesidad de matar para comer, convirtiendo así a todo ser vivo en un asesino directo o indirecto. Una interpretación reformista de la chapuza llegaría a la conclusión de que seis días fueron pocos, dada la complejidad del desafío, y que descansar el séptimo fue una lamentable prueba de negligencia. Frente a este cuadro, ¿para qué salvar a la *chianina*?

—Recuerde el ejemplo del poeta comunista que ha citado el jefe de todo esto. ¿Malgastaba la carne de racionamiento para dársela a un perro o exaltaba así la vida misma, el derecho a vivir?

Había concentración de fieles en la plaza de San Pedro y circulaba la impresión de que el papa ya se había asomado a su ventana habitual, aunque Carvalho y sus acompañantes malgastaron la vista para ratificarlo, sin conseguirlo. Como Carvalho no cesaba de consultar el reloj, Biscuter le recomendó:

—Slow Food, Slow Food...

—Biscuter, no confundamos los términos ni los títulos. Este viaje podría titularse «La vuelta al mundo en ochenta días», y no «Cien años de vacaciones». El tiempo abunda, pero el dinero escasea y siempre hay que tener en cuenta la relación tiempo-dinero.

El papa se asomó a la ventana cuando ya les urgía salir hacia el sur. Juan Pablo II tenía el aspecto de papa poniente de los últimos años, aunque el marco de la ventana parecía preparado para detener su inclinación hacia la nada. Los fieles le aplaudieron, algunos incluso lo aclamaron in crescendo hasta calentar la fiesta y merecer que los altavoces de la plaza de San Pedro emitieran la salutación papal en más idiomas de lo normal porque había concentraciones de religiosos africanos y asiáticos, aunque dudosamente cada pueblo entendiera lo que les decía aquella habla balbuciente y mal respirada. Situados en el límite del círculo de la plaza de San Pedro, de espaldas a la Via di la Conciliazione, llena de autocares y de fieles, esperaron a que el papa apareciera rodante sobre el *Papamóvil* para bendecir a los presentes, y Carvalho trató de entrever alguna emoción humana tras el hieratismo de un rostro sin sonrisas ni lágrimas, en el que sólo el ceño fruncido apuntaba, o la tozudez de vivir o la irritación, por tener que bendecir a tanta gente a aquellas horas de la mañana.

—Una personalidad notable —opinó madame Lissieux.

—No tiene más remedio que serlo, de lo contrario, el tinglado se hunde. También forma parte del *star system* y del marketing. El mercado de las religiones es cada vez más competitivo, y para los católicos el gran problema es encontrar otra figura del espectáculo como este papa polaco que se les está acabando.

Rió la francesa la gracia descreída de Carvalho, decidido a abrirse paso entre la multitud en busca del alejadísimo coche cargado ya con el equipaje, en posición *descansen* en un parking vigilado. Salir de Roma en automóvil no es fácil para un extranjero no viciado con todas las transgresiones que los romanos cometen para sobrevivir como conductores en una ciudad tan llena de transgresores y de lápidas. Luego había que elegir entre visitar Nápoles o evitarla, para así poder recorrer mínimamente Pompeya y Paestum. No, no había tiempo para Herculano si querían llegar a su hora al transbordo de Brindisi, y ¿qué tenía Herculano que no tuviera Pompeya, ambas ciudades víctimas de las mismas cenizas? Si Carvalho no pudo negar la grandeza de Paestum como almacén de ruinas, se sintió previamente conmovido en Pompeya como si percibiera la angustia de sus fantasmas rescatados de la ceniza, desnudos de historia frente a la mirada de turistas poscultivados, especialmente embarazados los fantasmas desenterrados en la gran comuna pública, pobres cagones sorprendidos por un volcán estúpido. Biscuter y la francesa no evitaban las exclamaciones ante las muestras de poesía administrativa y necrológica que había bautizado y rehumanizado los diferentes ámbitos de la ciudad de la ceniza: Via dell'Abbondanza, casa de Menandro, casa de Proculus, de Assellina, de Julia Felix, de las Bodas de Plata, de los Vetti, de los Amores Dorados, del Poeta Trágico, la Villa de los Misterios con su fresco sobre los ciclos de iniciación dionisíaca, atrios, pórticos, habitaciones privadas abiertas ahora de par en par a los cielos y la tierra, a la espera no ya de volver a ser sepultadas por las cenizas volcánicas, sino de la desintegración definitiva hasta perder su condición de ruinas y volver a ser polvo, tierra, piedras irrazonadas, es decir, perder lo que les quedaba de memoria cosificada y retornar a la naturaleza original.

—¿Cuánto tiempo nos costará descubrir la inutilidad de las ruinas?

Madame Lissieux opinaba que las ruinas falsean la realidad que dicen reproducir, como si la historia se hubiera dado en blanco y negro y siempre entre cascotes, pero en eso radica su belleza. Las ruinas son alternativas de lo que fue real.

—Monsieur Carvalho, la belleza de las ruinas depende de su capacidad de mentir. Los chinos comunistas, durante la Revolución Cultural, se manifestaron contra las ruinas como testimonios de la memoria dominante, un instrumento más de control social de la oligarquía. Pero creo que la objeción es más simple. ¿Vale la pena luchar contra la inercia del retorno de estas piedras a no significar nada?

La belleza de los templos de Paestum dedicados a Hera, Neptuno o Ceres, y muy especialmente el de Poseidón, hizo lanzar alaridos de entusiasmo a la extraña pareja que lo acompañaba. En cambio, a Carvalho le había conmovido más la muerte de los cagones pompeyanos bajo el fuego del volcán que el deterioro muy bien llevado de Paestum, que le inspiró un irónico: «¡Qué bien se conserva!», como si estuviera comentando el aspecto pétreo de un funcionario jubilado. Del desván de su cultura le llegaban mensajes mutilados sobre los dioses evocados, muy especialmente sobre Ceres, una de las primeras deidades que entraron en su vida como madre de una desnuda Proserpina secuestrada por Plutón, dibujada en pelotas en un *Diccionario Enciclopédico Sopena*, a pesar de los represivos tiempos de posguerra. Madame Lissieux los llevó hasta el museo donde a su juicio había riquezas inevitables, como las pinturas de *La tombe du Plongeur* o las cerámicas. Carvalho no quiso escandalizar a sus acompañantes con sus muy sólidas teorías sobre los museos, agujeros negros del saber humano que no habían contribuido a evitar ninguno de los desastres que había provocado la necesidad de crear museos. Entre el gozo receptor de Biscuter y el suyo, tal vez la distancia la midieran todos los libros que Carvalho había leído y quemado. Biscuter tenía la mirada de un inocente, y madame Lissieux la de una cómplice.

Eligieron en Éboli la autovía hacia Bari, para después alcanzar Brindisi descendiendo por la costa adriática. En cuanto pasaron a carreteras inferiores se les acercó el paisaje lleno de viveros y de corralizas para búfalas, vacas productoras de mozzarella que, en cambio, no habían merecido la reivindicación patriótica de la *chianina*, porque está escrito que el ser humano valora más lo escaso que lo abundante, el caviar que las sardinas. Se quejaba madame Lissieux de la imposibilidad de viajar por Italia como lo había hecho Goethe, desde una mirada más inocente incluso que la de los futuros viajeros románticos, porque para Goethe Italia era una realidad sumergida después del naufragio de su cultura urbana en el siglo XVI y la imposición de un nuevo orden europeo basado en las monarquías absolutas. Biscuter bebía sabiduría de los labios de la mujer y de vez en cuando recababa en Carvalho un reconocimiento, si no entregado, sí amable.

—Realmente está usted muy bien documentada —dejó

escapar Carvalho, lo que provocó un suspiro melancólico en la francesa y un breve resumen de su biografía cultural. Estaban hablando con una profesora frustrada de la Universidad de Vincennes, frustrada por problemas no académicos, sino de salud.

—*L'amour* —exclamó la Lissieux como si hubiera adquirido la voluntad de transformarse en Edith Piaf. Biscuter ya conocía la historia, pero insistió en que ella hiciera a Carvalho partícipe de sus ruinas—. Mi nombre de soltera es Mimieux, de casada, Lissieux, un ilustre profesor de biología a quien conocí de estudiante en las barricadas del mayo del 68.

—Vaya barricadas. Debían de tener una extensión como la de la Gran Muralla, porque no he encontrado a catalán ni a francés contemporáneo que no midiera sus fuerzas con el capitalismo y el general De Gaulle en las barricadas del mayo francés.

—Barricadas en sentido general. Terminamos las carreras y nos casamos. Luego, un largo desencuentro progresivo motivado por su ambición y mi complejo de culpa. Fui educada bajo el complejo de culpa judeocristiano y pensaba que todos los reproches de mi marido eran motivados. Pero un día supe que él tenía una doble vida y un hijo con una bióloga suiza, diez años más joven que él y que yo. Se rompió mi vida, me deshice. Dejé la cátedra y me acogí a una jubilación anticipada por larga enfermedad. Además, mi infiel marido murió de un cáncer rapidísimo: cinco días. He tardado años en reaccionar y me ha ayudado mucho haber accedido a la condición de viajera, de viajera, insisto, no de turista. John Bowles decía que la diferencia entre un viajero y un turista consiste en que éste sabe cuándo comienza y termina su viaje; un viajero de verdad, no: sabe cuándo comienza pero no cuándo termina.

—¡Como nuestro viaje, jefe! ¡Somos viajeros!

Comieron en un figón situado junto a la gasolinera de Altamura, un *capocollo*, surtido de embutidos, y un plato de berenjenas rellenas de carne magra, aceitunas, anchoas, alcaparras, tomate, hierbas aromáticas, más un vino de la zona muy voluntarioso pero inacabado, como algunas sinfonías y novelas importantes, por ejemplo, la ya incorporada a sus propias vidas, *Bouvard y Pécuchet*, de Flaubert. Regresaron al coche, recuperaron la carretera y en la primera bajada curva que se les opuso, Carvalho comprobó que no le funcionaban los frenos.

—Dudo de que podamos llegar así hasta Bari.

Intentó ser flemático, pero las dos cabecitas acompañantes se encendieron como señales de alarma.

—¿Y el de mano?

Carvalho se lanzó a la cuneta y trató de tirar del freno de mano, pero se había vuelto blando como una morcilla y se le quedó estúpidamente ajeno. El coche, acelerado por la pendiente de descenso, no estaba a la altura de situaciones dramáticas y parecía un viejecillo con incontinencia de velocidad que trataba de dibujar las curvas como si las estuviera trazando por primera vez.

—Hay que subirse a alguna pendiente y esperar que este cabrón se anegue. Preparados para volcar. Es posible, pero prefiero volcar cuesta arriba.

De pronto, a la izquierda Carvalho vio un camino de tierra y piedras que trataba de comunicar la carretera con un bosquecillo ralo, y a por él se fue. Ya mediada la ascensión, cercana la amenaza de los árboles, el Ford Fiesta perdió velocidad y Carvalho aprovechó para girar a la derecha y dejar el coche varado sobre un montículo arenoso. Salieron del vehículo al ralentí para no darle pretexto de resurrección y, una vez en tierra firme, madame Lissieux lanzó a los vientos docenas de veces la exclamación «*Oh, la là!*», mientras Biscuter recurría al catalán para decir: «*L'hòstia puta*» y «*Mare de Déu, Santíssima!*»

—O encontramos un taller o habrá que llegar a Brindisi en autostop.

—¿Y si se han roto los frenos?

—Si se han roto ya sólo nos queda el autostop y el viaje se complica. Daremos la vuelta al mundo a pie.

El mecánico revisó los frenos y salió de debajo del coche con cara de sentido pésame.

—Este coche está en las últimas. No se ha roto nada, pero estaban desconectados los frenos y de una manera que indica que aquí alguien ha metido mano. ¿Ha tardado mucho en descubrir que no le iban?

—Nada más ponerlo en marcha. Si alguien ha metido mano, lo ha hecho mientras almorzábamos. ¿Ha sido una avería provocada?

—Eso parece. Si quiere poner una denuncia, le hago una nota explicativa desde un punto de vista técnico.

—No denuncio nunca nada y menos hoy. Podemos perder el ferry hacia Patras.

De nuevo en marcha, ignorantes madame Lissieux y Biscuter de las intranquilizantes revelaciones del mecánico, Carvalho rumió a solas las causas de aquella agresión, y tras un merodeo por los territorios del error o de una broma pesada, el rostro de Pérez i Ruidoms, la efigie de su secta Monte Peregrino, apareció como una deidad oscura, de fondo, emitiendo asesinos por todo el mundo en busca de un hombre que lo había desafiado hasta el punto de dejarlo sin sociólogo de cámara. Otras preocupaciones tenía aquel superhombre más importantes que la de vengarse de un marginal como Carvalho, pero ésa era la única causa con lógica de que los frenos del coche hubieran sido desconectados. Y, si no había sido él, ¿quién lo había echo? Alcanzaron el Adriático en Polignano a Mare, sin tiempo ya de tener piedad con lo que quedaba del vehículo, como si la justificación de no perder el ferry fuera el único propósito racional posible, aun a costa del instrumento con el que contaban para llegar adonde llegaran. Mar bajo, la madurez de la tarde, y en algunas playas y puertos detectaron la presencia de barcos de limpieza de los fondos poblados de algas que verdeaban aún más las aguas ya de por sí verdes.

—Aquí terminaba la Via Appia y aquí murió Virgilio al regreso de un viaje a Grecia —informó Biscuter al entrar en Brindisi a partir de sus obstinadas consultas de libros que salían, diríase, de un maletín sin fondo.

No podían detenerse a comprobar si era cierto lo de la Via Appia y lo de Virgilio porque el barco estaba a punto de partir.

—Afortunadamente, esto ya no es lo que era en los tiempos de las penetraciones de albaneses o de las razzas turcas, porque de lo contrario hubiera sido pecado mortal no visitar la ciudad. Precisamente esta ciudad tan evocadora.

—Las ciudades evocadoras ya no son lo que eran. Casi todas se parecen ya a las ciudades que no evocan nada. Aquí en Italia, al menos, conservan espléndidos centros históricos, pero Brindisi sólo es una ciudad de paso hacia Grecia.

De ferry a ferry, Carvalho tenía la sensación de que el viaje todavía no había empezado, y cuando salieron de los profundos senos del puerto, uno de los más seguros del mundo, según proclamaba la propaganda histórica que trataba de parecer turística, el Adriático empezó a prometerles las rutas hacia el fin del mundo, hacia aquella puerta en el Bósforo por la que los argonautas al mando de Jasón trataban de llegar al Vellocino de Oro y por donde los demás seres humanos temían precipitarse en la Oscuridad Final. Luego anocheció real pero transitoriamente con la ayuda de las nubes y el barco descendió por un contrapaisaje gris en busca de Patras, en la costa griega, un posible abordaje que Carvalho había escogido frente a la opinión de Biscuter de llegar a Grecia previa escala en la isla de Corfú.

—Está llena de cipreses salvajes, y allí hay un palacio de Sissí, la emperatriz de Austria.

Pero Patras les ponía a tiro Olimpia y después la autovía hacia Atenas, con la obligada detención en el canal de Corinto, que a Carvalho le recordaba un antiquísimo viaje sentimental aromatizado por la salvia de los pinchitos griegos servidos en los tenderetes cercanos a un canal, anodino si no hay sol, pero propietario del más hermoso azul del mundo si el sol lo excita. Toda la costa, de Bari a Brindisi, y así hasta la de Leuca, era lugar de arribada de la emigración clandestina albanesa, tan antigua como la desigual pobreza de Italia y Albania y activada por la desesperada huida de la miseria del poscomunismo o el precapitalismo. Más allá de Leuca, hasta la punta de Reggio Calabria y la isla de Sicilia, las playas servían para los inmigrantes clandestinos magrebíes o subsaharianos, dentro de un curioso juego de fugitivos de la escasez que rebotaban contra los muros de la Europa rica y dentada. Biscuter se acodó materialmente sobre la barandilla de cubierta a la espera de que brotaran las pateras albanesas como tristes flores grises sobre el Adriático, porque en algún sitio había leído que aquella ruta solía ser propicia al tráfico de emigración clandestina. Pero el cielo encapotado ocultaba la luna y el mar era de una solidez oscura más allá del área escasamente iluminada que delimitaba el propio ferry. Ya al borde de la madrugada, una sirena advirtió de que empezaba el espectáculo, y un reflector barrió los mares hasta sorprender a media docena de embarcaciones que se dirigían hacia la costa italiana cargadas de albaneses que trataban de llegar a la nada desde la pobreza, componiendo en cada barca sujetos unificados por la luz que no sólo los uniformaba, sino que también ocultaba las carencias de sus cuerpos y la angustia de una mirada alertada por la posibilidad de que aquel resplandor viniera de algún guardacostas. La zozobra se parece en todas partes, y a aquellas pateras les esperaba el servicio de vigilancia, sabedor a partir de aquel momento de que se preparaba una nueva invasión albanesa.

—No sólo hay albaneses —informó un italiano vestido de Armani para *soirées* nocturnas en la cubierta de ferrys greco-italianos; en la mano una copa de dry martini con mota de piel de limón—. También hay kurdos, pakistanís, rusos y ciudadanos de otras repúblicas ex soviéticas asiáticas. Todo lo que no absorben los diversos mercados negros de Estambul trata de llegar a Italia, a una Europa que ellos consideran una América próxima. Para esos desgraciados, Brindisi es Manhattan.

—*L'Italia é in crisi* —exclamó varias veces lastimeramente un acompañante del hombre Armani, vestido según la moda veraniega de las rebajas de los grandes almacenes; un dry martini, esta vez con aceituna, le entreabría los labios.

Los italianos allí presentes juntaron las manos como si fueran a iniciar un rezo, pero en realidad las manos unidas eran como cuchillas de arado, abrían camino a sus razonamientos y, al mismo tiempo, los retenían, según un ritmo de gesticulación vehemente que trataba de convocar una pasión perecedera y tal vez no demasiado profunda. «O nos defendemos de la invasión de los nuevos bárbaros, o ¿qué va a ser de nosotros? No hace falta que lleguen los bárbaros de fuera, bastantes bárbaros tenemos dentro.» El comentario, en labios al parecer de un italiano norteño, no agradó a los escasos italianos del sur. «¿A qué bárbaros se refiere? ¿A nosotros, los sicilianos?» No quería decir ni que sí ni que no el emplazado, y optó por agitar los brazos, sin palabras a la altura de la contestación merecida, pero ya había otros frentes abiertos y en algunos la palabra *compasión* trataba de consolidar posiciones en la trinchera de la intransigencia. «Nosotros los italianos hemos emigrado a todo el mundo huyendo de la miseria. ¿Cómo podemos discutir que otros seres humanos hagan lo mismo?» Estaba Biscuter de acuerdo con este bando y se lanzó con su mejor italiano, diríase que vertebrado por todos los infinitivos de este mundo, según la inocencia verbal de los jefes piel roja en los doblajes de las películas del Far West. Pero se hizo entender y acabó de jefe de la fracción integracionista, mientras Carvalho se preguntada dónde era posible conseguir martinis de tan excelente aspecto como los que sorbían los italianos provocadores de aquella reunión parlamentaria. Se lo preguntó a uno de ellos, al vestido en las rebajas de Armani, y éste le guiñó el ojo invitándolo a que lo acompañara hasta su camarote. Allí reunía todos los utensilios alquímicos requeridos, con la variante de que, en vez de Martini Bianco, utilizó Nouilly Prat para aromatizar el hielo y luego precipitar sobre el roquedal apenas perfumado un poderoso chorro de ginebra Bombay, a pesar de que discutió la hegemonía de la Bombay como una alternativa de moda que no sustituía del todo a las ginebras tradicionales.

—¿Aceituna o limón?

—A estas horas, limón, como su compañero.

—Bien hecho. Lo que pasa es que yo soy un tragón, y un dry martini que no permita masticar algo al final no acaba de satisfacerme. Todos tenemos una cierta ansiedad, una sensación de insatisfacción. Italia está en crisis. Toda Italia está en crisis, todo el mundo.

Le ofreció sentarse para degustar suficientemente un martini perfecto y al percibir la admiración en los ojos de Carvalho, el improvisado barman le dijo que había aprendido a preparar excelentes martinis en Sicilia, bajo la batuta de un barman italiano que había trabajado en Estados Unidos, pero no en Nueva York, no, en San Francisco, Baltimore, Newport. Era un barman muy premiado y para él la clave estaba en la cantidad, brevísima, de vermut para apenas perfumar pero transmutar el sabor, diríase que a formol, que tienen las mejores ginebras.

—Detesto la ginebra pura. En cambio, me encanta en el martini o en el gimlet.

Opuso Carvalho su propio y muy meditado discurso sobre el lugar de la ginebra en el mundo, discutible por las perversiones de la memoria de varias promociones que se habían emborrachado excesivamente a base de ginebra con hielo. Era un cóctel muy planetario, muy adolescente, muy tentador, pero acabó provocando un dilatado asco por la ginebra en casi toda Europa y en Estados Unidos. Cabeceaba cómplice el italiano y le ofreció repetir martini, pero Carvalho recordó todas las medicaciones preventivas que viajaban con él e imaginó el cuadro de sus arterias dolidas, asaltadas a las tres de la madrugada por una tanda de dry martinis y rechazó la oferta.

—¿De vacaciones por Italia?

—No. Iniciamos una vuelta al mundo, muy sui géneris. De momento, en un Ford Fiesta viejísimo que está abajo, matrícula de Barcelona.

—Un Ford Fiesta, matrícula de Barcelona. Es un coche diríase que invisible, ¿no?

Volvieron a cubierta, donde la discusión había degenerado en irónicas alusiones al papel de la Comunidad Europea en la defensa de las fronteras frente a la invasión de los bárbaros. Los más progresistas hablaban de dar un nuevo sentido a la lógica inevitable de la Globalización, y los más escépticos optaron por volver a sus camarotes a dormir las horas que faltaban para llegar a Patras. Así lo hicieron Carvalho y Biscuter, que compartían cobijo, pero madame Lissieux prefirió quedarse en cubierta por si se reproducía el fenómeno de las pateras fugitivas o simplemente para ver amanecer como si el nuevo día pudiera ser, afortunadamente «mejor que el anterior», dijo, sin aclarar por qué, aunque Carvalho lo atribuyó al susto de los frenos o a una incontinencia metafísica que suele asaltar a las mujeres en la menopausia.

Hasta una hora esperaron en el muelle de Patras el descenso de madame Lissieux, inútil, desesperadamente, porque Biscuter había hecho varias veces el recorrido entre la escalerilla del barco y la salida de la aduana, por si la mujer se les había adelantado. Llegaron hasta el contramaestre por la escalera de jerarquías que comenzaba en el encargado de la limpieza de la planta donde estaba el camarote de la Lissieux, un falso chino que resultó ser ex súbdito de la URSS, ex comandante del Ejército Rojo y ex campeón mundial de voleibol en su juventud. Así como a Carvalho le interesaban mucho estos datos, Biscuter sólo tenía orejas para los sonidos que pudieran devolverle a su amiga y tardó en aceptar la evidencia.

—Se ha marchado. Tal vez se ha asustado por lo de los frenos y ha pensado que era peligroso viajar con nosotros.

—¿Qué tienen que ver los frenos?

—Alguien los desconectó.

—¿Y ese alguien no puede ser el mismo que nos ha desconectado a Caroline?

Biscuter sabía que la Lissieux se llamaba Caroline e, impresionado, Carvalho lo ayudó en su pesquisa posterior, que los condujo a una confusa información sobre una dama de aspecto extranjero que había subido a un coche con dos acompañantes masculinos. El retrato idealizado que salió de

47

los labios de Biscuter no coincidía con la inconcreta descripción de un camarero que había presenciado la escena sin demasiado interés, pero la mujer que él había visto se parecía a la que Biscuter había diseñado. Éste estaba convencido de que su amiga había sido secuestrada, pero tres horas después, Carvalho lo persuadió de que había que proseguir el viaje o que en último extremo se quedara en Patras a la espera de acontecimientos y ya volverían a encontrarse en Atenas. Estuvo de acuerdo el ayudante y despidió a Carvalho rumbo a Olimpia con una tristeza de adiós importante en una estación de tren prestigiosa, Central Park o Stazione Termini, con motivo de una tragedia inevitable. Carvalho se quedó a solas con la desgana de viajar sin antagonistas y perder la tensión, casi siempre silenciosa, contra lo que los demás opinaban sobre cuanto veían, como si sólo esa disputa implícita diera interés al recorrido.

Llegó a Olimpia tan cansado que se quedó dormido en el coche durante casi una hora, aunque salió con el tiempo justo de meterse en el recinto arqueológico y recorrerlo a una velocidad de medio fondista en unos Juegos Olímpicos del siglo IV a. J.C. La magia de los lugares culturalmente obligatorios procede del impacto que provocaron al entrar en nuestra memoria, y Carvalho recordaba exactamente el momento en que la señorita Carmela había marcado un viraje en la historia de Grecia para darle una dimensión lúdica u originaria de todos los deportes que les atraían en la infancia. «No. A fútbol, no. No se jugaba a fútbol en las Olimpiadas.»

La señorita Carmela se soplaba el flequillo cuando se reconocía desbordada por las circunstancias, y la pregunta del pequeño de los Casas Millán la había desconcertado. «El fútbol lo inventaron los ingleses.» No simpatizaba demasiado con los ingleses la señorita Carmela, en parte por el robo de Gibraltar y en parte porque había sido una adolescente de inmediata posguerra sometida a la complicidad pangermanista del franquismo. En aquel estadio mellado de Olimpia, un partido entre el Barcelona y el Madrid, por ejemplo, hubiera parecido una parodia simbólica o una descarada usurpación. Olimpia.

La autovía hacia Atenas empezaba a introducir en la polifonía de los mares de Grecia, de los infinitos mares de Grecia, porque tanto la parte más continental como la semiisla del Peloponeso o las miles de islas que componían el país justificaban el mar, como si existieran para dar sentido a las aguas que las rodeaban. Los viajes de juventud tenían casi todos el común denominador del placer y la complacencia por un sistema de vida liberado de cualquier prisa, algo fatalista porque Carvalho había conocido una Grecia que, bajo una monarquía anodina, había pasado de una guerra civil a una dictadura militar. Y en un largo recorrido a pie por el monte Athos con el pintor Artimbau, el encuentro con los popes y con los alambiques donde elaboraban el ouzo había llegado al fondo de la relación real entre el tiempo y el espacio griegos. Grecia era otro país que no había hecho en su momento la revolución industrial y, como España, todavía dependía de los coroneles y de los popes, de los cantantes y de los exiliados que exhibían en París la desnudez morada y tumefacta de la Grecia aplazada o torturada.

Ahora se había quedado solo con su maleta rodante Louis Vuitton, una modesta reducción del gran baúl Vuitton sin el cual antaño los ricos no viajaban. Su pequeña maleta llevaba el ilustre nombre escrito en los remaches de una de las asas y le ratificaba su condición en el mundo. Se detuvo en Corinto para acodarse sobre la baranda del puente bajo el que pasaba el estrecho, excavado en la roca con una precisión geométrica de picapedrero cíclope, confiado en la infalibilidad de su único ojo. Luego buscó los tenderetes donde años atrás había comprado los pinchos de carne de cordero aromatizada y vio que se habían integrado en complejos turísticos compuestos por inmensas cafeterías, retretes y tiendas de souvenirs donde la Grecia clásica posaba reproducida en series precipitadas. Compró hasta diez pinchos porque las porciones de carne que contenían eran pequeñas y se sentó iluminado por el sol poniente, acompañado de una botella del vulgar Domestica, un vino que le permitía recuperar viajes de juventud con menos dinero incluso del que ahora llevaba.

—Jefe, me he rendido a la evidencia.

Creyó que la voz de Biscuter era una ilusión sonora que le llegaba desde algún pliegue de su mala conciencia, pero no, allí estaba su valido, con las manos llenas de maletas y el pequeño rostro caído hasta rozar el suelo.

—Es como si se hubiera esfumado o hubiera sido un sueño y no una presencia real. Después de hablar con la policía, me he subido a un *superpullman* que se ha puesto a ciento treinta y he llegado a tiempo de olerle los pinchos, jefe, porque el aroma lo seguía a usted como una estela. Le he dado a la policía todos los datos que yo conocía sobre nuestro viaje, por si la encuentran.

—¿Itinerarios? ¿Hoteles?

—Sólo conocía el de Atenas y el de Nauplia.

—Con eso tienen suficiente.

—¿Quiénes?

—Los que nos rompen los frenos del coche.

Se fue Biscuter a buscar sus pinchos y los comió caviloso en el puente, tratando de comprobar con sus propios ojos las excelencias del azul del agua del canal. Pero había atardecido demasiado y las aguas no reverberaban suficientemente para alcanzar su belleza mineral. Volvió junto a Carvalho con una pregunta por respuesta.

—¿Qué podemos hacer?

—De momento, llegar a Atenas, ver el Plaka y la Acrópolis y perdernos por Grecia cuanto antes.

Pero algo más había urdido Carvalho, porque descargó a Biscuter y al equipaje en la puerta de un hotel de tres estrellas, en una calle que prometía ya el barrio Plaka, y se fue a aparcar el coche en un parking situado en una calleja trasera de la plaza Sintagma. Biscuter se prestó a callejear, a pellizcar bares, restaurantes, especialmente en la apoteosis de sus plazas arboladas sublimadoras de los aromas concertados de las hierbas y el cordero. Comió con poco apetito el menú estándar casi obligatorio, la ensalada de tomate con feta, *taramá*, poderosas aceitunas negras, *dolmades, brochettes* de pez espada y gambas o de carne de cordero. Por encima de las cuestas hormiguero de turistas compradores y de comensales, el Partenón presidía la noche como una megajoya iluminada, un exceso del pasado que incluso conseguía impresionar a Carvalho.

—Esto va en serio, Biscuter. Mañana hay que subir temprano al Partenón para ver las piedras y no los culos de millares de turistas con celulitis reptando hacia las glorias arqueológicas del templo de Atenea y las Cariátides. También quisiera estar cinco minutos en el museo de Atenas. Tiempo suficiente para ver un glorioso *Poseidón* de bronce que se mueve como si estuviera vivo, como si estuviera recién pescado, y un niño subido a un caballo y expresando el movimiento como sólo podía expresarse en la época helenística. He de confesarte que, en mi juventud, por un momento me sentí tentado de estudiar arqueología y sólo el arduo problema dialéctico del tránsito de la cantidad a la cualidad o la comprobación científica de la corrupción del capitalismo monopolista, según las tesis de Sweezy y Baran, o la necesidad de aprender economía política, según recomendaba el partido, mediante el clandestino *Manual de la Academia de Ciencias de la URSS*, pudo más que mi vocación de inspector de ruinas.

Por el camino de descenso compraron camisas pescadoras, sutiles blusas blancas bordadas, camisetas turistizadas, un vestuario que sólo podía exhibirse en Grecia y en verano, con el que Carvalho trató de provocar el retorno de Biscuter, todavía viajero tras la estela fugitiva de madame Lissieux.

—O ha huido o se la han llevado.

—Suele suceder. Los demás o se van o se los llevan.

—Se la han llevado contra su voluntad.

Carvalho negó con la cabeza pero no encontró argumentos que oponerle. Más tarde, en la habitación, hacía calor y el aire acondicionado se negó a ponerse a la altura de las circunstancias, pese a las artimañas de Biscuter, que llegó incluso a cantarle una canción sentimental, y así les dieron las cuatro de la madrugada, cuando en el techo del cuarto de la habitación Biscuter trataba de reconstruir el rostro de su amiga y Carvalho el sentido de un viaje.

Nada más abrirse las puertas del recinto del Partenón, Carvalho y Biscuter consiguieron entrar los primeros y ascendieron los escalones a una velocidad suficiente para impedir que culo u objeto alguno se opusiera al descubrimiento de la maravilla. Con la obsesión de ir por delante, cumplieron el viacrucis más o menos completo de un visitante de Atenas, sin excluir las pequeñas capillas bizantinas, el Likabeto, el viejo estadio o la contemplación distanciada de una ciudad en obras porque preparaba los Juegos Olímpicos del 2004. Al día siguiente había que ir a Delfos, y Carvalho planteó a Biscuter la necesidad de variar el itinerario, o bien subir en busca de las Meteoras o bajar hacia Micenas, Epidauro y Nauplia antes de lo previsto. El salto a Mikonos en barco significaba volver a Atenas, pero sólo para embarcar y, desde Mikonos, encontrar la distancia más corta con Estambul y la puerta estrecha de los Dardanelos hacia el Bósforo, aunque Carvalho presumía que esa distancia pasaba otra vez por Atenas. Procuró que el coche no se acercara al hotel por si actuaba como elemento de identificación, pero calibró que se había convertido en un estorbo, en un reclamo que los anunciaba allí donde estuvieran.

—Lo peor que le puede ocurrir a un paranoico es que le persigan de verdad, pero ¿nos persiguen de verdad?

Biscuter cumplió con sus obligaciones atenienses: no renunció a conmoverse ante el Partenón y el *Poseidón* del museo, pero un interés superior lo llevó a preguntar en recepción si había algún mensaje para ellos: no lo había. Se decidió Carvalho a tomar la iniciativa y con el móvil de Biscuter telefoneó a Charo en Barcelona. Estaba enfurruñada por lo que había tardado en comunicarse con ella y más todavía cuando su amigo le dijo que debía ir a ver al inspector Lifante. «Dile que pasamos algunas dificultades. Como si alguien no deseado viajara a un metro de distancia detrás de nosotros. Trata de adivinar qué sabe él.»

Colgó Charo sin despedirse para que Carvalho notara su enfado por tanta desconsideración y, finalmente, por la descarada utilización sin ni siquiera disculparse. Carvalho estudiaba el perfil pequeñito y desangelado de la entristecida cabeza de Biscuter y se planteó si levantarle el ánimo o no, desde la singular circunstancia de que no sólo era compañero de viaje, sino también de habitación, y es imposible compartirla con alguien que llora por fuera o por dentro. Biscuter estaba llorando por dentro, pero lo animó la propuesta de buscar un restaurante acreditado donde la cocina griega apareciera liberada del corsé de la industria turística. Algunos de los restaurantes recomendados estaban en obras, porque toda la ciudad parecía dispuesta a hacerse la cirugía estética de cara a los Juegos Olímpicos venideros. Pero finalmente, en el Alezeia, los dos viajeros pudieron comprobar la variedad y la excelencia de una cocina inscrita en la *koyné* del Mediterráneo oriental, condicionada por trescientos años de dominación turca que había alcanzado también las cocinas, aunque los griegos argumentaran que los turcos se habían limitado a copiarles las recetas, entre otras la del café turco, que en realidad era café griego. Especialmente notable el *taramá*, emulsión o puré, según el papel que desempeñara la patata en la elaboración de un engrudo exquisito a base de huevas de pescado, preferentemente mujol, aunque Carvalho sabía cocinar algo parecido a partir de las huevas de bacalao enlatadas. Aquel *taramá* le recordaba al más exquisito que jamás había probado, en el barrio judío de París, a veces poco tiempo antes de embarcar de regreso a España, donde el *taramá* llegaba todavía entre frescores.

Era una cena con espectáculo, variante que Carvalho aborrecía, pero que aceptó de buen grado porque Biscuter parecía que empezaba a distraerse, e incluso se llevaba las puntas de los dedos a los labios para indicar a los camareros lo buenos que estaban los guisos.

—*Excel·lent! Excel·lent!* —exclamaba, mientras uno de sus dedos señalaba la exquisitez que había degustado.

Reservó parecido entusiasmo para la joven cantante que inició la conquista del local avanzando pausadamente, como las reinas de antes de la guerra del Golfo, anunciada mediante un ceño sin concesiones la trascendencia de lo que iba a cantar. Dos dry martinis, dos botellas de vino tinto de Samos y varias copitas sacadas de la botella de ouzo que el camarero había dejado a su alcance habían devuelto osadía al corazón y al cerebro de Carvalho, como si se hubieran borrado los calendarios y se sintiera otra vez en la dimensión absoluta de vivir y sentir. La cantante de cabellera morena, brillante y rizada, ojos verdes y cuello largo tenía una hermosa voz marinera, sin duda estrenada en alta mar tratando de dominar ruidos de tempestades. Y la voz le salía del vértice del escote alargado hasta el ombligo; por el camino, dos senos de consistencia previsible y orientaciones divergentes señaladas por los pezones temblaban tal vez emocionados por la letra y la música, y manifestándolo con voluntad de mascarón de proa. Quedó alelado Carvalho por su capacidad de embaucarse todavía ante la llamada de la caverna desde donde las mujeres profundas convocan los deseos, y alejó la tentación de reprimirse con el pretexto de que a su edad no estaban permitidos los éxtasis, ni siquiera los éxtasis imaginarios. Al contrario, había recuperado la musculatura del cazador y acechaba los movimientos de la cantante por si en uno de ellos le repartía algo, aunque sólo fuera parte de su mirada, o le salpicaba la tristeza de aquella canción de Elitis que Theodorakis había convertido en una elegía cómplice de la melancolía colectiva de un pueblo siempre entre dos ocupaciones, entre dos guerras civiles, entre dos golpes de estado. Carvalho percibió que había penetrado en su cuerpo una expectativa de caza sexual que hacía tiempo no sentía, y oteó todas las mesas del local en la confianza al menos de ese encuentro de miradas excitantes que los restaurantes propician desde la estrategia de las mesas separadas. Una rubia le sostuvo la mirada con ironía y una dama de Shanghai, en cambio, pareció hipnotizarse y luego ponerse nerviosa por la persecución ocular que le imponía una suave sonrisa en los labios pálidos. Las mujeres aparentemente griegas parecían vacunadas contra las cacerías de restaurante cosmopolita, y el resto del harén lo completaban mujeres sólidas norteamericanas o alemanas que, o bien paseaban a su pareja desde el Partenón al coito semanal, o bien desde su aislamiento de solteras o divorciadas degustaban todo cuanto ofrecía el local como un complemento sensorial a un viaje que daba la razón a cuanto hubieran aprendido en los libros. Parte de las letradas norteamericanas ocupaban una mesa y estaban tan emocionadas por la canción de Elitis y Theodorakis que debían de pertenecer a la fracción progresista de la sociedad yanqui, aunque también la emoción podría provenir de la cena copiosa y del botellerío que les llenaba la mesa de estalagmitas. Cuando llegó el momento de los aplausos, Carvalho se puso en pie y jaleó a la cantante en un inglés americanizado que no se limitó a gritar bravos o felicitaciones, sino que llegó a esbozar una oración compuesta:

—¡Gracias por este hermoso himno a la libertad!

La iniciativa de Carvalho fue secundada por las norteamericanas y se estableció un vínculo de complicidades a la distancia de tres mesas. No quisieron ser menos los demás comensales y todo el comedor en pie se sumó a la ovación, mientras la cantante, que jamás había vivido una situación semejante, lloraba como si se le hubiera descosido la guarida de la congoja. Carvalho abandonó su mesa y se acercó a la de las norteamericanas sin dejar de aplaudir, indicándole a Biscuter con un guiño que no se sumara al cortejo. Las mujeres y Carvalho intercalaron comentarios a voz en grito por encima del frenético vocerío ambiental.

—¡En Grecia aún queda esperanza! ¡En Grecia todavía hay esperanza estética y sibilas de ojos verdes y morenas melenas al viento!

Carvalho se oyó a sí mismo desde el convencimiento de haber resultado algo cursi, pero las mujeres acogieron sus palabras como si se tratara del discurso de Lincoln que había escuchado en Disneylandia, recitado por un muñeco reproducción exacta de tan equívoco e hipervalorado presidente. Lo invitaron a sentarse con ellas y también a Biscuter, cuando el detective se refirió a él como a su socio, mientras las mujeres se cruzaban miradas que podían interpretarse como un reparto de papeles, cuyo resultado fue que la rubia a lo Shelley Winters antes de engordar, que parecía ser la de carácter más dominante, dedicó a Carvalho una mirada envolvente y valorativa.

—¿Español?

—¿Tanto se me nota el acento?

—Se le nota el temperamento, más que el acento. Me llaman Leyla.

Y le tendió la mano para que Carvalho se la estrechara. Los invitaron a beber bourbon o ginger ale con Pymms, que Carvalho no rechazó, pero que a Biscuter se le atragantó como si se hubiera tratado de un desinfectante.

—¿Han venido en viaje de estudios, de ampliación, de ratificación?

—En absoluto. Pertenecemos a una asociación de gays y lesbianas de Seattle y todos los años organizamos un viaje por cualquier país donde, desde la más remota antigüedad, la homosexualidad ya fuera considerada una elección libre del ser humano y no un pecado, aunque se produjeran procesos como el de Timarcos, que revela la existencia de una prostitución masculina en la antigua Grecia. Le recomiendo *Greek Homosexuality*, de Dover.

—¿Así fue en la Grecia clásica?

Aunque Carvalho sólo las veía de cintura para arriba, era evidente que las mujeres se estaban frotando las manos por debajo del tablero de la mesa. Por fin habían topado con un hombre sensible e inferior, pero capaz de comprender qué significa la interpretación gay del mito de Cástor y Pólux, según Leyla, «una exquisita metáfora mal interpretada por una lectura viril de la historia».

—En realidad, estaban enamorados el uno del otro y van por la vida y por la muerte como dos locas irreprimidas. Un *meló*. Un magnífico *meló*.

No sólo Cástor y Pólux representan la fatalidad de la ruptura del vínculo sexual y la fagotización del vivo en beneficio del muerto, sino que la metáfora de la homosexualidad está presente en toda la cultura griega con una libertad de expresión muy superior a la de la Roma clásica, aunque los poemas de Catulo hayan sido presentados como la panacea de la poética gay, como demostró Mrs. Leyla Samuelsson, profesora de la Universidad de San Diego.

—Hasta Zeus era gay o, en cualquier caso, bisexual, de ahí su persecución a Ganímedes, un regalo erótico del dios más dios, o esa terracota de Zeus sosteniendo a Ganímedes, realizada en el 470 antes de Cristo y encontrada pieza por pieza, en Olimpia, durante todo el siglo XX.

Hasta las tres de la madrugada, Mrs. Coleman y sus colegas rellenaron a Carvalho y a Biscuter con la transfusión de una nueva jerarquía de valores y se declararon partidarias de una interpretación ideológica de la historia y de la cultura, ideología no clasista tal como la había preconizado el marxismo, sino sexista: la historia desde la óptica de las víctimas sexuales, las mujeres las primeras, y los homosexuales y las lesbianas como inmediato peldaño de la emancipación. Y a continuación de las víctimas sexuales, las raciales o las sanitarias, como los judíos, los comanches, los mayas y los enfermos de Sida. Lo bueno era lo que estuviera a favor de la lógica emancipatoria, y lo malo, lo que estuviera en contra o indiferente, por muchos méritos artísticos o lingüísticos objetivables.

—Por ejemplo, Picasso es un machista asqueroso cuyas obras deberían o destruirse o seleccionar sólo aquellas que sean lo suficientemente horribles como para servir para una didáctica de la historia de la dominación sexual. Igual podría decirse del pesimismo antihumano de Francis Bacon, aunque fuera homosexual, o de los escritores que disimularon sus tendencias sexuales en tiempos en que ya no se jugaban el pellejo o el mercado por revelarlas.

Aunque Mrs. Coleman se declaró lo suficientemente emancipada como para poder follar, «follar —dijo—, con un hombre», entonces los seleccionaba según su potencia de machos jóvenes, con especial consideración del tamaño o la eficacia de su sexo, lo que Carvalho interpretó como una advertencia disuasoria, y en cuanto pudo desenganchar a Biscuter de una apasionada discusión con las restantes señoras sobre la homosexualidad en Hollywood, en el fútbol y en la política británica, pretextó la necesidad de madrugar al encuentro del auriga de Delfos para consumar la retirada del último bar abierto en el Plaka.

—Fíjese bien en el auriga y considere la mirada que lo ha creado.

Guiñó un ojo la Coleman y un intrigado Biscuter preguntó en cuanto se hubieron alejado:

—¿Era maricón el auriga de Delfos, jefe?

—Mañana trataremos de averiguarlo.

Al día siguiente, el esforzado ascenso por las rampas expositivas de los tesoros de Delfos y la sensación de final feliz de llegar al estadio tras una ascensión merecedora de una medalla de oro olímpica fueron considerados como maravillados preámbulos para la emoción final de enfrentarse al auriga. Allí estaba la estrella principal en el remozado museo urdido estratégicamente para el impacto final del joven conductor, inmutable pese al abandono de su carro y sus caballos, y por más que Carvalho y Biscuter calibraron la gracilidad de la figura y la ternura del gesto como un posible aviso de afeminamiento propio o supuesto por el ojo del artista, la escultura les imponía el valor superior de su milagrosa conservación, porque más que a una conservación estaban asistiendo a una resurrección o a algo parecido a la eternidad asexuada.

Entre comer al arrullo de la retransmisión televisiva del partido de fútbol Corea-España, punta de lanza informativa de los mundiales de fútbol, o comprar aceitunas prometidas por el prodigioso bosque de olivos que descendía hacia el mar e Itea, decidieron lo segundo. Así obtuvieron un pequeño bidón de cinco kilos de aceitunas que iban a recorrer medio mundo con ellos, olivas menos diseñadas que las de Kalamata, pero tan compactas como aquéllas y menos uniformes, nacidas de una en una, recogidas de una a una. Le informó Biscuter de que España acababa de perder por penaltis cuando ya Carvalho tenía medio cuerpo metido en el coche y sentía una extraña fiebre por acceder al bosque y llegar hasta el mar prometido que al otro lado de la costa del Peloponeso olía a calamares fritos y a dorada a la brasa.

—El bosque de olivos sí es una maravilla equivalente a la estatua del auriga.

—Pues, a mí, el muchacho, el auriga, no me ha parecido maricón, sino triste, y no puedo comprender el porqué de esa tristeza, ya que cuando hicieron la estatua tanto el carro como el caballo, o los caballos, estaban al completo.

—Más que tristeza es un cierto hieratismo. Las estatuas aprendieron a reír y a llorar algo más tarde.

Descendieron hacia Itea, junto al mar, y allí buscaron un restaurante en los límites de la villa, donde fueron invitados a entrar en la dependencia destinada a cámara frigorífica morgue para los cadáveres de pescados sugerentes y de una frescura a la acuarela. Comieron los entrantes habituales, entre los que Carvalho introdujo pimientos verdes rellenos de arroz y una pasta de queso fresco, ajo, pimentón y aceite, ungüento idóneo para el excelente pan griego y para adecuar el estómago a las texturas del pajel asado en su punto y de la sandía más absoluta de las sandías, rigurosamente griega, esencialmente griega, y que a Carvalho le recordaba las de su infancia, cuando las plazas de los barrios populares de Barcelona se llenaban de carpas de vendedores de melones y sandías, y en la apenumbrada posguerra, el personal las compraba a rajas y se las comía por la calle, un refrescante impúdico, anterior a cualquier posible, pero entonces inimaginable, futuro de consumidores. Las aceras de los barrios populares podían constituir un zoco transitorio y a veces clandestino, de hebra de tabaco obtenida de las colillas o de cancioneros cantados por vocalistas con la ayuda de un amplificador embudo o de curanderos olorosos en ungüentos de serpiente para curar sabañones de posguerra o de descubridores de prodigios sintéticos, ya fuera gasolina elaborada a partir de las hierbas de los ribazos de los ríos o un café obtenido a partir de la achicoria.

—Jamás volveré a tomar otro café que no sea a la griega.

—Es como el café con poso de la España anterior a las cafeteras italianas.

—Usted y yo, jefe, nacimos antes que las cafeteras italianas.

—Casi todo ha llegado después, menos los océanos, los vientos y la crueldad. Pero estoy tranquilo, y creo que los temores de los últimos días son infundados.

—Así me gusta. No podemos dar la vuelta al mundo con la muerte en los talones.

—Poder se puede. Ha habido vueltas al mundo para todos los gustos, incluso falsas vueltas al mundo.

Volvieron a Delfos para rehacer el camino de regreso protegidos por el Parnaso. Biscuter se durmió en las cercanías de Tebas y Carvalho tuvo que canturrear buena parte de las escasas canciones de su repertorio para no acompañar a su ayudante. Finalmente detuvo el coche a la entrada de un camino de tierra y dudó entre dormitar o caminar, para decidirse por el sueño, largamente, tanto tiempo que ya anochecía, cuando consiguió abrir los ojos y comprobar que Biscuter seguía durmiendo con la boca abierta, emitiendo una variedad insospechable de ronquidos sin tapujos, diríase que roncaba mediante vocales. Salió del coche en un paraje lleno de ya cerradas tiendas de souvenirs arqueológicos y trató de sancionar la organización de aquella industria, como si los griegos contemporáneos se aprovecharan banalmente de la grandeza de los griegos antiguos o tal vez, simplemente, los griegos antiguos lo tenían casi todo por pensar y por hacer y los modernos acumulaban ya demasiados quinquenios de fracaso civilizatorio universal y, por tanto, tenían todo el derecho de ganarse la vida cosificando su propio pasado. El siglo XXI nacía con una gran incapacidad para los mitos, ni siquiera prometían nuevos héroes del rock, todos ellos eran ya sesentones o pronto lo serían, como chamanes que conservaban el cargo por una cuestión de edad. Cuando Carvalho era un joven comunista todavía permanecían frescas las huellas y las sangres de la guerra civil de Grecia, y él amaba a los poetas comunistas griegos o turcos, Ritsos o Himmet, Himmet o Ritsos, como una demostración de que una filosofía realmente emancipatoria pasaba por encima de los tópicos nacionalistas. Ahora que ya no era joven y probablemente tampoco comunista, toda la poesía del siglo XX le parecía una colección de nanas para abortos o de oraciones fúnebres para nostalgias inútiles y tal vez sólo hubiera piedad para un siglo tan fracasado si a alguien se le ocurriera construir un parque temático con todos los excesos de un falso centenario. De hecho, el siglo XX había comenzado con la Revolución soviética y había terminado con la desaparición de la Unión Soviética, y luego había prosperado una confusa instalación de la relación espacio-tiempo comercializada bajo la etiqueta de «Milenio». Todavía estamos en pleno milenio, desconcertados porque no se han producido prodigios milenaristas, salvo la destrucción de las Torres Gemelas de Nueva York. Persisten los patronos, los reyes y los dioses, aunque ha desaparecido toda la capacidad mitificadora que nos quedaba, y ya no puedes creer ni en los cantantes de canciones del verano, como sí ocurría durante su segundo viaje, en aquel verano de 1975, Grecia recién liberada de los coroneles, Carvalho gozador de la catarsis de que en todos los *jukebox* de todas las Grecias, cada cual en su isla, las canciones del verano fueran de Theodorakis, siempre de Theodorakis. Biscuter había acabado de roncar y volvía a la vida restregándose los ojillos redondos.

—¿Dónde estamos?

—En Grecia, año I de la era de la Libertad Duradera. A punto de estallar la guerra de anexión de Iraq.

Lifante había sido breve y claro: como policía y como persona, recomendaba a Carvalho que volviera a Barcelona cuanto antes. Charo no había conseguido más palabras y sólo algún gesto de serena preocupación, muy correctamente emitido por un inspector dedicado a la semiología en sus horas libres.

—Es decir, te ha dicho que me entregue, pero ¿a quién y por qué?

—Nada más, Pepe. Eso fue todo. ¿Quieres alguna otra cosa?

—¿Cómo vas de amantes en el gobierno autonómico?

—El de siempre.

—¿Puedes sonsacarle? El poder siempre se interrelaciona, y seguro que tu *chevalier servant* tiene estatuto de poder, aunque sea subalterno.

No quiso decirle a Charo el futuro itinerario, y al día siguiente empezaron el descenso hacia Nauplia, un viacrucis de ruinas extremas hasta llegar al teatro de Epidauro. En Micenas, Biscuter pronunció una frase memorable: «¡Qué duro es ser ruina!», y en la apenumbrada tumba de Agamenón estuvo a punto de pasar la mano por un rostro que creyó de estatua y resultó ser de turista alemán, hierático aunque bávaro. Llegaron a Epidauro cuando estaban a punto de cerrar el recinto para turistas y abrirlo para los espectadores de *Edipo rey*, aplicados los técnicos a la preparación de la acústica y de la iluminación y los visitantes rezagados en hablar a media voz desde el centro del escenario para que sus familiares sentados en la última fila corroboraran que lo habían oído perfectamente. «*Vaffanculo!*», gritaba un italiano a su mujer.

Más allá del espectáculo terminal turístico o de la tragedia teatral anunciada, Carvalho y Biscuter se entregaron a la propuesta de reposo visual que emanaba de todo el ámbito, como si una aquietada magia de siglos permaneciera entre las piedras y las vegetaciones y no hubiera conseguido ser erradicada ni siquiera por los trabajos de construcción de un parking sistemático sustitutivo de aquel prado, generalmente agostado, según lo recordaba Carvalho en verano, donde en el pasado se podían dejar los coches y superar la obsesión por ruinas tan agresivas como las de Micenas.

Un ruido parecido a un disparo sonó en la quietud del atardecer, y el instante que Carvalho tardó en comprender que se trataba realmente de un disparo sirvió para un segundo tiro, que esta vez rebotó sobre la portezuela del coche que Biscuter había semiabierto. Se abalanzó Carvalho sobre Biscuter y lo derribó al suelo bajo su peso, más confundidos los cerebros que los cuerpos por lo que sospechaba Carvalho e ignoraba Biscuter. Una tercera bala rebotó también contra la carrocería y arrancó virutas de pintura y metal. Esta vez Carvalho había visto desde dónde procedían los disparos, un recinto cercado por una valla donde se exhibían los restos arqueológicos de las termas de la antigua Epidauro, y creyó percibir el vacío sucesivo causado por un cuerpo humano en huida. Pero los disparos podían llegar desde cualquier otro punto, y no sólo quienes habían actuado como blancos habían percibido la agresión. Algunos turistas huían de retorno hacia el camino al teatro y los vendedores de bebidas frescas se habían tirado al suelo de su tenderete. Pasaron tres minutos que a Carvalho le parecieron suficientes como para dar por finalizada la advertencia.

—¿Advertencia? ¿Nos inutilizan los frenos del coche y nos disparan en un recinto cultural, en público, al aire libre, y usted se lo toma como una advertencia?

—Hoy en día, este tipo de atentados son siempre perfectos. Si no nos han dado es porque no han querido.

—¿Qué quieren, entonces?

Regresaban poco a poco los testigos de lo ocurrido, pero no se atrevían a comentarlo con Carvalho y Biscuter, como si ellos fueran tan peligrosos como los autores de los disparos. La palabra «policía» sonaba en alemán y en italiano, probablemente en griego, pero Carvalho no quiso esperar la conclusión de los comentarios, se embarcó en el coche y cuando Biscuter se hubo aposentado, arrancó con una sonrisa en los labios y un suave vuelo de mano como despedida de los concentrados. Tal vez podían pensar que todo se trataba de un rodaje cinematográfico o televisivo y no era conveniente que les echaran encima a la policía, ni siquiera con la intención de protegerlos.

—¿Es otro aviso para que volvamos? ¿Como el de Lifante?

—Es un aviso de que nos están marcando, vigilando, pero no sabemos ni quiénes ni para qué.

En Nauplia se hospedaron en un hotel de las afueras que tenía una piscina tan espectacular como la vendedora de la joyería, pura proteína rubia. Carvalho se metió en la alberca por si las aguas lo ayudaban a pensar, y le facilitaron varios proyectos de cambio de situación, el más rocambolesco, coger ahora mismo el coche y las maletas, atravesar la Arcadia, volver a Patras y, desde allí, reiniciar la vuelta al mundo Albania arriba, Yugoslavia, Rusia, Siberia, la península de Kamchatka, Alaska, el Polo Norte, Barcelona, Lifante o Pérez i Ruidoms. O tal vez no volver a Barcelona nunca más, hasta encontrar aquel lugar del que no se quiere regresar que le había estimulado los mejores sueños desde la adolescencia.

—Si son agresiones disuasorias, ¿quién quiere disuadirnos? ¿De qué? ¿Qué sentido tiene en este embrollo la desaparición de madame Lissieux?

—Sea lo que sea, yo no pienso renunciar a mi proyecto de dar la vuelta al mundo. No tengo otra oportunidad de darla.

—Y yo con usted, jefe. Cada cual ha nacido, se dice, con un destino. El mío lo tengo muy claro: dar la vuelta al mundo.

—Hay que desaparecer. Cambiar de personalidad y de coche. No sé si tendremos dinero para ambas cosas.

—Por el dinero no se preocupe. Sería cojonudo que nos vistiéramos de moros, de jeques árabes, no de árabes de alpargata, porque los tratan muy mal en todas partes. Yo tengo mis ahorros.

¿Cómo había conseguido sus ahorros Biscuter? ¿Tanto cobraba de Carvalho o tanto le sisaba de la compra?

—Usted, jefe, no sabe nada de mi vida en cuanto vuelve la espalda y se sube a Vallvidrera a ver una Barcelona que ya no existe, que sólo usted recuerda, es como si se contemplara a sí mismo a distancia. Usted me considera todavía un ex ladrón de Mercedes en Andorra para presumir en la España del Biscuter y el Seiscientos. Han pasado cuarenta años de aquello; he crecido. Yo ejerzo como profesor invitado de sopas y ensaladas en la escuela Hoffman, doy conferencias regularmente a señoras de la tercera edad sobre la relación entre la cocina de nuestras abuelas y la cocina de nuestros maestros, tengo una correspondencia consultiva bastante copiosa con Ferran Adrià, el genio de la cocina posmoderna, regularmente escribo artículos sobre gastronomía en varias revistas sardanistas, de los bomberos o de los taxistas, y actúo como cocinero, preferentemente de noche, en fiestas privadas. Tengo casi treinta clientes fijos, no famosos, pero solventes, y me valgo de un equipo reclutado entre el proletariado hostelero del barrio chino, que lo hay, moritos incluidos, que hacen cuscús prodigiosos y pakistanís o coreanos que dan la nota exótica, con unas camareras cholas ecuatorianas que parecen recién salidas de una película de Hollywood de los años cincuenta, todo bajo mi batuta, porque en cocina está por descubrir el papel del estratega, tan importante como el del cocinero o el chef, según me aceptó Ferran Adrià en una de sus respuestas. Habrá visto usted que, de vez en cuando, utilizo el teléfono móvil y es para mantener cohesionado a mi equipo. Ya tenemos compromisos nada más empezar setiembre y yo dirigiré el negocio a distancia.

Fueron al puerto de Nauplia a cenar en uno de sus restaurantes enfrentados al islote fortaleza y se pasaron toda la comida dando de comer a gatos con diversidad de esqueletos más que de colores o de carnes, especialmente a un esquilmado gato dorado que tenía los ojos almendrados y verdes y un maullido extraordinariamente persuasivo, casi de denuncia de la injusta desigualdad que marcaba la diferencia entre un hombre domesticado y un gato igualmente domesticado. En alguna mesa estaba probablemente el autor de los disparos de Epidauro, y en diálogo con los camareros, Biscuter y Carvalho repitieron varias veces que iban a permanecer en Nauplia el tiempo suficiente para recorrer la costa de la Argólida y muy especialmente para atravesar la Arcadia, por si se parecía a la Arcadia simbólica recreada por los poetas y los novelistas pastoriles. «Profesor de literatura», insistió varias veces el detective ante la curiosidad de los camareros por su empeño en atravesar una región sin duda llena de pastores y borregos imaginarios y felices. Recorrieron confiadamente el largo paseo marítimo, como una pareja de turistas otoñales que ya no caminan demasiado ligeros, comedia sobre todo en el caso de Biscuter, que era un andarín fibroso y un gran subidor de escaleras educado en los barrios más pobres de Barcelona, donde no hay ascensores ni la menor lógica en las luces y las distancias. Pero nada más llegar al hotel cargaron el equipaje, incluido el bidón de aceitunas, pretextaron una urgente necesidad de partida y tomaron la carretera de Atenas.

Especularon sobre cómo llamarse a partir de ahora y a Carvalho se le ocurrió asumir la documentación falsa ya elaborada sobre una supuesta nacionalidad francesa y apellidarse Bouvard y Pécuchet, según lo convenido en Barcelona, en homenaje al libro que había admirado en sus años mozos como fábula del fracaso de la razón, una sátira de la petulancia y del desorden de la conciencia en el siglo XIX que muy bien podían asumir ellos dos con respecto al XX.

—Jamás siglo alguno fue tan desgraciado. Lo sabía casi todo para arreglar la condición humana y no arregló ningún déficit importante.

¿Había quemado aquel libro de Flaubert? ¿El de La Pléyade? No, era un volumen demasiado caro. Se trataba de una novela inacabada y en la edición que Carvalho había leído treinta años atrás al final aparecían unas notas con el plan de Gustave Flaubert para culminar la obra. La imagen de una novela inacabada le había inquietado mucho más que la de una sinfonía, como la que Mozart había dedicado insuficientemente a Praga. *Bouvard y Pécuchet* merecía la incineración. ¿Cuánto tiempo hacía que no quemaba libros? De hecho había cargado con algunos volúmenes para incinerarlos y esperaba que el viaje le ofreciera novedades libreras adecuadas, pero de momento era urgente detener la marcha y quemar un libro como se quema una ansiedad. ¿Por qué no *El viento se llevará nuestras palabras,* de Doris Lessing, «un testimonio comprometido sobre la destrucción de Afganistán»? En uno de sus discursos, la Lessing decía que uno de cada tres afganos está muerto, en el exilio o vive en un campamento de refugiados, y eso lo constata en 1986, cuando la Unión Soviética despedía en Afganistán su capacidad de imperio y todavía no habían ejercido su dictadura los talibanes, ni su mal disimulada guerra santa los norteamericanos. La Lessing nos debía un libro sobre los talibanes criados en los pechos de los norteamericanos y sobre la invasión y la destrucción de Afganistán a cargo de la guerra santa norteamericana hecha metáfora: «Libertad duradera.» Aparcó el coche en la cuneta, seleccionó el libro de entre los cinco o seis que le mostró su equipaje, lo descompuso y lo situó sobre un montón de barro y cascotes de vasijas rotas para prenderle fuego sin riesgo de contagiar la maleza, no sin antes concederle la última gracia y leer de una página escogida caprichosamente: «Era como mirar una cárcel pequeña, cálida. Mientras yo me perdía en estos pensamientos que serían considerados excéntricos tanto por los hombres como por las mujeres afganos que allí estaban, ellos seguían hablado de la *yihad* y los rusos.»

—Hemos de pasar por Afganistán.

—No dejan.

—Pasaremos por Afganistán.

Biscuter había contemplado la cremación sin bajar del coche, sin la menor voluntad de desaprobar el ritual, ni tan sólo con el ceño o con un gesto. Le urgía dormir y aceptó de buen grado la propuesta de Carvalho de alquilar dos habitaciones en un hotel de carretera para camioneros, donde un recepcionista semidormido no se daría cuenta de que sus nombres no se correspondían con los del pasaporte. Aún mejor: les hizo rellenar a ellos la hoja de ingreso y ni siquiera les pidió los documentos, por lo que los señores Bouvard y Pécuchet resucitaron en el siglo XXI y fueron a parar a sendos cuartuchos aromatizados por retretes que acababan de pasar por la experiencia de dos camioneros en ruta desde Tesalónica que habían contenido sus heces y sus gases hasta allí donde el cuerpo dijo basta. Cambiaron las sábanas, pero aún quedaban bajo la cama el celofán de un paquete de cigarrillos, medio estuche de galletas con chocolate y un calcetín que había abandonado su pie en un momento de dramática somnolencia.

—Empieza a entrenarte, Pécuchet, que todavía pasaremos por hoteles peores.

—Monsieur Bouvard, usted y yo hemos dormido en la misma cárcel y los colchones de Aridel sin duda procedían de un saqueo de la guerra del 14 y causaban pavor hasta a las chinches.

La tranquilidad de no ser quienes eran los hizo dormir hasta media mañana, y apenas bebido el café griego en la barra del bar y mordisqueado el aro de pan con semillas de amapola, Biscuter buscó el tono de voz avisador de que iba a hablar en serio.

—Jefe, usted conoce mi pasado y sabe que en mi juventud no había coche que se me resistiera y que soy un experto en algunos tráficos que a usted se le resisten.

—¿Adónde quieres ir a parar?

—Voy a solucionar lo del coche, pero usted debe secundarme y no oponerme reparos. Para empezar, ¿está dispuesto a prescindir de su lamentable Ford Fiesta?

—Para mí es como unas zapatillas hechas a la medida de mis pies. Pero reconozco que es un peligroso elemento de identificación.

—Vale. Salgamos de este hotel, vayamos a algún lugar donde vendan coches usados y el resto ya es cosa mía. Deme su pasaporte, monsieur Bouvard.

Encontraron un cementerio, más que establecimiento de

venta de coches usados, que Biscuter contempló con ojos de ladrón experto y luego ordenó a Carvalho que siguiera la carretera rumbo al mar, cerca del golfo de Corinto, sobre todo que buscara un camino ascendente que se acercara a algún acantilado por el que despeñar el Ford. Una vez localizado el sitio adecuado, Biscuter lo examinó como si se estuviera jugando allí el desembarco de Normandía y cabeceó, decidido.

—Ahora lléveme al depósito de coches usados y vuelva aquí y espéreme. Mientras tanto vacíe el coche de todo lo que necesitemos.

Aparte del equipaje, un paraguas plegable, la caja de herramientas, una navaja multiuso e inservibles monedas de peseta, medio paquete de toallitas de papel húmedas y una petaca con whisky Knockando veinte años, nada podía ofrecerle su viejo coche, un antiguo compañero de rutas demasiado normativas, salvo cuando lo utilizó en el caso de *La Rosa de Alejandría* para llegar hasta más abajo de Albacete, a Águilas. Con el maletero abierto, levantó la esterilla que ocultaba la rueda de recambio y allí no estaba la rueda. En su lugar, un saco de plástico repleto de estuches de polvos de talco, cada uno de ellos con el rostro de un niño alborozado. No dudó Carvalho en rasgar el saco, coger un supuesto bote de talco, arrancarle el precinto protector, verter un poco de polvo blanco sobre una mano, olerlo, recogerlo con la punta de la lengua, catarlo y llegar a la pronta conclusión de que llevaba en el coche millones de euros o de dólares de excelente cocaína. Devolvió el saco a su escondite y reconstruyó el recorrido del viaje para intuir en qué momento le habían sustituido la rueda por la droga. Las travesías en ferry Barcelona-Génova o Brindisi-Patras le parecieron las circunstancias más propicias, aunque tampoco podía prescindir de la posibilidad de que se la hubieran endosado en el parking de Atenas o tantas veces como se había detenido en la *autostra-*

da o ante unas ruinas. Pero un recuerdo confuso trataba de concretarse, como si de él dependiera la clarificación del misterio, una rememoración que no pudo acabar porque Biscuter frenaba a su lado un Ford Explorer todoterreno con matrícula alemana.

—Monsieur Pécuchet le ofrece compartir este coche matriculado a su nombre, señor Bouvard. Gasolina sin plomo 95 octanos. Automático. El motor puede resistir otros ciento cincuenta mil kilómetros. La vuelta al mundo es cosa hecha.

Carvalho invitó a Biscuter a que mirara en el interior del maletero del Ford Fiesta y, ante la evidencia del cargamento clandestino, Biscuter dudó entre decir: «Estamos perdidos» o «Somos ricos». Finalmente encontró los términos adecuados:

—Hay que deshacerse del coche y de la cocaína, pero por separado, porque si encuentran el coche con la carga nos perseguirán con más saña.

—Nos han perseguido por la cocaína.

—Es posible. Ya hablaremos de ello.

Sacó Biscuter la droga y la disimuló entre el equipaje que yacía en el suelo. Luego se subió al Ford, lo puso en marcha y lo acercó hasta el borde de un precipicio que prometía roquedales y hoyas de mar en su fondo. Dejó el coche desfrenado. Saltó al suelo y, tras comprobar que estaban solos, invitó a Carvalho a que lo ayudara a empujarlo. Así hicieron y el Ford descendió primero con cierta contención ladera abajo, luego se le abrieron las portezuelas como si pretendieran ser alas de salvación y dio varios tumbos desarmadores antes de estrellarse contra las rocas y las aguas y quedar como un animal anfibio y agonizante a la espera de que el mar pudiera más que su parálisis.

—Hay que dejar la droga lejos, para que no puedan relacionarla con el coche en el caso de que no se sumerja. La pondremos entre usted y yo y, ante cualquier problema de control de carretera, la tiramos por la ventanilla, no nos vayan a coger con este *consumao*.

Recuperaron la autovía de Atenas y Biscuter se desvió hacia el complejo industrial situado frente a la isla de Salamina. En un montículo se percibían diferentes escombreras que les parecieron un magnífico cementerio para la cocaína y a una de ellas fue a parar el saco, posteriormente enterrado por el suficiente peso de extrañas harinas, diríase que férricas y oxidadas. Suspiró de alivio Biscuter.

—Somos ricos. Si nos permitimos tirar millones de dólares es que somos ricos. Pensemos. Nos han amenazado desde que llegamos a Grecia. Primero desaparece madame Lissieux, luego nos rompen los frenos, nos tirotean.

—No, no ha sido así. Lo de los frenos fue en Italia. Todavía estaba madame Lissieux con nosotros.

—¿Nos sobrevuela el enemigo desde España? ¿Nos mete la cocaína en el coche? ¿Nos rompe los frenos? No encaja.

—A no ser que tengamos más de un enemigo. La rotura de frenos quería matarnos; lo del tiroteo sólo quería asustarnos. Cabe pensar que el primer enemigo lo llevábamos desde Barcelona y que el segundo se nos metió en el coche durante el viaje.

—¿Quién? ¿Por qué a nosotros?

—Tal vez madame Lissieux.

—No olvide, jefe, que estaba en el coche cuando lo de los frenos.

Borró Carvalho en el aire lo que había dicho y le pidió a Biscuter que condujera hacia El Pireo para decidir algún embarque. ¿Así, por las buenas? Así, por las buenas. «Lo importante es avanzar —razonó Carvalho—, y no refugiarse en la pequeñez de las obsesiones.» Quería pasar por el Bósforo movido por una querencia que le llegaba de lejos. Cultural, sin duda. Pero, a diferencia de los argonautas, que temían el Más Allá de aquella puerta estrecha, él ya sabía qué había tras el Bósforo: el mar Negro. ¿Qué se le había perdido en el mar Negro? De pronto a Carvalho le brotó el recuerdo que había estado convocando: uno de los italianos vestido de Armani, el que le había invitado a un martini y luego habían hablado del coche. El propio Carvalho había señalado su coche entre la multitud de los que aguardaban en la bodega la hora de la estampida en Patras. «Es casi invisible», había comentado el hombre Armani, y eso es lo que le había interesado, lo irrelevante que era un Ford Fiesta con más de veinte años. ¿Quién iba a reparar en él? Pero entonces, ¿quién les había disparado? El italiano no había reaparecido.

—Nos metió la droga en el coche, pero no era suya, y alguien ha tratado de acojonarnos para que la soltáramos.

—Ahora somos Bouvard y Pécuchet —reclamó Biscuter, al tiempo que le tendía dos pasaportes: *Bouvard* y *Pécuchet*, una falsificación correcta en la que no faltaba la huella del sello sobre la fotografía. Se quedó Carvalho con el de Bouvard y no hizo preguntas. Tampoco Biscuter cuando, en El Pireo, Carvalho tomó pasaje para aquella noche, rumbo a Alejandría.

Carvalho tenía la página de *Justine* seleccionada: «Estábamos todavía a tal distancia de la costa que no la distinguiríamos antes de dos o tres horas de navegación, cuando de pronto mi compañero lanzó un grito y señaló el horizonte. Vimos en el cielo la imagen invertida de la ciudad de tamaño natural, luminosa y trémula como si estuviera pintada en una seda polvorienta, pero con exactitud concienzuda. Podía reconstruir claramente y de memoria sus detalles, el palacio Ras el Tin, la mezquita Nebi Daniel y así sucesivamente. La representación era tan alucinante como una obra maestra pintada con toques de rocío. Se mantuvo suspendida en el cielo largo rato, quizá veinticinco minutos antes de disolverse lentamente en la bruma del horizonte. Una hora más tarde apareció la ciudad real, un borrón que se fue hinchando hasta adquirir las dimensiones de un espejismo.»

Si no conociéramos la historia de las ciudades, careceríamos de imaginarios apriorísticos, y mucho mejor si desconociéramos la literatura o el cine para los que posaron como modelos. Entre la Alejandría del faro prodigioso, del helenismo y de la mayor biblioteca de la antigüedad y la del cuarteto de Durrell o los poemas de Cavafis, Carvalho construía la silueta de una ciudad más mediterránea que egipcia, desde el prejuicio de un Mediterráneo oriental apropiado por griegos y judíos a partir de la decadencia del Imperio turco.

78

Nada más aterrizar en el puerto de la ciudad *real*, quedó prendado por el espectáculo de kilómetros de corroídas fachadas del litoral, como si dieran la cara por una ciudad vencida desde sí misma, una ciudad melancólicamente deprimida para siempre, algo parecido a la impresión que transmitía Tánger, pero en superlativa. Eran centenares de edificios de la en otro tiempo llamada Grande Corniche que Durrell describía llena de poderosos cafés de toldos rayados, ahora edificios irrecuperables, diríase que al borde del desguace, condenados a ser ruina contemporánea y tal vez en el futuro a merecer comentarios similares a los de las ruinas consideradas como tales. El centro de Alejandría conservaba coherencia de ciudad racionalista, diríase que pequeño burguesa venida a menos, en la que los referentes de la Alejandría clásica eran conscientes de formar parte de un *pasticcio* demasiado castigado por la decadencia de una mediterraneidad todavía no lo suficientemente afectada por la injerencia del abigarramiento oriental. También asomaba por un punto cardinal una Alejandría industrial en crisis, tan horrible como todas las ciudades industriales en crisis. Se sentía incómodo.

—Esta ciudad la conozco desde dos o tres perversiones cultas o cuatro. Es decir, me amedrenta. Para empezar, la Alejandría de la antigüedad, con sus bibliotecas y su esplendor lógicamente mitificado. Después, la Alejandría de un poeta que me gustaba mucho en mi juventud porque era ambiguo y tenía una plácida manía persecutoria, sexual e históricamente vivida. Era un homosexual. El capitán de la poesía homosexual del siglo XX. Me parece que he quemado todos sus libros. Se llamaba Cavafis. Luego me queda otra Alejandría obscenamente literaria, la que pone título a una tetralogía de Durrell, *El cuarteto de Alejandría*. No sé si hoy me parecería tan buena como cuando la leí. Tal vez me interese hoy más la obra de su hermano, experto en islas griegas y en gastronomía. Finalmente hay un egiptólogo catalán que ha dado mucha guerra con sus novelas escenificadas en Egipto: Terenci Moix. Es un suicida, no le quedan pulmones y sigue fumando como si quisiera que se le acabaran convirtiendo en humo. A ése le gusta una Alejandría supuesta, creo. No le he quemado ningún libro, pero tengo muchas ganas de convertir en cenizas *El pes de la palla* o *El peso de la paja,* un relato equívoco sobre las fronteras de mi barrio y el onanismo. No quiero ver decadencias contemporáneas. Vámonos a las catacumbas.

Más ambiciosas que las de Roma, divididas en tres pisos, construidas en los siglos I y II de la era cristiana, habían sido expoliadas después de cada revés guerrero de la ciudad y, sin embargo, a comienzos del siglo XX se descubrió esta síntesis de arte grecorromano y egipcio que a Carvalho lo sedujo por su capacidad de *collage* y porque pertenecía al subsuelo, a un determinado subsuelo de la construcción siempre fallida de la convivencia humana. El pastiche conseguido con el paso del arte faraónico a través de la mirada griega lograba una síntesis casi posmoderna, deshistorificada, como si las catacumbas acabaran de ser encargadas por el ayuntamiento de Atenas a un arquitecto de Las Vegas. En cambio, Biscuter estaba conmovido porque ligaba a lo que estaba viendo el imaginario de la muerte, de todas las muertes que había albergado aquel ámbito.

Dejó Carvalho que Biscuter se emocionara sin discutírselo, emocionara e intranquilizara cada vez que oía la palabra «sarcófago», convencido de que aquellas catacumbas eran algo, mucho más que una tumba deshabitada.

Propuso Carvalho ir a la busca de las pirámides y dejar de apurar los huesos del exquisito cadáver alejandrino. Carretera abierta hacia El Cairo, a veinte kilómetros de Alejandría los sorprendió el autostop de cuatro barbados canosos que llevaban en la cabeza casquetes diríase que de lana, a pesar del sol de verano. Uno de ellos chapurreaba el inglés y les pidió que los acercaran a un lugar sagrado, Wadi Natrun, un conjunto de monasterio e iglesias coptas donde hombres santos consolaban a los afligidos y con el testimonio de sus vidas predicaban el beneficio de la compasión. Se negaba Carvalho a colaborar con paparrucha religiosa alguna, pero Biscuter le opuso la lógica de la necesidad:

—Necesitan llegar y no vamos a cambiarles las creencias.

—Tal vez, si les decimos que no contribuimos a la supervivencia del irracionalismo religioso, caerán en la cuenta de que toda religión es puro y macabro irracionalismo.

—No creo que cambien tan precipitadamente de creencias. Usted ha dicho muchas veces que jamás se cambia de banco, de pluma estilográfica, de club de fútbol, ni de religión.

Subieron los cuatro viajeros previo traslado de algunos bultos al maletero y Biscuter les dio la cara con el pretexto de mantener una imposible conversación, porque ni ellos entendían una palabra en castellano ni Biscuter en egipcio.

—*Parlez vous français?*

Carvalho se echó a reír ante la ocurrencia de su compañero.

—¿Por qué no les has preguntado: «*Aimez vous Brahms*»?

Sin embargo, uno de ellos hablaba francés porque había trabajado de estibador en el puerto de Marsella y narró la historia de la significación del convento copto de Wadi El-Rayan, como una prueba de la pluralidad religiosa de Egipto frente a las tentaciones del fundamentalismo.

—¿Por qué son ustedes coptos?

—Porque lo eran nuestros padres.

Para ellos era un argumento tan natural como ser bípedos reproductores porque lo eran sus padres y Biscuter se extendió en elogios hacia una religión que había conservado un nombre tan bonito.

—Es una religión africana —concluyó el ex estibador, que al parecer era panafricano.

Cuando llegaron ante las tapias ocres que amurallaban Wadi Natrun, fueron invitados a acompañarlos porque querían que el padre prior saludara a extranjeros tan amables y generosos, y antes de que Carvalho pretextara la urgencia de llegar cuanto antes a El Cairo, no fueran a cerrarles las pirámides, ya Biscuter había aceptado la invitación con el argumento del respeto que le inspiraban los hombres santos, vinieran de donde vinieran, porque, los tenía muy observados, todos ellos se parecían y hablaban en el mismo tono de voz: «Como si se estuvieran y te estuvieran preparando para la muerte.»

Pasaron bajo la mirada y los buenos modos de varios hombres santos hasta que llegaron al más santo de todos, alborozado al saber que eran españoles, pertenecientes pues a un pueblo religioso en estos tiempos de irreverencia y materialismo, un materialismo más peligroso que cualquier materialismo del pasado, porque negaba cualquier tipo de trascendencia, incluso la posibilidad del progreso y la necesidad de un futuro mejor. A Carvalho el discurso del hombre santo le pareció el de un teólogo de la liberación copto, variedad teologal emancipadora que desconocía y que refrendaba su criterio de que todas las religiones tratan de sobrevivir falsificando la modernidad, porque de lo contrario la modernidad las deja con el culo al aire. Era excelente el té a la menta que les sirvieron en algo parecido a un porche lleno de vegetaciones, continuidad de un jardín dotado de los verdes que sólo arrancan las aguas de los oasis y resaltados aún más por el ocre brillante que cubría las paredes exteriores de todas las dependencias del recinto sagrado. Parecía un monasterio frágil, como un refugio precario hecho de adobe y viento, en comparación con los monasterios europeos hechos de piedra y voluntad de riqueza. Les propusieron quedarse a dormir para así ahondar en el mutuo conocimiento, pero esta vez Carvalho, como contagiado por el tono sálmico del prior, contestó dulcemente:

—Muy largo es nuestro camino. Lo suficiente como para meditar en las profundas palabras de su eminencia reverendísima.

—Bien dicho. No hay mejor interlocutor que el silencio que ofrecen los caminos desconocidos.

No, ya no estaban abiertas las pirámides, ni las gigantescas y algo tétricas mezquitas de El Cairo, por lo que Carvalho, una vez dejadas las maletas y el coche en un hotel cercano a la esfinge de Gizeh, aceptó un recorrido en autocar turístico por la Ciudad de los Muertos, la necrópolis convertida en segunda residencia de cadáveres reales y en residencia a todos los efectos de vivos pobres, acostumbrados a convivir con el ácido aroma de tanta muerte acumulada. Aunque el conductor se hacía pasar por documentado guía turístico, estaba más pendiente de la retransmisión de un partido de fútbol a través de los altavoces del autocar que del deseo de saber de una veintena de fugitivos de sí mismos disfrazados de turistas blanquísimos y franceses, por más señas, menos dos maestras de disléxicos de Tarragona que cumplían el ritual egiptólogo como si de él dependiera una indulgencia plenaria; qué indulgencia era lo de menos. Biscuter desveló el paisanaje hablándoles en catalán, lengua de la que estaban muy necesitadas, también del pan con tomate, dijeron, porque llevaban un mes de viaje, pero se presentó como monsieur Pécuchet y como Bouvard a su socio, con lo cual las maestras quedaron desconcertadas hasta que Carvalho les aclaró que eran franceses del Midi residentes en Cataluña desde la segunda guerra mundial.

—Nosotras nunca hacemos viajes arqueológicos, salvo si

podemos combinar la arqueología con historia y vida. Hemos estado varias veces en Chiapas con los neozapatistas o en Guatemala, en comisiones de protección de derechos humanos, y estamos estudiando la posibilidad de trasladarnos a Colombia, al extrarradio infinito de Bogotá, para aplicar nuestros conocimientos sobre la dislexia. Los viajes de placer no nos interesan. Creemos en la globalización, sí, pero no en la globalización diseñada por los globalizadores, sino en la padecida por los globalizados. ¿Qué puede aportar a la historia de la humanidad una visita a las pirámides?

—Tal vez recordar un poema de Brecht en el que constata que se conservan las pirámides, pero no las casas de los obreros que las hicieron.

—¡Qué bonito y qué cierto! Ya hemos visto las pirámides y, qué quiere que le diga, emocionan más las de Guatemala o las de Chiapas porque están como escondidas o como resucitadas; son, en sí mismas, símbolos de represión. Además, todas las pirámides de por aquí desprenden olor a pipí, sobre todo cuando la ascensión es muy larga y hay quien se pone nervioso y se mea nada más llegar arriba. En cambio, esto de la Ciudad de los Muertos es extraordinario. Es como la encarnación de la dualidad del fracaso humano: la muerte y la miseria.

Había marcado gol el equipo contrario porque el chófer soltó el volante, le pegó un puñetazo y se cagó en alguien difícil de determinar, luego se volvió a sus clientes y les explicó absolutamente todas las causas de su irritación hasta que se dio cuenta de que no lo entendían. Tuvo que intervenir la guía, todavía asustada por la irritación del chófer, para informarles de que el árbitro había dado por bueno un gol ilegal y que los dos equipos se estaban jugando la Supercopa. Ya en voz más baja, la muchacha explicó que se sospechaba del equipo que iba por delante porque tenía como partidarios a muchos ministros y directores generales, incluso el propio

Mubarak había expresado en más de una ocasión su entusiasmo por el estilo de juego.

—Aquí, como en todas partes, jefe.

—¿Qué quieres decir?

—Pues que siempre hay un equipo oficial, gubernamental, que se beneficia de esa situación. Como en España.

No ironizaba Biscuter, sino que refrendaba un convencimiento que ni siquiera hacía falta expresar, porque una de las arregla-disléxicos de Tarragona también afirmaba con la cabeza y tomaba de los labios de Biscuter el «como en España», convencida de que no hacía falta añadir nada más, y su compañera se remontó a Nietzsche para refrendar lo que allí se estaba debatiendo.

—Hay pueblos que nacen para hacer la historia y otros para padecerla.

Estaban las dos lingüistas identificadas con Biscuter y no fue necesario mencionar lo innombrable, militantes los tres en el antimadridismo incluso en aquel territorio tan fugaz de un autocar egipcio fabricado en Checoslovaquia mucho antes, no de la caída del Muro de Berlín, sino de su construcción. Las tres almas levitaban sobre los imaginarios campos de batallas perdidas y se reafirmaban a sí mismas estuvieran donde estuvieran. «Sería imposible la extranjería», se formuló Carvalho, y a continuación se lo preguntó: «¿Es posible la extranjería?» La interpretación positiva de la extranjería era la ciudadanía universal, pero cincuenta años después de que estuvo de moda presumir de ella, quedaba como una materia espiritual envejecida, igual que el entusiasmo con el que en los años cuarenta se bailaban buguis, hasta el punto de que alguien llegó a escribir uno titulado: *Un bugui más, qué importa.* Sus compañeros de confidencia luchaban contra la extranjería sintiéndose miembros del Barcelona Fútbol Club, enfrentado a muerte con el Real Madrid, lo que les permitía integrarse en la cruzada antiglobalizatoria sin sentirse perdidos en un pliegue de la nada. Pero era el mismo procedimiento empleado para sentir la religión como consuelo instrumental ante la evidencia de la estafa biológica. Ser del Barcelona Fútbol Club contra el Real Madrid les había evitado no la lucidez suprema, sino su consecuencia: la soledad más lúcida y, por tanto, más absoluta.

—No obstante, las pirámides son obligatorias.

—Y algunas imprescindibles —convinieron las dos mujeres, atacadas por un ramalazo de trascendencia cultural.

A Carvalho le interesaba más el Nilo o el mar Rojo o el Sinaí, porque las pirámides eran como de la familia, y hasta se sabía el nombre de las principales. Luego recordaría esta reflexión inicial a medida que iban cayendo las pirámides obligatorias, para él apellidadas desde la adolescencia y, por el contrario, para Biscuter, un mero imaginario referencial de algo que había sido el Antiguo Egipto. Por ello podía comentar impunemente que lo más sorprendente del Valle de los Reyes era la cantidad de perros famélicos, no resucitados de las tumbas, sino convocados por la compasión de los turistas, sobre todo de las turistas inglesas, que les llevaban *plumcakes* enteros sisados de la mesa bufete del hotel, cuando no las sobras sistemáticas de todas sus comidas. Si Biscuter se había sentido conmovido por el reclamo de una cultura como la grecolatina, que formaba parte de su frágil memoria cultural convencional, en cambio, tardó en conectar con los fantasmas emocionales de la antigüedad egipcia.

—Eran muy geométricos, ¿no, jefe?

Se sintió sacudido por el impacto de Abu Simbel, de pronto una agresión de historia que aparecía insospechadamente tras una curva del camino, y vivió extasiado el breve crucero del Nilo desde Assuán, especialmente la melancolía de la fluidez de las aguas y la sensación de que las verdes orillas llenas de niños y de animales solitarios eran un decorado especialmente acondicionado para los turistas fluviales.

Como le supieron a decorado Karnak y Luxor, especialmente invasores con su espectáculo de luz y sonido, y en cambio le parecía real el falso azafrán baratísimo que los viajeros compraban soñando arroces amarillentos que probablemente nunca prepararían. Los impactos culturales que Biscuter iba recibiendo formaban parte del espectáculo del viaje, o mejor decir de los espectáculos, porque tanto Carvalho como el resto de los viajeros esperaban el anuncio de un asesinato y la aparición de Hércules Poirot para resolverlo. El vídeo más contemplado era la película *Asesinato en el Nilo*, basado en la novela de Agatha Christie e interpretado por Peter Ustinov en el papel de Poirot, a bordo de un *ferry boat* exacto al que habitaban, aunque entre la película y la realidad mediara el efecto masificación. De hecho, Ustinov y compañía parecían realizar un crucero de lujo, y Carvalho sólo tenía la sensación de estar en un crucero imprescindible a pesar de su evidente teatralidad, presente incluso en el comportamiento de los camareros, que servían las cenas lanzando gritos de entusiasmo y alaridos de beduinos, tal vez para compensar la tendencia a la frugalidad y la repetición del menú contenido en los bufetes, donde lo que no era convencionalmente italiano era egipcio. Mejor decir siriolibanés venido a menos como las bolas de carne picada o las *brochettes*, a no ser que la curiosidad antropológica los llevara hacia el *ful*, plato de habas secas rehidratadas, o la *mélukhia*, sopa vegetal a veces amueblada con arroz hervido y pollo. Probaron también vinos locales, como el tinto Omar Khayyam o el rosado Rubis d'Egipte, y llegaron a la conclusión de que, salvo los vinos estables e irreversibles, los bebas donde los bebas, los demás dependen de un momento interior difícil de codificar. Habría sido de agradecer el reto de resucitar recetas de la cocina faraónica que Carvalho recitaba en voz alta para sorprender a Biscuter.

—Salsas alejandrinas para pescados asados, ¿quieres

conocer su composición? Con *garum* incluido, naturalmente, porque supongo yo que se trata de una receta ya pactada con los romanos. ¿Y un *ful medames*, de habas, comino, aceite, perejil, cebolla, ajo, pimienta y sal? Algo pobre, supongo. Tampoco era una cocina como para batir palmas y estaban muy preocupados por lo que se comía después de la muerte, en el Más Allá. En el *Libro de los muertos* se expresan deseos y promesas como no comer excrementos, ni beber orines en el imperio de los muertos, incluso hubo emperadores que se jactaron de haber comido carne de dioses para adquirir su fuerza. En un canto caníbal inscrito en la tumba del rey Unas se dice que come las entrañas de dioses estrangulados. Casquería fina, más divertida que lo que nos están sirviendo.

Por lo demás, el paisaje y el tiempo alimentaban, así como la impresión de saciedad que proporcionaban las detenciones arqueológicas, como si la historia y el río los hubieran estado esperando desde siempre.

—Cada vez que veo un río así, jefe, pienso en lo desgraciados que somos los españoles con los ríos. Tenemos pocos y raquíticos y, en cambio, cuando cruzas los Pirineos, aquello es una gozada, es como si toda el agua fuera a parar a los franceses. ¿Usted ha visto alguna vez un río tan impresionante como éste?

Recordó Carvalho todos los ríos caudalosos que había conocido, pero el que se le impuso no fue el San Lorenzo o el Amazonas o el Mississippi, sino un río irlandés no excesivamente importante. Se encontraba tal vez en la península de Connemara, o al menos el pretexto había sido un viaje a Connemara con prolongación hacia las fabuladas islas de Aran, a las que no pudo llegar porque había mala mar, y de pronto se detuvieron en un hotel historificado en el pasado por la presencia de De Gaulle y que dominaba como un vigía los meandros de un río pletórico donde claridades y umbrías marcaban el ámbito de un tiempo dulce, perfecto en sí mismo, el tiempo a favor de la lentitud de vivir en la belleza de una naturaleza que maquillaba con agua su brutalidad consustancial.

Casi todas las tiendas de aquella región de Irlanda se llamaban Joyce y no era en homenaje al autor del *Ulises*; simplemente, casi todo el mundo se apellidaba así.

El retorno a El Cairo sugirió a Carvalho una ruta que le permitiría cumplir su deseo de llegar al Bósforo, pero a través de Israel, Palestina, brevemente el Líbano, aún más brevemente Siria y, cuanto antes, Turquía. Biscuter aplaudía entusiasmado. Una ruta dura. «Una ruta *heavy*», repetía, como contraste a tanta ruina y tanto dato erudito, y de nada valió que Carvalho lo avisase de que iban a atravesar horizontes tan literarios como los bíblicos o que Turquía disponía de una costa mediterránea donde sobrevivían buena parte de las mejores ruinas griegas. «Ante todo, Suez», advirtió Carvalho, porque le había quedado la imagen infantil de una película vista en el cine Padró sobre la construcción del canal, con Tyrone Power de Fernando de Lesseps o algo parecido. ¿A quién le atribuiría el rostro de Lesseps un niño precinematográfico?

—Es que cuando ves a un tipo histórico en el cine, para siempre es el actor que lo encarna. ¿No recuerda el Maigret de Jean Gabin?

—Maigret no era un personaje histórico, sino literario.

—Bueno, pues le pondré otro ejemplo, el Cid y Charlton Heston. ¿Quién puede imaginar al Cid diferente de Charlton Heston? ¿O a Salomé distinta de Rita Hayworth?

Terminado el crucero, recuperaron El Cairo en avión. El coche los aguardaba, semiescondido —era criterio de Carvalho no facilitar la identificación con el vehículo—, en un

91

improvisado parking situado junto al aeropuerto, donde dos docenas de coches parecían esperar más el desguace que a sus dueños. Sobre el capó del todoterreno planearon una ruta ignorante de sus propias carreteras, o al menos de cuando dejaban de ser asfaltadas para ser de tierra, aunque hasta Suez confiaban en la necesidad de que el tráfico comercial hubiera condicionado una buena vía. No estaba mal, pero casi todas las indicaciones figuraban en árabe, y si Suez era un objetivo nítido, accesible, en tecnicolor, como si hubiera nacido como decorado cinematográfico, más allá tenían el desierto del Sinaí y la posibilidad de entrar en Israel por el sur, por Elat, dada la batalla campal entre judíos y palestinos que todos los días recordaba las entradas del norte por Gaza. Cuando el Sinaí se convierte en el desierto del Negev pisas territorio del Estado de Israel y habían acordado dejar de lado Tel Aviv y recorrer el eje más o menos establecido por la frontera jordana, el mar Muerto, la Masada, Jerusalén y así hasta Nazaret y el lago Tiberíades, de paso por el Líbano, y aquietar la marcha en Turquía, por si era posible los Dardanelos y llegar a la puerta del misterio con las vibraciones tranquilas.

No estaba Tyrone Power en Suez y la castigada ruta del petróleo había perdido prestigio y casi imagen, al igual que el canal de Panamá, que apenas parecía un pretexto para dos o tres golpes de estado. De la misma manera que en Keops o en el Valle de los Reyes, Carvalho y Biscuter tenían que medir su fascinación por cuanto les evocara la arqueología, en Suez percibían un nuevo tipo de ruina, la ruina de la modernidad o el envejecimiento de la modernidad, para ser más justos.

—Nuestro propio envejecimiento. Crecimos ganados por el mito de los estrechos. ¿Qué muchacho de hoy siente la menor atracción por esta obra menor si la compara con todo lo que él puede considerar moderno?

—Pero nosotros somos los que viajamos y estamos en el derecho de tocar los mitos —razonó Biscuter, y Carvalho le dio la razón mientras empezaba a experimentar cierta inquietud por la paliza del Sinaí y lamentó que los dioses del pasado tuvieran la fea costumbre de aparecerse en desiertos.

—Al menos, Elvis Presley se aparecía en Las Vegas y al papa de Roma actual, tan mediático, no se le ocurriría malgastar aparición en un desierto.

La carretera de Elat los obligó a pernoctar en el propio coche, bajo la propicia bóveda celeste que los desiertos repiten, conscientes de que es lo mejor que tienen. Temía Biscuter la acción de los escorpiones, pero Carvalho le recordó que jamás había sido noticia la muerte de ningún catalán en el desierto del Sinaí víctima de una picadura de escorpión. Con los brazos cruzados tras la nuca, Biscuter parecía en éxtasis y le contaba a Carvalho lo feliz que habría sido su madre si lo hubiera visto en tan impresionante viaje, ella, que nunca se había movido de Lérida, La Seu d'Urgell, Andorra, el Clot, menos una vez que viajó hasta Aridel, donde su hijo cumplía condena por haber robado un BMW en Andorra la Vieja. «Mi madre era muy viajera, mentalmente, y en cambio mi padre, que no lo era, se pasó media vida emigrando a ver si encontraba su propio El Dorado, o eso decía él.» El pasado de Biscuter incomodaba a Carvalho porque le revelaba qué poco sabía de la persona con la que más había convivido en los últimos treinta años, y estuvo a punto de corresponder al confesionalismo de su ayudante con una noticia que consideró que podría sorprenderle: «Biscuter, tengo una hija de más de cuarenta años.» Pero sólo enunciarlo mentalmente ya le sonaba ridículo y se limitó a colaborar en la añoranza de su compañero:

—Mi madre también era muy viajera. Mentalmente viajera. Sólo mentalmente.

Se durmió Carvalho tras forcejear con los intentos de su

madre por ocupar un espacio permanente en la bóveda celeste del Sinaí, y tras una serie de imágenes rotas que le humedecían los ojos del espíritu, cerró los del cuerpo con fuerza para que no se colara en ellos ni una brizna de nostalgia, desde la miserable impresión de que Biscuter y él sólo eran dos hormigas refugiadas en un grano de arena del cosmos y de que sus madres tenían tanta importancia cósmica como las madres de las hormigas, de cualquier clase de hormigas, convencidas de que sus crías son las más hermosas e inteligentes alimañas de la Tierra. Al amanecer, Biscuter le ofreció un termo con café, los inevitables panes redondos, una ración de aceitunas griegas y tres rodajas de salchichón de Vic que había resistido el viaje con absoluta dignidad beneficiada por el frescor de la noche del desierto. De nuevo en la ruta de Elat, pronto tres bifurcaciones del camino señalizadas en árabe les plantearon tres dudas lacerantes, porque en ninguna de ellas aparecía algo similar a Elat, y lo mismo podían llegar a Arabia Saudí, Ismailía o el mar Rojo.

—¿Y si nos fuéramos a La Meca?

—¿Y el Bósforo?

—A ver si pasa alguien. Este camino debe de utilizarlo algún coche o algún camión.

Minutos después vieron sobre la cresta del desierto pedregoso un poderoso rebaño de corderos conducido por un pastor diríase que recién salido de cualquier pesebre navideño italiano o español. Se fueron a por el pastor y le expusieron, entre las mejores sonrisas, sus deseos de llegar a Elat. Pero no pronunciaban bien el nombre de la ciudad, por lo que consideraron necesario indicársela en el mapa, hasta que se dieron cuenta de que no sabía leer. De pronto, el pastor se puso a hablar en inglés y a recordar su condición de joven soldado del ejército de Nasser durante las despiadadas luchas de 1967.

—Yo servía en el séptimo regimiento a las órdenes de oficiales formados durante la ocupación inglesa, pero poco les habían enseñado, porque se pusieron a correr más que nosotros y llegaron los primeros a El Cairo.

Cuando reía se le movían rebeldes los cuatro dientes que le quedaban. Señaló las ovejas y dijo que eran suyas. No había ganadero más importante que él en toda aquella parte del Sinaí, y perpetuaba con ello la tradición familiar, porque pastores habían sido su padre y su abuelo y, en cambio, no sería pastor su hijo, científico no sabía exactamente de qué, en la Universidad de Houston, en Estados Unidos.

—Si los árabes llegamos a saber tanto como los otros, seremos invencibles, porque Alá está con nosotros. ¿Son ustedes judíos?

Lo negaron varias veces y, al decir que eran españoles, el pastor se emocionó al recordar que su pueblo era amigo de los palestinos y les tendió un odre de piel de cabra con agua que sabía naturalmente a cabra *in sepulta*, pero que Biscuter y Carvalho bebieron como si se tratara del mejor refresco del mundo. Se levantó el pastor con cierta solemnidad y desde el mismo empaque escudriñó los tres caminos posibles y señaló tajantemente el del centro.

—Elat os espera al final de esta carretera. Es una ciudad muy moderna que los colonos judíos construyeron para hacer propaganda racista de su capacidad, muy por encima de la de los palestinos, de la de todos nosotros. Es una maldita ciudad emblema y algún día el agua del mar o el fuego del cielo la convertirán en barro o en ceniza, como ya ocurría en los buenos tiempos, al menos en mejores tiempos que éstos.

No era mejor la carretera por recorrer que la recorrida y Elat se convirtió en una posible ciudad quimérica, una de esas ciudades que desaparecen y tardan siglos en ser recuperadas. A Carvalho le preocupaba el estado de guerra entre judíos y palestinos y recordó que no se llamaban Pécuchet y

Bouvard y que el servicio de inteligencia israelí pasaba por ser uno de los más eficaces del mundo.

—Creo que hemos de recuperar nuestra identidad, porque no me fío ni un pelo de tu falsificador de pasaportes.

—El falsificador de pasaportes soy yo mismo y hasta ahora no me ha fallado. Porque querrá usted saber, jefe, que tengo sobre mí orden de busca y captura desde comienzos de los años setenta por un robo excesivo que, la verdad, ni me iba ni me venía y, sin embargo, mi falso pasaporte me ha abierto toda clase de fronteras como, por ejemplo, la de Francia. Ahora bien, otra cosa es que encontremos un espía judío afrancesado que haya leído la novelita y se lo tome a cachondeo.

—Por ejemplo.

Detuvo Biscuter el coche que conducía, recogió su pasaporte y el de Bouvard y los escondió en una extraña cavidad bajo la carrocería del lateral derecho. Cuando volvió ante el volante ya era portador de los documentos acreditativos de que Carvalho era investigador privado y él ayudante en investigaciones y servicios sociales.

—Observará, jefe, que tanto su pasaporte como el mío no reproducen el visado de entrada en Israel, porque eso significaría que no nos dejarían entrar en Siria o en el Líbano.

Carvalho aplaudió al aire y Biscuter gritó, alborozado:

—¡Elat!

En el puesto fronterizo los trataron como a europeos. Aparentemente, contemplaron los pasaportes con sagacidad y uno de los aduaneros habló con Biscuter en castellano:

—En Madrid siempre hace buen tiempo.

—Sí, en Madrid, sí.

Carvalho observó que pasaban rápidamente los documentos bajo una disimulada fotocopiadora supersensible, sin perder una amabilidad diríase que algo castrense, como si quisieran recordarles que estaban en un país donde se moría y se mataba más allá de las estadísticas. Les obedecieron cuando les pidieron que no sellaran el pasaporte porque tal vez visitarían Siria o El Líbano. Apenas fue un fundido en caqui, porque al irrumpir en Elat los asaltó un sentido de la armonía que ni siquiera evocaba la armonía aburguesada de Europa, sino la que puedes encontrar en cualquier pequeña ciudad norteamericana construida como imaginario del paraíso vacacional. Biscuter silbó y comentó: «Esto es Las Vegas.» Carvalho trataba de encontrar el sentido de aquella ciudad tan sorprendentemente abierta y acogedora en una esquina del desierto del Negev, abierta al mar y pregonando por doquier sus instalaciones hoteleras o sus más de trescientos días sin lluvia o los paraísos marinos y terrestres que esperaban al turista. En torno al embarcadero y a la zona llamada Playa Norte se había tramado una pequeña

Venecia de canales repletos de aguas azulísimas, aguas y azules de encargo o realizados mediante el esfuerzo militante de una parte de la ingeniería israelí capaz de inventarse un país y, como si fuera su diseño más sofisticado, más que la supervivencia de sus orígenes, la ciudad tenía un deje afrancesado percibido en carteles y en los rótulos de algunos establecimientos.

—¿No estaremos en Disneylandia?

—Estamos a las puertas del Edén, en un lugar donde hace cincuenta años sólo había una granja colectiva de pioneros sionistas. Ahora, aquí lo más interesante que podemos hacer es submarinismo o, todo lo contrario, peregrinar hacia La Meca. A tu derecha, Biscuter, a través de aquella montaña de colores tan privilegiados, sobrevive un antiguo camino a la ciudad sagrada. No he venido a Israel a bañarme, ni pienso ir hasta Arabia. Quiero llegar cuanto antes a Jerusalén.

Estaban a más de trescientos kilómetros de una de las ciudades más santas de la Tierra y debían tomar por el Cañón Rojo en dirección a Beersheba. Conducía Carvalho para que Biscuter pudiera contemplar y jalear suficientemente la espectacular geología que prometía incluso mejorar si tomaban el camino del valle de la Luna, uno de los varios prometidos valles de la Luna que Carvalho situaba en diferentes geografías, un valle la Luna más en un planeta Tierra con complejo de faltarle valles definitivos. A la entrada de Beersheba encontraron un control militar israelí heterosexual, de cabellos rizados y muy pechugonas las muchachas, con pistolones ambisexo y un cuestionario que recitaban de memoria mientras repasaban los datos del pasaporte. Una de ellas observó el coche con especial atención, revisó su documentación y luego hizo algunos comentarios con el oficial al mando. Fue éste quien se acercó a Carvalho y a Biscuter con papeles en una mano, los saludó militarmente y señaló el coche.

—Tenemos datos contradictorios sobre su vehículo. En el permiso de circulación figura a su nombre, pero teníamos localizado este vehículo, como tantos otros, más allá de las fronteras con Egipto y allí figuraba a nombre de Bouvard y Pécuchet.

Carvalho sonrió, condescendiente.

—O fue un error de su satélite espía o un acierto de su espía peatonal.

—No telespiamos la documentación de los coches. Pero lo cierto es que en la guantera de este Ford figuraba un permiso de circulación a nombre de Pécuchet y Bouvard.

—Fácil de explicar. Lo compramos de segunda mano en Grecia, un todoterreno capaz de ir por estos caminos, y tal vez conservamos la documentación de los antiguos propietarios.

Biscuter asentía y le dictaba a Carvalho lo que debía traducir al inglés.

—Mi ayudante me dice que esa documentación estuvo en la guantera hasta la frontera con Israel. De hecho, estamos de paso. A ser posible queremos visitar los Santos Lugares y luego dirigirnos al Bósforo.

—¿Tienen dirección fija en Israel?

—No.

—¿Teléfono móvil?

Enseñó Biscuter su teléfono y dio el número cuando se lo pidió el oficial mientras la muchacha armada tomaba nota.

—Pueden seguir, pero mantengan el teléfono abierto. Comprobaremos cuanto han dicho y les aconsejo que mientras estén en Israel o lo que llaman Palestina, vayan sólo a lugares seguros.

—¿Los hay?

—No, ya no. Pero sobre todo eviten Ramallah, la supuesta capital de Arafat. De vez en cuando la ocupamos con nuestros tanques y pronto no quedará piedra sobre piedra. Si quieren estar seguros en Palestina, váyanse cuanto antes.

No pensaban volver marcha atrás, por lo que era forzoso acercarse a Masada y el mar Muerto antes de llegar a Jerusalén a través de un paisaje en el que el espacio lo ponían los palestinos y el tiempo los israelíes con sus controles de carretera o con sus blindados, también con sus instalaciones industriales, sus sistemas de riegos, una compleja infraestructura de ocupación científico-técnica con voluntad de eternidad. Cada nombre figurante en la memoria de la Historia Sagrada se encarnaba en la banalidad de ciudades indeterminables que no se parecían a las imaginarias, como tampoco se parecía el mar Muerto en un día progresivamente nublado y especialmente brumoso sobre las aguas diríase que espesas de un mar aceitoso. Algunos turistas se metían en aquel líquido denso que les regalaba una flotabilidad viscosa, y Biscuter fue la cobaya que utilizó Carvalho antes de predisponerse a un baño necrofílico.

—Es como si fuera una salsa y huele a azufre —le gritó Biscuter con el agua hasta la cintura, y Carvalho consideró que estaba a punto de hacer algo que nunca más podría hacer, bañarse en un mar que formaba parte de su educación mitológica más profunda.

—Tenía que bañarme. Es como si, después de muchos años de búsqueda, de pronto me hubiera negado a coger el Vellocino de Oro o el Santo Grial.

Biscuter chapoteaba a su lado con cierto rictus de rechazo.

—Está mucho mejor el Mediterráneo, incluso el de la Villa Olímpica de Barcelona. Éste es un mar prefabricado, jefe, estoy seguro.

A medida que se moría por culpa de la evaporación, el mar aportaba más riquezas químicas y míticas, las primeras situadas sobre todo en la orilla occidental del sur y las segundas en torno a la industria cosmética y al mercado épico de Masada, la fortaleza que representa la capacidad de resistencia y derrota de Israel. Doscientos metros había bajado el nivel del mar desde los tiempos de Moisés, connotado por hoteles para peregrinos voluntaristas y tiendas de cosméticos obtenidos con los materiales que aportaban las aguas y las orillas sedimentales de chucherías químicas, al parecer indispensables para la terapéutica o la conservación de la piel, como si la industria cosmética se hubiera apoderado en mayor medida que cualquier otra del misterio de dolor que conllevaba el mar Muerto.

Ya en las ruinas de Masada, la fortaleza construida a unos cuatrocientos metros sobre el nivel del mar, una guía rubia y de piel tan transparente que enseñaba todas las venas, explicaba a un grupo de judíos argentinos que aquel monumento arqueológico a una resistencia y a una derrota traducía la pulsión perdedora de los judíos hasta la segunda guerra mundial y el intento de crear un Estado tan artificial como teológico a manera de garita o de avanzadilla de las grandes potencias en la trinchera con los Estados árabes formados tras la descomposición del Imperio turco. La irrupción de los romanos en el siglo I d. J.C. casi no había dejado piedra sobre piedra y, sin embargo, Masada impresionaba como si fuera la caja negra de todas las derrotas de Israel. La guía o era argentina o había aprendido el español en Argentina, porque algunas descripciones épicas y líricas de la defensa y la destrucción de la fortaleza sonaban a tango. Carvalho le demostró ser un conocedor de Buenos Aires porque aquella rubia le apetecía como una promesa de carne fresca y sentimental con la que bastaba establecer cierta complicidad en el fatalismo. Permanecieron largo rato en la puerta occidental, donde culminaba la rampa por la que habían subido los asaltantes romanos en el siglo I de la era cristiana.

—Mira que se lo dijeron y se lo avisaron. Por ahí van a entrarles, por ahí van a entrarles.

Carvalho rió y, ante la curiosidad de Malena, la guía, le

explicó que ella había hablado como El Zorro, un cómico argentino que en sus monólogos llenos de cómicas desgracias solía comenzar diciendo: «Se lo dijeron, se lo avisaron.» Era demasiado joven Malena para haberse abastecido de la comicidad de Pepe Iglesias, *El Zorro*, pero reconoció haber usado elementos de la narratividad oral argentina. Lo cierto era que se lo dijeron, se lo avisaron, pero no pudieron evitar el cerco romano, la imposibilidad de huir, y diez soldados, diez justos judíos, recibieron la orden de sacrificar a casi el millar de compatriotas que poblaban la fortaleza para entregar a los romanos sólo un cementerio. Sobrevivieron cinco niños y diez mujeres que, en tan alta voz, contaron lo que había pasado, que Masada es el lugar preferido de peregrinaje del pionerismo israelí y el ejército se ha tomado como un empeño prioritario reconstruir la fortaleza lo suficiente para que sea una conjetura, pero no tanto como para que deje de ser ruina.

—Las ruinas conmueven más que las conjeturas —concluyó Malena.

—El pueblo de Israel necesita sus huellas y no las identifica con las cristianas; son anteriores. Para muchos judíos, Jesús es uno de los responsables de la derrota y la dispersión porque luchó contra el statu quo existente entre los romanos y sus súbditos. Sería algo así como un maximalista que convoca una respuesta destructora, como esos terroristas que provocan la reacción desmesurada e incontestable del poder establecido.

Pocos de los presentes entendían el discurso de Malena, en el que Carvalho creyó oír una confesión. Se le acercó para preguntarle a solas:

—¿Montonera o trotskista?

Ella se echó a reír, pero no para todos, para Carvalho, como estableciendo una complicidad sólo para dos.

—¿Y si le dijera que las dos cosas?

—No me haga perder el tiempo. A mis años...

—De montonera, casi nada. El ERP, ahí sí me sentí identificada, pero me vencieron en seguida. Mis maestros, los milicos, y mis padres en los años setenta. Mi marido, en los ochenta.

—¿Y ahora?

—Ahora estoy con Borges. La luna de Buenos Aires es también la de Constantinopla. ¿No es cierto?

—Me es indiferente.

Malena vivía en Hebrón desde que sus padres se habían trasladado a Israel en 1978, huyendo de la dictadura argentina y no, no necesitaba que Carvalho la acompañara en su coche, pero se recreó en una conversación que ella creía maliciosa y Carvalho meramente instrumental, por si la flaca y rubia muchacha sentía alguna curiosidad por aquel español, gallego, como todos los españoles lo son para los argentinos. En cambio, sí tenía un amigo, un becario ruso que quizá en días venideros necesitaría un vehículo para viajar hacia el norte, muy, muy al norte, Estambul.

—¡Nuestra ruta, jefe!

La palabra «jefe» en labios de Biscuter puso a la defensiva a la argentina, «muy acuciada por el tiempo», dijo, porque tenía una cita en Hebrón a media tarde y se trataba de planificar con la agencia las próximas visitas de turistas.

—Lástima que tenga tanta prisa, porque podríamos hablar de lo de su novio.

—No es mi novio, es sólo un amigo. Mañana es sábado y aquí nadie mueve un dedo. Si quieren, nos encontramos en Jerusalén. ¿A qué hotel van?

—Al hotel más caro de todo el viaje: el Rey David.

No impresionó el nombre a la mujer, tampoco a Biscuter, que no tenía demasiada idea de los planes hoteleros ni de las posibilidades económicas reales de Carvalho, y el detective se sorprendió a sí mismo metido en una torpe pero sincera justificación del porqué de la elección de aquel hotel de lujo.

—Es una fijación casi infantil. Pero recuerdo haber leído en un periódico hace muchos, muchos años, noticias sobre las luchas para la constitución del Estado de Israel. Por aquí mataron a un conde sueco, Bernadotte, creo, el mediador de la ONU y, sobre todo, lo que hizo más ruido en mis orejas fue la voladura de ese hotel de nombre tan carismático (un rey lírico), voladura a cargo de un grupo terrorista judío. El responsable parecía ser un joven dirigente que, con el tiempo, sería premio Nobel de la Paz.

—Menahem Beguin.

—En efecto. Compartió el premio con Sadat y ha sido uno de los datos que me revela que la historia tiene moral, en contra de lo que pensaban algunos puristas de izquierda cuando yo estudiaba para ser de izquierdas. La historia sin moral. No, no es cierto. Lo que separa a un terrorista de un premio Nobel de la Paz es lo que separa la derrota de la victoria. Si el terrorista pierde, será un miserable terrorista para siempre, pero si vence, se convertirá en un estadista y, ¿por qué no?, en un premio Nobel de la Paz.

—Así ha sido siempre, señor mío. No hay combatiente por las armas que no sea un criminal objetivo, pero si vence se convierte en un elemento social positivo. Soy socióloga, pero me gano la vida explicando el simbolismo de la resistencia del pueblo judío contra los romanos.

—¿Quedamos citados mañana en el hotel Rey David? La invito a cenar, también a su amigo, y así podemos hablar del viaje a Estambul.

—No quisiera hacerles perder el tiempo, ni que se engañaran. Mi amigo es bastante raro y va a Estambul en busca de una mujer, de una compatriota suya, compañera de estudios o algo parecido, que está pasando un mal momento.

—Cualquier pretexto es bueno para ir a Estambul. ¿No se apunta?

—Mañana cenaré con ustedes, pero no debo acompañarlos a Estambul. No puedo dejar mi trabajo. Éste es un país difícil pero tengo trabajo; en cambio, Argentina es un país imposible. Ya ven lo que está pasando, más de un veinte por ciento de parados, bloqueo de las pensiones, de las cuentas corrientes, niños que se mueren de hambre en el país del bife y del trigo, y yo me marché cuando era una piba. No tengo apenas lazos familiares. Mis padres siguen viviendo aquí, en el mismo kibbutz al que fuimos a parar cuando llegamos.

—Una muchacha de kibbutz. ¿Es usted sionista?

—Soy una superviviente, y mañana cenaremos juntos y podremos hablar, hablar, hablar...

Ya a solas y en ruta hacia Jerusalén, Biscuter interpretó un monólogo sobre la rubia argentina, una mujer transparente, delicada, de las que inspiran ternura y te llevarías a casa para meterla en una cajita de música y luego abrirías la cajita de vez en cuando para que ella saliera con su pálida luz dorada. Carvalho asistía mudo al despliegue lírico de su compañero, inquieto porque, tras una convivencia de treinta años y un conocimiento de cuarenta, Biscuter seguía siendo un desconocido al que no podía proponer: «Hágame un sucinto resumen de su vida y de su obra», porque estaba implícito que el uno y el otro se conocían suficientemente como para no recurrir al ABC del desvelamiento. De momento sabía que Biscuter había sido un joven chorizo de coches, compañero de la cárcel de Aridel, salvado de una violación por la actitud de Carvalho y otros presos políticos; desde 1974, su cocinero, confidente, chico de los recados, vigilante del despacho, recepcionista como mucho, y pocos días atrás se había enterado de que era más sabio de lo que suponía y más rico que su patrón, porque practicaba el pluriempleo en sus horas muertas, que eran realmente sus horas vivas. Y ahora estaba allí, colado por aquella pescadilla rubia argentina, toda espinas y toda encanto, pero tan fugaz como cometa o luciérnaga.

Jerusalén apareció, ciudad rosa por la piedra calcárea de Judea en la que están construidos sus edificios y por el poniente, amontonada sobre todas sus arqueologías, un horizonte atractivo que acentuó las ganas de llegar frustradas por un control militar de carreteras, decíase de coche a coche que por la explosión de un palestino camicace en una cafetería a la entrada del barrio judío por la zona del barrio de David, aunque era habitual que los judíos pusieran todos los obstáculos posibles al acceso a Ramallah. Los militares comprobaban rostro por rostro, pasaporte por pasaporte, maletero por maletero.

—Recuerda Biscuter que ya no somos Bouvard y Pécuchet.

Tuvo tiempo de recordarlo porque oscurecía ya cuando llegaron al control, y aunque el interrogatorio era de fórmula, los soldados lo llevaban a cabo con la musculatura mental en su sitio, como si tres horas de repetir lo mismo no los desorientaran, y ante cada viajero recomponían su capacidad de sospecha, asumiendo la fatalidad de vivir rodeados de enemigos, los enemigos eran ya la regla. Entraron en Jerusalén junto al cementerio judío del monte de los Olivos; luego, el anunciado sepulcro de los profetas, el huerto de Getsemaní. El sepulcro de la Virgen María, el propiamente llamado monte de los Olivos y, a partir del museo Rockefeller, la avenida torcía a la izquierda en busca del centro histórico, lo bordeaba y se iba por la calle Rey David, donde estaba ubicado el hotel que a Biscuter le pareció realizado por los mismos arquitectos de Abu Simbel o Luxor.

—¡Qué riqueza! ¡Qué detalles!

Otro control militar en la puerta de acceso al hotel, más

tarde supieron que transitorio y consecuencia inmediata del último atentado, aunque el hotel siempre tenía una vigilancia especial porque era centro de encuentros políticos de gran altura.

—Rabin discutía todas las cosas importantes en este hotel —le informó el recepcionista, que le habló español con acento argentino.

—¿Argentino?

—No, mi familia es de Georgia, en la antigua URSS, pero teníamos parientes en Buenos Aires, de la rama Simonovich.

Carvalho confirmó que se iban a quedar dos noches y perdió de vista a Biscuter, embobado en la contemplación de «los detalles —insistía—, está lleno de detalles», del hotel más caro en el que jamás había estado. El recepcionista les aconsejó no salir de noche, a no ser que fueran a sitios relativamente seguros y siempre en compañía de algún guía israelí. De día era posible acudir a los llamados «Santos Lugares» por los cristianos, porque había un cierto acuerdo tácito de no castigar la coexistencia religiosa, suficientes motivos daban las otras coexistencias para los atentados. Como consecuencia de la inseguridad de la zona, el turismo había bajado tanto que les pareció ser los únicos habitantes del hotel. Carvalho había renunciado al debate político y la información ya la conocía gracias a más de cuarenta años de curiosidad por Israel, condicionado por un precoz enamoramiento de una judía sefardí-barcelonesa y el mismo período de compasión por cómo la estrategia internacional había hecho pasar por las horcas claudinas a la población árabe, que vio desde el más absoluto desamparo y subdesarrollo cómo Israel construía un Estado artificial teológico, alimentado por el coraje y la emoción de una conciencia étnica judía sostenida durante casi un milenio de diáspora.

—Esto no lo arregla ni Dios, Biscuter.

—¿Qué dios?

—Ahí está la cuestión. En cuanto intervienen los dioses, las cosas se joden. Estuvieron a punto de estropear el vino o la cerveza, por eso yo prefiero las bebidas creadas por los barmans, los cócteles son las auténticas bebidas humanas, y fíjate que ningún dios se ha atribuido un milagro a costa del dry martini o del singapur sling que tomaremos en el hotel Raffles de Singapur en el transcurso de nuestra vuelta al mundo. En cambio, en algún momento del linaje de los vinos o las cervezas intervinieron los dioses, incluso para favorecer incestos, como consta en la tradición judeocristiana, episodios que yo siempre he considerado como un remoto precedente del cine porno.

No se atrevían a desobedecer al recepcionista, pero la tentación de Jerusalén anochecido era muy fuerte, y optaron por contratar un coche con guía que también hablaba español con acento argentino.

—¿Argentino? —preguntó Carvalho, empeñado en simplificar las cosas.

—No, mi familia procede de Esmirna y aprendí el castellano en la Universidad de Haifa.

—¿Y ese acento argentino?

Al parecer era la primera vez que denunciaban su acento y lo atribuyó a un desconocido cruce de sustratos lingüísticos, tal vez el acento y el uso de las sibilantes y las fricativas le vinieran del habla de sus padres, pertenecientes a una saga instalada en Esmirna desde los tiempos de diáspora. El guía se presentó como coronel del ejército israelí en la reserva y atribuyó a un problema de salud el no estar en activo.

—Esta noche vamos a hacer recorridos y vamos a ver fachadas, muros, jardines. No es momento de entrar en los sitios, y esta ciudad es laberíntica, sobre todo, el centro propiamente dicho, donde coexisten el barrio cristiano, el judío y el musulmán.

Como si recorrieran una ciudad nocturna y prohibida,

pasaron ante sus estuches más mitológicos y el guía les iba marcando el itinerario del día siguiente, a plena luz, pero siempre con mucha prudencia y esperando que el conflicto no estallara ante sus narices.

—¿Cómo se puede prever un camicace? Cada vez son más jóvenes, incluso mujeres.

Volvió a la descripción profetizada de la ciudad y fue la suya una narración muy profesional, la de una Jerusalén propuesta por la memoria y por la vista, independientemente del conflicto entre israelíes y palestinos. Sólo una vez se le escapó una valoración ideológica:

—¿Ven aquel grupo de musulmanes sentados en cuclillas en torno a un espacio circular? Podría tratarse de musulmanes colaboracionistas, aunque cada día aumenta el número de colaboracionistas asesinados por los terroristas palestinos. O tal vez se trate de gente que tiene calor y no sabe qué hacer. Esta gente siempre tiene calor y casi nunca sabe qué hacer, salvo cuando quieren tirarte una bomba o estallar ellos mismos ante tus propias narices.

De regreso al hotel tuvieron que esperar a que saliera un grupo rodeado de guardaespaldas, y entre los salientes reconocieron a Shimon Peres, un político socialista que había gobernado en coalición con Ariel Sharon, para los palestinos el carnicero de Adra y Chatila. Excitó a Biscuter la cercanía del poder y requirió a Carvalho que le contara sus experiencias de este tipo, tanto en sus tiempos de supuesto agente de la CIA y guardaespaldas de Kennedy, como luego, cuando en los casos que investigaba aparecían ricos o políticos poderosos. El caso de *El premio,* por ejemplo, o *Asesinato en el Comité Central.*

—En Madrid es más fácil tocar poder. ¿Cómo son?

—Diferentes.

—¿Mejores?

—No, pero tienen poder y adquieren hábitos en relación con el uso de ese poder. Poseen una cultura del mando y de la utilización de los demás.

Al día siguiente algunos estuches se abrieron y permanecieron largo tiempo ante el Muro de las Lamentaciones, registrando la variedad del vestuario de los judíos que iban a lamentarse mediante un parecido ritual de la queja, aunque los había que casi estrellaban sus frentes contra el muro o quienes se limitaban a presionarlo con un occipital prudente. Ante los ojos de la memoria de Carvalho pasaron los mexicanos caminando de rodillas hacia el monasterio de la Virgen de Guadalupe o los expiantes españoles corriendo descalzos sobre las ascuas de lo que había sido una hoguera. La fe sólo se expresa mediante lo irracional y no resiste la menor aproximación de la razón, a no ser que sea una aproximación pactada por el cinismo o la autocompasión o el miedo o el amor a tan frágiles e insustituibles seres queridos. Hoy es posible saber las causas de casi todos los efectos, y la religión ya no es un sucedáneo del saber, sino una costumbre y un producto de mercado, marketing, por tanto. Resultaba desconcertante que en un siglo tan exigido como el XXI siguieran compitiendo en Jerusalén lo que los folletos proclamaban como «las tres grandes religiones monoteístas», sin presencia de la oferta religiosa más reciente, Jerusalén tramada como respetado escenario de la lucha final entre las religiones tradicionales. De la dramaturgia religiosa hebrea se pasaba pocos metros más arriba a la musulmana, la mezquita de Aksa, vedada para los no musulmanes, a pesar de que su rutilante cúpula parecía una señal de llamada que judíos y cristianos contemplaban desde sus trincheras, una impresión constante en Israel y Palestina: como si cada comunidad defendiera con los codos su posición en un pupitre multisagrado.

Por un momento pensó que era una liberación de su especial viacrucis turístico el meterse en el zoco que parecía calcado a cualquier otro zoco, con una obligatoria vocación original de laberinto y las mismas obstinadas propuestas del sucedáneo de azafrán que ya había comprado en el Nilo. Todos los mercados populares se parecen, pero los que sumaban, los que habían sido límites del Imperio turco y límites del Imperio árabe eran canónicos, respetaban un diseño fundamental difícil de entender para un ciudadano del mundo de los grandes centros comerciales, no tanto para los españoles de su edad que habían visto mercados callejeros y ambulantes similares; incluso en una ciudad como Barcelona, que disponía de una estimulante red de mercados racionalizados y que todavía ahora presumía del de Las Glorias, aquelarre de todos los productos aparentemente inutilizables y por eso tan difíciles de encontrar. Pero en los mercados del antiguo perímetro árabe y turco lo prodigioso era que fueran negocio, aunque mínimo, los centenares de puestos agrupados según los productos que los motivaban, rito mercantil que se suponía medieval, pero que tal vez procedía del mercado original, del primer mercado de todos los mercados.

Pidió a Biscuter una tregua y comieron en un figón del barrio árabe, y Carvalho se reservó la cocina judía para el encuentro de la noche con Malena y su amigo ruso. El *Jerusalem Post* comentaba los duros ataques cotidianos del ejército israelí a la caza de terroristas palestinos, hoy dirigidos otra vez contra Gaza, al mismo tiempo que los altos mandos militares reconocen que los últimos bombardeos de Gaza se debieron a un error: confundieron frigoríficos con barriles llenos de armas.

—¿Cómo es posible, jefe? Con los servicios de información que tiene esta gente.

—Ya nadie los saca de la lógica del bombardeo. Cada vez tienen más miedo. De la intifada han pasado a los atentados camicaces, imagina la sensación de inseguridad que representa vivir aquí y tomarse un café en un bar o subir a un autobús. Alguien dijo que lo peor que le puede pasar a un paranoico es que lo persigan de verdad. Y ya han pasado más de cincuenta años de la constitución del Estado de Israel. Fíjate en las propuestas de los catálogos. Los judíos han desarrollado una vida cultural y científica extraordinaria, un oasis en esta parte del mundo. Pero al mismo tiempo viven acorralados por el terrorismo y por sí mismos, por su propio miedo, eso que llaman «teología de la seguridad».

«La Unión Europea asegura disponer de un plan para instaurar un Estado palestino en el 2005, es decir, para dentro de más de dos años.» Carvalho le señaló el titular a Biscuter, que no sabía si reír o ponerse serio.

—No entiendo de política, jefe, pero tengo la impresión de que se han escogido una serie de problemas sin solución, pero ¿para qué? Tal vez traten de educar a la gente en la evidencia de que no existe el final feliz. Ni siquiera en las películas se ven finales del todo felices. Recuerde, jefe, que hace cuarenta años todas las películas acababan bien y en cambio ahora no es lo mismo. ¿Quién mató a Kennedy?

Carvalho tardó en comprender que Biscuter ponía en duda no la maldad sino la mismísima lógica de la maldad o, al menos, la capacidad de las personas como él para acceder a esa lógica. Pero ya tenían ante sí el muestrario de los primeros y muy numerosos platos que iban a introducirlos en la cocina local mucho mejor que la egipcia, demostración de que empezaban a estar cerca de Siria y Turquía. Las palabras eran como las dueñas del secreto de los platos y demostraban una gran belleza enunciativa: *falafel, hommos, modammas, muttubal betinjan, kibbeh, mjadarah, shakrieh...* Aquel platillo redondo que compartía con Biscuter se llamaba *shakrieh* y llevaba el título en inglés: la Agradecida. ¿Qué contiene un plato que se autollama la Agradecida? Yogur, cebolla, huevo, carne picada, aceite de oliva, media cucharada de *fulful bhar* o mezcla de especias, canela, sal, limón... Era como un poema mental sencillísimo pero de efectos mágicos en el paladar y preparaba para un surtido de rellenos que elevaban las excelencias de lo rellenado, calabacines, berenjenas y el proclamado «jeque de los rellenos», también de berenjenas, pero esta vez enriquecidas sus entrañas con carne picada, salsa de tomate, cebolla, el inevitable *fulful bhar*, sal, perejil, cilantro, *samneh* o mantequilla clarificada, aceite de oliva y salsa de carne o de carnes.

—La berenjena, Biscuter, es el Mediterráneo. Es el único producto que realmente unifica el Mediterráneo y que da sentido a ese invento de la mediterraneidad. Me imagino la bandera: berenjena rampante sobre un cielo alunado.

Culminado el ágape con otro surtido, esta vez de golosinas, quedó Carvalho en actitud de boa digiriendo para no morir. Pero Biscuter no estaba dando la vuelta al mundo sólo para comer, y arrastró a su jefe a un itinerario esta vez político, la glosa de la resistencia judía a desaparecer, desde el siglo I de la era cristiana hasta el siglo I del Imperio norteamericano, dos mil años de historia de persecución y paranoia del pueblo más escogido de todos los pueblos escogidos, expuestos en el Museo de Israel, el monte Herzl o monte del Recuerdo, Museo de la Historia del Holocausto, el cementerio de los Niños. Carvalho secundó a Biscuter en el tan epopéyico recorrido de la tarde desde la extraña sensación de que compartía el país con el terrorismo palestino, el terrorismo de Estado israelí y la voluntad de alienación de diferenciados creyentes que sin duda aprovechaban la visita a los Santos Lugares para rezar por la paz y volver a sus países reconfortados y dispuestos a seguir votando a partidos políticos administradores de la escabechina de Palestina, como si los pueblos de las grandes potencias hubieran decidido algún día, heroicamente, resistir, costase lo que costase, hasta el último judío o el último palestino.

Preguntó dónde se podía comer la mejor comida judía y el recepcionista le señaló el ámbito del hotel y le informó de un bufete especializado que estaría a su disposición. Insistió Carvalho en que prefería los restaurantes, un hotel es un lugar de paso y un restaurante puede llegar a ser una patria. No se hizo de rogar más el hombre y le recomendó un restaurante, a su juicio el que más fielmente y mejor reproducía la memoria gastronómica del pueblo de Israel que, como bien sabía Carvalho, había ido incorporando variedades de todos los lugares del mundo a lo largo de la diáspora, pero «filtradas por una conciencia de sabor», insistió el recepcionista, conciencia de sabor porque estaba contento con el hallazgo.

Cuando Malena le telefoneó estuvo en condiciones de leerle la anotación donde figuraba el nombre del restaurante: Mishkenot Sha'ananim, calle Yemin Moshe, 23.

—Cómo se nota que es usted cliente del Rey David. Es el restaurante más caro de la ciudad.

—Nunca volveré a Jerusalén.

Pero el Mishkenot estaba en obras reparadoras y sólo estimulaba la imaginación del frustrado comensal por su ubicación, enfrentado al monte Sión, revelado por la luna y las murallas apuntalando o cercando la historia, para que no se fugara. Recurrió a una de las guías de Biscuter y volvieron hacia el hotel porque en la misma calle el restaurante Le Tsriff prometía comida judía, especializada en pasteles de verduras y con un ambiente a la altura de sus precios medios. El servicio parecía haber obtenido el master en restaurantes pensados a la medida del hombre inteligente, y Carvalho, tras avisar a Malena del cambio, se zambulló en la carta para ver si era cierto que representaba las comidas profundas de Israel. Recordaba ágapes en un restaurante judío de París, a pocos pasos de la sinagoga dinamitada por un ultraderechista español y de la calle de Blanches Manteaux, que había merecido una canción con letra de Sartre, interpretada por Juliette Gréco. Nombres para una mitología que nunca había superado. Jamás había militado en otro olimpo cultural: Sartre, Brassens, Merleau Ponty, Prévert, Pavese, Calvino... La prodigiosa inteligencia con la que Francia e Italia salieron de debajo de los escombros de la segunda guerra mundial, y aunque creyó en las ingenuas bravatas líricas de la década prodigiosa de los sesenta, siempre supo que su emocionalidad y su capacidad de sorpresa se había quedado en el París de Sartre, en la Roma de Rossellini o en aquella cárcel a la que vuelve el personaje poético de Pavese «cada vez que muerde un pedazo de pan». Y luego un lento gasto de los ahorros culturales, como si partiera de la evidencia de que saber era inútil y jamás ayuda a superar la sensación de estafa que implica el fracaso, la humillación, la muerte. La melancolía de su reflexión contrastaba con la alegría del cuerpo entonado con vino tinto de Richon le Zon, perteneciente a la herencia vitivinícola legada por Rothschild a Israel, que había exigido según el compromiso contraído de «comer el pan y beber el vino de cada país».

—Esta afirmación es de Marx.

—Pues me parece muy sensata.

—Aunque quizá la toma de la sabiduría convencional de su tiempo, porque no se necesita ser filósofo poshegeliano para llegar a la conclusión de que sólo se conoce bien un país si bebemos su vino y comemos su pan.

—¿Qué quiere decir poshegeliano, jefe? ¿Que viene después de Hegel?

—El todo y la nada y las combinaciones posibles: el todo de la nada y la nada del todo.

—Es decir, nada.

—Pues muy probablemente.

Pero allí estaba Malena algo endomingada, se le notaba sobre todo en los zapatos altos que la encaramaban, y su acompañante, que parecía disfrazado de violinista adolescente tuberculoso que acababa de empeñarse el violín, según apreciación de Biscuter, que no pudo transmitir a Carvalho hasta que volvieron al hotel. Fugitivo del papel de malo angustiado de cualquier novela de Dostoievski, Samuel Sumbulovich no dio un paso más allá de la presentación de Malena y parecía más interesado en lo que escuchaba a través de los cables de un transistor, tan interesado que su cuerpo vibraba con la música que evidentemente estaba recibiendo y sus labios se movían, como tratando de apoderarse de las palabras del cantante. Fue Malena la que habló por Carvalho y el chico Sumbulovich, ayudada por Biscuter, al que se le había puesto la lengua alegre y recuperaba su capacidad de opinar sobre todas las cosas. Volvieron a mirar y a valorar, Carvalho y Biscuter, al joven violinista desahuciado cuando Malena lo connotó como un eminente biólogo que estaba a punto de firmar un importante contrato con el Estado de Israel, hecho probable por más que Sumbulovich siguiera pendiente de su canción y agitando los hombros conmovido por los alaridos finales del cantante que le pusieron los ojos en blanco y un poco de salivilla en los labios. Pidió a Malena que le eligiera el menú y contempló con curiosidad a sus compañeros de mesa, especialmente a Biscuter, sin duda una singularidad biológica. Aguardó Malena a que se agotaran los entrantes para señalar a Samuel y musitar en una voz escasamente audible:

—Parece fácil pero es difícil. ¿Por qué no toma Samuel un avión para Estambul si tan urgente es el viaje? ¿Falta de dinero? No, no se trata de una falta de dinero, ni de que le guste demorar la llegada a Estambul a través de un viaje romántico con dos viajeros que tienen todo el mundo por delante.

Retuvo las palabras porque se acercó el camarero con los segundos platos...

—Samuel no puede abandonar Israel sin un permiso especial. Se trata de un científico ya algo acreditado y aplicado a una materia estratégica de máximo riesgo: armas de destrucción biológica. Tal vez en épocas menos enconadas pedir el permiso hubiera sido lo más sensato, pero estamos en guerra, señores míos, en guerra, y no en una guerra más. Hay tanto odio que sin duda esta guerra es decisiva, no sé para qué, pero decisiva.

Carvalho y Biscuter se miraron y establecieron un diálogo mudo del que el detective extrajo libérrimamente sus conclusiones.

—Es decir, nos pide que hagamos de tutores de este filarmónico muchacho, sin tener usted la más mínima noticia de quiénes somos. Podríamos ser agentes del Mossad o de la CIA o del Cesid, que es lo que se lleva en España. O al contrario. Podríamos ser terroristas de ETA conectados con los de Hamas.

Malena sonreía como si mentalmente ya preparara la negación de las dudas de Carvalho.

—Ustedes no son nada de eso. Son dos detectives españoles, de Barcelona, algo sospechosos porque se llamaron Pécuchet y Bouvard durante una etapa del viaje y llevan el coche a nombre de esos titulares. El servicio informativo israelí piensa que son ustedes unos fugitivos menores, con algún problema en España, pero no figuran en ninguna trama, ni de servicios de información ni mafiosa.

—¿Y usted cómo sabe todo eso?

La pregunta algo rabiosa de Biscuter provocó cierto desencanto en los ojos rubios de la mujer, desencanto dirigido contra sí misma.

—¿Y a usted qué le parece?

—¿Pertenece a los servicios de información israelíes?

—No exactamente, aunque mis informes pueden ser requeridos por el Mossad, dado mi trato con tantos turistas y en un escenario tan revelador. Tal vez tengan una idea del Mossad como si fuera una agrupación de agentes 007, pero es algo más: una red. Y en esa red juegan una parte importante, por ejemplo, los empleados en hoteles o cualquier otro centro de recepción o irradiación de turismo. Les diré claramente que fuimos observados durante nuestro encuentro en Masada, y se me preguntó de dónde procedía tan buena química. Fue entonces cuando me dijeron quiénes eran ustedes.

—O sea, que nos pide que ayudemos a su amigo a llegar a Estambul clandestinamente cuando tenemos sobre nosotros los ojos del Mossad y no sabemos si dentro de esta rodaja de salami de cordero hay un micrófono oculto.

—No, no hay suficientes micrófonos ocultos, ni creo que tengan encima los ojos del Mossad, porque hay otros problemas más graves, pero ustedes se limitarían a recoger a Samuel al otro lado de la frontera del Líbano y llevarlo hasta Estambul o acercarlo lo más posible.

—Ese día su amigo Sumbulovich faltará al trabajo y empezarán a movilizarse. La frontera del Líbano no existe para el Mossad ni para el ejército israelí.

—La frontera del Líbano empieza a ser cierta a medida que te metes en el país. ¿Qué día es hoy?

—Jueves.

—¿Qué día esperan entrar en el Líbano vía Turquía?

—El sábado.

—Sabbat. ¿Les dice algo esta palabra? El sábado en Israel no trabaja nadie excepto el Mossad, cierto. Tampoco tiene por qué hacerlo Samuel. Si todo sale bien, es posible que el lunes o el martes pueda estar de regreso.

—¿Quién lo traerá el lunes o el martes?

—Eso es asunto nuestro. Como es asunto nuestro que ustedes consigan atravesar la frontera del Líbano desde Israel. Eso es políticamente imposible y conspirativamente posible. Ahí intervenimos nosotros. Les dejaremos el coche como un emblema luminoso de la FAO y ustedes dispondrán de un permiso especial de la ONU para atravesar las fronteras bloqueadas.

A pesar de la calidad del vino, Carvalho y Biscuter habían detenido la masticación, distanciados de la operación de comer pensaban en el porqué o el para qué de los riesgos que iban a correr. Tenían el coche identificado y no les constaba la inexistencia de algún sistema de seguimiento, ni las intenciones finales de Malena en el caso de que fueran otras que las reveladas.

—¿Viajamos o hacemos turismo, Biscuter?

—Viajamos, jefe, viajamos.

Pero cuando Carvalho contemplaba a Sumbulovich ensimismado en sus músicas secretas, como si todo lo demás le importara un rábano, se le despertaba un sentimiento de insolidaridad ante la perspectiva de un viaje más o menos largo con aquel centro receptor de mensajes roqueros en su Ford Explorer. Opuso la última resistencia:

—Tenemos el coche identificado.

—Eso puede resolverse mañana. ¿Adónde van?

—A Belén y Tiberíades.

—Si pueden prescindir del coche durante cinco o seis horas, eso se puede resolver en Belén mismo.

—¿Quién? ¿Quién lo va a resolver?

De pronto parecía como si Sumbulovich recuperara interés por la conversación que lo implicaba, desconectó los auriculares y le habló a Malena al oído, sin dejar de mirar fijamente a Carvalho. Finalmente se decidió y señaló con un dedo al detective:

—Usted me odia. Usted emite malas vibraciones contra mí.

—Usted no está en condiciones de percibir otras vibraciones que las de ese infernal aparato que para mí es como una prótesis para hombres elefantes. ¿Se ha enterado usted de algo de lo que aquí se ha dicho?

Sumbulovich se quitó los auriculares y se los puso a Carvalho sin pedirle permiso, luego volvió a conectar el *tape* y a los oídos de Carvalho llegó una canción que nunca había oído, cantada por un cantante para él desconocido y en cambio la letra era necesaria, diríase que espléndida, para expresar la necesidad de combatir aunque sea con melancolía.

Cinco a uno, baby, uno a cinco,
de aquí nadie sale vivo ahora.
Tú tienes los tuyos, baby, yo tengo los míos.
Podemos hacerlo, baby, si lo intentas.

Los viejos envejecen y los jóvenes se hacen más fuertes.
Esto puede durar una semana y puede durar más tiempo,
ellos tienen los fusiles, pero nosotros somos más.
Ganaremos, sí, los desplazaremos, vamos.

Tus días de guateque han terminado, baby.
La noche se acerca,
las sombras de la tarde
crecen con el curso del año.

Caminas por el suelo con una flor en la mano,
intentando decirme que nadie entiende,
vendiéndome tu casa por un puñado de monedas.
Vamos a hacerlo, baby, en nuestro amanecer,
unámonos una vez más,
unámonos una vez más.

—¿Qué le parece?

—Muy buena canción. Aunque no sé cómo se llama, ni quién la canta.

—Es *Five to one*, de Jim Morrison. La canta él mismo. ¿Le parece que pudiendo escuchar esta maravilla les iba a escuchar a ustedes?

—Uno a cinco o cinco a uno. Pero ¿quiénes son? ¿Quién gana a quién? Israelíes, palestinos.

—Israelíes o palestinos pasarán y, en cambio, esta canción seguirá siendo necesaria.

Como despedida de Jerusalén quiso Biscuter seguir la llamada Vía Dolorosa —la ruta que supuestamente recorrió Cristo hasta el Calvario—, a manera de ratificación de las muchas veces que lo habían obligado a recorrerla por las calles de Lérida o de La Seo, en su infancia. Tantas veces lo había hecho que recordaba los pasos y los enunciaba a medida que se cumplían en el hipotético recorrido: «Jesús con la cruz a cuestas; Jesús se cae por primera vez; Jesús encuentra a su madre.» El Santo Sepulcro no representó el final de una indagación molesta para Carvalho por la mucha erudición religiosa que exhibía Biscuter, sin duda adquirida no en la infancia, sino en el arsenal bibliográfico que lo acompañaba. Pero todas las arqueologías religiosas estaban vacías, como si el turismo practicara una ausencia más preventiva que de castigo, temeroso de que estallara por fin la guerra de Iraq. Se movió por el monasterio etíope que alberga el Santo Sepulcro como si fuera un hermano lego y era la suya una emoción más de viajero sabio que de santo, porque pasaron sus ojos por el sepulcro más sepulcro de todos los sepulcros sin la menor emoción.

—Vaya usted a saber a quién enterraron aquí, jefe. Me parece mucho sepulcro para lo pobre que era Jesús y lo agarrados que eran sus apóstoles, que no se gastaban un maravedí por nada.

En cambio, el monte de los Olivos conmovió a Carvalho, no por la evocación evangélica, sino por su materialidad de cementerio judío de bloques compactos, recelosa la muerte de la voluntad de fuga de los cadáveres. Salieron de Jerusalén hacia el norte y era inevitable contemplar la rosada línea en el cielo que dejaba una ciudad en la que se amontonaban demasiados infiernos disfrazados de sepulcros. Tuvieron que rebasar otra hilera de tanques y de coches blindados israelíes que iban hacia el norte, como en días anteriores las veían marchar hacia el este o el oeste, una gigantesca oruga vengativa que aplicaba el ojo por ojo y el diente por diente a los atentados palestinos. Un camicace había hecho estallar una bomba en Tel Aviv y los cinco muertos y cincuenta heridos israelíes se convertirían en diez muertos y cien heridos palestinos. «Es un decir, Biscuter, es un decir.»

—Me da un poco de grima este país. La venganza y el odio entre comunidades es excesivo y está como programado para que no termine nunca. Necesitan odiarse para ser ellos mismos.

Se desviaron hacia Ramallah para ver lo que quedaba de la soberanía simbólica de Arafat, y aunque la ciudad estaba desocupada, las instalaciones gubernamentales eran puro escombro, salvo el edificio donde el jefe de Al Fatah ejercía su poder sitiado y minado. Habían desaparecido los tabiques de los edificios colindantes y en su lugar flameaban cortinas tras las que se veían soldados y fusiles ametralladores, soldados de una tropa casi desinformada y armas como fugitivas del desván de las memorias bélicas. Pudieron entrar en el recinto del mutilado poder palestino, rodeados por edificios convertidos en montones de cascotes y un soldado negro les aseguró haber estado en Barcelona hacía años cuando supo que de allí venían. «*Cullons, picha, cony*», dijo el palestino negro en catalán, las frases de salutación que le habían enseñado sus amigos de Barcelona. Arafat podía incluso recibirlos si esperaban a que terminara una audiencia con miembros de una ONG que iban a darle el pésame o a expresar su solidaridad. Pero les urgía llegar a Belén para solucionar el papeleo de su coche, según consigna de Malena, y ver la basílica de la Natividad, al parecer alzada sobre el lugar donde había nacido Jesús, señalado por una estrella de plata, como si allí, exactamente allí, se hubiera caído la virginal placenta de la virgen. Dejaron el todoterreno en manos de una pareja que se presentó como el contacto con Malena y recorrieron nuevas iglesias que no podían presumir de tanto linaje, esa acumulación de sacralidades que da a la ruta de los Santos Lugares un cierto aire de resumen documental de los orígenes de la cristiandad, casi con hechuras de parque temático cristiano diseñado por un promotor judío norteamericano.

—No pienso volver a pisar un país santo, Biscuter. ¡Qué cruz!

—Pues casi todos los países son santos, porque ninguno renuncia al grado de haber sido escogido por Dios para hacer algo importante.

Bastaron cuatro horas para que recuperaran un coche pintado con colores convencionales onusianos, sobre cuya carrocería figuraba incluso el distintivo de la ONU, y un fajo de papeles enmascaradores, incluido un salvoconducto de fronteras firmado por alguien muy importante de la burocracia onusiana. Apenas se detuvieron en Nazareth, porque Carvalho tenía urgencia de llegar al lago Tiberíades antes de que oscureciera, pero había que consumir el cupo de teatralidad mítica que albergaba la basílica de la Anunciación, donde el ángel anunció a María que sería madre inmaculada del hijo de Dios.

—¿Y cómo saben que fue aquí, precisamente aquí, jefe? ¿Por qué no saben, en cambio, quién mató a Kennedy? Evidentemente, aquí falla algo.

Pasaron junto al monte Tabor, «astucia geológica que

estuvo allí presenciando tantas luchas bíblicas», según la vocecita de Biscuter arrancaba de una de sus guías absolutas.

—El monte marcaba el antiguo confín entre los territorios que pertenecían a las tribus de Zabulón, Isacar y Neftalí. En su cima, la profetisa Deborah le ordenó a Barac que reuniese un ejército de diez mil guerreros para combatir a Jabin, el rey cananeo que oprimía desde hacía veinte años a los hijos de Israel. Lo menciona también el profeta Oseas cuando reprocha a los caudillos de Israel su condición idólatra y, por último, la tradición cristiana sitúa en el monte Tabor la Transfiguración de Jesús.

Cabeceaba Carvalho abrumado por la significación de la montaña y especuló sobre la relación que normalmente existe entre lo montañoso y lo sagrado.

—Jamás se ha anunciado nada trascendental en una hondonada. Ni una religión, ni una nación.

Incluso los nacionalismos parten del imaginario de una montaña, tal vez porque está más cerca del cielo. El español arranca de la montaña de Covadonga y el más moderno nacionalismo catalán del Tagamanent, un ex volcán, desde cuya cima el adolescente Pujol prometió la liberación de Cataluña y el odio eterno a los romanos. Biscuter atendía el discurso de Carvalho con un silencio reverencial y algún comentario lastimero sobre la distancia que siempre los separaría.

—Usted ha estudiado, jefe. Yo sólo he leído.

El Tiberíades se apareció con voluntad de aplazar el crepúsculo y lamentó Carvalho la poquedad de su conciencia mítica porque le pareció un lago lúdico, como el de Bañolas, o algo parecido, adonde acudir un turismo interior de fin de semana, con la tortilla de patatas en la fiambrera o la posibilidad de asar cordero, de reproducir el ritual de *la costellada*, tan religioso como cualquier otro ritual religioso. Pero en el lago o mar de Tiberíades fue donde Jesús venció tempestades, caminó sobre las aguas, realizó el milagro de la multiplicación de los panes y los peces, curó enfermos, predicó a las muchedumbres, porque las aguas tienen memoria de todos los orígenes y los dioses las reconocen como territorio privilegiado.

Dejaron Cafarnaum y el Golán a la derecha y fueron a por la carretera de la costa hacía Akko o San Juan de Acre, según el lado en que te hubiera pillado la cruzada. Quería Carvalho detenerse en algún lugar al borde de la frontera con el Líbano, como por ejemplo Rosh Hanikra, pero le pareció más inteligente utilizar una ciudad importante como Akko para pasar más desapercibidos. Entraron en San Juan ya de noche establecida y fue empeño de Carvalho acudir a la oficina de turismo situada frente a la mezquita para decir que venían del Líbano, que iban hacia Haifa y Tel Aviv y preguntar qué hotel de medio precio, pero digno, les recomendaban. Insistió mucho en que eran españoles en viaje de placer y pidieron información sobre Haifa y Tel Aviv ilusionados, como si les fuera la vida en llegar a las dos ciudades, aunque a Carvalho empezaba a molestarle la sobreinterpretación de Biscuter, al que se le había puesto voz de viuda inglesa en las películas de Hitchcock, preguntando cuándo llegaría a Londres aquel tren lleno de cadáveres. Les sugirieron que se alojaran en un kibbutz cercano a la ciudad, en Gesher Aziv, con la recomendación de que no tomaran habitación en la zona *guesthouse,* sino en la del *country club,* más barata e igualmente confortable. Allí fueron, evitando las tentaciones de Biscuter, convencido de que San Juan de Acre valía una misa, pero disuadido finalmente porque la teología de la seguridad había impuesto algo parecido al toque de queda. En la parte del kibbutz reservada para alojamientos había un servicio de vigilancia visible y otro invisible, formado en buena parte por mujeres notables, bien alimentadas y de cabellos ensortijados bajo el *kepis,* especialmente adecuadas las que rondaban por los jardines y la piscina, enjundiados los soldados, los jardines y las piscinas por la noche y las luces más cómplices. Al preguntarles el encargado del kibbutz de dónde venían y adónde iban, insistieron en su condición de viajeros españoles que bajaban de Turquía, después de haber contemplado la deslumbrante Turquía griega, y marchaban hacia el Israel moderno, tan interesante a pesar de los tiempos de zozobra.

—Y lo son. Vaya si lo son. Pero ustedes aquí no los notarán. Los terroristas palestinos actúan de vez en cuando en sitios imprevistos y públicos. Ayer, en el mismo Tel Aviv. Pero luego hay zonas sin infraestructura, por ejemplo Akko, lo que ustedes llaman San Juan de Acre y sus alrededores. Este kibbutz es seguro. Nunca se atreverían a atacar un kibbutz.

Cenaron menestra de verduras y un breve surtido de embutidos de cordero y ternera ahumados, que Biscuter se empeñó en acompañar de un pan con tomate por él elaborado, porque ya llevaban demasiados días lejos de Cataluña y sentía nostalgia de la patria de pan con tomate untado, sal y aceite. «O el paladar tiene memoria o hay una memoria del paladar —trató de razonar Carvalho—, aunque tal vez todo consista en una mezcla de avidez y nostalgia de las células de la lengua y la cueva oscura donde tratamos de ocultar la fechoría de matar y comer.» No tuvo tiempo para filosofar, porque al salir a la terraza que daba a la piscina, de pronto experimentó algo parecido a un ruido visual, luego casi violencia visual y al preguntarse por qué, encontró la respuesta en una de las mesas situadas al borde del agua, donde cuatro hombres bebían y charlaban copiosamente. Empujó a Biscuter para que saliera de debajo de un chorro de luz que parecía un reflector para él dispuesto y lo conminó a refugiarse tras los setos, desde donde no pudieran verlos los demás huéspedes.

—¿Te has fijado en quién estaba en aquella mesa, junto a la piscina?

—No me ha dado tiempo.

—Los Armani.

—No los conozco.

—Recuerda el viaje en ferry desde Brindisi a Patras. Aquellos italianos que parecían vestidos de uniforme Armani, uno de ellos fue el que me coló la droga, seguro, porque hablamos de mi coche, lo identifiqué y seguro que bajó a la bodega para colocarla.

—¿Y nos ha seguido hasta aquí?

—No necesariamente. Pero, por si acaso, a la cama y bien cubiertos por las sábanas.

Ya en la habitación apagaron la luz, buscó Carvalho la «pistola maricona», como la calificaba Biscuter, y la puso bajo la almohada. Su compañero no leía esa noche. Respiraba despacito, tal vez para no hacer ruido o porque no le cabía demasiado aire en sus pequeños pulmones. Con los ojos muy abiertos clavados en el techo, perseguía la lógica de lo que estaba ocurriendo y no la hallaba.

—Sería estupendo, muy bonito, pero es absurdo suponer que nos están siguiendo.

—Sin embargo, no es absurdo suponer que operan en esta zona y que no sería agradable un encuentro con ellos. Les debemos mucha droga y mucho dinero.

—¿Y si fueran gente normal y corriente? ¿Y si nos lo hubiéramos figurado todo, sin saber nada, sin sentido?

—¿Te atreves a salir al jardín, ir hacia ellos, saludarlos, preguntarles por el señor Armani o por el señor Berlusconi?

—Claro que no.

Se metió Carvalho en su cama y fue Biscuter quien se levantó.

—Duerma, jefe. Montaremos turnos de guardia. Yo haré el primero.

—Biscuter, esto no es una película del Oeste. No nos han visto, estoy seguro.

Biscuter no le contestó. Se había sentado en una silla en un rincón que le permitía ver las dos entradas en la habitación, el balcón y la puerta, y se puso a imaginar qué hacer en caso de que el enemigo entrara por un lugar o por el otro.

Según la nota de Malena, lo acordado era cruzar la frontera por Rosh Hanikra y antes de llegar a En Naqoura, ya en el Líbano, detenerse en la primera gasolinera de carretera. Allí los estaría esperando Sumbulovich, «encuentro difícil», pensaba Carvalho, que no había conseguido superar el recuerdo de un sur del Líbano periódicamente invadido por Israel, especialmente aplicado contra los campos de refugiados palestinos de donde salían las nuevas promociones de guerreros y terroristas. Pero la travesía de la frontera no fue *turística*, adjetivó negativamente Carvalho, dada la morosidad del trámite y las consultas telefónicas de los aduaneros, que jamás utilizaban el nombre de Israel, al que se referían como «el país de al lado» o «esos de ahí abajo». No obstante, el formato preparado por Malena tuvo éxito, y entraron en el Líbano desde Israel como un hecho a la vez excepcional y normal. Y dentro de la misma convención de normalidad, allí estaba el huésped Sumbulovich, vestido como en la noche del encuentro, con el mismo *tape* adherido a una de sus orejas y una mochila de niño excursionista. Se limitó a inclinar la cabeza a guisa de saludo y escuchó el resumen del viaje de Carvalho.

—Según como estén las carreteras, hay casi tres horas hasta la frontera con Siria y otras tres hasta la de Turquía. No tenemos tiempo de hacer turismo, aunque pasemos por

Tiro, Sidón y Biblos, y en Siria yo esperaba ver al menos las ruinas de Palmira y lo que queda de la columna de Simeón el Estilita. Un pequeño homenaje a Buñuel. Estamos en pleno meollo de civilizaciones prerromanas.

—Me parece que es más interesante Jounieh, jefe.

Se volvió Biscuter y le guiñó un ojo al ruso, que no se dio por aludido.

—¿Por qué?

—Es uno de los centros más importantes de juego y prostitución de todo Oriente Medio, y además se come en libanés.

Carvalho conducía y de vez en cuando observaba por el espejo retrovisor el continuismo del ensimismamiento musical de Sumbulovich, hasta que el invitado quiso zanjar el asunto, se quitó los auriculares, volvió a montarlos sobre las orejas de Carvalho y la canción, demasiado alta para su gusto, se le metió como una cuchilla en el cerebro.

Jinetes bajo la tormenta,
jinetes bajo la tormenta,
hemos nacido en esta casa,
hemos sido arrojados a este mundo,
como un perro sin hueso,
como un actor sin contrato.

Jinetes bajo la tormenta,
hay un asesino en la carretera,
su cerebro retorcido como el de un sapo.
Tómate unas largas vacaciones,
deja a tus hijos jugar.
Si cabalgas con este hombre,
una buena familia desaparecerá.
Asesino en la carretera.

Chica, ama a tu hombre.
Chica, ama a tu hombre.
Cógelo de la mano,
hazlo comprender.

El mundo depende de ti, nuestra vida no tendrá fin.
Ama a tu hombre.
Jinetes bajo la tormenta,
jinetes bajo la tormenta...

Carvalho se quitó los auriculares y esperó a que el ruso se los cogiera de la mano.

—Me gustó más la del otro día. ¿Es del mismo, no?

Asintió con la cabeza el biólogo y no volvió a clausurarse las orejas. Dejó los cascos sobre el asiento y parecía contemplar el paisaje, pero en realidad tenía ganas de hablar y Carvalho presentía que, de hacerlo, escucharían un largo monólogo sólo inicialmente interesante, así que se puso a silbar para obstaculizar con un ruido la voluntad de comunicación del ruso. Pero de nada valió, porque sin dejar de mirar los bosques de cedros cercanos al mar, Sumbulovich se convirtió en la voz en *off* de su propia historia.

—La mujer que busco se llama Irina Bulgakova, fue compañera mía de liceo, de universidad, aunque luego ella estudió música, violín. Compañeros de juegos de adolescencia y juventud, de militancia política en los frentes pro retorno del zar, con los que nos oponíamos a lo que quedaba de la dictadura comunista y no nos importaba si sobrevivía o no la gran princesa Anastasia. Desde este tipo de reivindicaciones, tan lúdicas, tan quiméricas, podías influir socialmente, porque el poder en descomposición no podía presumir que el zar fuera capaz de volver a convertirse en un enemigo. Irina era una muchacha portentosa, bellísima, morena de ojos verdes, algo asiática en el dibujo de sus facciones, tal vez a causa de una abuela siberiana que todavía vivía con ella en los apartamentos de la Universidad de Moscú. Sus padres eran catedráticos y traductores, muy reputados, y disponían de dos mínimos apartamentos, dos auténticos cubiles donde habitaba una familia numerosa, los padres y siete hermanos de Irina, es decir, ocho niños y además la abuela siberiana. Como intelectuales de prestigio internacional, los padres viajaban por el extranjero, veían cómo vivían sus equivalentes en Estados Unidos, Inglaterra, Alemania, y volvían escandalizados a su país, su propio país, donde debían apuntarse en una lista de espera para conseguir un limpiaparabrisas de repuesto para un coche que se caía a pedazos. Cinco años en la lista esperando un limpiaparabrisas, dos sabios eminentes, ¿comprenden? Cuando Gorbachov empezó la reforma sabíamos que aquello se terminaba. Durante setenta años, los moscovitas satirizaron el punto de la ciudad en el que figuraba algo así como la primera piedra del gran monumento de la revolución. Nunca se había hecho; nunca se haría. Estuve con Irina en todos los frentes de combate contra lo que quedaba del sistema comunista, especialmente al lado de Yeltsin, contra el indeciso Gorbachov. Alguien había confeccionado un cartel en el que se veía a Gorbachov dirigiendo una orquesta, pero sobre el atril no había ninguna partitura. Y así cayó. Ya estaba allí Yeltsin y entonces, como si hubieran estado esperando en catacumbas secretas, empezaron a salir aventureros del dinero y de la política, gángsters, mafias, a veces procedentes del propio partido, el PCUS, cuya influencia se trataba de liquidar. Rompieron los mecanismos sociales asistenciales, además, el país estaba, está arruinado, a causa de una mal planificada economía belicista que los norteamericanos habían forzado mediante la guerra de las Galaxias. Irina y yo terminamos los estudios en 1994, en medio de tremendas dificultades. Su padre se había marchado a Estados Unidos y desde allí anunció que no volvería y que se separaba de su mujer, de sus ocho hijos y de su suegra siberiana, ¿comprenden? Con el sueldo ridículo de la madre y la pensión de la abuela no podían vivir ni hacerle el juego a una economía de mercado. Buscaron trabajo todos los hermanos en un país que del pleno empleo más o menos quimérico pasó a un treinta por ciento de parados. Yo podía defenderme porque vivía solo y ni siquiera tenía que hacerme responsable de la mala supervivencia de mis padres en Odessa, y le ofrecí a Irina vivir juntos para defendernos mejor. Un día u otro, las cosas se arreglarían y con algunos conocimientos conseguí fabricar vodka casero que vendíamos en los mercadillos y en las calles. Irina iba tocando el violín por las plazas y en el metro, pero no había dinero ni para dar limosna o no se entendía que, tras más de setenta años de comunismo, la gente debiera sobrevivir gracias a la mendicidad. Además, no sabían pedir. La revolución al menos había creado un canon de dignidad colectiva, una desgraciada moral de emancipación que no nos permitía ni siquiera pedir limosna, como sabe hacerlo cualquier paria en cualquier lugar del mundo. Tanto Irina como yo decidimos que teníamos que marcharnos de aquella mierda de país y volver tal vez algún día, cuando hubiera zar y por fin se descubriera quién coño era la princesa Anastasia. Yo procedía de una familia originalmente judía, aunque ni mis padres ni yo éramos practicantes, y a través de contactos conseguí un trabajo provisional en Israel, pero inicialmente no pude conseguir que Irina me acompañara. Preparamos varios planes de viaje que no pudieron cumplirse porque todo lo que yo ganaba Irina se lo gastaba manteniendo a su familia numerosa. Además, se murió la abuela de una pulmonía en el inicio del invierno del 1999, sin cumplirse sus deseos de llegar al «año de las luces», decía ella, el 2000, cuando definitivamente la felicidad no sólo descendería desde el cielo sobre la Tierra, sino que ascendería desde la Tierra hasta el cielo y

Dios y el demonio firmarían los acuerdos de Letrán. ¿Comprenden? La pobre vieja era un puro lío histórico e ideológico. Dejé a Irina cien botellas de vodka que destilé corriendo toda clase de riesgos en un laboratorio que había sido oficial y ahora estaba al alcance de todo el que pagara para alquilarlo y acordamos encontrarnos tres meses después en Israel. Ella podría llegar mediante una ruta que pasaba por Bulgaria hasta Turquía y, si era necesario, yo subiría a buscarla. Pero de pronto, estando yo en Tel Aviv, se interrumpieron sus cartas, sus llamadas telefónicas, yo no conseguía conectar con su familia, desparramados sus hermanos y quién sabe dónde la madre. La última noticia era que estaba a punto de iniciar su marcha y de repente nada, nada, nada, ¿comprenden?

Aunque sólo fuera por asimilar el latiguillo de Sumbulovich, asentían, sí, sí comprendían. Había quedado en silencio. Carvalho y Biscuter se miraban de reojo como incitándose a que uno de los dos pidiera la continuidad del relato. El viajero parecía haberse hundido en un pozo de memoria y melancolía y removía en sus dedos los auriculares, como si estuviera a punto de volver a calzárselos y desconectar de sus anfitriones.

—¿Y?

Bastó el ¿y? interrogativo de Biscuter, para que el biólogo melancólico carraspeara y se diera a sí mismo un empujón emocional.

—Hace dos semanas recibí noticias indirectas de Irina a través de un amigo común que coincidió con ella por casualidad en Estambul.

Volvió a callar y la curiosidad de sus oyentes se había espesado hasta hacer irrespirable el aire del interior del Ford Explorer.

—Irina estaba en Estambul ejerciendo la prostitución. Irina es puta.

Desapareció la densidad de la expectación. Biscuter se escapó como tratando de alcanzar los cedros fugitivos más allá del cristal y Carvalho se concentró en la carretera, que continuamente anunciaba la necesidad estatal de llegar a Beirut. La voz de Sumbulovich emergió desde el fondo del pozo de su angustia. Casi un susurro.

—Pero le dijo a mi amigo que lo que más deseaba en este mundo era verme.

Sumbulovich había intentado volver a escuchar la inacabable grabación de Jim Morrison, pero se quedó dormido con la boca abierta, despeinado, los ojos semientornados como les ocurre a los animales con lombrices y una respiración rítmica, contagiada por las músicas que escuchaba durante todo el día. Biscuter lo miró con afecto, sin reprimir esa madre frustrada que llevaba dentro, y Carvalho trató de sacar algún balance positivo de la experiencia, porque no se hace previsiblemente el último viaje ambicioso de una vida para perder el tiempo succionando la costa del Líbano como si se tratara de un expediente administrativo. No hubo más remedio que despertar al huésped al pasar el control fronterizo en Siria. Volvían a ser funcionarios internacionales con el pasaporte impoluto, porque no se lo habían sellado en la frontera de Israel, y también disponía de documentación onusiana Sumbulovich, ciudadano yugoslavo a todos los efectos. Samuel —Carvalho y Biscuter ya lo llamaban por el nombre de pila— atendió con semidormida indiferencia los trámites de frontera. Propiamente no iban en misión oficial, sino de excursión hacia la costa turca, donde les habían dicho que podían ver las muestras de arqueología griega más impresionantes del mundo. No se lo creía del todo el oficial, ¿turcos y griegos? Turquía es Turquía y Grecia es Grecia. Pero en el pasado los mapas no son lo que son ahora, y el oficial convino que era posible y se apuntó el nombre de Éfeso para consultarlo con su hijo, que lo sabía todo sobre historia, batallas y ruinas.

—Tendrá un brillante porvenir su hijo.

El oficial se encogió de hombros mientras su mirada abarcaba con hastío la dimensión de su garita y el ámbito donde ejercía su poder.

—Espero que sea mejor que el mío.

Más tarde, Carvalho razonaba con sus compañeros de coche lo insólito de la experiencia que habían vivido. No había sido un diálogo convencional de frontera y el oficial había razonado y había hablado como si fuera un guardia civil de León no muy contento de su trabajo o un chicano portamaletas en el aeropuerto de Austin, convencido de que ya no llegaría a presidente de Estados Unidos o, en su defecto, de la General Motors o de la Coca-Cola.

—El cliché no sirve. Los clichés que teníamos de los guardias fronterizos sirios se han esfumado.

—Yo no tenía cliché alguno, jefe. Para mí un sirio es como un turco o un hindú: están más allá de Sicilia.

—Yo estuve por aquí fugazmente, durante el caso de la búsqueda de Roldán, y apenas tuve tiempo de establecer asociaciones de ideas. Eso sí, cené magníficamente, no en balde la mejor cocina de esta zona suele ser conocida como siriolibanesa. Deberíamos comer algo que no nos entretuviera demasiado; algún tentempié y algo para beber. ¿Por qué no vas a buscar algo, Biscuter?

Samuel Sumbulovich aseguraba no tener hambre, pero Biscuter lo riñó cortésmente y le advirtió que, dadas las situaciones que lo esperaban en Estambul, mucho mejor era que lo pillaran bien comido o, al menos, simplemente comido. Se detuvo el coche ante lo que parecía cantina de carretera adosada a un poste de gasolina que brotaba del suelo como si recibiera el líquido directamente del yacimiento petrolífero y Biscuter bajó a detectar algo comestible. Volvió con una bandeja de papel de estaño llena de bolitas de arroz a las que llamó *kebbés* y empanadillas de carne, de buey le habían dicho, «en francés, claro, no va a ser en catalán». Para beber no había conseguido vino ni cerveza, sino un jarabe de tamarindo que había preferido a otro jarabe de dátiles, y vasos de café turco que los ojos de Carvalho detectaron como golosina. No dudó en quejarse por todos los obstáculos que encontraban para degustar tanto en el Líbano como en Siria las excelencias de una cocina que él había probado fugazmente en París y en Damasco, pero evocó las *mezzé*, entrantes geniales, o las marinadas.

—Deliciosa la de berenjena a la nuez. Y este *kebbé* de arroz que estamos probando, aparte de su discutible calidad, es el más humilde entre todos los *kebbés* del mundo, como el de carne picada cruda con trigo. ¿Y qué decir del cordero guisado con berenjenas?

Samuel lo escuchaba primero alarmado, luego divertido y finalmente tan excitado que empezó a declamar, como si fuera un poema, platos de cocina supuestamente rusa ante sus dos acompañantes cada vez más desconcertados:

Aguamieles con arándanos agrios
arándanos rojos en mermelada
arenques asados con huevos
kasha con sémola de trigo negro
hojas de parra rellenas
esturiones asados o, en su defecto, en conserva con
crema agria y patatas
chuletas de salmón rellenas al estilo Don
tomates con salsa de caldo blanco y uvas pasas
zazuska salada con cuajada
zapezanka cocido en leche o con manzanas o hervido con
crema agria hasta la muerte.

Proseguía el muchacho y, cansado de traducirle mentalmente Carvalho, náufrago en estupores Biscuter, cortó el recital, por lo demás, de platos que no lo atraían y conminó a sus compañeros de viaje a que se preocuparan por un itinerario marcado por las urgencias del judío errante.

—Si tiene usted que volver en los días señalados por Malena, hay que llegar cuanto antes a Estambul.

Había que escoger o bien la ruta transversal que nada más atravesar la frontera turca unía Yayladagi con Ankara y Estambul o la inicialmente litoral que los llevaba a Antalya y de allí directamente a Estambul sin pasar por Ankara.

—¿Y el Bósforo, jefe? Los Dardanelos. ¿Y la puerta de Jasón?

—Cada cosa a su tiempo. ¿Qué le parece?

Samuel era partidario de la ruta Antalya-Estambul. Las carreteras no eran malas y las suponía todas asfaltadas, aunque abundaban en Turquía las llamadas estabilizadas, cubiertas de gravilla o las secundarias, de tierra batida. Antalya era uno de los centros turísticos más importantes del país y las carreteras reflejarían esa circunstancia. Llegarían a la frontera al comienzo del poniente y no se plantearon dormir hasta Antalya para así al día siguiente subir hasta Estambul y que se cumplieran las previsiones del pasajero. La adustez de la policía turca se trocó en casi un interrogatorio de frontera sobre la extraña mezcla en un todoterreno onusiano de un ruso y dos franceses, Bouvard y Pécuchet, al que Carvalho respondió que sus familias tenían mucha relación con el Líbano desde los tiempos anteriores a la guerra, cuando el país era considerado la Suiza de Oriente Medio, y el señor Sumbulovich procede de una rama sefardí que ha pasado por Rusia, la antigua Yugoslavia, Francia, Israel. «El mundo no tiene fronteras», razonaba Biscuter en francés, mientras los dos funcionarios ni siquiera le miraban, como si no valiera la pena mirarlo. Carvalho conocía el dato cultural de que la policía turca contempla a cualquier ser humano, sea turco o no, sospechoso, además de haber contribuido a la caída del Imperio turco, y finalmente decide tolerarte porque está incluido en el sueldo. Los toleraron y Samuel les transmitió la advertencia de que cuidaran la velocidad.

—Son implacables con las multas a los extranjeros. Y lentos cuando las ponen, sobre todo lentos.

La palabra «lento» sonaba en aquel coche todoterreno más como una queja que como una constatación y Carvalho trató de animar la marcha sin rebasar demasiado el límite de velocidad y cada vez más arrepentido de haber prestado aquel favor que le robaba su iniciativa de viajero y lo convertía en chófer al servicio de un biólogo ruso judío y de una guía turística argentina miembro del Mossad. Comentaba con Biscuter las excelencias de la costa turca que ya no verían a partir del giro de Antalya, como Kusadasi, Éfeso, Esmirna, Troya. «No, a Troya iremos cuando bajemos hasta los Dardanelos.» Empezó a lanzar flechas Biscuter Aquiles contra el horizonte enmarcado en el parabrisas y en vano Carvalho lo previno de que todas las ciudades de la Troya mítica están sepultadas bajo el suelo, y aunque sean el gozo de los excavadores, dejan al viajero ante la duda de cómo pudieron vivir y morir seres tan interesantes en la punta de Anatolia.

—No verás a Helena, ni a Paris, ni a Héctor, ni a Ulises o Aquiles o Agamenón, en cuya tumba sí estuviste en Micenas.

—Yo a toda esta gente la conozco del cine y cuando usted me dice Ulises yo, patapín, hago salir a Kirk Douglas del baúl de mi memoria y me quedo encantado. ¡Vaya Ulises! Así se explica por qué se lo quieren ligar Rosana Podestà y Silvana Mangano. De *Ulises* me gustaba que acaba bien. Consigue regresar a Ítaca, se carga a todos los pelmazos que asediaban a su mujer y vuelve a ser rey muy amado por su hijo Teléma-co, un chaval todoterreno. Estas cosas ya no pasan. Ser rey es una jodida chorrada en la que te has de pasar media vida oyendo discursos o inaugurando mesas de billar, yo ya me entiendo.

Llegaron a Antalya con la madrugada en las espaldas, hambrientos y con los huesos triturados por los vaivenes del todoterreno. Se hospedaron en un hotel de gasolinera sin meterse en la ciudad vieja para no perder más tiempo ni dinero, como si el sentido del viaje pasara por que se cumplieran las necesidades de Samuel. Cenaron en el mismo hotel, en la carretera de Termessos, bocadillos de queso y jamón cocido. Allí Carvalho descubrió el *ayrán* que —juró— no lo abandonaría mientras pisara Turquía, batido de yogur y agua, fresquísimo. Biscuter, ya Sumbulovich en su habitación, se quejó varias veces de la imposibilidad de ver lo que había que ver, por ejemplo la vieja Termessos y el parque natural que la rodea.

—Una maravilla, jefe.

Y enseñaba sus guías y folletos como testigos inútiles.

—Podemos volver hacia atrás después. Una vuelta al mundo no tiene por qué ser consecuencia de una línea continua. Sería una convención demasiado primitiva.

Hacía calor, sobre todo en los hoteles baratos, encimado agosto, en un año de canículas insuficientes y lluvias abundantes en Europa, como si la ausencia de sudores quisiera alertar a los cuerpos sobre la inminencia de la catástrofe denunciada por los ecólogos en la reciente conferencia de Sudáfrica. Desde el balconcillo de su habitación, las luminarias de un cruce de carreteras podían situarlo en cualquier lugar del mundo marcado por la necesidad de luz y de prisa. Sólo el idioma de los rótulos le señalaba que no estaba en su casa, ni siquiera en su presumible mundo de viajero occidental, sino que era un fugitivo crucificado por cuatro caminos de los que sólo podía tomar el que conducía a Estambul a través de Eskiheir y Adapazari. Durmió mal y dejó en las almohadas la huella de su tormento y de su calor, por lo que fue un alivio que Biscuter llamara a su puerta y le diera así la excusa de clausurar la noche. Pero Biscuter no estaba contento.

—Se ha ido.

—¿Quién se ha ido?

—Samuel Sumbulovich. No está en su habitación. No hay restos de equipaje, del poco equipaje que llevaba, y en recepción me han dicho que esta mañana se ha marchado al aeropuerto. Hay vuelos Antalya-Estambul.

—¿Se ha marchado solo?

—Por recepción ha pasado solo y ha subido al taxi solo.

Se encogió de hombros Carvalho y, mientras desayunaban mermeladas, yogur y *ekmet*, el pan con semillas común a todo el Mediterráneo oriental, recompusieron su ruta aliviados. Ante todo, ver Antalya, luego Termessos, Pamukkale, Éfeso, Esmirna, Troya y, finalmente, asomarse en los Dardanelos a la puerta estrecha que abría el mar de Mármara y la posibilidad del Bósforo; más allá, el mar Negro, Samarkanda, obligatoria Samarkanda, ahora más que nunca.

—¿Dónde está Samarkanda, jefe?

—Antes estaba entre el imperio del Gran Tamerlán y Hollywood, muy propensa la industria cinematográfica a inventarse una ciudad que fue míticamente obligatoria durante siglos. Una de las más bellas ciudades de las trincheras de Asia, a la que había que acudir para ver al Gran Kan, y a eso fue una especie de embajador español que se llamaba Rui González de Clavijo. Ahora es una ciudad más dentro de una de esas raras repúblicas que le salieron a la URSS de debajo de los faldones de las mesas camillas donde se impartía el materialismo histórico en su fase terminal. Samarkanda está en la república de Uzbekistán.

—Me encantan esos países que terminan en *tan*. Turquestán, por ejemplo.

Fue en el centro de la ciudad vieja de Antalya donde a Carvalho se le ocurrió que Biscuter debía telefonear a Malena.

—Te dio el número de su móvil.

—¿En qué quedamos? ¿No volvía a ser nuestro el viaje?

—Recuerda la desaparición de madame Lissieux. ¿Te consta que fuera voluntaria, después de haber vivido una experiencia como la de la cocaína? ¿Y la persecución posterior? ¿Y si a este muchacho lo han forzado a marcharse?

Recuperó Biscuter su minuciosa agenda y tuvo que acercársela a los ojos para poder leer los números del teléfono de la judía argentina. Primero oyó ruido ambiental, cháchara de turistas merodeando en torno de su guía y luego la palabra cantarina de Malena resonante en espacio abierto. En pocas palabras estuvo dicho. Samuel había desaparecido. Los había dejado colgados en un hotelucho de Antalya y todo invitaba a pensar que había ido al aeropuerto.

—Tal vez la prisa —desagravó el problema Biscuter.

—El tiempo estaba calculado. También la seguridad de viajar sin tener que identificarse. ¿Qué van a hacer ustedes?

Le expuso Biscuter el plan y Malena les rogó que no dejaran de llamarla, sobre todo que le dijeran el nombre del hotel de Estambul. Carvalho ya lo sabía, para sorpresa de Biscuter: el Hilton. Una vez terminada la llamada, Carvalho comprendió el desconcierto de su ayudante.

—Ya sé que ir al Hilton está en contra de mi posición más habitual con respecto a los hoteles de diseño norteamericano. Pero Estambul es una ciudad agotadora y en muchos aspectos asiática; quiero descansar en un hotel convencional que no sea de superlujo: el Hilton. Dos días. Después, el Bósforo, Turquía del norte, el Caspio... el infinito. Quién sabe dónde se duerme en el infinito y si hay bufete para desayunar. Me encantan los bufetes de desayuno y las ciudades con playa.

Pero Antalya tenía la mejor a diez kilómetros y Biscuter sufría urgencias paleourbanistas de barrios viejos, en este caso, generosos bajo la vigilancia de un minarete acanalado, elemento histórico funcional bien acompañado por una mezquita de minarete truncado; el barrio, demasiado remozado y rehabilitado por tiendas y restaurantes, sobre todo negocios de alfombras tan similares a las de Alicante que Carvalho hubiera jurado que eran de Alicante. En apoyo de esta tesis acudió Biscuter, sabedor de que unos amigos de amigos de amigos de amigos habían comprado alfombras en Oriente Medio y al volver a España contemplaron casi descerebrados que estaban etiquetadas en Onteniente, provincia de Alicante.

—No lo dudes, Biscuter. Eran alfombras voladoras.

Costaba sobrevivir como peatón al acecho de los vendedores de alfombras, que disponían de una red de muchachos persuasores que perseguían a los turistas poco acompañados, de negocio alfombrero en negocio alfombrero, ayudados en este caso por el interés mal reprimido de Biscuter.

—Biscuter. Bórrate esa sonrisa de felicidad del rostro, que aquí salimos con alfombra puesta.

Para huir de la persecución, propuso escapar cuanto antes de Antalya a por Termessos, excursión que podían permitirse ahora y que Biscuter acogió con entusiasmo cuando pudo leer que para gozarla plenamente había que caminar más de tres horas. Sonó el móvil de Biscuter y, algo sobresaltado, comprobó de dónde procedía la llamada. Más tranquilo, se puso al habla con Malena e iba repitiendo en voz alta lo que ella le decía para que Carvalho se enterara de lo tratado.

—Que sería muy conveniente que no llegáramos demasiado tarde a Estambul. El asunto de Samuel puede tener derivaciones. Es posible que el chico tenga problemas.

Carvalho pactó consigo mismo dos días de vacaciones y al tercero se pondría en marcha hacia Estambul.

—Me pregunta si puede ser antes, jefe.

—No.

Le impresionó al ayudante la rotundez del jefe y la transmitió aliviada con explicaciones circunstanciales que la argentina no tuvo más remedio que asumir. Quedaron citados en el Hilton tres días después. «Con ella, sí, con ella», aseguró Biscuter al incrédulo Carvalho, que consideraba imposible una visita a Masada sin la presencia traductora de Malena para argentinos posjudíos y españoles postsesentones, víctimas de la asignatura de Historia Sagrada de su infancia.

—Bueno es ser generoso, pero no ir tirando la propia libertad según el capricho de los demás. Cumplíamos nuestro compromiso y el pajarito se ha escapado. Estamos entre adultos. Que esperen ellos.

En Termessos entraron en un parque siguiendo la promesa de la ciudad antigua varada en las montañas como una nave de leyenda a la que se llega gracias a una hora de caminata después de dejar el coche en el parking. Era cuestión de confianza, porque la niebla envolvía la ciudad encumbrada y el camino exigía la concentración de los pies cual si fueran cerebros. Biscuter caminaba alelado, ya casi en sus manos el Santo Grial, y Carvalho dividido entre el deseo de asombrarse y el de no cansarse. De momento lo sorprendió la sinceridad de las ruinas, capaces de transmitir pasada grandeza sin usar apenas la parte del presupuesto nacional destinada a conservar algo tan etéreo como el patrimonio autóctono. Las tumbas y las aguas marcaban la tensión entre la muerte y su contraria, las necrópolis desperdigadas, el acueducto y las cisternas, fueron los restos preferidos por Carvalho, mientras Biscuter vagaba por el ágora, los templos y sobre todo el teatro, como si hubiera estado esperando siglos su visita. Se situó en la posición teórica de actor principal armado de monólogo y se puso a cantar *A la taverna d'en Mallol,* con la suficiente voz como para que todos los rostros de Oriente y Occidente se volvieran hacia él.

> *A la taverna d'en Mallol*
> *hi ha hagut punyalades,*
> *a la taverna d'en Mallol*
> *diuen qu'eren quatre*
> *contra un home sol.*

—

Al acuerdo de Pamukkale se llegó a las tres en punto de la tarde y sentenciaron que irían a la playa por las mañanas, cuando ellas lo merecieran y el tiempo lo propiciara, y quedaban los paisajes geográficos o intelectuales, las ruinas, por ejemplo, como aficiones de tarde. Fue Carvalho el que más insistió en no dejar escapar las playas de la costa y Biscuter el que sacaba su viacrucis de autodidacta dispuesto a no perdonar ni una piedra firmada. De momento era inevitable Pamukkale, porque no había cartel turístico turco que no reprodujera sus bancales calcáreos escalonados mediante palanganas llenas de agua, como una construcción asombrosa de cualquier importante ingeniero o arquitecto hidráulico y en cambio totalmente atribuida a las aguas termales no siempre presentes en los grandes charcos por el uso que de ellas hacen los hoteles de una amplia zona famosa desde la más antigua antigüedad. Los enfermos reumáticos acudían a bañarse en aquellos líquidos policromos, doblemente milagrosos, por sus efectos terapéuticos y porque eran capaces de teatralizar su propio paisaje.

Dejaron Éfeso atrás para pernoctar en Kusadasi, en un hotel para presupuestos medios, el Oskar, dirigido por un matrimonio francés al parecer interesadísimo por la teoría de las sopas de Biscuter, que, a su vez, se ilustró sobre los *mezés*, entremeses turcos que constituyen «los sugestivos aperitivos de una cocina afortunada», aseguró la señora hotelera, aunque la fama se la lleven libaneses y sirios. Al día siguiente comprobaron que la ciudad se parecía a Benidorm o a cualquier otra pesadilla playera turistizada y que había que recorrer varios kilómetros para encontrar playas de postal, como la de Kustur, y otra vez el Mediterráneo que habían forzadamente aplazado desde Grecia. A Carvalho se le iluminaron los ojos cuando vio en el puerto los ferrys que unían Kusadasi con Samos y desde allí era muy factible saltar a Patmos, donde san Juan había escrito el Apocalipsis en unas cuevas que se ofrecían a los turistizados cristianos a la espera de encontrar en sus paredes las uñadas del evangelista más interesante y posiblemente perverso.

—Samos, Icaria y Patmos forman un triángulo en el Egeo, pero de las tres la que más me interesa es Patmos.

Dudó en revelar el secreto que había aplazado desde el comienzo del viaje, pero finalmente le pareció que era el momento adecuado.

—Fui a Patmos en algo parecido a un viaje de bodas.

Biscuter sólo le devolvía una sonrisa.

—En cierto sentido estuve casado, por la Iglesia y todo. Imagínate, en la España de los cincuenta, de los sesenta. Mi mujer se llamaba Muriel y era una compañera de partido y de universidad. No teníamos un duro. Nuestras familias tampoco, y se abrió la posibilidad de un Encuentro de Juventud en Atenas. De Atenas a Patmos, luego yo debía ir a Iraq para una reunión de juventudes comunistas. Una noche sonaron tiros, rodar de tanques, zumbidos de aviones en vuelo rasante y al día siguiente Bagdad estaba llena de ahorcados, con el rey incluido. Pese a los ahorcados, fue un viaje entusiasmante; Patmos sobre todo. Fueron los únicos instantes felices de aquel matrimonio que ya empezó mal, en una iglesia de Pueblo Seco, cuatro familiares, cuatro estudiantes rojos y una cierta antipatía latente entre el cura y yo. Cuando me pregunto si quería casarme con Muriel le contesté: «Sí», y él, delante de todo el mundo, cerró el misal ruidosamente y me increpó: «¡Querrá decir: sí, padre!» «Sí, padre.» Ya estaba casado. Valió la pena por lo de Patmos.

Biscuter lo miraba con el ceño fruncido, como si no tuviera clara la actitud que debía tomar.

—Perdone, jefe, pero ya sabía lo de su boda. Charo también lo sabe. A veces usted habla cuando bebe y una vez recibió una carta de su hija; se la dejó abierta en la mesa del despacho.

—No la conozco. No la he vuelto a ver desde que tenía tres años.

No quiso seguir la confesión de vida y obra y volvió a plantear la necesidad de ir a Patmos. Significaba quemar un día, reflexionó Biscuter, pero estuvo de acuerdo en hacerlo siempre que aprovecharan la tarde en Éfeso, que tenía «unas ruinas romanas de puta madre, porque todo esto era griego y romano, jefe, hasta que llegaron los turcos desde las estepas del Asia central». La historia simplificada por Biscuter no dejaba de ser una explicación ratificada por la presencia misma de las ruinas de Éfeso, a manera de periferia de la gran hidra grecolatina. La basílica de San Juan recordaba la vida y la muerte del evangelista en la ciudad, después de haber redactado el Apocalipsis, y *La gruta de las siete durmientes* les permitía recuperar la morbosa inseguridad de intrusos en necrópolis y catacumbas históricamente atormentadas. La concentración arqueológica reunía restos romanos y bizantinos de una inquietante conservación, un ámbito para perderse un día entero apurando las piedras, las columnas y las estatuas como fragmentos de exquisiteces engullidas por la violencia y el tiempo. Y como para recordar el papel de la violencia, de pronto, merodeante en torno a la fuente de Sestilio Podio, una patrulla militar, vestuario de campaña, con la ametralladora en ristre, imponía la historia contemporánea a través de sus centinelas vigilantes, ¿de qué, en las ruinas de Éfeso?

—¿Qué vigilan, jefe? —preguntó Biscuter.

—A nosotros. ¿Acaso no crees que somos sospechosos?

—¿A usted y a mí?

—Y a aquella manada de ancianos italianos o a aquella familia japonesa que viste como si estuviera en Uganda. Les pagan para vigilar en un mundo que no han conseguido controlar del todo. Hasta hace dos días en este país aún se ahorcaba por cuestiones políticas, y si ahora la han abolido o no se aplica, es porque pertenecer a la Europa unida conlleva sus servidumbres humanitarias, pero la pena de muerte existe. Hace casi un siglo que dejaron de ser un imperio y todavía no saben lo que son, pero el Estado sabe que ha de vigilarlos y vigilarnos.

Al día siguiente escogieron madrugar para saltar cuanto antes a Samos, a una distancia de dos horas y media de barco, recorrer la isla y luego ir en avioneta a Patmos, donde Carvalho quería pernoctar por si se les aparecía san Juan, dispuesto a confirmar su aparición de hacía más de cuarenta años, en aquella noche de luna de miel, junto a Muriel, conspiradores adolescentes que no abandonaron la taberna del puerto ni para ir a dormir, ahítos de vinos buenos, malos y *retsina*, y de *ouzos* refinados o peleones, daba igual, lo importante era flotar en aquella comunión de los santos a la espera de que san Juan se apareciese, y lo hizo transida de relente la alta madrugada, mientras recitaban fragmentos del Apocalipsis en los caminos que llevaban a la cueva residencial del santo: «Y adoraron al dragón que había dado la potestad a la bestia, diciendo: ¿quién es semejante a la bestia y quién podía lidiar con ella? Y le fue dada boca que hablaba grandes cosas y blasfemias; y le fue dada potencia de obrar cuarenta y dos meses. Y abrió sus bocas en blasfemias contra Dios para blasfemar su nombre y su tabernáculo y a los que moran en el cielo. Y le fue dado hacer guerra contra los santos y vencerlos. También le fue dada potencia sobre toda tribu y pueblo y lengua y gente.»

Cuando el jovencísimo Carvalho terminó de leer el fragmento que le había tocado del Apocalipsis, vio al igual que Muriel, mucho más materialista dialéctica e histórica que él, a san Juan salir de la cueva, desperezarse y decir algo en griego que no entendieron ni los propios griegos que se habían despertado y acudido debido a las recitaciones del extranjero. No tenía nada de acogedor el santo y blasfemaba tan evidentemente que empezó a dudar Carvalho de si era de santo aquella voz o simplemente de mendigo despertado por aquella laica manifestación de espiritualidad de jóvenes rojos, pareja peregrina semiclandestina por la patria del mito comunista Manolis Glezos y del poeta correspondiente, Yannis Ritsos.

En todo ello pensaba Carvalho cuando esperaban en Kusadasi el desembarco del ferry, y si no fue una compañía en pleno de la VI Flota norteamericana, sí fueron docenas y docenas de norteamericanos que habían sido jóvenes cuando lo eran Doris Day, Sandra Dee y Troy Donahue, y ahora jubilados se gastaban parte de la pensión en el Mediterráneo seguro, vestidos de gran liquidación fin de temporada, con zapatos amarillos, chaquetas de cuadros príncipe de Gales verde botella, las dentaduras bruñidas por las hamburguesas ensangrentadas por el ketchup, en las sonrisas la satisfacción de desembarcar en una nueva posesión que todavía se llamaba Turquía. Ocuparon su sitio en el ferry y estaban llegando a Samos cuando en el teléfono de Biscuter sonó una llamada, que trató de atender distanciado de Carvalho, hasta que comprobó que era Charo. Le pasó el teléfono a tiempo de que la mujer repitiera las quejas que ya había soportado Biscuter.

—Si es por el problema del dinero, llamad a cobro revertido. Pero no hay derecho de que estéis dando no se qué al mundo y no llaméis ni por educación, ni por educación.

—A la inversa. Entiende que dar la vuelta al mundo sigue siendo una cosa seria y no puedes estar telefoneando a la familia o a los amigos día sí y día no. ¿Alguna novedad?

—Dada la experiencia que estás viviendo, ¿qué es para ti una novedad?

—Una novedad a mi medida y a la de Barcelona.

—Pues que no tienes a los guris tranquilos. Han ido haciendo preguntas sobre ti, en el barrio del despacho y en Vallvidrera.

—¿Qué preguntan?

—Nada demasiado concreto. Parece formar parte de un expediente, tal vez pura rutina. Para justificar el sueldo.

Prometió Carvalho telefonear desde cada nuevo país, aunque fuera sólo una vez, y se reservó las alarmas de Charo hasta que estuvieron en Samos, donde casi se limitó a esperar el salto a Patmos a pesar de los alaridos de Biscuter, maravillado en exceso ante todo lo que veía, incluido un ejemplar de *El País* en una tienda de tabacos y souvenirs.

—Esto es civilización, jefe, tabaco griego, aceitunas de Kalamata, prensa de todos los colores, *El País*, camisas de capitán de barco de mi infancia...

Fue inevitable viajar a Pitagorios, tal vez porque a Biscuter le sonaba el nombre o porque se mostraba reacio a consumir el cupo de Samos en poco tiempo, y resaltó la enjundia del templo de Heraion como si sus dimensiones y su buena conservación ya hubieran justificado el viaje.

Había reservado habitación en el Xenia de Patmos, hotel de la cadena turística oficial, ubicado en Grigos, en el que había estado con Muriel hacía más de cuarenta años. El puerto de acceso a la isla era Skala y allí estaba la misma taberna en la que tanto había bebido y comido con Muriel, hasta el punto de asombrar a la entonces anciana propietaria, que no dejaba de llamarlos «¡locos!, ¡locos!», por lo mucho que bebían, discutían, se amaban. Pero ahora la taberna ya no presidía un caserío ralo de casas de pescadores y pensiones para desembarcos, sino que estaba inserta en el nuevo urbanismo de un turismo todavía controlado porque Patmos estaba muy lejos y demasiado cerca de un Mediterráneo oriental conflictivo. Sólo sintió Carvalho algo parecido a una emoción cuando llegaron al hotel situado en Grigos y allí estaba la misma playa, la misma escollera, el mismo mar poco profundo y con algas que invitaba a recorridos en barcas de remo o en patín, en busca de otras ensenadas, y también estaba tal vez el mismo pescador del mismo poderoso pulpo al que golpeaba contra las rocas, ya muerto, para ablandarlo.

Se bañaron y luego alquilaron un taxi que los llevara hasta Patmos para ver el monasterio de Agios Ioanis, que había hecho posible la refundación de la isla desierta a causa de las razias de los bárbaros. Más al norte llegaron al monasterio del Apocalipsis y allí entraron en la gruta santa donde se decía que san Juan había escrito su delirante ensueño catastrófico durante su destierro del 95 al 97 de la era cristiana. Allí estaba Muriel, sonriente, bebida, morena, cómplice de un Carvalho que recitaba:

Putas constipadas
en el puerto de Patmos.
San Juan se la menea
en las cuevas de Patmos.

De los santos tengo envidia,
de ver cómo se la menea el aire.

Dudaba entre cenar en Skala en rememoranza de una situación feliz o en el Xenia, porque allí vivieron Muriel y él varios días de espléndido aislamiento. Finalmente eligió el Xenia y se lo comunicó a Biscuter, empeñado en una de sus secretas conversaciones telefónicas con sus socios de sus pequeños tráficos barceloneses, aunque de vez en cuando hablaba en francés, en voz más baja, trasladado a un plano íntimo su secretísima segunda o tercera vida, con un misterioso interlocutor con el que comunicaba siempre lejos de Carvalho, como si no quisiera mezclar vivencias.

Nada más tomar posesión de su aposento, experimentó un deseo irrefrenable de marcharse, como si todo cuanto pudiera esperar de Patmos ya lo hubiera recibido, y sin reprimirse se plantó en la habitación de Biscuter, al que sorprendió en calzoncillos haciendo bíceps y tríceps ante un espejo.

—¿Te importaría que nos fuéramos?

—¿Adónde?

—Volver a Turquía, los Dardanelos, Estambul, Samarkanda.

Biscuter miró más allá de la ventana como convocando al espléndido paisaje a que lo ayudara a entender a Carvalho.

Pero tampoco quiso oponer reparos porque, de hecho, lo que le importaba era el viaje por el viaje, así se lo dijo a Carvalho, y Patmos tampoco era un lugar al que pensara regresar. «¿Comprende, jefe? usted ha viajado mucho durante su juventud y puede regresar a los sitios. Yo, no.» Durante su viaje con Muriel se sorprendieron del parecido de la encargada del Xenia con la reina Federica de Grecia y cuarenta años después la encargada parecía una muchacha *fashion* incubada en las páginas de *Vogue* o de *Cosmopolitan*, capaz de entender por qué dos huéspedes dejaban el hotel a las pocas horas de su llegada siempre que pagaran la reserva estipulada.

—¿Le ha molestado algo de la isla, jefe? ¿Tal vez algún recuerdo?

—No, nada de eso. De pronto he pensado que mis nuevas vivencias jamás serían tan totales, tan magníficas como las del primer viaje, y he descubierto que me he equivocado. No debería haber vuelto a Patmos.

Pero ni en el aeropuerto mínimo ni en el puerto estaban preparados para satisfacer los deseos de exilio de aquella pareja de extranjeros, y hasta el amanecer no podían tomar una avioneta que los devolvería a Samos y allí tomarían el ferry hasta Kusadasi, donde habían dejado el coche. Buscaron acomodo en una pensión de Skala y mientras Biscuter cenaba una musaka, Carvalho asumió el cupo calórico de varios *ouzos* con el deseo de aturdirse y propiciar un sueño de piedra que tardó en llegar porque el alcohol lo excitó y le traía recuerdos desde un lugar impreciso de sí mismo que no se atrevía a identificar con ayuda de la memoria. Eran imágenes rotas del viaje con Muriel que habían quedado en algún pliegue de su conciencia y ahora acudían, no a ayudarlo, sino a deprimirlo, a instalarlo en la sospecha de que nada importante le había pasado después, porque de pronto descubría que su breve relación con Muriel ocupaba una parte de su capacidad de nostalgia. Lo sorprendía el leve sentimiento de angustia, de deshabitación que lo asaltara cuando, para poder visitar el sagrado monte Athos, Muriel se quedó esperándolo en Sikia, porque no estaba permitido el ingreso de ningún animal que no tuviera pelo en la cara, incluidas arbitrariamente las mujeres sin atender el recurso de las depilaciones.

Muriel fue sustituida por Artimbau, un pintor barcelonés que encontró entre los extranjeros que esperaban el salvoconducto de circulación por monte Athos. Era un formidable dibujante de popes y un elucubrador sobre su pintura y la ajena, especialmente cáustico contra las mafias creadoras de cánones estéticos. Cuatro días sin Muriel y con Artimbau, vagando a pie o en autostop de camiones madereros, durmiendo en los monasterios cargados de belleza y del resentimiento de los popes, porque habían sido ricos apoyados por los Estados ortodoxos y de pronto se habían empobrecido a partir de la Revolución soviética primero y más tarde de la segunda guerra mundial, cuando aquellos Estados ortodoxos cayeron en las garras del comunismo ateo y de espaldas a subvencionar religiones. A pesar de su decadencia, los monasterios todavía eran capaces de elaborar el mejor *ouzo* de Grecia, que regalaban al peregrino extranjero como elixir final de la hospitalidad. La caída del comunismo tal vez había devuelto el esplendor a los monasterios que jalonaban la geografía de una península gobernada por los curas, aquellos popes percherones, algunos con coleta de caballo, que vestían sotanas negras amarillentas por las coladas y los soles y que adoraban a la reina Federica y a los príncipes Constantino, Irene y Sofía, cuyas fotografías presidían las estancias donde recibían a los peregrinos y escanciaban el aguardiente. El joven Artimbau se ganaba la vida y el viaje tocando la guitarra en cualquier lugar apropiado, fuera taberna, ágora o teatro en ruinas, y tenía un repertorio hispánico con algún añadido mexicano y francés. «Ante todo, la tonadilla. Funciona el tópico y cuanto más les suene a pasodoble la tonadilla, mejor. Les gusta mucho aquel del torero que cantaba la Piquer: "Romance de valentía... Embiste toro bonito...", etc., etc. También los corridos. El de Simón Blanco, por ejemplo, y siempre canto algo en francés porque no sé inglés y eso me abre una dimensión cosmopolita. Les canto *Milord* y *Les feuilles mortes*.»

Recuperó a Artimbau años después en Barcelona, cuando ya era un pintor conocido que no necesitaba cantar por los bares, las ágoras ni los teatros arruinados. Muriel lo esperaba en Sikia, atormentada por una picadura de medusa —le había dicho el farmacéutico—, aunque en el centro del pecho irritado aparecían dos pequeños orificios, como dentelladas, que Carvalho atribuía más a un pez araña mezclado entre el oleaje suave cuando se rinde a las arenas de la playa. Muriel tenía fiebre, hacía un calor griego en un hotel sin otra refrigeración que la ventana abierta a una noche especialmente calurosa, y Carvalho prefirió tumbarse en una pequeña azotea sin otro vestuario que los calzoncillos ni otra compañía que un insistente grillo agazapado en la noche. Cuando se acercaba al lecho, Muriel dormía y sudaba, y experimentó por primera vez la sensación de que su mujer era un cuerpo extraño poseedor de una historia que no le pertenecía.

Cuarenta años después, incluso la pensión de Skala tenía algo parecido al aire acondicionado. Sonó el teléfono móvil de Biscuter, quien se deslizó fuera de su cama y se metió en el cuarto de baño, donde recurrió a una variada gama de monosílabos en francés para ir contestando a su comunicante. A Carvalho le sorprendía el celo ocultista que de vez en cuando exhibía Biscuter con su teléfono, especialmente cuando se veía obligado a contestar en francés como si deseara acabar la conversación cuanto antes. Alguna vez había justificado ese tipo de llamadas como mantenimiento de las buenas relaciones adquiridas en París cuando en 1992 asistió a aquel curso intensivo de sopas y salsas.

—Me interesaría mucho otro curso. Tal vez sobre repostería, porque reconozco que es mi punto flaco, jefe.

Biscuter seguía hablando y Carvalho conservaba el silencio como si lo estuviera degustando, aunque a veces le inquietaba su progresiva tendencia al aislamiento y la no intervención. Mirar, sí, mirar miraba como siempre, aunque reconocía que se había reducido su capacidad de sorpresa y, en cambio, le molestaba muchas veces oír, simplemente oír, sobre todo las voces que no había convocado. Independientemente de lo que dijeran aquellas voces, aunque aportaran observaciones o vivencias interesantes, no le gustaba oírlas, como si fueran partículas intrusas en el territorio de su sagrada mismidad. Biscuter se durmió hablando y Carvalho siguió despierto. Tenía deseos de bajar a la calle en busca de aquella taberna donde él y Muriel bebieron tanto y cantaron y se besaron, y la vieja madre de la tabernera se reía y los llamaba locos, excitada por el estúpido exhibicionismo de vitalidad y deseo de aquellos jóvenes tan imprevistos que se proclamaban españoles. No podía dormir porque había descubierto la supervivencia en su interior de aquel muchacho de veinte años dependiente de aquella muchacha de veinte años, como quistes del espíritu en una fase de crecimiento, de la misma manera que podía percibirse a sí mismo en otra fase decisiva de su vida, y en otra, a manera de existencias sepultadas que constituían su propia arqueología, las ciudades excavables de su experiencia o de su memoria. El viaje llegaba demasiado tarde. «A estas edades —se dijo—, no vale la pena conservar nada de lo que vives ni de lo que temes, y ya sólo cabe impregnar la piel de recorridos, porque alguien había escrito, sabiamente, que lo más profundo del hombre es la piel.»

Saturado de las excelentes piedras de Esmirna y Pérgamo, fue al término de la visita de la acrópolis pergámica cuando Carvalho instó a Biscuter a que telefoneara a Malena porque esperaba pernoctar aquella noche en Bursa y entrar al día siguiente en Estambul. Aceleró cuanto pudo para ver Troya antes de que atardeciera, a la ilusa espera de que se consumaran las ciudades enterradas, una debajo de otra, mediante prodigio de la memoria y la arqueología excavadora. De este ensueño derivó la frustración a la vista de aquellos amontonados pedruscos que se habían tragado para siempre a la equívoca Helena, al incauto Paris, a la excesivamente trágica Andrómaca y a la sibila Casandra que siempre le había parecido una cabrona. No había otro rastro de aquel pasado que una imitación del caballo de Troya cuasi atrezo de una superproducción en tecnicolor. Los muros de las que habían sido inexpugnables fortificaciones troyanas apenas parecían contenciones de bancal, y como decía uno de los folletos de Biscuter, lo mejor que se podía hacer en Troya era recordar la *Ilíada*.

Y si Troya había sido una frustración, peor fue la del acceso al estrecho de los Dardanelos, contemplado a partir de Canakkale como una bellísima vía azul y luminosa que en nada justificaba los terrores argonáuticos, como no fuera por el mucho peso de la mitología. El llamado por los clásicos estrecho de Helesponto había tenido orígenes tan quiméricos como que lo había abierto la diosa Hele caída desde un carnero alado o bien que sus aguas habían presenciado la frustrada travesía a nado de Leandro en busca de su amada Hero. Se ahogó en el empeño. Biscuter leía en voz alta la definitiva peripecia de lord Byron que, a pesar de su cojera, lo atravesó a nado para emular al malogrado Leandro. Como en Troya, lo mejor del estrecho de los Dardanelos era su literatura. Se ampliaron las aguas para formar el mar de Mármara y con gusto asumió un hotel de Bursa con piscina de aguas termales cubierta por un lucernario cumplido por cristales de colores. Se pusieron los trajes de baño y se entregaron a las delicias evidentemente turcas de una gran piscina hexagonal de mármol, temperaturas justas y vapores bienolientes, diríase que construida sólo para ellos, hasta que aparecieron una mujer joven y un niño inmediatamente sumergido, mientras su madre abría un libro y recuperaba así un espléndido aislamiento. Era una mujer morena con manicuras lilas en todos los dedos de su cuerpo, algo de vientre, tal vez por la postura, y dos pechos evidentemente bonitos bajo la malla del traje de baño de una pieza. Sintió Carvalho la punzada del deseo que acogió con esperanza, porque desde que se habían separado de Malena, las mujeres habían vuelto a ser paisaje o incómodo reclamo para sus inseguridades sexuales. Propuso a Biscuter cenar como dos gourmets en el exilio aprovechando las excelencias de la cocina turca.

Merodearon en torno de espléndidas mezquitas seguidos por un perro canelo que comprendió el instinto protector de Biscuter, plasmado con la adquisición de unos bollos en una dulcería y la entrega del manjar al animal, a pesar de los reparos de Carvalho, empeñado en que todo lo dulce provoca diabetes a los canes, por lo que compró algo de queso y el perro canelo gozó de la mejor merienda de su vida y decidió no abandonar a aquellos amables extranjeros que, de vez en cuando, forzaban la marcha con tal de despegarlo, e incluso se escondían en portales para desorientarlo. Pero el olor de sus padrinos debía de ser atrayente y el canelo no se despidió hasta la puerta del restaurante, tal vez a la vista del dibujo de un can tachado por una equis. Se llamaba Yusuf el ilustre figón y mientras mordisqueaba el *simit*, nombre que recibía en Turquía el inevitable roscón con semillas de sésamo, Carvalho, respaldado por un informadísimo Biscuter que actuaba como apuntador durante todo el viaje, tramó una colección completa de *mezzé*, encabezados por *dolmas* y *baregs*, seguidos de berenjenas ahumadas, *taramá*, *haydari*, corazones de alcachofas o *lakerda*, lonchas finas de atún ahumado con limón, pollo circasiano aderezado con avellanas, para pasar después a un menú convencional iniciado por una sopa de legumbres con yogur, *kebabs* variados de diferentes carnes y vegetales, unos magníficos tallarines con picadillo de carne aromatizada, culminada la fiesta de los sentidos con *asure*, también conocido como pudin de Noé, miscelánea de frutos secos y legumbres. Era bueno el vino de Kavaklidere y también el aguardiente *raki*, que equivale al *ouzo* griego, mejor todavía el café que los turcos consideran turco y los griegos griego y en estas satisfacciones estaban cuando a Biscuter se le humedecieron los ojos y dijo que daría diez años de su vida por que su madre pudiera presenciar aquella fiesta.

—Le di tantos disgustos, pobre mujer, y no podía pensar que algún día yo llegaría muy lejos. De momento a Bursa, y si no pasa algo grave daré la vuelta al mundo, y tal vez se esté escribiendo mi destino en lo más alto del firmamento.

Le pareció a Carvalho demasiada altura para el destino de Biscuter pero lo estimuló cabeceando y llenándole la copa de *raki*.

—Jefe, a veces pienso que todo lo que podemos hacer en

la Tierra ya está hecho y no es bueno, y que habría que explorar más allá. Un más allá material. ¿Qué le parecería a usted la posibilidad de una diáspora por los cielos e incluso más allá de los cielos?

—¿Para qué? La maldad y la impotencia viajaría con nosotros.

Rumió Biscuter esta afirmación durante todo el trayecto de retorno al hotel, seguidos de nuevo por el perro canelo. Por si acaso se había guardado Carvalho dos *kebabs* de cordero en el bolsillo y el can confirmó que había encontrado al mejor amigo del perro y que curiosamente eran hombres. Pero de nuevo lo detuvo la puerta del hotel y el intento de patada que le lanzó el guardián de la puerta contendió ante el gesto de Biscuter de interponerse entre el perro y su pie.

—La maldad y la impotencia viajarían con nosotros si nos lleváramos los mismos intereses y los mismos miedos que nos atosigan aquí.

De la huida hacia las tinieblas exteriores pasó Biscuter al recuerdo del perro y propuso a Carvalho llevarlo como viajero. ¿Te imaginas el lío en cada frontera? Deberíamos sacar permiso sanitario en cada país.

—Debe de ser fácil. En todo el mundo sobran perros. Si sobran aquí, imagínese en Asia.

—Estamos en Asia —objetó Carvalho—. ¿Y si nos falla el coche y hemos de viajar en tren o en autobús? Nos veríamos obligados a abandonarlo en un lugar peor para él que Bursa. Aquí, al menos, conoce el itinerario entre los hoteles, las mezquitas, los restaurantes y otra vez los hoteles.

El suficiente alcohol lo empapó de sueño y despertaron más tarde de lo deseado porque querían aprovechar parte del día en Estambul y porque esperaban la llamada de Malena relacionada con la misteriosa fuga de Samuel Sumbulovich. Entraron en Estambul por la autopista de Ankara y atravesaron el Bósforo en busca de las cúpulas de los monumentos que más los reclamaban, aunque el hotel estaba algo apartado del centro, en Cumhuriyet Cadesi, sobre un altozano, con una vista entregada al Bósforo y al mar de Mármara en el momento en que se encuentran en el Cuerno de Oro. Por el puente Galatea pasaban al centro de la ciudad, donde estaban sus delicias históricas, desde Santa Sofía a la mezquita Azul o el Topkapi y el Gran Bazar y la torre Galata. El lápiz del recepcionista iba ensartando los lugares que les sonaban tan obligatorios en una vuelta al mundo o en un viaje de fin de semana.

—Quizá sean más obligatorios en viajes de fin de semana, porque cuando das una vuelta al mundo lo maravilloso es tan plural que puedes dejarte alguna cosa. Esas lagunas luego las cubres con documentales de televisión o con libros de fotografías.

Biscuter no se dejaba excitar y asentía sin perder la sonrisa de benevolencia ante los deseos provocadores de Carvalho.

—En cualquier caso, jefe, yo pienso ver todo lo que nos ha señalado el recepcionista.

Se encogió de hombros Carvalho ante lo irremediable, y aunque ironizaba, algo le entristecía la creciente independencia de criterio de Biscuter, incapaz años atrás de proponerse nada que no se planteara su jefe. No atribuía Carvalho el cambio al crecimiento de Biscuter, sino a su propio empequeñecimiento, casi incapaz de soportar las situaciones límite o de irritarse ante cualquier intento de postergarlo. Biscuter parecía haber cambiado las relaciones de dependencia, como si estuviera despertando a la adolescencia y quisiera construir su propio yo.

—De hecho, el viaje sería del todo convencional de no haber sido víctimas de un sabotaje en nuestro coche, de no haber desaparecido madame Lissieux y en cambio aparecido un cargamento de cocaína en el maletero. Luego, en Israel, ayudamos a hacer novillos a un aprendiz de biología ruso, él desaparece y vemos en un hotel a uno de los hermanos Armani del ferry Brindisi-Patras. Pero no hemos perdido del todo el sentido de la linealidad de toda vuelta al mundo y hasta es posible que la hagamos en ochenta días, un récord bobo entre todos los récords bobos que pueden conseguirse. La vuelta al mundo habría que darla o en veinticuatro horas o durante toda una vida o varias veces, según recorridos monotemáticos. Una vuelta al mundo sin ver ni una ruina, por ejemplo, o comiendo sólo en los McDonald's o suponiendo visitar un país que no es el que visitamos. Imagina Biscuter que esto no es Turquía, sino Portugal o Argentina, y filtras todo lo que ves, oyes y sabes a través del cedazo de tu saber portugués o argentino. El Bósforo sería el estuario del Tajo o los canales del Tigre de Buenos Aires y estaríamos esperando a una guía alemana de las ruinas de Misión o de la visita a Fátima. ¿Hay otra forma de alterar la geografía?

—La geografía es la que es. —Biscuter estaba dotado del don de la obviedad, pero añadió—: Cuando termine el viaje no podremos llegar a conclusiones parecidas, porque usted lo inició en un lugar y yo en otro, aunque aparentemente saliéramos del mismo puerto en el mismo barco. Tampoco tenemos por qué coincidir en el final.

—¿Y en la finalidad?

—No se me ponga demasiado culto. ¿Qué entiende usted por finalidad?

—El para qué. Para qué haces tú el viaje y para qué lo hago yo.

Biscuter no respondió inmediatamente pero sus ojos iluminados indicaban que había entendido perfectamente la pregunta y que tenía una respuesta que emitió gozoso, riendo mediante una carcajada rota:

—Yo hago el viaje para crecer, jefe, y usted para despedirse.

Digería Carvalho la respuesta cuando Biscuter le propuso ir a enterarse si había llegado algún mensaje de Malena, puesto que ninguna señal de ella constaba en el señalizador de los teléfonos de la habitación.

—Estambul *la nuit*, ¿qué le parece? De momento no tenemos que atender a Malena.

—Me parece que no es una ciudad para empezarla de noche.

—En el hotel anuncian tours. Viajas con guías, te enseñan el ABC.

Estambul *la nuit*. Sumar o restar. Una noche más. Una noche menos.

Un nuevo mensaje de Malena llegó a la recepción del hotel con acompañamiento de bandoneón de despedida. Les aconsejaba dejar el asunto porque estaba muy oscuro y ella misma se distanciaba de cuanto había ocurrido. «¡Feliz vuelta al mundo!», les deseaba, y les encarecía que volvieran a Israel: «Antes de que tengan la frente marchita y las nieves del tiempo plateen sus sienes», en una evidente referencia burlesca al tango *Volver*. No tuvieron demasiado tiempo de digerir la propuesta de renuncia porque les anunciaron la partida de la excursión «Estambul by Night». El guía era un racionalista turco que antes de subir al autocar anunció que relegaba los grandes monumentos para la luz del día, aconsejaba a las escasas mujeres expedicionarias que no se separaran de sus acompañantes masculinos y, si no lo tenían, él era su palo protector. A continuación transmitió a sus viajeros que la Unión Europea no había aceptado a Turquía como Estado asociado.

—Nos prefieren asiáticos.

Le dieron el pésame burlonamente tres latinoamericanos, cinco rusos, dos estadounidenses, y se abstuvieron los europeos comunitarios, en mayoría. Aquella expedición noctámbula les permitiría —pregonaba el guía— «penetrar en el alma de la noche en una ciudad tan corporal de día». Se prestó Carvalho a aquellas divagaciones psicosomáticas urbanas, desde la seguridad de que, a poco que lo aburrieran las personas o las cosas, se abandonaría al sueño en el asiento del *pullman*, que presumía cómodo, a pesar de que aún no los habían dejado subir.

—No quiero que luego se sientan engañados y sobre todo engañadas. Cena con espectáculo. Así está programado. Mujeres danzarinas y lucha libre turca, tiendas de alfombras y recuerdos, las iluminadas orillas del Bósforo, el esplendor monumental brillante como un sol, el barrio chino, aunque sería conveniente que las señoras lo evitaran, vayan o no vayan acompañadas. Lo más sensato sería devolverlas al hotel y continuar nosotros solos el paseo.

Todas las mujeres protestaron indignadas y una alemana tuvo que ser contenida por su marido para que no saltara sobre el guía, heroica actitud la del consorte, porque él recibió todos los manotazos que su mujer le lanzaba por cómplice con el reaccionarismo turco. Ponía por testigos a otros alemanes de que ya les habían advertido sobre el machismo de los turcos y no estaba dispuesta a transigir.

—Algún día tienen que recibir la primera lección. ¡Exijo que nos protejan guardias! ¡Que podamos recorrer el barrio chino protegidas por guardias!

El guía era un hombre alto, fornido, algo ventrudo, y sólo un largo oficio le permitió sonreír tímidamente ante la oratoria descompuesta de la mujer.

—No puedo recurrir a la policía, señora.

—¿Por qué?

—Pues porque, si vinieran, serviría de precedente y tendrían que dedicarse todas las noches del año a vigilar a señoras como usted, deseosas de visitar el barrio chino.

—A mí el barrio chino no me importa; es una cuestión de principios.

—La defraudará porque, a pesar de su nombre, en el barrio chino de Estambul no hay chinos.

—¿Qué hay, entonces?

El guía levantó las palmas de las manos, movió la cabeza a la derecha, luego a la izquierda, sin perder la verticalidad del cuello, como una bailarina tailandesa. Luego bailó la danza de los siete velos sin velos y agradeció los aplausos que le dedicó Biscuter. Los primeros en dar un paso atrás y luego los suficientes para desistir de la expedición fueron los alemanes, seguidos de los norteamericanos, y finalmente todas las mujeres dispuestas a la aventura prefirieron recuperar el hall del hotel. Quedaron siete hombres y en el autocar cabían cincuenta personas, por lo que el guía trató de anular la expedición hasta que uno de los rusos se puso de puntillas para hablarle, más que cara a cara, labio con labio, y era tan amenazante el tono de su voz que el guía bajó los ojos y asintió a todo lo que el ruso le decía sobre la obligación de cumplir el contrato si no quería jugársela. Siete hombres sin prejuicios ni sentido de la solidaridad ocuparon el inmenso vehículo y eran felices de estar solos, de viajar tan anchos y de las promesas de una noche llena de posibles aventuras de cintura para abajo y cintura para arriba. Sólo el guía estaba maltrecho y humillado, y en cuanto se sintió cobijado en su autocar, dio un puñetazo contra el primer asiento y gritó: «*Faccia di papone! Faccia di papone!*», insulto que todos supusieron dirigido contra la alemana poderosa que se había atrevido a enseñarle el puño.

En silencio llegaron a la orilla izquierda del Bósforo, que el autocar recorrió y apareció la convencional voz en *off* del guía que describía la belleza a oscuras de aquel lugar, belleza incrementada, decía, a medida que se dejaba Estambul y se pasaba por zonas residenciales y así se llegaba a la entrada en el mar Negro, experiencia que les recomendaba a pleno sol. Luego atravesaron el canal por el puente Ataturk, rumbo a la zona de vida nocturna situada en torno a la torre Galata, donde los esperaba un restaurante con espectáculo, y volvió a repetir el guía su show en dos actuaciones, bailarina tailandesa primero y princesa Sherezade obligada a la danza del vientre, después.

Discutieron el guía y el maître del restaurante, sin duda a causa de la escasez de expedicionarios, y después los acomodaron en una mesa lateral desde la que apenas veían el espectáculo, si no se inclinaban hacia la derecha con cierto alarde gimnástico coral. No salió ninguna bailarina tailandesa, para frustración de Biscuter, pero sí una abundante danzarina dotada de un vientre diríase que vivo, como si fuera un alter ego no del todo controlado. El menú fue un muestrario de cocina turca venida a menos, pero podía comerse y en el ticket entraba champán, que resultó ser de Rodas, lo único griego del restaurante, «aunque por el precio también puedo darles champán de Crimea», proclamó el ya entusiasmado guía. Luego invitó a los caballeros a participar en la fiesta y les dio ejemplo poniéndose en trance y dejándose deslizar hasta el centro de la pista, donde la bailarina trataba de dominar el lenguaje de su vientre moreno, adornado con una gran perla verde en el ombligo. Dio varias vueltas el hombre en torno a la mujer, que apenas lo miraba, y cuando lo hacía no podía disimular su malestar detrás de una sonrisa de superficie, más molesta todavía cuando, animados por el ejemplo, otros noctámbulos salieron a merodearla en fingimiento de baile. Estaba previsto que eso ocurriera porque brotaron otras dos bailarinas para diversificar el riesgo que corría su compañera, y a Carvalho le pareció un truco similar al uso en las plazas de toros de los animales mansos para rodear y llevarse al toro que está a la altura de las circunstancias. El bailarín extranjero que más llamaba la atención era Biscuter, pequeño, musculado como un batracio, confundía sin duda la danza del vientre con las acrobacias de los bailarines del coro del ejército soviético, y desde la posición de partida de cuclillas lanzaba al frente ora un pie ora otro, amenazando a veces la estabilidad de sus compañeros de orgía, caballos percherones en comparación con la esbeltez traslúcida de aquella rana.

Un estrépito de tambores profundos anunció el cambio de espectáculo. Se retiraron las bailarinas y los invasores y entonces se apagó la luz y se instaló en la sala el suspense hacia las emociones futuras. Volvió a encenderse y aparecieron frente a frente dos corpulentos luchadores, las musculaturas tan abrillantadas como sus cabezas afeitadas, bigotes largos y perfilados, perilla en idéntica disposición y reproducción de la estampa convencional de los amenazadores tártaros. El presentador les puso nombre y los calificó de los más grandes luchadores del Beyoglu, la zona de Estambul en la que se encontraban. A continuación explicó que la lucha turca era tan practicada que cada barrio, cada ciudad tenían sus propios campeones. Nuevamente los tambores actuaron como punto y aparte, se retiró el presentador y los dos luchadores se estudiaron para de inmediato arremeter el uno contra el otro en busca de llaves y golpes decisivos, cuidadosamente ensayados para no hacer demasiado daño, como si se tratara de un combate concertado entre la sobria y casi aburrida lucha griega y la lucha libre americana. Contemplaba Carvalho el entusiasmo alienado con el que Biscuter seguía la pelea y se sintió como mutilado, incapaz de participar en aquella fiesta ni en ninguna otra, instalado en la desgana más absoluta.

—Necesito vitaminas —dijo en voz alta pero para sí.

Biscuter detuvo sus entusiasmos para estudiarlo y se sacó del bolsillo de la chaqueta un tubo de color naranja.

—Redoxón, jefe. Lo entonará si lo toma con constancia. Son vitaminas agradables porque son efervescentes, es parecido a tomarse un refresco.

Aquel hombre era un baúl viviente lleno de pasaportes falsos y vitaminas.

—El Redoxón frappé es sensacional.

Llamó Biscuter al camarero y le pidió un vaso de hielo picado, lo llenó de agua y echó la pastilla que, al instante, cumplió su obligación mágica de convertirse en elixir, liberando sus energías concentradas. «Ahora me transformaré en mister Hyde o en el doctor Jekyll», ocurrencia que acudía a su mente cada vez que se enfrentaba a una bebida efervescente, fragmento de su memoria cinematográfica en la que las transformaciones siempre vienen precedidas de la ingestión de líquidos efervescentes y humeantes. Estaba reclamando el presentador que alguno de los visitantes se atreviera a desafiar a los luchadores y ya estaba Biscuter en ese trance, cuando Carvalho lo retuvo y sólo lo soltó cuando un joven italiano se prestó al combate medio minuto, el tiempo que necesitó el luchador para cogerlo en brazos y devolvérselo a su mujer a la mesa, convertido en un objeto quebradizo.

Rescataron la noche y el guía les advirtió que se prepararan para la expedición al barrio chino, y a él llegaron más allá de la torre Galata. Apenas podía avanzar el autocar entre el gentío y les recomendó el adalid seguir a pie y dejar en el coche las cámaras fotográficas, porque los pobladores del barrio podían reaccionar violentamente sólo con verlas.

—No les gusta que los fotografíen. Buena parte de ellos están fichados.

Para acceder a las calles donde estaban las putas debían pasar de uno en uno una barrera policial. La vejez del barrio permitía la existencia de grandes y decrépitos caserones con las plantas ocupadas por el muestrario total de las putas con y sin flor, desde la posiblemente menor de edad hasta la que exhibía pechos de ama de cría y varices de mujer estatua en las esquinas de la ciudad burdel. En un rincón de cada prostíbulo figuraba la lista de precios a la consideración de las colas de hombres que habían acudido para comprobar si era cierto el anunciado espectáculo, y alguno se quedaba por el camino como succionado por algunas de aquellas mujeres, que se lo llevaban cogido por una mano hacia el otro lado del paraíso.

—La prostitución es legal —les advirtió el guía, mientras les guiñaba el ojo.

Ni en los mejores tiempos de la calle Robadors o de las Tapias, hoy día pasteurizadas o usurpadas por la Barcelona postolímpica, había visto un espectáculo antropológico semejante, a veces espectáculo a secas, como el de la muchacha rubia bonita casi desnuda, probablemente extranjera, que de pronto tomó un violín y se puso a tocar las vibrantes *tzardas* de Monti, para pasmo de los forasteros con más capacidad de sorpresa. Carvalho y Biscuter tuvieron necesidad de mirarse y luego volver a contemplar a la prostituta violinista. Podía ser el ensueño adolescente de Sumbulovich y fue Biscuter el que nerviosamente señaló hacia una escalera desde la que docenas de mirones contemplaban el tráfico de los cuerpos y las carnes.

—¡Es Samuel!

Parecía Samuel. Contemplaba las evoluciones de la violinista con las manos en los bolsillos. Biscuter marchó hacia él y cometió el error de llamarlo. El hombre de las manos en los bolsillos desapareció como una sombra chinesca y cuando Carvalho fue hacia la violinista para salir de dudas, también ella y su violín se habían disuelto en la humeada atmósfera del local.

Avisaron al guía de que esperaban a un amigo y necesitaban un cierto tiempo para voltear por los alrededores. El hombre los saludó como saludan los sultanes en las películas anglosajonas sobre cuestiones indostaníes y se echó a reír. Aquellos dos iban de putas y no sabían cómo explicarlo. Ni tenían por qué hacerlo. En vano, rodearon varias veces el espacio donde se abrían los almacenes de sexo: ni rastro de Samuel, la violinista ni el violín, envarados por la sensación de que cualquiera que los observara podía pensar que estaban buscando putas o putos, que también los había en la doble gama de efebos rubios depilados y tártaros amostachados con la musculatura en ristre, volvieron finalmente al autocar.

—¡Qué pronto se han satisfecho ustedes!

—En el local donde hemos entrado había una muchacha rubia, muy esbelta, casi desnuda. En fin, la que tocaba el violín. Usted debe de venir por aquí casi todas las noches. ¿La ha visto otras veces?

Recelaba el hombre y Biscuter encontró la argumentación oportuna:

—La busca su padre. Hay muchas posibilidades de que se trate de una chica rusa que se haya visto obligada a ejercer la prostitución debido a los apuros económicos.

—Es la prostitución más selecta de Estambul, las rusas, algunas ucranianas, yugoslavas, pero sobre todo las rusas, casi todas muchachas muy finas, con carrera y ahora aquí, desplazadas de sus países por los cambios económicos. Se acabó el papaíto Estado y con la música a otra parte. Se sorprenderían ustedes si vieran la cantidad de rusas con estudios artísticos o musicales que se dedican a esto. Lo sorprendente es hallarlas en un local como el que hemos visto, porque lo normal es que ejerzan en *night clubs* de prestigio o en apartamentos de la mafia de la prostitución. Esa chica, sí, la he visto otras veces, pero actúa de gancho, quiero decir: si pagas, también follas, pero sobre todo ejerce como polo de atracción.

Samuel, la violinista, la misteriosamente ausente Malena eran personas adultas y no tenían por qué sentirse responsables de ellas hasta que la distancia o la muerte los separara. Dedicaron el día siguiente a los mazazos de la catedral de Santa Sofía, la mezquita Azul, del palacio de Topkapi, lo que más impactó a Biscuter, divididas sus emociones entre las estancias del harén y el tesoro, tantas veces materia prima de película de altos latrocinios. Carvalho se sintió integrado en la relación que podía establecer entre la catedral de Santa Sofía que había aprendido en los libros y la que se crecía físicamente a través de su nave central, cubierta por una cúpula de cincuenta y seis metros de altura. Si el arte bizantino de las pequeñas capillas le parecía asfixiante, excesivo, en cambio, aplicado a las dimensiones de la catedral que había sido el mascarón de los límites orientales del cristianismo, podía captar incluso la posibilidad no sólo de la emocionalidad religiosa, sino del sentido de participación en una comunión de los santos ricos e invencibles. Era como darse cuenta de que Justiniano y Teodora eran de los suyos. También lo conmocionó la cisterna de la basílica, como un prodigio de aguas historiadas, mágicas le parecían todas las aguas de todas las cisternas como contrapunto al oscuro agujero negro de los pozos.

Compraron *kebabs* y los comieron regados con *airán*, mientras recorrían el Gran Bazar, ávidos de sombra y de frescor, un alto en el recorrido de las maravillas del Sultanahmet, y a su alcance estaba el Cuerno de Oro y subir por la orilla izquierda del Bósforo en busca de exquisitos restaurantes donde se servía el mejor *taramá* del mundo, según les informó en el hotel un recepcionista búlgaro. Pero antes del alejamiento, Carvalho sentía la llamada olfativa del bazar de las Especias, que había formado parte del conjunto de la mezquita nueva, originalmente dedicado a la venta de clavo, jengibre, canela, pimientas, flores de anís, pero ahora abierto a nuevas mercancías. De los olores pasaron a las texturas visuales de los aderezos amontonados en cazuelas de barro en la vanguardia de su despliegue, encerradas en tarros de cristal en las estanterías de las retaguardias de los almacenes, por doquier el olor convertido en cien aromas tal vez dominados por los pimentones y los cilantros, allí azafranes, cominos, cúrcumas, clavos, mastuerzos, nuez moscada, anises, pimientas negras, jengibre, vainilla, proponiendo un aroma resultante que había impregnado a los vendedores y a los compradores, sorprendidos europeos o norteamericanos que no habían rebasado los límites de las pimientas, la mostaza o el ketchup.

Se llevaron especias y hierbas aromáticas «para toda la vida», según justificaba Biscuter sus antojos, y tan entusiasmado estaba con las compras que Carvalho tuvo que apremiarlo, casi empujarlo para que saliera del bazar, porque los esperaba la orilla izquierda del Bósforo. A medida que se alejaban de la ciudad, las riberas del canal mítico adquirían serenidad en la bahía de Tarabya, vegetaciones, mansiones notables que servían o habían servido de refugio a los ricos huidos de la ciudad o a los presidentes de la república, que debían de tener en Estambul una segunda residencia. La belleza de las periferias opulentas había resistido la reforma del omnipresente Ataturk, pero no hubiera soportado la gran hoguera de una revolución clasista real, y todas las contrarrevoluciones habían tratado de salvar las vidas singulares de quienes podían vivirlas singularmente. Pero gozaron el viaje contemplativo sin apetitos históricos, compartido con Jasón en pos del Vellocino de Oro, o con la escuadra inglesa cuando iba a sofocar la Revolución soviética o como simples mirones de las modificaciones introducidas por arquitectos, urbanistas y jardineros en un paisaje que se llevaba el Mediterráneo hacia la encerrona del mar Negro.

Se detuvieron en el parque de Belgrado porque el recepcionista búlgaro les dijo que valía la pena contemplar las ruinas de los diques, los embalses y los acueductos que habían formado el sistema de abastecimiento de agua a Estambul durante más de mil años y algún embalse se remontaba a la época bizantina. Kylios casi marcaba la esquina con el mar Negro, y ninguna negrura sugería sino el esplendor de una playa inmensa, la preferida por los ciudadanos de la capital, situada a menos de treinta kilómetros de distancia. Eran sugestivas las promesas de la otra orilla, especialmente la de Polonezkoy, la villa heredera de sus orígenes de poblado de las tropas polacas que se habían puesto al servicio del Imperio turco durante la guerra de Crimea, convertida ahora en un muestrario de balnearios que iniciaban la red de instalaciones termales que terminaba en Bursa. Sin consultarse, Carvalho y Biscuter regresaron a Estambul, y también sin consultarse sabían que acudirían a la cita del barrio chino por si era posible un nuevo encuentro con Samuel e Irina en los almacenes de la Calle de las Mujeres, el nombre popular del mercado sexual. Biscuter había obtenido un croquis indicativo del itinerario. Unos doscientos metros más allá de la torre Gálata, por Karakoy Caddesi y dar la vuelta por una calleja que bordea la parte izquierda del Iktisat Bankas, doscientos metros arriba, y tomar la segunda calle a la derecha y allí está la empalizada con la policía, cerrando o abriendo el paso a la ciudad de los burdeles, diríase que diseñada para serlo, a manera de laberinto lleno de ingles. Dudaban de la ubicación del establecimiento donde habían encontrado a Samuel y probablemente a Irina, y tuvieron que recorrer varios de ellos hasta que de pronto volvieron a ver a la muchacha, algo más vestida y en posición de descanso, con el violín colgándole de un brazo y con la otra mano acariciando los cabellos de Samuel Sumbulovich, una ternura fría, a los ojos de Carvalho, rodeada de miradas calientes que se cernían, contenidas, sobre las breves carnes de aquel tentempié eslavo. Irina se inclinaba para decirle algo a Samuel, ensimismado, ojeroso, «lloroso», apuntó Biscuter cuando estuvieron cerca, tan cerca que Samuel los distinguió y no pudo reprimir un sobresalto y unas palabras precipitadas dirigidas a su pareja. La violinista les dirigió una mirada altiva y se fue con su violín bajo un brazo, el más desnudo, acariciado el instrumento por una pequeña teta exacta, diríase que rubia. Samuel los esperó y compuso una mirada valiente, desde el supuesto de que iba a ser atacado y debía defenderse. Pero los dos compañeros de viaje lo saludaron con afecto y sólo le censuraron haberlos preocupado inútilmente.

—Bastaba con decirnos que tenía que llegar cuanto antes.

Volvía a estar a punto de llorar Samuel y finalmente se le rompió el habla.

—No quiere dejar esto. Le he propuesto empezar de nuevo en Israel o donde sea, pero se ha reído. Lo que yo gano en un año ella puede ganarlo en un mes, a veces en menos tiempo, y dentro de cinco años podrá ser dueña de su destino. Vive en una casa con jardín, para ella sola, y tiene criada.

Bajó la voz y obligó a que Carvalho y Biscuter se agacharan.

—La verdad es que está atrapada por la mafia rusoturca de la prostitución. No voy a consentirlo.

De la desesperación pasó Samuel a la obstinación y se agarró a ellos como su última esperanza.

—¿Ustedes me ayudarían?

—Lo que haga falta —se adelantó Biscuter, pero Carvalho ya había asentido con los ojos.

—¿No les importaría venir a buscarnos a una hora convenida y cambiar el sentido de su viaje? ¿Volver a Grecia? Luego ella y yo nos las arreglaríamos.

Biscuter no contestó, a la espera de que Carvalho se pronunciara.

—Ningún problema —se limitó a decir, y Samuel pasó de la angustia a la sospecha.

—Pero ¿por qué? Si desconfío de ustedes es por lo fácil que es contar con su ayuda.

—Es comprensible. Pero yo he leído a Dostoievski, por ejemplo, y usted tiene rasgos del capitán que aparece en *Los hermanos Karamazov*, y su chica Irina, podría ser una de esas muchachas pecadoras pero inocentes que excitan las altas pasiones de los personajes de Dostoievski. Mi sentido de la solidaridad debería ser racional, pero es estrictamente sentimental.

No parecía haberlo entendido nadie y ya Biscuter trazaba el plan del reencuentro y la huida. Mejor no volver al hotel para no despertar sospechas, recogerlos a ellos una hora después y partir hacia la frontera griega. Al día siguiente, Carvalho y Biscuter regresarían a Estambul. Se marchó Samuel ilusionado, a deducir por el gesto con el que volvió a calzarse los auriculares y ajustó el sonido de su monográfica comunicación con Morrison, y Carvalho y Biscuter quemaron su tiempo comparando los precios y los cuerpos, los precios y las edades prometidas, tratando de adivinar en las miradas de las mujeres la cantidad de luz y de ceguera que aplicaban a su oficio.

—¿Tú irías de putas, Biscuter?

—Alguna vez voy, jefe. Qué le vamos a hacer. Débil es la carne y yo no voy como usted, de chico de la película.

Digería Carvalho la respuesta cuando Biscuter señaló con un ademán algo que estaba ocurriendo a sus espaldas. Se dio la vuelta y en la puerta del zaguán estaba Malena, sola, desobedeciendo la consigna de que las mujeres deben ir siempre acompañadas o mejor no acudir a aquel antro, pero no parecía la misma rubia frágil interesada en explicar el fatalismo autodestructivo de los pobladores de Masada. Llevaba ropa deportiva y avanzaba con inesperada decisión hacia ellos, con el rostro hierático y los ojos graves. Apenas si aceptó la sonriente invitación de Biscuter para que se explicara y a cambio le explicarían su versión de lo sucedido.

—No hay mucho tiempo que perder. Samuel Sumbulovich corre un grave riesgo.

La mujer atravesó con decisión, incluso mediante empujones, la perezosa tropa de buscones, y salieron a la calle para ganar cuanto antes la garita policial. Como adosada a ella, los esperaba una furgoneta.

—¿Adónde vamos?

—Samuel nos necesita.

Biscuter se manifestó asombrado de lo rápidamente que Sumbulovich había salido del edificio para ponerse en peligro. En Estambul debía de estar muy cerca la amenaza. Mediante gestos le expresó a Carvalho su sorpresa por tener que ir en furgoneta a un lugar que debía de estar al lado del almacén. Estudiaba además el itinerario y le dio la impresión de que daban vueltas en torno a un centro radial del que no se alejaban.

—*Roda el món i torna al Born.* Cuánto tiempo hace que no hablamos catalán.

Con Biscuter nunca había hablado en catalán, pero ya estaba sobre aviso y también él comprobó que apenas se habían alejado unos metros del lugar de partida. Conducía un hombrón de aspecto militarizado con la propia Malena sentada junto a él, y muy dedicada a observar a sus dos acompañantes por el espejo retrovisor.

—Convendrá que sepan cómo ha ido todo. Samuel no hizo caso del plan que habíamos acordado aquella noche en Jerusalén. Les dejó a ustedes nada más entrar en Turquía, voló hasta Estambul y entró en contacto con Irina, a la que supongo que ustedes ya habrán identificado. En un mensaje enviado ayer les recomendaba que dejaran correr el asunto: gracias por todo lo que han hecho y se acabó. Pero por lo visto no me expresé bien y ahora se han asomado tanto a la realidad que no hay más remedio que enseñársela del todo. Pues bien, Irina se enterneció mucho cuando vio a Samuel, sin embargo, se negó a irse con él. Aquí es una puta pero vive mejor que todas las concertistas de su generación que empezaron su educación en la infancia convencidas de que el Estado proveería, y eso se acabó. El mercado de las violinistas en la nueva Rusia o en cualquiera de las demás repúblicas ex soviéticas está saturado. Samuel no aceptó la decisión. Supone a Irina prisionera de la mafia y no de sus deseos de vivir bien. Hace apenas una hora los implicó a ustedes en un plan de secuestro de Irina para llevarla a Grecia.

—Alto ahí. No ha hablado de secuestro. Él ha dado por seguro que Irina se prestaría a esa huida en cuanto saliera del burdel.

—Los ha engañado. Ahora vamos a poner todas las cartas sobre la mesa y nadie podrá equivocarse si no es por gusto.

Desde un portal les hicieron una señal luminosa y el conductor detuvo finalmente su merodeo. Estaba a oscuras y solitaria la calzada, con policías, creyó ver Carvalho en las dos bocacalles que delimitaban el espacio en el que se movían. Malena los precedió y el chófer completó el cuarteto que avanzaba en fila india por un patio de lo que había sido taller de algo, en el que se conservaban los esqueletos férricos agredidos por los abandonos. Por una escalera accedieron a una inmensa nave que achicaba las cinco o seis presencias de los allí reunidos: dos evidentes matones empeñados en pregonar su oficio a través de todo su sistema de señales, Samuel, Irina vestida y dos dolicocéfalos barbados y con lentes redondos de escasa montura que parecían diseñados por los servicios de prospección del Mossad. Samuel respiró aliviado cuando los vio aparecer.

—Malena. ¡Menos mal! Me han tendido una trampa y quieren convertirme en un perdedor. Ayúdame, tú puedes ayudarme.

Malena invitó a Carvalho y a Biscuter a que abandonaran la habitación.

—Déjenme un rato a solas con Samuel. Hay que aclarar algunas dudas.

Les abrió camino el fornido chófer y en una estancia adlátere encontraron a Irina con abrigo de piel y su violín bajo un brazo. El abrigo y el violín parecían sus únicos elementos de vestuario, se le había corrido el rímel, tal vez por haber llorado, y hablaba para sí misma, como si estuviera contándose la historia que estaba viviendo. Calló para estudiar a sus dos nuevos acompañantes.

—¿Qué piensa hacer?

Aquel hombre que le hablaba en inglés le estaba proponiendo una respuesta, en realidad no era una pregunta.

—¿Con respecto a qué?

—A Samuel, naturalmente.

—Pienso hacer lo que puedo hacer y sólo puedo quedarme aquí. No he pasado por todo esto para escaparme por la ventana en mi mejor momento. Samuel es un adolescente; yo dejé de serlo hace tiempo.

—Estaríamos dispuestos a ayudarlos.

—¿A qué?

—A escapar.

—¿De quién?

—De la mafia que la dirige.

Irina estaba irritada, se acercó a Carvalho y le escupió más que le habló.

—De quien trato de escapar es de Samuel y todo lo que representa. Detesto lo que representa.

—¿No le gustan a usted los biólogos?

—No me gustan los perdedores.

Malena entró en la habitación diríase que demudada y se encaró con Carvalho y Biscuter.

—Ustedes lo han complicado todo.

—Usted nos metió en esto. Yo no tenía vocación de salvador de drogadictos de Jim Morrison.

—Finalmente les dije que se apartaran y no me hicieron caso.

Dedicó un aparte la argentina a la muchacha del violín, que emitió un sollozo interrumpido porque se había llevado preventivamente la mano hasta la boca y llegó a tiempo de asfixiar su angustia. Coincidió el gesto con el ruido de un disparo en la habitación donde se encontraba Samuel y nada ni nadie evitó que Carvalho corriera hasta allí para contemplar el cuerpo del biólogo tendido en el suelo y una mancha de sangre que se agrandaba bajo sus espaldas. Llevaba puestos los cascos de psicópata melódico. Carvalho se inclinó sobre el cuerpo y creyó percibir una sombra de musiquilla que salía por uno de los audífonos mal ajustado a la oreja. Los cogió y comprobó que todavía sonaban canciones, al menos una canción que era la única grabada, porque en cuanto terminó volvió a empezar. El cadáver de Samuel estaba caliente y sus oídos habían escuchado una canción de Jim Morrison una y otra vez, como si todo su horizonte sentimental se hubiera reducido a aquellas estrofas.

Ella vive en la calle del amor.
Hace tiempo que está en la calle del amor. Tiene casa y jardín,
me gustaría ver qué pasa.

Tiene ropa y tiene monos,
perezosos lacayos forrados de diamantes.
Es lista y sabe qué hacer.
Me tiene y te tiene.

Veo que vives en la calle del amor,
en ella está esa tienda donde se reúnen las criaturas.
Me pregunto qué hacen allí,
un verano, un domingo y un año.
Supongo que me gusta algo tan agradable.

Cuando se desentendió del mensaje, dejó sobre el cadáver todo el equipo de sonido que pareció haber formado parte del equilibrio psicosomático del difunto Samuel Sumbulovich.

—Ha sido un accidente. Nadie quería dispararle, sino devolverlo a Israel para que Irina tuviera la fiesta en paz.

Sonó a sus espaldas la voz en *off* de Malena y cuando se volvió la redescubrió segura de sí misma, no entristecida, como si la muerte de Samuel formara parte de la agenda, de su agenda. Respaldando a la mujer, dos matones con aspecto de dedicarse a la lucha turca y Biscuter en un ángulo de la habitación como tratando de desentenderse de lo que había ocurrido o de lo que podía ocurrir. Malena se acercó a Carvalho y le puso una mano sobre el hombro.

—Lo siento.

Y al tiempo de oír estas palabras, alguien a sus espaldas le dio un pinchazo, hondo, y desde esa hondura le subió el escozor y una sensación de pérdida de conocimiento. Como un vuelco del mundo. Su cuerpo en tierra.

Le dolía la oreja. Exactamente el lóbulo izquierdo.

Creía ver fragmentos de cielos distintos y palabras pertenecientes a conversaciones rotas. La voz de Malena dominante, como en *off,* tras unas figuras que creía reconocer: el hombre vestido de Armani durante la travesía Brindisi-Patras, el dry martini, le sabía la boca a algo más áspero que el dry martini, no era dry martini, ni siquiera ginebra a secas, tal vez la resaca no de una borrachera, sino de una anestesia y consideró, horrorizado, la posibilidad de que le estuvieran extirpando un riñón o algo peor, el hígado. Horror primero porque se lo quitaran a él, y en segundo lugar por la mala suerte que iba a tener el que recibiera el maltrecho hígado de Pepe Carvalho. Pero no le habían quitado el hígado. Le dolía el resto del cuerpo cuando uno de los vehículos en los que lo llevaban lo sometió a la tortura de una carretera sin asfaltar y llena de baches. Incluso se atrevió a preguntar:

—¿Dónde estamos? ¿Qué tal el hígado?

Y la voz de Malena le respondió, cerca, muy cerca. Era su voz, casi seguro, pero ¿a qué jugaba aquella damita rubia y etérea, ahora disfrazada de comando con traje de camuflaje?

Cruzaron una frontera; lo dedujo por el cambio de lengua del que conducía la expedición cuando se dirigía a alguien que lo interrogaba desde el exterior. O tal vez no se dirigía a él, pero sin duda planteaba un problema a alguien que lo acompañaba, y se lo formulaba en una lengua no fácil de identificar.

—¿En qué habla esta gente?

Una pregunta más sin respuesta, cosechero de silencios casi siempre que conseguía urdir una pregunta con sentido. Poco podía hacer: recoger imágenes y oraciones rotas, para llegar a la conclusión de que ya no se hallaban en Turquía, probablemente estuvieran en Israel, si se confirmaba la impresión de que Malena trabajaba para el Mossad. Pero ésa era una impresión tan pasajera como su lucidez, porque nuevamente una piedra enorme le ocupó la cabeza, como un meteorito consistente y poroso al mismo tiempo, otro cerebro, le trasplantaron otro cerebro y se fue de su circunstancia para dormir, ¿cuántas horas?, ¿cuántos países? Por un momento pensó que estaba muerto y por eso recorría un camino absoluto, sin lindes, ni comienzo, ni origen. Preguntó muchas veces.

—¿Por qué me duele la oreja? ¿Dónde estamos?

Y sólo una le contestaron:

—En el infierno.

La voz de la mujer, la voz de Malena, probablemente, o tal vez era equivalente la voz de cualquier mujer amenazadora y la premonición del mal. Salía y entraba del sueño, creía percibirlo, con la ayuda de pinchazos que le llegaban de los cuatro puntos cardinales, por sorpresa, como si un animal invisible jugara a picotearlo. Creía haber vivido horas ligado a una botella de suero colgada junto a la ventanilla de un coche y comunicada con su mismidad mediante una cánula con grifito incrustada en una de sus venas. No recordaba haber comido nada sólido, pero se recordaba a sí mismo cagando. No estaba solo; alguien lo sostenía por las axilas mientras trataba de mantenerse en cuclillas sobre dos pies de porcelana emergentes de un suelo que olía a orines, y oía el ruido de su propia mierda al caer en un pocillo lleno de agua oscura, tal vez marrón oscuro, no negra ni verde oscuro. Había sido un olor de letrina y de excepción, porque el único olor intenso que percibía ahora le recordaba vivencias de hospital, tal vez estuviera en un hospital. Se animó a incorporarse sobre los codos, pero no tenía fuerzas para conseguirlo y sólo el cuello le permitía alguna libertad, mirar a derecha e izquierda, por si percibía a Biscuter en parecida situación.

—¿Dónde está Biscuter?

Parece ser que le contestaron con otra pregunta: ¿dónde está Biscuter?, o tal vez su propia voz reverberaba en un eco. Sabía que debía recuperar el esqueleto del cerebro, revertebrar sus pensamientos y plantearse una serie de enigmas descendentes hasta llegar a la verdad de su situación. Era cuestión no sólo de voluntad, sino también de fe, de confianza en que si llegaba a entender la ubicación de su mismidad sería menos débil. De pronto recordó haber visto pozos de petróleo. Pero no eran pozos de petróleo como los de las películas americanas, aquellos pozos en blanco y negro de *El Dorado*, o tal vez no era el título exacto, ¿Clark Gable? ¿John Wayne? O ni el uno ni el otro. No, desde luego no se parecían en nada a los pozos en tecnicolor de *Gigante*, quizá eran pozos de petróleo de juguete en un paisaje de juguete. De pronto los pozos dejaban lugar a las estatuas, especialmente a una, que dominaba tanto el horizonte que lo ocultaba. ¿Quién era? Esta vez no era Malena quien le contestaba, sino una voz de hombre: «Kirov» —repetía la voz de hombre—, Kirov.» ¿Por qué repetía una y otra vez aquel apellido? O bien porque una y otra vez Carvalho replanteaba la pregunta o bien para engañarlo, para desorientarlo, porque estaba a punto de recordar quién era Kirov y, por tanto, podría ubicarse, de tratarse realmente de una estatua dedicada a tan evocador apellido. Si se esforzaba un poco, seguro que recordaría quién era Kirov, pero no debía prestarse a su juego, y si tanto insistían con aquel nombre, señal era de que pretendían grabárselo en el cerebro. Volvió a dormirse consciente de que se dormía y de que iba a soñar, incluso tal vez se durmió para soñar con Biscuter, ya que su propia voz llamaba al feto, y las voces que le llegaban, como las inyecciones, desde los cuatro puntos cardinales también clamaban: «Biscuter, Biscuter, Biscuter.»

De pronto se despertó y llegó a la conclusión de que lo había hecho de verdad, desnudo entre sábanas, tan débil que creía ser gaseoso, capaz de descubrir la desnudez de una habitación cerrada a cal y canto en la que coexistían él y una cama metálica, cerradas las puertas y contraventanas, pero no tanto como para impedir la revelación de la claridad del día. La situación le recordaba algunos despertares en la cárcel, estridentes, reveladores de su condición, jalonados por el ruido de los cierres exteriores corridos por los funcionarios al amanecer previamente al recuento. Pero la prisión olía a metal, mejor dicho, olía a la alianza del metal con una pintura verde oscura sólida, como una segunda piel de la plancha, una piel que sólo podía tener alma de metal. En cambio, el olor de aquella habitación sugería sobre todo la acidez de la madera serrada, tal vez porque se hallaba sobre un aserradero o precisamente por todo lo contrario, porque no se hallaba sobre un aserradero y querían convencerlo de que sí. Le dolía el lóbulo de la oreja izquierda y las yemas de los dedos le revelaron que estaba protegido por algo parecido a una tirita que ocultaba una presumible herida. Tenía hambre y náuseas. Sed y náuseas, y para su sorpresa pudo sentarse en el borde del camastro y sentir la herida del frío del canto del somier en sus corvas desnudas. Incluso fue capaz de pisar el suelo y ponerse en pie para comprobar su desnudez, el terrible peso de su desnudez, hasta el punto de que cayó a tiempo de evitar golpearse la cabeza gracias a la interposición de un codo no sostenible, luego de un brazo que se alineó en el suelo bajo su peso. Fue en el suelo cuando advirtió que en un ángulo del techo de la habitación se movía una pequeña cámara de filmación, y algo debía de haber visto porque se abrió una puerta y dos o tres parejas de piernas, tal vez cuatro, lo rodearon y luego se inclinaron hacia él, lo izaron y lo volvieron a dejar sobre la cama. Temió de nuevo el asedio de los pinchazos sin aparente origen, pero sólo se cernió silencio sobre él y una lengua que ya sin duda alguna era rusa y emitía oraciones compuestas donde figuraban nombres de personas, especialmente el nombre de Malena, por lo que jugó a practicar la traducción simultánea de una lengua que no conocía.

—Éste parece haberse despertado.

—Habrá que llamar a Malena, no vaya a dormirse otra vez.

—Me parece que todo esto dura demasiado.

—Durará lo que disponga la camarada Malena.

No. No podían haber dicho la camarada Malena porque el comunismo se había terminado en la URSS, que ni siquiera era ya la URSS, por tanto, no podían haberse referido a la *camarada* Malena. Se contuvo para no perder el tiempo urdiendo otra interpretación y se reconoció angustiado por su propia debilidad, por la imposibilidad de sentarse en la cama, mirar cara a cara a sus carceleros y afrontar sus intenciones. Se retiraban. Se retiraron. Volvía a estar solo y, además, le dejaban la puerta abierta al infinito, como si no le reconocieran la menor posibilidad de escapar. Esperó unos minutos hasta que recuperó fuerzas u osadía y con ellas la vertical sobre el suelo, ahora sabía que de madera. Tiró de una sábana y, sorprendentemente, secundó su esfuerzo y pudo enrollársela en torno al cuerpo para quedar vestido como una vieja momia o como un viejo senador romano o como una vieja virgen dispuesta a la palma del martirio, y avanzó hacia la puerta para quedarse bajo el dintel, a la espera de que el vacío pasillo le revelara su misterio de puertas cerradas. No todas. Una estaba ligeramente abierta y miró por la ranura para percibir otra celda similar a la suya y, tras empujarla levemente, se le amplió el ángulo de visión hasta abarcar otra cama como la suya y otro hombre como él, vestido con unos calzoncillos largos, sentado y con los ojos fijos en el prodigio que podía depararle la llegada de aquel fantasma. Fue el otro quien se llevó un dedo a los labios, se levantó y corrió hacia él para facilitarle la entrada y cerrar la puerta. Ya a solas con un desconocido en calzoncillos de felpa, Carvalho recordó el momento en el que los prisioneros a punto de ser devorados por los caníbales y salvados por Robinsón Crusoe se identifican: «Cristianos, somos cristianos, no te comas a los cristianos.» Pero no podía empezar por ahí, ni siquiera sabía qué lengua hablaba su colega hasta que él le preguntó en inglés: «¿Qué hora es?» Carvalho se señaló la muñeca desnuda y su propia piel le reveló el cansancio interiorizado, la necesidad de sentarse en la cama y compartir el mismo asiento con su anfitrión, que lo contemplaba con ojos graves y a la vez imperativos.

—Veo muy difícil salir de ésta. Llevo días y días. Al parecer, algo referido a usted no les ha salido bien. Se les ha escapado alguien y temen lo que pueda hacer desde fuera.

—¿Biscuter?

—Exacto. Es el nombre que les he oído decir.

—Afortunadamente, no sé dónde está.

—Suponen que ustedes son dos importantes agentes secretos.

La voz del hombre ya no era tan blanda, incluso parecía armada por una cierta ironía, como si un ruido se hubiera colado en un previsto canal de comunicación, y los ojos de Carvalho iban hacia el ángulo de la habitación donde estaba, también, la cámara de filmación. Fingió abandonarse al afecto de su acompañante.

—Menos mal que lo he encontrado.

—De poco puedo servirle tal como estoy. Quizá tenga manera de comunicar con el exterior y pasarle algún mensaje a su compañero. ¿Dónde podría estar? ¿Qué enlaces o claves tienen convenidos? Tal vez no tengamos otra ocasión como ésta para acordar una ayuda.

Carvalho bajó el nivel de su voz:

—Saroyan, 1958. Mi corazón está en las montañas.

Parpadeó el individuo como si tuviera en los ojos la grabadora de los mensajes importantes. Pero se abrió de golpe la puerta y allí estaba Malena y una corte suficiente de guardaespaldas.

—Es inútil seguir. Este boludo se ha dado cuenta de todo.

No había que temer violencia inmediata. Uno de los guardaespaldas actuó de ayuda de cámara y tendió a Carvalho su propia ropa y sus zapatos. Mientras se vestía de espaldas a la concurrencia, observó que también el falso preso había recuperado su ropa y dialogaba con Malena en ruso con una gran naturalidad, como si le hiciera un resumen de la situación. Malena asintió con la cabeza, dio unos cuantos pasos nerviosos y se encaró con Carvalho cuando ya lo vio vestido y con dos dedos indagando qué ocultaba la tirita que protegía el lóbulo de una de sus orejas. Malena se le acercó y le arrancó la tirita.

—Tiene un agujero, probablemente para un pendiente. Está muy débil, pero pronto se sentirá mejor. Ante todo, considere que no está aquí de vacaciones y que algo tendrá que dar a cambio de salir bien. ¿Conoce a mi amigo?

Malena señaló a uno de sus acompañantes hasta ahora no visto por Carvalho. No había ninguna duda: era el hombre vestido de Armani de la travesía Brindisi-Patras. Consiguió reunir la voz suficiente para decir:

—Dry martini. No sabe usted lo que daría por poder

tomarme un dry martini, pero sin aceituna, sólo con una minúscula partícula de piel de limón.

—Son los mejores —coincidió el hombre de Armani, mientras Carvalho interrogaba con los dedos al lóbulo horadado, como tratando de pedirle una explicación.

Una sopa de pepino, col y remolacha, acompañada por medias lunas de corteza de cerdo, pan negro, crema de leche o margarina. Agua. Y también una botella de vodka etiquetada en colores horribles, contrapuestos a la tentación de beber que Carvalho reprimió tras una advertencia de náusea. Pero la comida le había sentado bien y se predispuso a las revelaciones que pudiera hacerle Malena, sentada al otro lado de la mesa, en la primera penumbra que dejaba el redondel de la lámpara central colgada del techo. Junto a ella, el señor Armani y detrás tres, hasta cuatro hombres más relajados que vigilantes, no demasiado musculados, aparentemente, pero tan convencidos de que eran imbatibles que disuadían por la simple operación de ocupar un lugar en aquel improvisado comedor.

—Se preguntará por qué tuvimos que matar a Samuel.

Se encogió Carvalho de hombros.

—¿No le interesa saberlo?

—Le interesa más a usted decírmelo.

Malena sólo miraba a Carvalho y el italiano asumió la condición de actor secundario.

—El viaje de Samuel a Estambul tenía dos utilidades: reforzar el contacto con Irina de cara a incluirla en nuestra red de información y vigilarlos a ustedes por si conducían al lugar donde habían ocultado el botín.

Como Carvalho gesticuló su extrañeza, Malena se echó a reír.

—No me dirá usted que se han esnifado cien millones de euros de cocaína. Lo de Samuel fue indispensable. Ya había conseguido poner al Mossad en estado de alerta e Irina estaba incómoda. No quería cambiar de vida, ni a nosotros nos interesaba que cambiara. Samuel era peligroso. Tenía el corazón herido y él ya sabía que en según qué oficios el corazón es un estorbo. Le resumo la situación, es decir, su situación. Está usted en Baku, capital de Azerbaiján y de usted depende salir o no salir de esta ciudad que no le gustaría nada. Está llena de estatuas de poetas azeríes, clara muestra de que conservaron las raíces peculiares y permanecieron integrados en la URSS a regañadientes.

—Como todos. Lenin, Stalin, Kruschev, Brézhnev, Gorbachov, Yeltsin. Todos siguieron siendo comunistas para que no los detuviera el KGB. Incluso los del KGB no querían ser detenidos por el KGB.

—Todo eso ya no sirve para una puñetera mierda, y a usted menos que a nadie. He de colaborar con mi amigo Bocardo y necesitamos saber dónde está la droga. También sería muy necesario saber dónde está Biscuter, aunque quizá él esté donde la droga.

Carvalho tenía ahora la mirada pendiente de la impenetrabilidad del hombre de Armani y no le quitó la vista de encima cuando comunicó:

—La arrojamos en un vertedero situado frente a la isla de Salamina, antes de volver a Atenas. Nos habían estropeado los frenos del coche y también tiroteado. Era peligroso seguir con la droga encima, aunque de haber sabido su valor real, tal vez hubiera cambiado de opinión. No entiendo de drogas; actualmente no entiendo de casi nada. Yo calculé un alijo de un millón de euros.

Al italiano se le escapó una risa falsa pero estruendosa, luego se enfureció, se puso en pie, cerró los puños y fue a por Carvalho. Una orden tajante de Malena lo contuvo:

—Alto.

—¿Pero no ves que este hijo de puta nos está tomando el pelo, mientras su socio está con la coca? La estará vendiendo o ya la habrá vendido.

—Lo sabrías. Una cantidad así no se cuela todos los días.

Malena contemplaba a Carvalho valorativamente.

—¿Quién le rompió los frenos del coche y lo tiroteó?

—Estoy un poco desconcertado. Ustedes trafican en muchas direcciones: espionaje, prostitución, drogas, y parecen coordinados. Cualquiera de ustedes o de sus socios pudo haber roto los frenos o disparado para luego quedarse con la droga, aunque no entiendo cómo no trataron de recuperarla cuando desembarcamos en Patras.

—Nos despistó lo de la francesa, que ella se marchara en otro coche y con dos individuos que parecían conocerla. Pensamos que se llevaba la mercancía por una serie de gestos equívocos. Nos dimos cuenta de nuestro error ya tarde, cuando comprobamos que madame Lissieux era una monja o algo así y que sus acompañantes eran dos teólogos, de esos llamados teólogos de la liberación.

Malena le indicó con un gesto a Bocardo que la dejara sola con Carvalho, y cuando estuvieron cara a cara ella respiró aliviada.

—Tiene a Bocardo muy cabreado. Como siga así, no lo va a dejar llegar a Samarkanda.

¿Cómo sabía ella que su propósito era llegar a Samarkanda? ¿En qué momento se lo había dicho durante las escasas horas que pasaron juntos en Masada o en Jerusalén?

—En realidad, Bocardo no sólo es un engorro para usted, sino también para mí. Colaboramos en algunas cosas, compartimos redes a veces, información, también. Pero Bocardo pasa por un mal momento. Ha de encontrar ese cargamento o es hombre muerto.

—No lo encontrará, a no ser que la escombrera donde lo

tiramos sea una escombrera vitalicia. No. Pertenecía a montañas y montañas de basura y la cocaína estará enterrada por toneladas de detritus o la habrán incinerado junto a las basuras.

Carvalho buscó la telecámara en el ángulo habitual y allí estaba.

—No se preocupe. Está apagada.

—¿Y cómo lo sé?

—Le voy a decir que he contactado con Biscuter y que estamos a punto de llegar a un acuerdo. Él no divulga su, vamos a llamarlo secuestro, ni la ejecución de Samuel, ni mi presencia en este asunto o la de mis compañeros, yo lo pongo a usted camino de Samarkanda. Pero necesito algo más. Tampoco me han salido del todo bien las cosas y he de demostrar cierta rentabilidad. Yo lo dejo partir hacia Samarkanda, incluso lo ayudo a salir de aquí, y en un momento de su ruta, que yo le trazaré, aparecerá Biscuter. Final feliz.

—¿Por qué tantas facilidades?

—Después de Samarkanda usted quiere ir a Afganistán.

—Si es posible.

—Lo es. ¿Por qué no? Afganistán ya es un país libre. Y en ese país libre me interesa que haga entrega de mensajes muy pequeños y sofisticados que a usted le caben en el agujero de una oreja o colgándole de la oreja como un pendiente o un *piercing*.

Por fin estaba explicado el porqué le dolía el lóbulo y le hizo gracia imaginarse a sí mismo como un exhibicionista portador de *piercings*.

—Y cuando entregue sus mensajes, si es que antes no me han arrancado la oreja, volverán a romperme los frenos, a tirotearme o a secuestrarme.

—Insisto en que no tomamos esa iniciativa, aunque sabíamos lo ocurrido. En realidad, ustedes han vivido una comedia de enredo sin saberlo. Se nos comunica que un remoto cliente de Barcelona ha solicitado el concurso de matarifes para amedrentar a dos delincuentes que están viajando, fugados. No nos importa. Pero de pronto, por otro lado, nos llega Bocardo con la información de la cocaína y de que ustedes dos están nada menos que a punto de llegar a Jerusalén. Se teje una red a su alrededor que se rompe en tres descosidos: la inevitable muerte de Samuel, la destrucción de la cocaína y la fuga de Biscuter.

Podía aceptar las condiciones, pero dudaba de que el señor Armani se comiera el consumado de cien millones de euros de cocaína.

—No se preocupe por Bocardo. Nos quedaban pocas opciones para que se cumpla su deseo de llegar a Samarkanda. Ante todo, hay que salir de Azerbaiján y esto ya no es la URSS, sino un conglomerado de repúblicas caucásicas, cada cual con su lío y al borde de Irán o Iraq o Afganistán, es decir, al borde del desastre. Atravesaremos el Caspio en barco, de Baku a Krasnovodsk, en Turkmenia, el antiguo Turkestán, la más desconocida de las nuevas repúblicas de esta zona. Y aunque se pone en duda que haya carreteras, de una u otra manera lo haremos cruzar la frontera con Uzbekistán y allí tendrá usted su Samarkanda. Por otra parte, Uzbekistán limita con Afganistán por el sur, mediante una frontera escasa, pero limita, y usted ha de ir a Afganistán.

No le preguntó si quería ir a Afganistán, sino que lo conminó a ir a Afganistán.

—¿Dónde está Biscuter?

—No corra tanto. Ante todo, procure enterarse de dónde está usted.

—¿Dónde?

—En una escuela de producción y comercio del caviar.

Ni olor a metal, ni a madera o serrín, aquélla era una acidez de salazón o de conserva y de pronto se le llenaron las narices de huevos de esturión y empezó a salivar como si el caviar estuviera cerca y le propusiera una trasgresión, costara lo que costara. En un rincón de la mesa parecía agonizar el plato hondo donde aún flotaban, abandonados, restos de una comida que le repetía en la boca el sabor a pepino y leche agria.

—Caviar. Podrían darme un poco de caviar. Si llego a cruzar el Caspio, en ninguna de las dos orillas habré probado el caviar.

Malena no se dejó conmover por el razonamiento.

—Aquí no come nadie caviar. Cuando la URSS era la URSS, se producían unas mil toneladas al año, y ahora unas cien, como si al caviar le sentara mal la democracia. Los esturiones han sido depredados y finalmente se ha adoptado la técnica de cazarlos, quitarles las bolsas donde guardan las huevas, coserles la herida y volverlos a echar al agua, por si acaso vuelven a reproducirse. Además, las cantidades se saben a medias porque la producción y el comercio están en manos de las mafias. Lo cierto es que todos los días llegan más latas de caviar a bajísimo precio al mercado negro europeo.

—¿Esto es una escuela de producción y comercio de caviar? ¿De verdad?

Malena se puso en pie y lo invitó a seguirla. Salieron del comedor y el asombrado Bocardo se sumó al séquito, al igual que los guardaespaldas. La comida le había provocado reacción y tenía el cuerpo sudado, pero la posibilidad de caminar y cambiar de espacios lo estimulaba. Las instalaciones donde reinaba Malena y su tropa eran grises almacenes acondicionados para albergar celdas y algunos espacios generales. De pronto una puerta metálica cerraba o abría el exterior, y cuando se corrió, movida por un resorte, una escalera normal, amplia, incluso de escalones de bien pulida y silenciosa madera, los devolvió a la convención de un mundo con escaleras, portales, gentes sentadas escuchando lecciones sobre caviar, degustándolo. Mientras cerraba y abría los ojos, Malena empujaba una puerta que desnudaba el ámbito de una pequeña aula donde algo parecido a un derviche vestido de paisano dirigía una clase destinada a una treintena de personas.

Malena puso un dedo en los labios, los invitó a callar y a sentarse y luego cedió la palabra otra vez al monitor, que continuó la clase allí donde la había interrumpido la llegada de tan extraño grupo. Precisamente estaba hablando de la producción legal y, más tarde, anunció, aludiría a la ilegal. Las cien toneladas legales se cosechaban en distintos estados de la antigua URSS: Rusia, un 70 por ciento; Kazajstán, un 17; Turkmenistán, un 6, y Azerbaiján, un 6 por ciento. Es decir, estaban pisando un estado casi abandonado por el caviar.

—Después de la prostitución y los narcóticos, la mafia más notable es la que se dedica al tráfico del caviar. Frente a las mafias, el Estado trata de volver al monopolio estatal, de caviar, naturalmente.

Y se le escapó la risa. Primero breve, casi casual. Pero luego lo desbordaron las carcajadas e incluso el llanto de hilaridad. Cuando se tranquilizó, filtró el dato doloroso y objetivo de que había pesca clandestina y desmesuradamente añadió que constituía un ochocientos por ciento con respecto a la legal. No les dio tiempo a considerar aquel exceso, porque el monitor se situó ante un raído hule donde se reproducían las zonas caviarescas del mundo y con un puntero fue señalándolas, mientras daba una conferencia lubricada con frecuentes accesos de saliva lluviosa. Era un maestro de primera enseñanza del caviar, que empezó por definir como un manjar elaborado con las huevas del esturión, aunque también existen sucedáneos conseguidos con las huevas de otra clase de peces. Le informó Carvalho de que también había un caviar de caracol, esnob y de infausto paladar en su opinión, también era ése el criterio del marino del *Potemkin* que, tras avalar el aserto del invitado, siguió implacable su lección.

—La palabra procede del turco antiguo *jawiar* y como producto aparece ya en el Antiguo Egipto, así como en referencias de Aristóteles, pero no se divulga internacionalmente hasta el siglo XIX y sobre todo después de la Revolución rusa de 1917, cuando los aristócratas rusos exiliados y, en particular, los hermanos Petrossian, lo dieron a conocer en Francia. Antes de esta socialización del caviar, ya aparece citado el manjar en *Gargantúa y Pantagruel* por Rabelais, donde dice que los «gastrólatras sacrifican a su dios Ventrepotente caviar y butargas en los días de ayuno», y en *Don Quijote*, donde se describe una merienda en la segunda parte en la que el caviar figura entre los manjares enumerados: «Pusieron asimismo un manjar negro que dicen se llama *cavial* y es hecho de huevos de pescados, gran despertador de la colambre.» Hasta recientes y contaminadores tiempos, hubo esturiones en el Guadalquivir (España) y se obtenía de ellos un caviar correcto. El caviar fue mitificado como afrodisíaco y, desde el punto de vista alimentario, merece ser reconocido como rico en vitaminas, hipocalórico y un alimento muy completo. A pesar de su alto precio, su consumo se ha globalizado y peligra la supervivencia de los esturiones. Las huevas del esturión del mar Caspio elaboradas en Rusia colaboran en la obtención de un caviar excelente, aunque sea el iraní el más preciado por los supuestos gourmets occidentales que lo privilegiaron políticamente para debilitar el comercio del caviar soviético durante los tiempos de la guerra fría, afortunadamente periclitados. Los mejores caviares se elaboran manualmente en un proceso muy delicado y se conservan en semivacío sin otro conservante que sal y una pizca de bórax. Las huevas están sometidas a un delicado proceso de selección en el que interviene el color, la textura, el tamaño, el olor, el brillo y, en fin, el sabor.

Retiró el mapa de hule de la pared y en su lugar apareció un gran póster donde se diversificaban las clases de caviar.

—El caviar Beluga, de grano grueso y de color gris, cuanto más pálido, mejor, repetía el viejo marino. Es el más caro de todos y se divide en tres categorías: Triple cero; Doble cero, y Cero. Este último es el más oscuro. La segunda categoría de caviar es el Asetra u Ossetra, con sabor delicado a nuez, clasificado también en tres categorías: el Gold o Royal Caviar, de color dorado; el A de color marrón a gris, el más frecuente en Europa, y el B, de color gris oscuro. En fin, el caviar Sevruga es el más asequible, su grano es pequeño, su color oscuro y tiene un sabor más poderoso. También hay caviar prensado, elaborado con granos de menor calidad, de sabor más fuerte y salado.

A Carvalho le hastiaba la reunión y no comprendía el juego de Malena, ni el del hombre de Armani, que momentáneamente había desaparecido de la sala. Al detective le gustaba el caviar Pressé, no sólo por su precio inferior, sino también porque le recordaba la sinceridad de los sabores elementales. El divulgador se dedicaba a transmitir obviedades como que el caviar se suele envasar en pequeñas latas metálicas y redondas y que hay que conservarlo siempre en la nevera y no demasiado tiempo.

—¿Qué sería de la más alta cocina sin el caviar?

Pregunta sin respuesta, vacío de palabras que el *chevalier servant* ocupó asegurando que se utiliza en la elaboración de muchos platos de alta cocina pero los puristas consideran que se debe degustar muy frío, solo y con cucharilla. En Rusia se suele comer con *blinis* (tortitas de harina), a veces acompañado de crema agria y regado con vodka. El pan tostado y el champán son también buenos acompañantes. En ningún caso se le debe añadir limón, porque el resultado es asqueroso, asqueroso. Las huevas de otros pescados (salmón, lumpo, mújol, bacalao) pueden tener un cierto interés gastronómico, incluso en preparados como la *poutargue* francesa o el *taramá* griego, pero no tienen nada que ver con el caviar. «Son miserables imitaciones, sucedáneos», escupió el hombre, que en caviares era un auténtico clasista.

—Como bebida acompañante se aconseja el vodka si el caviar no es preámbulo de una comida en la que intervendrán vinos. De ser así, el vodka ahogaría los vinos posteriores, por lo que sería preferible un champán brut o la solución aportada por un restaurador mexicano, Dalmau Costa, consistente en acompañar el caviar con un jerez fino muy frío.

Carvalho había hecho un uso moderado del caviar según sus posibilidades económicas, pero en el transcurso de la investigación de *Asesinato en el Comité Central*, en uno de los almuerzos con los herederos del comunismo, tal vez Leveder, había pedido callos a la madrileña y caviar, sin duda *pour épater le marxiste*, y habían mantenido incluso una conversación sobre la mejor manera de comer aquel manjar. «¿No se pone mantequilla sobre el pan tostado?», había preguntado su compañero de mesa, y él le respondió más o menos que lo encontraba una estupidez, cuando el caviar era meloso. También había tenido con frecuencia la ensoñación de una muerte de prestigio, sentado en un sillón relax, con una botella de vino blanco en un cubo lleno de hielo al lado y un canapé de caviar o morteruelo en una mano, entre los árboles, qué árboles no importaba, y en la sospecha de que su conciencia se desligaría del cuerpo y empezaría a subir hacia las ramas para contemplar a vista de pájaro la torpeza insuficiente de su propia muerte. Tuvo la intuición de haber hallado el discurso que sacaría de sus casillas y sus latitas al histérico profesor:

—Habría que llegar a la conclusión de que las revoluciones le sientan mejor al caviar que las democracias, porque bajo el comunismo no había escaseado, y en el revolucionario Irán islámico, el caviar seguía siendo lo que había sido.

Así lo expuso en voz alta, para escándalo del ponente.

—¡Nada en el comunismo era mejor!

—Yo creo que el caviar sí.

—¡Nada! ¡Nada!

Había enloquecido el monitor, y miraba desesperadamente a todos los allí presentes, para dejar constancia de que había abjurado del comunismo una y mil veces. Pero nadie le hacía demasiado caso. Malena comunicó a Carvalho que debían embarcar al cabo de media hora, y por la predisposición de la mujer dedujo que ella también atravesaría el mar Caspio acompañada de sus guardaespaldas y probablemente del hombre de Armani, que inicialmente había presenciado la secuencia del caviar sumamente interesado y cabeceando su aprobación cuando se la merecía el monólogo del artista ponente, pero luego se había marchado siguiendo las indicaciones de uno de los guardaespaldas de Malena. El monitor les pidió que no se fueran todavía y a continuación se dirigió a sus alumnos.

—Hemos recibido la visita de una delegación extranjera muy interesada en la regeneración del caviar, que como ustedes saben es uno de los empeños fundamentales de las nuevas repúblicas democráticas.

Lo había dicho en un tono requeridor de aplauso, pero Malena se limitó a responderle, también en inglés, que Azerbaiján era uno de los lugares más estimulantes del mundo y que con caviar y petróleo llegarían muy lejos. De momento, los que se pusieron en marcha fueron los invitados y, al traspasar la puerta, Carvalho esperaba la incorporación del hombre de Armani, pero ésta no se produjo, y algo parecido a una risa interior oculta lo alertó sobre sus propias quimeras.

¿Por qué era más peligroso el hombre de Armani que la mismísima Malena, capaz de matar a Samuel o a él mismo de no haberse escapado Biscuter y poner así en peligro a toda la organización? Lo subieron a una furgoneta casi herméticamente cerrada, salvo por una ranura por la que veía desfilar pozos de petróleo, aquellos chaparros pozos de petróleo que había creído ensoñación. Malena se había sentado en un ángulo de la oscurecida furgoneta y él estaba flanqueado por dos guardaespaldas. Tuvo tiempo de preguntarle por qué le sonaba el nombre de Kirov, como si lo hubiera oído en los últimos días, y no conseguía recordar de quién se trataba.

—Es un ilustre revolucionario, por algunos considerado el heredero de Stalin en los años treinta, pero fue asesinado y ése fue el pretexto para los procesos de Moscú desencadenados por el dictador. Había, no sé si todavía la hay, una inmensa estatua en Bakú dedicada a Kirov. Era de por aquí.

De pronto la mujer se puso en pie y, aunque trataba de disimular, Carvalho vio algo brillante y afilado en una de sus manos y trató de ponerse en pie, movido por un resorte defensivo, pero ella ya le había clavado la inyección en un brazo.

—Lo siento. Será la última.

Se despertó ya entrenado para despertarse, para sentirse débil y para recuperar poco a poco la voluntad de ponerse en pie y saber dónde estaba. Un ojo de buey le enseñaba el tránsito del mar al atardecer. La portezuela estaba con el baldón puesto pero podía abrirse, y cuando lo hizo, un frío salado y ventoso lo acogió en su seno con el propósito de destruirlo. Volvió al camarote, buscó ropa de abrigo que no halló y finalmente utilizó una manta como capote. Ya en la cubierta de estribor, creyó estar a bordo de algo parecido a una nave costera, aunque no se distinguían en ella señales policiales ni militares y la bandera que trataba de llevarse el viento formaba parte de las docenas y docenas de banderas que Carvalho no estaba en condiciones de identificar. Tal vez la azerí o si no la del Turkestán, o como se llamara la república a la que viajaban. La soledad de puentes y cubiertas lo hizo pensar que era el único navegante de aquella embarcación, movida sin duda por un piloto automático y condenada a estrellarse contra un arrecife. Pero ¿es suficiente el mar Caspio como para que haya arrecifes? Oscurecía y por ello era lógico que alguien portara una linterna o luz parecida que se movía hacia la cubierta de popa, y luego avanzó por babor hasta detenerse ante una puerta. La necesidad de abrirla forzó a que la linterna iluminara el rostro de su portador, uno de los matones de Malena, y hacia él fue Carvalho para averiguar qué estaba tramando.

Se metió en una entrada lateral que conducía a la escalera de la bodega o de la sala de máquinas y allí estaba Malena y otros dos guardaespaldas en torno a una mesa donde yacía el hombre de Armani, semiembutido en una gran bolsa negra con cremallera, y en su compañía viajaban poderosas piedras y obsoletas piezas de hierro de máquinas desguazadas, a manera de extraño cortejo objetual funerario. Porque el hombre de Armani estaba muerto o había sido víctima de una paraplejia, circunstancia que tal vez trataba de decidir el hombre de la linterna enfocándole los ojos y la boca abierta con el interés de un taxidermista.

—¿Todo en orden? —preguntó Malena.

Respondió que sí el de la linterna y la mujer cerró la cremallera hasta arriba, exactamente donde el Armani se convertía en un cadáver a punto de entierro. Y de algo de eso se trataba, porque Malena se apartó, los guardaespaldas ligaron la bolsa con correas a una camilla convencional situada sobre el catafalco y se dispusieron a trasladarla a cubierta. Lo hicieron tan de repente que Carvalho apenas tuvo tiempo de recuperar un escondite suficiente desde el que vio cómo el amortajado cuerpo del hombre de Armani era izado trabajosamente y luego precipitado al mar como en un acto de alivio que sólo cuestionó la bofetada recibida por la camilla y su condicionado cadáver cuando tropezaron con el mar. Flotaron un instante como calculando la oposición del agua y en seguida el peso de piedras y cojinetes determinó el hundimiento contemplado con indiferencia por parte de los metafóricos enterradores. Regresó Carvalho a su estancia, a la espera de acontecimientos o de revelaciones sobre cuanto sucedía y no tardó en aparecer Malena con una sonrisa que no le llegaba de oreja a oreja porque tenía la boca pequeña, bonita y ahora pintada.

—No hay obstáculos en el mar hasta Krasnovodsk, y a partir de allí espero una colaboración que nos será muy fructífera. Pero ahora le he preparado una sorpresa según deseos que usted repetidamente ha manifestado.

Lo invitó a que la siguiera hasta una escalerilla de ascenso a algo parecido a un comedor pegado al puente del capitán, separado únicamente por una mampara de vidrio. Un mantel vestía de fiesta una mesa sobre la que destacaba una abierta lata de kilo de caviar muy bueno, a juzgar por el color claro que se correspondía con las preferencias del experto. Sobre una bandeja, hogazas de pan negro y *blinis*, cremas de leche y mantequilla en salseros y estratégicamente repartidos, picadillos de pepinillo, cebolla, huevo duro, incluso alcaparras, dos botellas de vodka amortajadas en hielo, una bandeja de salazones, dos tartas de frutos silvestres, un samovar del que manaban los aromas de los mejores tés, cubetas de donde emergían botellas de champán de Crimea erectas por los cubitos de hielo hasta la garganta y otras dos o tres botellas que en la penumbra trataban de ocultar su condición de aguardientes tal vez locales o rusos, de marca escrita en cirílico. Con maneras de anfitriona, Malena extendió el brazo sobre los manjares y advirtió a Carvalho:

—El caviar puede comerse con cuchara. Hay más caviar en el frigorífico.

Carvalho repasó ocularmente a los presentes, y como viera que algunos ya acercaban la cucharilla al borde de la lata, preguntó, sorprendido:

—¿No esperamos a nuestro amigo italiano?

—Se quedó en tierra. De hecho, ya prácticamente no pintaba nada en todo esto. ¿Lo añora?

—No, pero tengo algunas tendencias conservadoras. Me gusta que la gente tenga la misma cara y las mismas ideas que en el momento en que nos conocimos. No importa el paso del tiempo. Y me gusta que las aventuras terminen con todos sus componentes iniciales. Una buena aventura se nota en que no deja cabos sueltos.

—En la ficción es posible, pero en la realidad no es necesario. Lo siento, pero nuestro amigo italiano será para siempre un cabo suelto.

Malena levantó la copa llena de vodka a manera de brindis sin palabras, secundado por todos los presentes, incluso por Carvalho, pero antes de que se llevaran la copa a los labios, uno de los guardaespaldas lanzó un grito de entusiasmo y, a continuación, declamó algo parecido a un poema que fue muy aplaudido. Malena se inclinó hacia Carvalho y le dijo:

—Ha brindado por todos nosotros, por que tengamos una buena travesía y que el mar no nos castigue por nuestras malas acciones.

—¿Es caviar legal? ¿No pertenecerá a ese ochocientos por ciento de capturas ilegales? Me horrorizaría que precisamente éste, el que contiene esta lata, fuera fruto de esa salvajada de deshuevar vivo a un esturión, recoserlo y devolverlo al agua. Todo eso sin anestesia, supongo.

—Seis millones de judíos, de mi gente, fueron exterminados durante el holocausto, y si perdemos la guerra con el islamismo, nos echarán a patadas al Mediterráneo, a millones de judíos que hoy estamos en Israel. Un fanático camicace puede convertirse en una bomba viviente en el cine al que va mi hija o en el autobús que la lleva y la trae del colegio. Me molesta mentalmente el dolor que puedan sufrir los esturiones, pero ustedes los cristianos acuñaron el principio de que la vida es dolor.

—Yo no soy cristiano. Ese principio es de Kempis y resume el oscurantismo de la religiosidad basada en el crédito absoluto concedido al sentido biohistórico de los dioses. Para mí, que la vida sea dolor es una prueba de la inexistencia de los dioses. Incluso el caviar es una prueba de la incxistencia de un dios creador. Es una putada que tengas que deshuevar a un pobre pez para comer como Dios.

Mientras hablaba, había cogido una espátula y untaba con caviar un pedazo de pan negro.

—¿No se pone mantequilla o crema de leche?

—Primero quiero saber si el caviar es suficientemente bueno como para no acompañarlo con mariconadas. Supongo que habrá sido comprado en el mercado negro.

—Regalado por el mercado negro.

—Entonces tiene menos garantía que el otro. Bueno. Es bastante bueno pero lo he probado mejor. Extraño triángulo. Mossad, tráfico de caviar y cocaína.

—Yo no soy estrictamente del Mossad. Formo parte de una especie de Estado Mayor de seguridad, y cuando haces política en el subsuelo tienes que repartirte el territorio con las ratas.

El vodka era excelente, el champán estaba caliente y le recordaba los cavas baratos de su adolescencia, muy inferiores al Gramona que su padre conseguía en los lotes navideños de la empresa. Finalmente se dedicó a comer el caviar a cucharaditas con un entusiasmo competitivo tan compartido que tuvieron que destapar otra lata de kilo y en los ojos de los presentes se adivinaba el éxtasis con el que vivían aquel momento irrepetible. Malena comía con discreción observadora, desde el apriorismo de que no entregarse del todo a la ceremonia le permitía controlarla. Carvalho consideró la posibilidad de que en la ruta por la que iban se hubiera extraviado algún esturión y a esas horas estuviera el animal tratando de llegar a las carnes del cadáver del hombre Armani, atraído por el aroma de un cuerpo tantas veces aromatizado con dry martinis muy bien equilibrados.

Malena puso cierta entonación de tango a lo que dijo:

—Esturión, pez de la familia de los acipensénidos, de piel grasienta, sin escamas, cubierta de placas óseas y morro tubiforme. Con sus huevas se obtiene el caviar, y con la vejiga, la gelatina llamada cola de pescado.

Luego se puso en pie y señaló a Carvalho con un dedo.

—Dentro de media hora hemos de hablar. Coma lo que quiera, pero antes de llegar a Krasnovodsk, usted debe saber cómo pagar lo que nos debe.

—¿Qué les debo?

—Su vida.

—Ante todo quiero saber por qué me trasladaron a Bakú y por qué ahora me dan vía libre a Samarkanda.

—Dentro de media hora lo sabrá todo.

Estaba saturado de caviar, pero el cuerpo todavía le pedía vodka, helado, a manera de agua falsa que le sublevaba las pieles interiores y le hacía sentirse a gusto incluso con el *piercing* que le colgaba de la oreja. La comida y el vino habían creado una impresión de general camaradería y Carvalho tuvo que contemplar las fotos de los familiares de los allí reunidos y parte de sus historias. Volvió a recordar aquellos tiempos de la cárcel de Aridel, tras la muerte de un papa, cuando los reclusos iban a contarle las causas y las consecuencias de sus asesinatos con el fin de que el estudiante les redactara la instancia de petición de amnistía, gracia que esperaban merecer del recto proceder de su excelencia, cuya vida guarde Dios muchos años. Salió a cubierta y allí estaba Malena, despeinada por el viento, su figura breve pero carnal formaba parte del archivo de metáforas eróticas de Carvalho desde que la había conocido. Se pusieron en marcha y llegaron a un ámbito que igual podría haber sido el despacho donde el capitán escribía tozudamente el diario de bitácora o donde Fu Manchú recibía a sus presuntas víctimas antes de dejarlas caer a un pozo lleno de cocodrilos, previa apertura de una trampa de madera en el suelo.

Estaban los dos solos y se examinaban con recíproca curiosidad. Ella cabeceó y se echó a reír, agitando a derecha e izquierda sus cabellos dorados, de un dorado de lujo.

—Confieso que ustedes dos me desconcertaron. Sobre todo por el informe que me llegaba de España en el que usted era descrito como un asesino, sin más detalles. A continuación se sumaba la llamada de auxilio de los de la droga y el retrato se complicaba con la relación con una tal madame Lissieux, según la CIA, una peligrosa agitadora conectada con la internacional antiglobalizadora. Yo sabía que Samuel quería llegar a Estambul porque estaba torpemente enamorado de Irina, pero era un científico fundamental en el plan de investigación de la guerra bioquímica del Estado de Israel. Había que secundar su plan de visita fugaz y clandestina y ustedes quedaban a prueba de sus reales intenciones. Me pareció muy revelador que en seguida quisieran ayudar a Samuel. ¿Por qué tanta solidaridad con un desconocido? ¿A cuántas cartas jugaban? La pregunta sigue en pie: ¿a cuántas y a qué cartas juegan? Ciertamente, nos equivocamos minusvalorando a su ayudante y se escapó, se esfumó, mejor dicho, instantes después del ajusticiamiento de Samuel.

—¿Ajusticiamiento?

—Samuel no iba a volver, y a partir de ese momento era un objetivo de todos los servicios secretos enemigos, y sobre todo en su estado de fragilidad emocional. Bien. Su ayudante nos la ha jugado enviándonos la copia de un comunicado que pensaba hacer público en el caso de que no lo liberáramos y puso como condición que usted pudiera llegar a Samarkanda. Nosotros le opusimos otra salida: usted llegaba a Samarkanda y les garantizábamos una total inmunidad por parte nuestra siempre y cuando nos prestaran algunos servicios en Afganistán.

—Habla usted en plural. Nosotros. ¿Quiénes son ustedes?

—Digamos que un instrumento de orden en pleno desorden internacional. Una coincidencia de servicios secretos y de subpoderes que, en ocasiones, son estimables aliados a costa de una cierta tolerancia legal.

—¿Puedo intuir que el italiano no estuvo de acuerdo con su plan?

—Puede intuirlo. Bocardo no estaba de acuerdo con mi plan.

—Y que, por tanto, puede reaparecer en cualquier momento.

—Puedo garantizarle que no reaparecerá.

Malena extendió los dedos hasta coger el *piercing* de Carvalho y separó de él un minúsculo disco plateado que contempló con fascinación.

—Cuando llegue usted a Kabul, busque al general Ibrahim Massuf y entréguele este chip. Tiene un aspecto anodino. Nadie le arrancaría la oreja para quedarse con un pendiente que parece de latón y es de latón, salvo por este mínimo detalle. El lugar de encuentro en Kabul está en un enclave que conoce Biscuter. En cuanto lleguemos a Turkestán, una nación tan grande como Alemania y con menos de un millón de habitantes, viajará como un turista occidental más, un turista romántico que atravesará cuanto antes la república más desértica de todas las repúblicas asiáticas para llegar a Uzbekistán, a Samarkanda. Viajar como un turista occidental más quiere decir que alquilará taxis con chófer, muy baratos, o cogerá el tren o coches de línea, aunque las carreteras son nefastas. Procure evitar los aviones porque los registros de aeropuerto pueden ser o nulos o agobiantes, aunque en estos tiempos lo más lógico es que sean agobiantes, y el talento de falsificador de documentos de su socio no lo pongo en duda, pero puede fallar.

Malena centró en la mesa una cartera de piel y de ella extrajo la documentación y el dinero de Carvalho. Dólares frescos, dólares en conserva en los cheques de viaje, euros, tarjetas de crédito, algunas cajas de medicamentos.

—No se preocupe por su salud, hemos seguido las instrucciones de farmacia que nos pasó su socio.

También reapareció su maleta rodante Vuitton y la casa le regaló un abrigo de astracán que la propia Malena le puso sobre los hombros cuando se vieron las luces de Krasnovodsk.

—Sólo de ver esas luces ya tengo frío.

Faltaba algo y Malena sonrió maliciosamente, al tiempo que ponía la pistola Baretta sobre la mesa.

—Se la encontramos en un lugar muy íntimo.

—Allí volverá.

Malena se le aproximó, le acarició con un dedo el *piercing* y luego lo tomó de una mano avanzando por la cubierta hacia la cerrada baranda de salida. De la mano pasó al brazo y Carvalho recibió un inmenso consuelo cuando sintió el renacimiento de reclamo sexual ante la tibieza redonda de la mujer delgada.

—¿Por qué no viene con nosotros a Kabul?

—Por la misma razón por la que usted no se va a venir conmigo a Jerusalén.

—Quién sabe.

—¿Se vendría conmigo a Jerusalén?

Detuvo su caminar Malena, se volvió y enfrentó su mirada a la del detective. Avisaron las sirenas de la proximidad de la operación de atraque, y las profundas tinieblas de la noche más cerrada que sus ojos habían contemplado respondieron con un eco adormilado. La maniobra de atraque fue rápida y cuando la escalerilla se incrustó en la madre del barco, Malena le puso las manos en los hombros.

—Abajo lo espera un coche. No hace falta que hable con nadie y responda a todo que sí, porque sólo le van a preguntar si lo llevan a la estación de tren de Ashjabad. Le he metido el billete en el abrigo, y cuando llegue a Samarkanda ya se espabilará.

Había terminado la maniobra y el guardacostas sólo esperaba el descenso de su huésped y de algunas mercancías, y cuando Carvalho tenía ya un pie sobre el último peldaño de la escalerilla para iniciar el descenso, oyó la voz satinada, musical, de Malena.

—Gallego.

La tenía pegada a su cuerpo. Ella lo besó y le metió la lengua en la boca como si le estuviera pidiendo asilo político o profesional y con una mano se apoderó del paquete sexual de Carvalho, lo apretó tiernamente y luego lo soltó como se suelta una paloma. Carvalho lo entendió como la última y verdadera despedida.

Sólo poner el pie sobre los bloques de piedra que componían aquella parte del puerto de Krasnovodsk, un mongol de cráneo afeitado le quitó la maleta de las manos y la metió en el maletero de un Lada fabricado en los tiempos de Kruschev. Cuarenta años. Hacía poco menos de cuarenta años desde el final de la era Kruschev, que equivalía a su juventud ideológica y militante. El chófer habría nacido después y probablemente no sabía, ni sabría nunca, quién había sido Kruschev, porque la historia de la URSS había dejado de ser su historia y ahora todos sus genomas eran turkestanos, mejor dicho, turkmenistanos. Pero él era tan mongol que parecía de diseño, los ojos apenas eran dos rayitas y un bigote de puntas caídas le daba el definitivo aspecto de descendiente por línea directa o bastarda del mismísimo Gran Tamerlán. Le abrió la puerta trasera del coche, donde sobrevivía la tapicería de plástico rojo lo bastante raída como para entonar con la vejez de la máquina. Hasta que amaneciera, Carvalho pensaba dormir, y se instaló tumbado en el asiento trasero con una bolsa de viaje bajo la oreja donde llevaba el *piercing*. De pronto recordó que todavía no habían realizado el trámite de aduanas y cuando trataba de sentarse para buscar los papeles vio cómo el coche pasaba de largo ante la garita de los centinelas que le habían abierto paso. Carvalho se sintió a gusto como miembro de una internacional capaz de saltarse las fronteras nada menos que en lo que desde su infancia conocía como Turkestán y ahora se hacía llamar Turkmenistán, consciente de que el Tercer Mundo se planteaba llamarse según su voluntad, aunque eso significara llevar la contraria a la memoria de sus colonizadores. Noche cerrada y sin luceríos en el cielo, encapotado, ni en la tierra, como si no hubiera poblados en la ruta o al menos poblados iluminados. Era como avanzar en una sustancia gaseosa negra sin otras luces que las de los faros del Lada, aunque las maltratadas ruedas reconocían carreteras erosionadas, inexistentes o empinadas hacia cumbres absurdas, luego descensos de sistemas montañosos empecinados. A pesar de que su cuerpo parecía la única sustancia favorable que trataba de batir el Lada convertido en cubitera de cóctel, consiguió dormirse y lo despertó un control de carretera a la entrada de Geok Tepe, pero el chófer lo resolvió con el más absoluto mutismo y un alzamiento de cejas que convenció a los cuatro soldados que los habían hecho frenar. Luego el paisaje le exigió interés, porque a su izquierda se iniciaba un desierto respetable, uno de esos desiertos que lo acompañaban desde la enseñanza general básica como eriales especializados, singulares, no tan generalizados como el del Sahara. El desierto de Kalahari, por ejemplo. Y allí a su derecha estaba el desierto de Karakum y más hacia el norte el de Kizilkum, fragmentos de su rota memoria geográfica complementados con ríos cercanos y que le pertenecían desde el bachillerato. En el Amú Dariá podría mojarse los pies, aunque aceptando que la toponimia local lo llamaba Amú Dariyá, y no podía quedar muy lejos el Si Dariá, es decir, su libro de geografía conocía la tierra y transmitía ese conocimiento a futuros viajeros o turistas. ¿Viajero? ¿Turista? El viaje mantenía la finalidad inicial pero llevaba un *piercing* en una oreja con un mensaje indudablemente sionista cuya última utilización se le escapaba.

—Igual llevo en la oreja la cuarta guerra mundial —advirtió al conductor.

Sorprendido por la voz humana, frenó el coche y se revolvió, inquieto, pero la sonrisa de Carvalho lo devolvió a su condición de chófer mudo, aunque alzó y bajó las cejas varias veces en lo que era una evidente oración compuesta facial. Cuando parecía cercana una ciudad considerable, el chófer detuvo el vehículo a la entrada de un camino, desenvolvió una mochila que estaba en el asiento de su lado, sacó un termo, pan negro, algo parecido a mantequilla o margarina, calabaza confitada y un pedazo de salchichón. Bajó para mear tan copiosamente como lo exigían las proporciones de su cuerpo y volvió al coche, donde preparó dos rodajas de pan untado con margarina, dos pedazos de calabaza, otras dos de salchichón y dos tazas de té que salió humeante del termo. Antes de probar alimento o líquido, utilizó su manaza para albergar en ella una hogaza de pan untado, una rodaja de salami, un pedazo de calabaza y tenderla como una bandeja a Carvalho. Éste aceptó la invitación como un digno epílogo de la cena de caviar y más todavía la taza de té azucarado, que no sólo sabía a té, sino a infusión de mezcla de hierbas. Repitió con el té y esperó a que el chófer terminara de masticar trabajosamente —apenas tenía dientes— su breve comida. Continuaron la marcha por carreteras intercaladas con caminos de tierra y arena aglutinada por los bulldozers, conscientes los desganados hacedores de carreteras de que pocos iban a ser los turistas y los viajeros atraídos por el desierto de Karakum, uno de los desiertos que habían merecido apellido en un país donde, por lo visto, hasta ahora todo eran montañas y desiertos. A lo lejos parecía suavizarse e incluso verdear el paisaje y poco a poco se fue concretando un oasis en cuyo límite serpenteaba un canal que parecía salir de las entrañas terrosas del Karakum e irse en dirección al Caspio, o al revés. Tal vez el Caspio utilizaba el Karakum para vomitar sus aguas llenas de caviar y petróleo o los canales servían a un entramado de granjas antaño colectivas, sobre algunas de las cuales todavía campeaba la hoz y el martillo. Clareaba cuando entraron en Ashjabad, ciudad tópicamente soviética, con los edificios adictos al funcionalismo feo o al neoclasicismo con detalles del más postizo *art déco,* casi todas las arquitecturas arruinadas por tiempos de pobreza que habían seguido a tiempos de desidia, proceso lógico que Carvalho tramó sin demasiado conocimiento de por qué Turkmenistán era una república independiente, aunque le sonaba que Stalin había creado repúblicas con una vara de zahorí directamente conectada con sus propios cojones o con los cojones de la historia. En los campos inmediatos a la ciudad crecía el trajín de rebaños y pastores y por las calles comenzó a desfilar la población, mezcla de gentes diríase que turcas, otras de formato mongol como el chófer y algunas rubias, rusas escasas pero detonantes en un paisaje de pieles tan ocres como la tierra. Plátanos y abetos configuraban el trazado de bulevares según el canon de las calles de prestigio de capitales de provincia algo abandonadas, escasas estatuas supervivientes de héroes del socialismo y las excitadas efigies de héroes de la poesía destinados a sobrevivir a cualquier otro artificio del lenguaje, y minaretes, minaretes de mezquitas próximas y lejanas, como un anuncio de que había llegado a la geografía y a la geopolítica del islam. No quedaba tiempo para callejear y el chófer lo dejó en la estación, lo ayudó a cargar con los bultos y dio una significativa palmada con las dos manos como si se liberara así del polvo del camino y de su acompañante. A solas en la estación de una ciudad tan improbable como Ashjabad, recordó Carvalho que la estratega Malena le había dejado los billetes en un bolsillo del abrigo de astracán, y allí estaban, propuesta de dos itinerarios consecutivos, el uno hasta Chardzou, en la frontera con Uzbekistán, y el otro hasta Samarkanda. Una breve nota lo encarecía albergarse en el hotel Zeravchan, en la calle Charav Rachidof, 65, donde tenía reservada una habitación y lo aguardaban instrucciones para proseguir el viaje hacia Afganistán.

El andén estaba lleno de cabras y niñas, tan gráciles las unas como las otras; las primeras, a la espera del embarque en un vagón ganadero, y las segundas, dispuestas a alguna audaz excursión escolar mientras saltaban y se encaramaban a todo lo encaramable, emitiendo grititos de satisfacción o cantando canciones que a Carvalho le parecieron rusas. Las identificables maestras les hablaban en ruso y respondían al cliché convencional de mujeres rusas con la cintura acuarentada, algo marginadas, por minoritarias, de la pluralidad étnica de la estación, donde predominaba la población de origen turco y algún que otro mongol del diseño de su chófer mudo. Aunque los ojos le pedían un escenario exótico lleno de trajes regionales extraídos del atrezo de alguna película del desván de su memoria, lo cierto es que aquella estación se parecía a cualquier estación de la España de su adolescencia, corregida por una parte por gestos y vestimentas copiadas de los cánones publicitaros y, por otra, por el acastillado vestuario de algunas mujeres y comportamientos que adjetivó precipitadamente como islámicos. Buscó su asiento situado en segunda clase, en un compartimento para seis viajeros de tres en tres ya casi enfrentados, porque sólo faltaba Carvalho para completar el sexteto con una de aquellas mujeres supuestamente rusas que había visto en la estación, dos muchachas, evidentemente hermanas, de ojos negros que poderosamente se asomaban a la ventanilla del chador, un adolescente moreno de ojos enrojecidos y un señor anodino que se peinaba el cabello de parietal a parietal y tenía la cara llena de verrugas de lujo por lo relucientes. Apenas quedaba espacio para el equipaje de Carvalho y las dos hermanas se subieron de un salto a los asientos para apretujar el suyo en los maleteros de rejilla colgantes sobre sus cabezas y dejar sitio al del recién llegado. Les agradeció el gesto en inglés y ellas se rieron sincronizadas. Su asiento era el de la ventanilla que daba la espalda a la locomotora y enfrente tenía a la rusa blanquísima y algo gorda, con los cabellos recogidos por un pañuelo diríase que representativo de alguna artesanía, probablemente la del lugar, y un icono colgante sobre sus pechos. Sorprendieron al recién llegado gestos globalizados, como el del adolescente cuando se puso un auricular, conectó su casete y así desconectó de todo lo demás, o la juerga a dúo que vivían las muchachas risueñas en su garita de telas azules y suficientemente comunicadas entre sí como para contarse cosas que las hacían reír, o el ensimismamiento melancólico de la rusa, o la satisfacción vigilante con la que los ojos del hombre tan inteligentemente peinado se cernían sobre una edición atrasada del *Financial Times*. Aquel diario en un tren que iba desde Ashjabad hasta la frontera con Kazajstán le parecía más ruidoso todavía que los secretos sonidos que escuchaba el adolescente sensible, sobre el que se instalaba fugazmente la estampa de Samuel Sumbulovich aprendiéndose de memoria todas las canciones de Jim Morrison. Trató Carvalho de desentenderse de sus compañeros de viaje y de interesarse por un paisaje que le pareció o ya visto o de poco satisfactoria contemplación, por lo que se durmió tan superficialmente como para seguir percibiendo de vez en cuando alguna risa de las muchachas o el brusco paso de las hojas del *Financial Times* de un lector al que, al parecer, no le gustaba lo que estaba leyendo. En cualquier caso e independientemente de la situación concreta, ¿cómo es posible que el *Financial Times* le traiga buenas noticias a un viajero calvo que atraviesa Turkmenistán en un tren envejecido, incapaz de ser lo bastante rico como para disponer de avioneta privada? Soñó con una avioneta pilotada por algo parecido a un rabino, o tal vez era un judío ortodoxo peinado con tirabuzones. Luego el judío ortodoxo le tendía su tarjeta de visita: Ralph Nadelreich. Le sonaba la avioneta. También el nombre y el apellido, pero lo despertaron los golpecitos de los dedos de la rusa sobre un hombro.

Tardó en asimilar que el causante de todo era el revisor, perteneciente a la raza de revisores simpáticos que bromeaba con todo el mundo, y trató de hacerlo con Carvalho, hasta que el detective le habló en inglés y el idioma sonó como la señal de lo diferente. El revisor liquidó rápidamente el billete de Carvalho y, cuando se fue, el lector del *Financial Times* dirigió un guiño de complicidad de ex alumno de la Berlitz al detective y volvió a cebarse en la lectura que, al parecer, era indispensable para los próximos años de su vida. Tras minutos de silencio y de asimilación de que viajaban con un extranjero, la rusa inclinó la cabeza en dirección a su vecino de enfrente y le preguntó:

—¿Inglés? ¿Norteamericano? Norteamericano. Habla usted un inglés norteamericano y además este país empieza a llenarse de militares y técnicos norteamericanos.

—No. Ni inglés ni norteamericano.

No recordaba a nombre de quién estaba expedido el billete y lo recuperó fingiendo el temor de haberlo perdido. Bouvard. Se llamaba Bouvard.

—Soy francés.

—¿Viene en viaje de negocios?

—No. Soy escritor y profesor de literatura.

—De literatura francesa, claro.

—No, de literatura comparada, de comparar literaturas, vamos.

—Entiendo qué quiere decir literatura comparada. Yo soy profesora, lo era de estilística, pero la reducción de presupuestos de la Universidad de la República me obliga a dar clases de literatura rusa. Muchas clases a la semana. Ahora viajo a Chardzou para supervisar unos cursos sobre la materia.

Carvalho le sonrió por todo comentario y la observó en busca de algo susceptible de convertirse en reclamo erótico. Tenía las facciones bonitas pero gordezuelas, aunque su cuerpo no era obeso, sino compacto. Percibió ella el análisis semántico de Carvalho y se puso en pie.

—Voy a fumar al pasillo.

—Me apunto.

Nada más salir del compartimento, ella miró a derecha e izquierda y sólo después se atrevió a bajar algo el cristal de la ventanilla y encender un cigarrillo. Carvalho la secundó con un purito comprado en Turquía y fumó despreocupadamente hasta que vio a la mujer asomando media cabeza por la ventanilla para expulsar el humo fuera del tren.

—¿Está prohibido fumar en el pasillo?

—No lo sé, pero por si acaso. Además, me han inoculado el síndrome del fumador asesino de fumadores pasivos.

Era de las pocas rubias que había visto en su vagón y dedujo que era rusa, que por su oficio tenía cierta cultura o ambición de tenerla y sentido ético, por la mezcla de desparpajo y complejo de culpa con el que fumaba. Suspiró lanzando un chorro de humo hacia el techo y apoyó un hombro en el cristal, ofreciendo a Carvalho la evidencia de la tristeza instalada en su rostro.

—Lo peor de este viaje es que siempre vuelvo a Ashjabad.

—No le gusta la ciudad, vamos.

—No conozco otra. Bueno, he estado en Odessa y en Moscú, pero se trataba de visitas turísticas o culturales. Tampoco me hubiera gustado quedarme en Moscú, ni en Odessa.

—¿Dónde le gustaría quedarse?

—No lo sé. Mis lugares míticos son literarios y no quiero conocerlos para que no me defrauden. Algún día llegaré a un lugar y sabré que es mi lugar. También puede ocurrir que me expulsen de Turkmenistán, a pesar de que he nacido aquí y de que mi familia se instaló antes del socialismo, a comienzos de siglo, cuando mi abuelo llegó como ingeniero de ferrocarriles. Los zares también enviaban aquí a los oficiales desafectos o poco recomendables. Esto era considerado casi como un vertedero. Luego el comunismo le dio entidad nacional. Se inventó una entidad nacional más y lo mismo ocurrió en toda el Asia soviética y en los llamados países árabes, Inglaterra y Francia hicieron lo mismo. Aquí la fórmula fue nación y socialismo. Cuando se acabó el socialismo, esta gente se hizo nacionalista y religiosa, sorprendentemente religiosa, es una religiosidad de moda, esnob podría decirse, y los ciudadanos de origen ruso somos como colonos ingleses en Rhodesia. En cuanto puedan nos echarán, de momento nos necesitan porque nuestro nivel técnico es superior al suyo, pero cada día llegan técnicos de la gran desbandada de los países socialistas o chinos o pakistanís y norteamericanos, soldados norteamericanos que tratan de instalar aquí parte de su cinturón de hierro en torno de Iraq, Irán, Siria, Pakistán y China. La guerra contra Iraq parece inevitable. Cada vez se sienten más autoafirmados, no llegan al millón de habitantes y ya empiezan a exigir que hables turcomano para darte un trabajo.

—¿Lo habla usted?

—No. No lo he necesitado en más de cuarenta años y mi familia no necesitó hablarlo desde que llegó aquí, a comienzos del siglo XX. Pero entre lo que representó el comunismo y la tentación islámica, de momento el modelo para esta república de mierda y para Kazajstán, incluso para Azerbaiján, aunque no sea geográficamente asiática, es Turquía. Algún día se tendrá que valorar el esfuerzo del ejército soviético para detener a los nuevos bárbaros.

Se le habían humedecido los ojos a la mujer blanca, como si el relámpago llegara antes que el trueno de su voz rota, cuando confesó:

—Estuve casada con un oficial soviético que operaba en la retaguardia de la invasión de Afganistán. Éramos muy jóvenes, fue un amor bonito, pero cuando acabó la guerra él regresó a Rusia y, tras meses y meses de correspondencia, cada vez más escasa, no volví a saber de él: tampoco era cuestión de irme a Moscú a perseguirlo. Moscú no me gusta; prefiero cualquier otro lugar. Pero no sé cuál.

Terminó de fumar el cigarrillo y con la colilla encendida prendió el siguiente. Lo que desconcertó a Carvalho es que le sorprendiera la continuidad de la fumadora, una continuidad que le hubiera parecido normal hacía diez años y que ahora adquiría diseño de transgresión. Lo mortificaba que también a él le hubiera parecido un despropósito fumar un cigarrillo detrás de otro en el pasillo de un tren entre Ashjabad y Chardzou, como si las conductas pudieran ser insensibles a los escenarios insólitos. Pero no lo era para la pobre madame Obratzova, como se presentó, ligada a aquel viaje toda una vida.

—Cada vez que me acerco a Chardzou... Fíjese.

Cogió una mano de Carvalho y la puso sobre el corazón, que realmente latía a un ritmo excesivo. Entre la mano de Carvalho y el corazón de madame Obratzova figuraba una teta grande pero sólida sobre la que los dedos de Carvalho no pudieron evitar un viaje de reconocimiento no demasiado profundo, como iniciando un tanteo despreocupado que impidiera cualquier reacción de rechazo de la mujer. Pero no la hubo. Al contrario. Madame Obratzova miró a derecha e izquierda para comprobar la soledad del pasillo, tomó con una mano los pecadores dedos de Carvalho y tiró de él corredor arriba, a juzgar por la inclinación de las vías, camino del descansillo y de la puerta del lavabo. Comprobó que estaba vacío y podía acogerlos ante la sorpresa de Carvalho ya con los labios adheridos, luego las lenguas enganchadas y plena disposición de la rusa para que las manos de monsieur Bouvard siguieran reconociéndole las tetas, primero a través del filtro del jersey, después asomadas sobre un contundente sostén que se convertía en faja a medida que descendía por las carnes de la Obratzova. Y fue ella la que se quitó las bragas, se subió la faja, y apoyando las manos en el lavabo, ofreció a Carvalho el esplendor de sus nalgas laceradas por una vagina, herida lila, plenamente humedecida que se movía al compás de las caderas en demanda de que Carvalho asumiera el riesgo del arquero con un pene que le había crecido sin la menor correspondencia con el mediodía, ni con la edad. Fue un acto sexual fugaz pero intenso que madame Obratzova subrayó con dos o tres estertores finales absolutamente gratificantes, aunque alguien llamaba a la puerta del lavabo y la rusa emitió una advertencia de «¡ocupado!» tan dramática que el demandante huyó pasillo abajo en busca de otro retrete menos defendido.

Recompuestas las ropas y sin mirarse, salió primero la mujer, luego Carvalho para recuperar la misma ventana y ella el mismo gesto de fumadora empedernida. De vez en cuando repetía jaculatorias propicias como: «¡Qué hermoso! ¡No hay placer sin sorpresa! ¡Ha sido el viaje más hermoso de toda mi vida!, ¿y de la tuya?» Carvalho no tenía palabras para expresar el sinsentido de todo lo ocurrido, pero también la impresión de potencia y vida que había experimentado y el agradecimiento por aquel generoso regalo de tan extraña pasajera. Sin embargo, tal vez no había sido un regalo tan generoso.

—Muchas veces había soñado con algo parecido. Un encuentro mágico en este recorrido, el único que hago una vez cada quince días y, de repente, a partir de esta explosión de amor, de felicidad, de levitación, la posibilidad de huir de este trayecto, de marcharme a cualquier parte... Contigo, por ejemplo. Sería hermoso que hoy hubiéramos iniciado una fuga.

Había angustia en el rostro de la mujer y de pronto Carvalho pensó que probablemente madame Obratzova había vivido varias veces la misma escena, en el mismo retrete del mismo tren, en el mismo recorrido, a la espera de que alguien hubiera correspondido a su voluntad de huida.

—Yo sólo voy a Samarkanda.

—¡Cielos! ¿Lo dices en serio?

—Sí.

Samarkanda. La simple mención de la palabra la entusiasmaba. Siempre había soñado llegar a Samarkanda, una de las ciudades de su memoria mítica.

—¿Me llevas a Samarkanda?

Carvalho sacó otro purito turco y lo encendió.

—No, no me contestes ahora. Piénsalo durante el resto del viaje.

Reacomodados en sus asientos, Carvalho imaginó un reencuentro con Biscuter con la Obratzova como personaje interpuesto, seguramente muy bien acogida por su ayudante, al que le encantaban las historias sentimentales, los amores imprevistos, emocionales. Luego Afganistán. Y después el precipicio del Asia oriental, el fondo del Pacífico tan amenazador como la superficie llena de remolinos y arrecifes, a continuación quién sabe si América y África, en un mismo trayecto de retorno o de hallazgo de lo que impidiera el retorno. A medida que la imaginación de Carvalho se alejaba de aquel tren, de la ruta Ashjabad-Samarkanda, los contornos de la rusa fugitiva se diluían hasta desaparecer, como ligados al paisaje del que contradictoriamente pretendía huir. Por momentos, la mirada intensa de la mujer lo incitaba a recordar lo que había sucedido y a imaginar lo que podría suceder. En un momento u otro, ella tendría que acudir al lavabo para un retoque previo a la llegada y, cuando lo hizo, Carvalho cargó con su Vuitton y buscó acomodo en otro vagón, de tercera clase, duros los asientos y pestilente el zotal con el que se combatía la ofensiva de lo infectante. En el vagón sólo había turcos y algún mongol, maletas que le recordaban viajes ferroviarios por la España de hacía cuarenta años, aunque de vez en cuando una marca estándar, Samsonite, le comunicaba que el mundo es un pañuelo o, más exactamente, un pequeño mercado. Afortunadamente, nadie se había dado cuenta de que la breve maleta rodante de Carvalho era una Vuitton. Madame Obratzova no apareció en el horizonte durante el resto del viaje hasta la frontera de Kazajstán.

Permaneció Carvalho en el tren hasta que éste quedó completamente vacío y desde la ventanilla contempló el paso de la Obtratzova, consciente de que podía estar siendo observada por el miserable extranjero que la había seducido y abandonado, la cabeza muy alta y el cuerpo despectivo, casi como la cabeza y el cuerpo de Alida Valli al final de *El tercer hombre*. Pasó los trámites fronterizos con gran facilidad al exhibir su condición de ciudadano francés viajero de primera clase y, antes de acceder al tren que recorría la distancia entre la frontera y Samarkanda, el hambre lo hizo acercarse al único restaurante que tenía aspecto de serlo. Allí se enfrentó a una carta limitada a plato único, una sopa de verduras, con carne de cordero, también de cabra y bolas de arroz, comprobación una vez más de que los pueblos sólidos comen sólida pero no variadamente. Aunque también en los usos alimentarios rigiera la regla del azar y la necesidad, ambos extremos estaban condicionados por lo que el país produjera y si eran evidentes los corderos y la cabras, ¿dónde estaban los arrozales? Probablemente en los oasis que tienen tiempo de escenificar los ríos antes de vaciarse en los sumideros del desierto, desiertos como el de Karakum, de una extensión mayor que España recorrida desde Barcelona a La Coruña.

En un folleto turístico que circulaba por el restaurante se

cantaban las excelencias de Bujara por encima de las de Samarkanda, pero ¿qué saben los folletos turísticos de la mitología ensimismada en cada persona, formando parte de su patrimonio? La necesidad de llegar a Samarkanda tal vez se iniciara en una película de riguroso tecnicolor norteamericano, *La princesa de Samarkanda*, la princesa era una actriz portátil llamada Ann Blyt, y Samarkanda, un prodigio de cartón piedra. Pero hubo otras Samarkandas en sus lecturas sobre la Ruta de la Seda o el viaje de Marco Polo o el del castellano Rui González de Clavijo, que para él no sólo era un viajero medieval precoz a la corte del Gran Kan, sino un trabajo escolar que lo obligaba a traducir aquel castellano antiguo en transcripción fonética. Tratando de recordar parrafadas de su mediocre trabajo, subió al tren todavía receloso por si la rusa fugitiva de sí misma y del nacionalismo turkestano se había colado en su próximo itinerario, pero en el compartimento sólo constaba un matrimonio evidentemente no turcomano, alto, rubio y gordo como la cerveza y desconfiado, porque estudiaron su presencia y Carvalho creyó percibir dos movimientos significativos: la mujer se apretó el bolso contra los pechos y el hombre contuvo el gesto de llevarse una mano hacia el lugar donde guardaba o el billetero o una pistola. No quiso enredarse en contactos furtivos ferroviarios y salió al pasillo, donde constató que habían atravesado el Amu Daria, que el río se iba hacia el norte para ahogarse en el mar de Aral después de su fracaso en la transformación del desierto, aunque todas las aguas de este mundo no hubieran sido suficientes para satisfacer la sed del paisaje, salvo cuando aparecía de pronto un pliegue, una ingle, un oasis de verdor intenso y milagroso.

Cuando llegaron a Bujara recuperó su asiento y vio a los rusos preparados para descender, sin dejar de estudiarlo, de mirarlo de vez en cuando. Finalmente la mujer le preguntó algo en ruso y él les contestó en inglés y a continuación en francés, idioma al que la mujer se agarró como a una botella de náufrago.

—Hemos adivinado que es usted extranjero. Cuidado. Éste es uno de los Estados más peligrosos de Asia central. Ha desaparecido la disciplina socialista y todo se ha llenado de ladrones. Se habla mucho de los chechenos, pero no son peores que los uzbekistanos.

La mujer le enseñó el bolso y le guiñó el ojo.

—Que no le vean ni una moneda en la mano, por pequeña que sea, porque peligra su mano y, desde luego, la moneda.

El marido le habló en ruso y ella lo tradujo:

—¿Qué se le ha perdido a usted en Uzbekistán?

—Samarkanda.

Primero lo miraron sorprendidos y luego él empezó a reír a carcajadas, igual que la mujer que, antes de salir del compartimento, le advirtió:

—Samarkanda no existe. Bujara y Tashkent existen un poco, un poquito más. Estamos en un país potencialmente riquísimo pero lleno de muertos de hambre y al borde de todas las guerras que van a desatarse por el petróleo.

Bujara fue una promesa de minaretes y edificios soviéticos, nunca un remordimiento por no haberla conocido. El cupo de ciudades míticas que cabe en un cerebro ha de ser necesariamente limitado y sólo un elevadísimo minarete de cabezón historiado lo atraía desde la ventanilla del tren hasta que se enteró por el folleto recogido en el restaurante de frontera que era conocido como el torreón de la Muerte. El folleto prometía una docena de mezquitas inolvidables y medersas o madrazas, escuelas musulmanas, que atesoraban el espíritu del Oriente islámico. Recorría tierras de sanas costumbres nómadas o primitivamente agrícolas, como siempre acompañada tanta salud por la sombra de la religión y por la brutalidad causada por la pobreza o por el hachís.

Tenía que reprimir su iconoclastia, que lo llevaba a preferir un monumento religioso en ruinas, si eran hermosas, a un monumento religioso en activo. No le preocupaba la facilidad para dormitar que lo asaltaba en los últimos meses, a pesar de las advertencias de Biscuter, que lo interpretaba como un síntoma de posible diabetes: «¿No ve usted como estrellas o iluminaciones en los ojos? ¿No tiene siempre ganas de mear? ¿No estaría comiendo a todas horas? Esto de la diabetes es un cáncer menos valorado por la gente. Mi madre la padeció y su final fue un desastre. Incluso tuvieron que amputarle un pie por culpa de una gangrena.»

Si algo podía molestarle es que le amputaran un pie por un motivo tan dulce y tonto a la vez. Otros viajeros ocuparon los asientos abandonados por la pareja de rusos recelosos: tres muchachos que portaban libros y tenían aspecto de estudiantes de algo religioso porque hablaban en voz muy baja, como si no quisieran ser oídos por sus dioses o por sus demonios. No conocían otra lengua que la uzbeka, por lo que las preguntas de Carvalho quedaron incontestadas, grabadas en el cristal que les impedía huir hacia los paisajes acumulados. Envalentonado el extranjero por su condición de hombre mudo que hablaba a hombres sordos, les desplegó un interrogatorio que afortunadamente no entendieron.

—¿Corroboráis mi sospecha de que sois tres aprendices de santones?

Sospechaban por el tono de voz que Carvalho podía estar ironizando, pero lo asumían porque eran demasiado sectarios y devotos como para aceptar la posibilidad de la ironía. Así que sonrieron, benevolentes con la extraña habla del extranjero, incluso cuando oyeron:

—¿De dónde sacáis la evidencia de que vuestra guerra santa es más santa que las guerras diabólicas de vuestros enemigos? Religión por religión, ¿no era más estética y ética la del racionalismo, aunque hubiera llegado a límites marxistas? ¿Acaso vuestra religión no es la más arqueológica, porque ha permanecido intocada en todos los desiertos y subsuelos de vuestra pobreza?

Pero nada sabían aquellos chicos de lo que no habían vivido, y además tampoco habían entendido lo que había preguntado Carvalho. Ni siquiera adivinaban que les habían hecho preguntas. De pronto los tres legos salieron al pasillo y se pusieron a rezar cara a una Meca difícilmente aprehensible por el traqueteo del tren. Carvalho les dio la espalda ostensiblemente y de su maleta extrajo un libro con la fruición con que solía contemplar a todo condenado a la hoguera, uno de los escasos libros informativos que había seleccionado. Se trataba de un manual de *Criteriología religiosa*, de un desalmado cura llamado Tusquets, dedicado a inventariar masones en la posguerra civil y rebatir a las demás religiones según el apriorístico criterio de que sólo había una verdadera. Leyó alguna sañuda precisión del inquisidor sobre la religiosidad musulmana, y ante la imposibilidad objetiva de quemar el libro en aquel vagón de tren a punto de llegar a Samarkanda, lo abrió, lo besó como el Judas besaría al mejor Cristo y prometió:

—Serás mío.

Probablemente Biscuter lo estaría esperando en Samarkanda, pero no sabía dónde, ni cómo. Sobre todo desconfiaba del arreglo con Malena tanto como sin duda habría desconfiado su propio ayudante, y además, las vivencias que experimentaba durante el camino a Samarkanda no lo tranquilizaban. Cogió el equipaje y buscó un vagón de tercera sin islamistas en genuflexión cara a La Meca y allí encontró la pluralidad étnica del Asia central armada con termos y bebiendo té aromático. Los ropajes occidentales más viejos, baratos, deshabitados, coexistían con ropajes locales y con trajes militares algo inconcretos, como si pertenecer al ejército kazajstano no pudiera tener un formato suficientemente señalizador o corriera el riesgo de imitar uniformes de opereta. Distinguió a una pareja jovencísima que le pareció alemana, pero resultó ser holandesa. Hablaban inglés y se echaron a reír cuando Carvalho les informó de que estaba allí fugitivo de los rezos de tres furibundos y jovencísimos islamistas, al parecer estudiantes de seminario.

—Incluso es posible que no lo sean, pero desde que se ha descubierto lo que impresiona y asusta el islamismo entre los occidentales, son muy dados a hacer números como el que usted ha visto. En realidad, casi no saben nada del islam, aunque lo consideran su posible pasado más prestigioso y una energía espiritual de cambio y de hegemonía. Pero no saben casi nada. Lo que más los atrae del islamismo es lo que les han contado, una miseria, por ejemplo, que pueden recuperar el poder absoluto sobre la mujer, y a ellos les aterran las mujeres a la moderna. Los soviéticos insistieron mucho en combatir ese frente, pero no consiguieron un nuevo sustrato cultural. El drama de toda esta gente, de los que habitan estas repúblicas *liberadas* de la URSS, es que ahora no son nada, viven todavía peor y tratan de cambiar a Lenin por Mahoma o por Kemal Ataturk, el fundador de la nueva Turquía.

—*Je connais.* Pero ¿cómo están tan seguros de que esta gente mitifica el islamismo pero lo desconoce?

Se miraron, rubitos, frágiles, precariamente hermosos porque eran jóvenes, y finalmente ella confesó a Carvalho:

—Somos islamistas. Graduados en lenguas semíticas por la Universidad de Leyden y especializados en la relación entre el Corán y la sociedad civil. Yo me llamo Aixa y mi marido Al Rachid.

No era cuestión de cambiar de vagón ni de pedir asesoría para una rápida conversión al islamismo. Carvalho puso cara de honda meditación y no volvió a decir nada hasta que la progresiva urbanización del paisaje y cierta expectación en los viajeros indicaba que Samarkanda estaba cerca.

El hotel Zeravchan podía ser peor de lo que era, por lo que Carvalho se reconoció agradecido. Además, estaba situado junto a un parque, con amplio estanque o lago central, en un barrio tan geométrico que no podía ser otra cosa que ruso, a manera de advertencia de lo que lo esperaba o temía que lo esperara: la difícil síntesis entre la ciudad de la memoria y la ciudad funcional, la Samarkanda del Gran Tamerlán y la de la industrialización soviética. Antes de acercarse a la recepción repasó con la mirada a todos los seres humanos a su alcance, no fuera a ser uno de ellos Biscuter, aunque ya esperaba alguna operación de camuflaje dadas las circunstancias. Pero o muy modificadoras habían sido las reformas de cuerpo y alma o Biscuter no estaba allí. Seguía siendo una incógnita si Samarkanda era un lugar de encuentro o desencuentro. Preguntó si había algún recado para él y tras examinarle el *piercing* como si fuera el aviso de algo dramáticamente inesperado, pusieron ante sus ojos un escueto mensaje y un sobre: «Jefe, cuando cruce la frontera por el puente de la Amistad, recuerde el Camí de la Budallera y camine, aunque sea imaginariamente, en su busca. Regine, bien. Le envía muchos saludos de su parte. Pécuchet.» Dentro del sobre encontró una curiosa documentación a nombre de Bouvard que lo describía como técnico de la FAO especialmente destinado a Afganistán para estudiar los problemas

agrícolas y de nutrición tras la intervención militar norteamericana.

Agradeció la brevedad de su equipaje cuando tuvo que
cargar con él mal ayudado por un ascensor lento y viejo
que tosía en cada rellano. Afortunadamente sólo eran tres
pisos y no tuvo tiempo de asustarse, ni de descifrar totalmente el recado de Biscuter. El puente de la Amistad es el
que une Kazajstán con Afganistán más allá de Termez, por
tanto, era una referencia exacta, inevitable. Recordar el
Camí de la Budallera era situarse en una o dos vías posibles
camino de un parque de Vallvidrera, al pie mismo de las
torres de comunicación del Tibidabo. Lo que caracterizaba
al parque era el equilibrio entre la poderosa vegetación de la
montaña y el toque programático aportado por Rubió i
Tudurí, el más afamado jardinero de la Cataluña de comienzos de siglo. ¿Debía buscar un parque a la vez asilvestrado y
racional? No. El punto justificatorio del diseño del parque
fue una fuente, la de la Budallera, muy reputada en tiempos
en que las fuentes no sólo tenían nombre, sino además agua.
De modo que debía buscar una fuente tras haber cruzado el
puente de la Amistad, así bautizado por los soviéticos porque lo utilizaban para el paso de tropas y armamento para la
guerra de Afganistán. ¿Cómo preguntar por una fuente
nada más cruzar la frontera de un país tan extranjero como
Afganistán? Y finalmente, Regine. ¿Quién era Regine? ¿Por
qué le informaba de que estaba bien y le enviaba saludos?
¿Qué compromiso, con qué extraña gente había contactado
Biscuter durante su afortunada escapatoria? O acaso Charo.
No podía ser otra persona que Charo y que Biscuter tratara
de evitar cualquier posibilidad de identificación real de los
señores Bouvard y Pécuchet. No le marcaba ninguna fecha
concreta para el encuentro, pero el mensaje había llegado o
había sido depositado en el hotel dos días antes. Entre el
deseo de un recorrido sedimentado por la ciudad o el de

saber a qué atenerse, derivado del encuentro con Biscuter, optó por quedarse dos días en la capital de Tamerlán y luego marchar hacia el sur muy temprano, para encontrarse con Biscuter cuanto antes, en la Budallera, en una metáfora. Se duchó para deshacerse del olor a tren y a grasa frita, tal vez la grasa utilizada para los guisos que algunos viajeros de tercera extraían a cucharadas del fondo de sus tarteras de aluminio, viejas tarteras que o habían heredado de sus padres o habían comprado en un mercado de las pulgas como restos liquidados de la intendencia de algún ejército, sin duda el soviético. Se lavó la ropa interior y una camisa en el lavabo con la ayuda de un champú quizá demasiado esquivo a sus suciedades, por lo que tuvo que restregar como había visto restregar a su abuela y a su madre en los lavaderos de la calle San Clemente. Colgó sus prendas en la barra de la cortina de la ducha y, tras comprobar que hacía frío, se escondió en el abrigo de astracán, volvió a recepción y después de un intenso diálogo sobre el Tamerlán y las ciudades míticas, llegó a la desencantada conclusión de que le bastaba un exhaustivo, eso sí, recorrido por el Reghistan para recuperar el tiempo perdido. Sobre un plano de la ciudad de una retícula sin concesiones a viejos barrios enquistados, el recepcionista le trazó un círculo en el centro geométrico. Allí estaba todo, y lo más sensato era que se incluyera en algún grupo con guía o que encontrara un guía para él solo, proposición irónica, creyó interpretar Carvalho, como si el recepcionista la hubiera visto fracasar ante miles y miles de huéspedes de Samarkanda.

—Un guía particular, ¿qué cuesta?

—Si usted le paga veinte dólares, tendrá un amigo para toda la vida.

Lo mejor era trasladarse al Reghistan y allí preguntar por el señor Felipoulos, un guía samarkandés, aunque hijo de inmigrantes griegos que habían regentado durante cincuenta años la mejor sombrerería de la ciudad. ¿Cuánta gente llevaba sombrero en Samarkanda en los tiempos gloriosos de la familia Felipoulos? Muchos. Muchísimos. «Piense que estamos en la capital histórica de Uzbekistán y todos los señores de la ciudad llevaban sombrero hasta la entrada en la URSS, y aun después, toda una generación asombrerada conservó la cabeza tapada como factor de singularidad en contraste con las gentes de origen proletario y de etnias subalternas, aunque poca cosa más conservaron.» Le aconsejaron coger un taxi o aprovechar el buen tiempo para descender por el bulevar Universitario, que lo llevaría hasta la calle Reghistan, que no tenía otra salida que el núcleo histórico de la vieja ciudad de Samarkanda. Por el camino, Carvalho iba asumiendo el papel de las ciudades como almacenes de vidas humanas individualizadas o de familias o de cualquier otra variedad de asociación de bípedos reproductores. Hay ciudades que han envejecido poco a poco, es decir, se han modernizado poco a poco, como resultado de una lógica interna constante y sin aceleraciones. En Londres puedes leer la historia de la capital de un imperio, igual que en París. Incluso en Barcelona se percibe una acumulación de arqueologías que representan los mejores momentos de los dueños de la ciudad, siempre empeñados en que desaparezca paulatinamente la ciudad de los vencidos. Camino del Reghistan, Samarkanda le parecía una ciudad encargada para solucionar el problema de la vivienda con la escasa ambición estética demostrada por el clasicismo socialista soviético. Y cuando estas meditaciones desembocaron en el esplendor del Reghistan, la frustración de Carvalho chocó con el impacto de lo que quedaba de la Samarkanda del Gran Tamerlán: una orgía a la vez puntillista y espacial, piedrecilla a piedrecilla de mosaicos policromados derramados y a la vez contenidos por el perímetro y los volúmenes de las medersas y las mezquitas, exactamente limítrofes con un cielo azul que parecía haber sido construido para recortarlas. Permaneció unos segundos deslumbrado, tratando de comparar el entusiasmo por lo que veía con anteriores borracheras del espíritu, por más que hubiera pretendido reprimirlas, en Santa Sofía, por ejemplo, o en el Partenón o ante la domesticada esfinge de Gizeh o la mejor Puerta de la Tierra esculpida en Abu Simbel.

Calculó el tiempo que le quedaba para un primer recorrido y observó el grupo de guías desencantados que aguardaban la contratación en unos jardines situados frente a la puerta principal. Apenas había turistas y los que había llevaban guías adheridos desde el hotel o sabían tanto como puede saber cualquier guía, seleccionados de entre los escasos centenares de seres humanos capaces de viajar a Samarkanda cuando todo indicaba que estaba a punto de estallar una guerra al lado, la invasión norteamericana de Iraq. Preguntó por Felipoulos y le señalaron a un hombre con aspecto de hitita, de tomarse en consideración como se autodiseñaban los hititas en los bajorrelieves. Una frente sin límites se convertía en un cráneo suavemente cóncavo, equilibrado por una nariz igualmente cóncava y dos ojos grandes y almendrados. Moreno y al mismo tiempo verde, las concavidades superiores del señor Felipoulos se complementaban con las curvas suaves de su estómago, de su vientre, de pronto convertido en la pieza principal del cuerpo, sostenida por dos piernas delgaditas. Le complació mucho haber sido recomendado por las gentes de un hotel tan competente como el que albergaba a Carvalho y, dueño de su cliente, abrió los brazos y lo obligó a contemplar todo lo que no era monumental.

—Mire usted el suelo. Imagínese este ámbito sin esas maravillas arquitectónicas. ¿Sabe usted por qué este lugar se llama Reghistan?

No, no lo sabía, y el hitita griego cerró sus grandes ojos, pues grande era su satisfacción.

—La palabra *Reghistan* quiere decir «plaza de arena» y evoca el origen físico de este lugar, una plaza donde se acumulaban las arenas del río y sobre la que los grandes señores de la antigüedad construyeron uno de los más bellos muestrarios de la Casa del Islam.

Volvió a cerrar Felipoulos los ojos, como si estuviera repasando cuanto había dicho. Los abrió y dedicó una mirada cariñosa a Carvalho:

—Son veinticinco dólares y la propina, voluntaria, sin límites de horario, hoy, mañana, pasado mañana. Todo cuanto sé sobre el pasado de Samarkanda y sobre lo que usted todavía puede contemplar será suyo. Vivirá una experiencia parecida a un trasplante o a un trasvase. Trasplante de mi saber, trasvase de mi entusiasmo.

Estuvo de acuerdo Carvalho y fue tal la alegría del guía, que lo tomó por un brazo y lo invitó a encaminarse hacia el recinto, mientras repasaba sus conocimientos de historia. Cuando comenzaba a referirse a la decadencia de Samarkanda y a todos los intentos de destrucción que había padecido, era evidente que lloraba, con lágrimas tan grandes y almendradas como sus ojos.

—Toda esta belleza estuvo a punto de desaparecer, como desapareció el marco general de la ciudad donde vivían los hombres que la habían levantado. Todos los que quisieron elevar, exagerar su estatura con respecto a la del Gran Tamerlán, se cebaron con Samarkanda. Ya en el siglo XVI, poco quedaba de la Samarkanda de Tamerlán, de la que habían presenciado dos viajeros ilustres, el embajador castellano Rui González de Clavijo y Marco Polo. Algunas de las obras que hoy puede usted admirar, para empezar estos bellos jardines, son fruto de reconstrucciones y muy singularmente de la emprendida por la URSS, por algunos de sus dirigentes fascinados por haber integrado la legendaria Samarkanda en un proyecto de nuevo orden universal. El general Frunze mandaba el ejército de los soviets que se apoderó de la ciudad en 1917 y puso la bandera roja sobre lo más alto del Reghistan. Luego vino la civilización soviética: fábricas, estatuas de Lenin, nuevos barrios y la conservación de lo que quedaba del patrimonio artístico. Piense usted que, según la leyenda, entre 1404 y 1841, sólo dos europeos consiguieron visitar Samarkanda, la más luminosa de las ciudades de la llamada «Ruta de la Seda», gobernada por caudillos luminosos. Retenga estos nombres: Tamerlán, su nieto Ulug Beg y Lenin. Los soviéticos no renunciaron nunca al pasado, se llamara como se llamara, aunque se llamara Iván el Terrible. Lo hacían suyo si el pasado era grande. ¿Sabe usted lo que es una medersa?

Carvalho estuvo a punto de decirle que en castellano se llamaban madrazas, pero hubiera tenido que justificar entonces por qué un francés como monsieur Bouvard tenía conocimientos tan sólidos del castellano.

—Una escuela islámica.

—Algo parecido. De una importancia complementaria, pero sine qua non de las mezquitas. Entre las medersas y las mezquitas hay un cordón umbilical de religiosidad, y se encuentra usted ante las medersas más bellas del mundo. Tamerlán se especializó en mezquitas y Ulug Beg en medersas. Mírelas. Esa de ahí, para empezar, nos vendrá muy bien. Es la medersa de Ulug Beg.

Felipoulos no tardó en darse cuenta de que a Carvalho le gustaban las explicaciones breves y rápidas, pero el guía respondía a otro formato y le encantaba asumir el papel de los personajes históricos que evocaba, e incluso adoptaba la supuesta voz de Tamerlán cuando lanzaba un comunicado o la voz en *off* de Marco Polo cuando explicaba su paso por Samarkanda camino de China. Fuera del sexo que fuera el personaje, Felipoulos lo encarnaba mediante un monólogo eficaz, muy estudiado o ya muy representado. Así pudo Carvalho, según la oferta del guía, vivir lo que había ocurrido en las medersas de Ulug Beg, Chir Dor o Tilla Kari, comunes en todas ellas la belleza de las fachadas de mosaico, o la mezquita de Bibi Khanum, que Tamerlán había construido con el pillaje obtenido en la conquista de Delhi. En esta ocasión Felipoulos asumió la condición de uno de los noventa y cinco elefantes que habían traído desde la India, cargados de material para la construcción, y fue notable que consiguiera trasvasar la majestad con la que los elefantes agitaban la trompa, su brazo derecho, y la impresión de fatiga por el peso de la mercancía que afectaba al resto de su cuerpo.

—El esplendor de esta mezquita lo prueba el comentario del embajador español. Clavijo manifestó que «era la más noble de todas las mezquitas».

Quedaban el bazar, los mausoleos, la necrópolis de Cha I

Zinda, el observatorio de Ulug Beg, el príncipe astrónomo, pero Carvalho estaba saturado de piedras y de todos los personajes que su guía era capaz de imitar. Le propuso ir a comer juntos y decidir más tarde si dejaban el resto monumental para el día siguiente. Entusiasmado Felipoulos cuando Carvalho le permitió elegir un restaurante que representara con dignidad la cocina uzbeka.

—Imagínese que yo soy Rui González de Clavijo o Marco Polo. ¿A qué restaurante los llevaría?

—Al mismo al que voy a llevarlo a usted: al Kafe Karimbek Sayora, la mejor síntesis de la cocina uzbeka y rusa. Pero piense que no está en París o en Roma y que todavía conservamos ciertas restricciones alimentarias en hoteles y restaurantes. Además, Samarkanda es una ciudad de apenas cuatrocientos mil habitantes.

El restaurante estaba cerca del hotel en el cruce de Gagarin con Air Themur y a Carvalho lo sedujo la posibilidad de una larga siesta después del almuerzo, compensatoria de tanto viaje en trenes al borde del desguace. El menú era breve, tras la aclaración de Felipoulos de qué quería decir *shashiliks*, equivalente exacto del *kebab* turco, *brochettes* de cordero o de pollo o de buey, ausente el cerdo de los hábitos alimentarios de la islámica Samarkanda. Más novedosa era la propuesta de *bedonas*, con sus huevos, es decir, becadas, aunque Carvalho procuraba evitar en lo posible comerse pájaros de tamaño inferior al de un pollo mediano. Con los pájaros le ocurría lo mismo que con los corderos o los cabritos pequeños, los asociaba a la educación sentimental que le había transmitido su madre, de amor por los animales y muy especialmente por los de apariencia más frágil. Felipoulos no comía, interpretaba la operación de comer como un consumado actor experto en toda clase de gastronomías y no dijo que no cuando Carvalho le propuso beber vino si no violaba con ello su código religioso.

—No, no. Yo soy de origen griego, no lo olvide.

—¿De qué parte de Grecia?

—Mi familia procede de una isla muy pequeña, cercana a Rodas. Simi, se llama. ¿Ha estado usted allí?

—Hace muchos, muchísimos años.

—Yo no he estado nunca. No conozco la tierra de mis abuelos, de mi padre, grandes sombrereros que habían abierto establecimiento en Rodas y más tarde en Bursa, en Turquía. Cada año me digo: Dimitrios, no descansarás tranquilo, vayas a donde vayas a parar, si no conoces la tierra de tus antepasados. Pero viajar era difícil por la burocracia soviética y caro, muy caro antes, ahora y mañana.

Bajó la voz y cuando Carvalho se le acercó para oírlo mejor, reveló:

—Ahora sólo viajan los ricos, es decir, los mafiosos. La nueva clase rica en todas las repúblicas antiguamente soviéticas son mafiosos o gentes afines a la dirección comunista que supieron situarse a tono con los nuevos tiempos.

—Pero usted habla lenguas. Podría intentar trabajar en otro lugar.

—Yo el Reghistan me lo sé de memoria y conozco hasta la manera de suspirar de Ulug Beg o de su abuelo. ¿Puedo estar a la altura de mí mismo en cualquier otro lugar?

Les ofrecieron una botella de vino ruso y otra de vino francés, un Burdeos absolutamente desconocido. Tras comprobar las añadas y oler el cuello de las botellas, Carvalho se quedó perplejo. No podía discernir cuál de las dos estaba peor conservada.

—Nos quedamos las dos. Ábrelas.

El vino francés estaba a punto de convertirse en vinagre exquisito y el ruso en jerez oloroso pura raza. No fue de su opinión Felipoulos, que se dedicó primero al vinagre y luego al jerez, acompañado esta vez por Carvalho. Tomaron helados de pistacho de postre y a continuación fue evidente que

Felipoulos no estaba en condiciones de proseguir sus tareas, pero se empeñó en retornar al Reghistan, aunque fuera al precio de dejar a Carvalho en el hotel. Cobró treinta dólares y se inclinó, ceremonioso.

—Supongo que mañana vendrá usted a ver lo que falta. ¿Le ha gustado?

—Indudable. Lástima que el centro histórico esté tan desconectado del resto de la ciudad y así se corre el peligro de tener que decidir entre dos artificialidades. ¿Qué es más artificial, ese centro de Tamerlán y su nieto, o la ciudad prácticamente soviética?

—La ciudad real tiene un uso, el Reghistan otro, y Samarkanda es una evocación, un mito.

Estuvo de acuerdo en el reparto de usos y se reservó la posibilidad de que el barrio histórico fuera tan preconcebido que había dejado de ser tamerlaniano para convertirse en un reclamo meramente turístico, algo así como un parque temático. Por qué no, de la Walt Disney Corporation, aunque todas las ciudades actuales cercaban sus espacios históricos y tendían a convertirlos en parques de atracciones para la memoria y la cultura. Descendió en la puerta del hotel y Felipoulos continuó en un taxi pagado por Carvalho, tras comprometerse ambos en una confusa cita para el día siguiente. Cuando retiró la llave de su habitación, el conserje le dijo en voz baja que había novedades y que sería conveniente que hablara con el director. La cosa se ponía jerárquica. No es fácil conseguir hablar con el director de un hotel y en su caso lo fue porque el director, alto y melenudo canoso, algo mongol, elegante en sus maneras como un director de orquesta, lo recibió para decirle que la policía se había interesado por él, que un inspector lo esperaba en el bar, aunque suponía que sólo se trataba de un trámite burocrático. Ganó Carvalho el bar tratando de percibir el sistema de señales inconfundible que emana de un policía convencional vestido de paisano y no se equivocó al distinguirlo sentado con cara de aburrimiento, tal vez suscitado por la miserable botella de refresco de naranja que tenía sobre la mesilla. Se puso en pie ante la presencia de Carvalho y se presentó como Vladimir Basar, policía del Departamento de Movimientos Migratorios, aunque de hecho el departamento era él y un par de ayudantes a los que quería como hermanos. Insistió dos veces en el pregón de sus amores fraternos y demostró su miopía cuando acercó a sus ojos los documentos que le enseñaba Carvalho, como si quisiera rozarlos con las gafas de concha verde.

—Gran cosa que la FAO se preocupe por todos nosotros.

—Mi misión propiamente está en Afganistán.

—Es más comprensible. Pero ¿por qué Samarkanda?

—Ha sido un viaje de placer. Samarkanda fue una ciudad mítica durante toda mi etapa de estudiante.

—Hemos recibido una información intranquilizadora. Nos dice que usted no es usted y que sería muy conveniente que lo pusiéramos a disposición de la Interpol. Pero la Interpol no tiene orden de detención contra usted. Los que nos han informado parecen expresar más un deseo que una realidad. Una de dos: o les hago caso o no les hago caso. Pero corro mis riesgos si no tomo cartas en el asunto, aunque podría decir que cuando he llegado al hotel usted ya no estaba.

—Viajo hacia Afganistán. Si quiere me voy ahora mismo y eliminamos dos problemas.

—¿Dos problemas?

—El suyo y el mío.

—Yo podría incluso facilitarle la llegada a la frontera.

—Eso tendrá un precio.

—Desde luego, en este país nadie viaja gratis. Además, podría viajar conmigo. Yo lo acompañaría.

Carvalho le indicó con un gesto que lo esperara y diez

minutos después era dueño de su marcha y de su equipaje con el policía cegato. Le abrió camino hacia un coche oficial, otro Lada algo más moderno que el que había usado para atravesar Turkmenistán. Lo conducía uno de los dos ayudantes de Mohamed.

—Es como de la familia.

Sin embargo, cuando estuvieron los dos sentados en el asiento trasero, el policía corrió un cristal grueso que los separaba de los delanteros. Suspiró. Se quitó las gafas.

—No se preocupe por nada. El doctor Biscuter me ha informado de todo y ha corrido con todos los gastos. Es muy competente su colega.

—Extraordinario.

—Se presentó en mi despacho y me informó de la conjura terrorista contra ustedes. Es indispensable que lleguen a Afganistán, y los de Bin Laden tratan de impedirlo. Su vida corría peligro en Samarkanda. No sé si usted se ha dado cuenta de algo especial. ¿Qué me dice de Felipoulos?

La sorpresa de Carvalho se incrementó cuando oyó la tajante afirmación de Vladimir Basar:

—Felipoulos es un doble agente.

El Lada ya estaba lejos de Samarkanda y Carvalho dedujo que nunca volvería a la ciudad, un obsoleto yacimiento más de sus ensueños. Forcejeaba por recordar unos versos que le habían impresionado, el final de *Los mares del Sur*, de Pavese, cuando un muchacho le pide a un muy viajado marino que le transmita la fascinación por los mares del Sur y él desacredita toda posibilidad de mitología terrestre.

> *Pero cuando le digo*
> *que está entre los afortunados que vieron la aurora*
> *sobre las islas más bellas de la Tierra,*
> *sonríe ante el recuerdo y responde que el sol*
> *se alzaba cuando ya el día era viejo para ellos.*

El puente de la Amistad había sido destruido durante una guerra. Qué guerra no importaba. Probablemente la que enfrentó a los talibanes con los prosoviéticos, o tal vez fuera durante la operación de limpieza policíaca disuasoria llevada a cabo por Estados Unidos después del 11 de setiembre de 2001. Nunca había sido un puente de amistad real, sino un alarde de la nomenclatura de propaganda con la que la URSS quiso maquillar su guerra de Afganistán. Los esfuerzos de reconstrucción de la ruta permitían una lenta comunicación sobre el Oxus, nombre local del Amu Daria, a partir de Termez, la última gran ciudad de Uzbekistán, en el pasado plataforma de la penetración de la URSS y ahora centro de ayudas más o menos benéficas y de traficantes de toda clase de negocios rápidos generados por la escasez. Los papeles de Carvalho que lo acreditaban como funcionario de la FAO requerían una larga explicación sobre la existencia y la naturaleza de la FAO, explicación inútil, vinculada a la costumbre burocrática de que entretener los pasos de frontera da la medida de la importancia del país que entorpece, y cuando Carvalho pisó suelo afgano, las dificultades se repitieron, aunque tal vez con una cierta sorna, como si los aduaneros y los policías quisieran estar a la altura de sus colegas de la orilla de enfrente.

—Me han hablado de que hay una fuente espléndida, nada más entrar en Afganistán.

Era demasiado compuesta la oración para que la entendiera el guardia y el oficial convocado para enfrentarse a ella no era experto en fuentes, ni sabía demasiado bien inglés. Pero ya en la calle todos los taxistas se arremolinaron en torno a Carvalho cuando oyeron la palabra «fuente» y la asociaron con un camping, mejor dicho, con un antiguo camping que había vivido tiempos de prosperidad en los años sesenta, setenta e incluso los ochenta. Escogió al taxista más próximo para deshacerse de los demás y cinco minutos después el taxi jeep lo dejaba ante el arco de lo que había sido recepción del camping. El hombre le explicó qué tenía que hacer para encontrar la fuente, pero no fue necesario: hacia ellos se acercaba un paisano vestido con un gran rigor étnico, como si perteneciera a algún grupo folclórico local, saludó ceremoniosamente al taxista y preguntó:

—¿Monsieur Bouvard?

Asintió Carvalho forcejeando con su capacidad de sorpresa y cuando el taxista hubo partido preguntó, vacilante:

—Biscuter, supongo.

—Supone usted bien, jefe.

Separó parte del tocado que le cubría la cara y, una vez reconocido, tomó a Carvalho por un brazo y lo obligó a avanzar por una avenida de caravanas desguazadas, coches abandonados, escombreras no siempre inorgánicas y, por fin, una furgoneta cubierta de *graffiti* entre los que predominaban las siglas de la FAO.

—No lo esperaba tan pronto.

—Me llegó tu mensaje a través del policía.

Biscuter se detuvo, golpeado por la extrañeza.

—¿Qué mensaje? ¿Qué policía?

Le explicó Carvalho el encuentro del hotel, la conducción hasta la frontera y Biscuter empezó a dar puñetazos con una de sus manos cerradas, dedicada a golpear la palma de la otra.

—¡Ha sido cosa de esa bruja!

—¿De qué bruja?

—De la Malena de los cojones. Yo no acordé nada con policía alguno. Me limité a dejarle la nota en el hotel en cuanto resolví lo de la documentación de la FAO. ¡Qué pendiente tan chulo! ¿Por qué se ha puesto ese pendiente? ¿Es una promesa o es para sentirse moderno?

—Ya te explicaré. En este pendiente está nuestro salvoconducto. Por cierto, ¿quién es esa Regine de la que hablabas en la nota que encontré en el hotel?

—Un personaje imaginario. Me pareció una nota conveniente, como si la tal Regine nos ratificase y nos normalizase. Pero subamos a la furgoneta. Al menos dentro tengo la seguridad de que ni nos ven ni nos escuchan. Ante todo, no se sorprenda de nada. Recuerde aquella broma que en España se hacían los reclutas y los presos: decían que en el dintel de los cuarteles y las cárceles figuraba la siguiente leyenda: «Deja los cojones fuera de este lugar, de lo contrario, te los cortarán.» Dejemos los cojones fuera de Afganistán, de lo contrario, nos los cortarán.

Volvió a reparar Biscuter en el pendiente de Carvalho.

—Seguro que ha sido cosa de esa bruja.

Ofreció una cerveza fría al recién llegado y unos pastelillos de queso de cabra, como entrante para la larga explicación que se merecía.

—Lo vi venir todo, jefe, y me había colocado en un lugar apartado. Tampoco consideraban que yo fuera un peligro, tan bajito y canijo. Tuve la intuición femenina de que iban a pincharle primero a usted y di dos saltos hacia atrás. Allí estaba la puerta y un minuto después yo me deslizaba entre putas de todos los tamaños y chulos de putas paquidérmicos, todos del mismo formato. Había la suficiente gente como para camuflarse y esperar la reacción de Malena y su camada. Busqué las espaldas del tugurio y media hora después salía

Malena, tres hombres portadores de un fardo (el fardo era usted), y subieron a una camioneta blindada. Tuve otra intuición femenina, feliz, sin duda. Llamé al móvil de Malena y, cuando se puso, le dije que lo sabía todo y que si le tocaba a usted un pelo, un solo pelo, iba a armar un escándalo. Me colgó. Pero mi actitud los mosqueó, porque yo tranquilamente volví al hotel, pregunté en voz alta los teléfonos de la embajada de España, de no sé cuántos comités de cierta prosapia internacional, llamé a Charo y la previne de que tal vez necesitaríamos que armara un follón y volví a telefonear a Malena, encareciéndole que pasaran a recoger su equipaje, jefe, no sólo por el cariño que usted tiene por su Vuitton, sino para situarla en un terreno de serias inseguridades, ¿comprende? No es normal que a una secuestradora le pidan que vaya a buscar el equipaje del secuestrado. Sé que la dejé tocada, *touché*, como dicen los franceses, y me concedieron una importancia que no tengo, usted lo sabe bien. Vinieron a buscar su equipaje, cargaron con él sin saber que yo tenía el mío ya metido en un taxi que siguió a la furgoneta de los hombres de Malena, cruzó el estrecho por el puente y abordó la ruta del norte hasta una localidad del mar Negro, todavía en Turquía. Se metieron entonces en un aeródromo pequeño, en parte me pareció deportivo, pero tal vez sólo era un aeródromo chico donde buscaron un Fokker, subieron una serie de bultos a él, entre ellos su maleta Vuitton, y despegaron. A partir de aquí todos los interrogantes y el principal: ¿adónde? Pero Malena se había convertido en mi esclava telefónica y no le constaba si yo era peligroso o no. Me interesaba tenerla controlada y para ella era imprescindible aquella comunicación. Llegué a sospechar que su secuestro le resultaba incómodo y que se había visto forzada por el italiano de las drogas y por esa extraña persecución que padecemos desde Barcelona a la que Malena puso nombre: Monte Peregrino. ¿Le suena? Nos persigue por todo el mundo algo o alguien que se llama Monte Peregrino. De hecho, nos ayudó esa persecución. Nos dio una entidad de fugitivos peligrosos y así pude amenazar a Malena con desvelar todo lo ocurrido. Entonces ella me planteó el acuerdo de dejarnos seguir el viaje a cambio de silencio y de cumplir una misión en Afganistán que pondría en sus manos. Yo no me fío de esa tía. Aparentemente, es lo que en catalán llamaríamos una *bleda*, es decir, una acelga cocida, blanducha, pero sólo es cuestión de apariencia. Esa tía lleva armas hasta en las bragas.

Biscuter debía de saber que las bragas es precisamente el lugar donde algunas mujeres conservan su mejor arma, pero no era cuestión de iniciar un debate sobre relaciones de dominación, por lo que Carvalho se llevó los dedos al pendiente.

—Aquí está el quid de la cuestión.

Le explicó que debían entregarlo a uno de los señores de la guerra aliado con las tropas de ocupación y Biscuter torció el gesto.

—Yo no le daría nada a nadie.

—Biscuter, los de Malena te matan con proyectiles dirigidos monopersonales. Hay que darles un margen de confianza. Alguna regla del juego debe respetarse.

—Dese cuenta de dónde estamos. Aquí las cosas no tienen el sentido que les damos a las cosas y están puteados por años y años de guerra. Son guerras que se han pagado con opio y hachís, y ahora los nuevos señores siguen armándose gracias al opio y al hachís.

Había que elegir entre cubrir la ruta de la frontera a Kabul, entregar el encargo de Malena y seguir la vuelta al mundo en sentido lineal, Pakistán, la India, o permanecer en Afganistán y viajar hacia lo que Biscuter llamó «el país profundo» con cara de suficiencia. Por ejemplo, Kandahar.

—Lo que más vamos a ver son burkas y cojos. Debajo de

los burkas camina una mujer, y casi todos los cojos lo son a causa de minas antipersonales que sembraron los bandos enfrentados en las guerras. Hay un mercado negro de patas de palo y de piernas ortopédicas que no se lo puede imaginar. Las patas de palo son de fabricación casera y las piernas ortopédicas las aportan las organizaciones internacionales. Hay toda una picaresca en torno al tráfico de piernas artificiales. Mire, dos burkas.

Desde un extremo del que había sido camping turístico avanzaban dos burkas azules e historiados, a manera de garitas en movimiento desde las cuales dos mujeres podían observar la realidad desde la impunidad o la humillación. Tal vez desde ambos sentimientos.

—En cuestión de mujeres, esto es como la Edad de Piedra. Le propongo que vayamos hacia Kabul y por el camino nos detengamos en el valle de Bamiyan, donde los talibanes hicieron volar las estatuas de Buda. Prepárese para sufrir: salvo las carreteras de uso especialmente militar, todas las demás o son de tierra o lo serán muy pronto. Pero antes, jefe, he de presentarle un fichaje imprescindible; un guía y además dueño de esta furgoneta.

Biscuter bajó el cristal de la ventanilla del conductor y gritó:

—¡Herat!

De entre los árboles brotó un muchacho con algo parecido a un casco de motorista sobre la cabeza, una camisa bordada, pantalones y botas militares. Corrió hacia el coche y cuando vio a Carvalho le sonrió y lo saludó en inglés.

—Lo llaman Herat porque es de un pueblo que se llama así. Me lo ha recomendado una profesora de francés a la que conocí nada más llegar. Es propietario de este coche y un estudiante de magisterio que trata de llegar a Kabul, donde tiene parientes, y si no le va bien allí, irá hasta Pakistán. Habla cinco o seis dialectos aquí vigentes y desde luego el supuesto idioma oficial, para aquí oficial, oficial, bien poco. Los talibanes están derrotados pero Estados Unidos sólo controla puntos estratégicos. El resto es de los de siempre: los señores de la guerra.

Herat se presentó a Carvalho como un futuro triunfador en Hollywood. Quería ser actor y pasar primero por una escuela muy buena que había en Nueva York, el Actor's Studio, donde habían estudiado casi todos los actores norteamericanos que admiraba. Un día llegaría a Hollywood, aunque quizá primero pasaría por Australia, donde había una industria cinematográfica importante.

—En la India también la hay. Pero todo es viejo e inútil. No tan viejo e inútil como aquí, en mi país, pero casi. Además, en la India nos odian. Odian a todos los musulmanes, pero muy especialmente a los afganos.

La carretera se convirtió varias veces en camino de tierra y piedras y siempre fue una tortura desvertebradora, enemiga de sus esqueletos, apenas compensada por la belleza feroz de un paisaje diríase que abandonado. Carvalho convocaba sus emociones geográficas, fingía entusiasmos por estar tan cerca de la geografía más exótica que jamás había estudiado, el Hindu Kush o la meseta de Pamir, «El techo del mundo», según rezaba en el título del ladillo de su libro de geografía física y política. Estaban allí, en las laderas de los caminos o desperdigados entre eriales y escasos campos de labranza, los personajes que hacía cincuenta años le inculcaron la sospecha o la esperanza de que el hombre era la medida de todos los paisajes. Algo de peregrinación expiatoria tenía el viaje para ver el resultado de un fanatismo religioso aplicado contra otra religión, un pleito que a Carvalho no le habría importado si no hubiera dejado como resultante la destrucción de obras artísticas a la medida de sus gustos, porque incluso habían sido paisaje. Cuando el semiautocar depositó sus vencimientos en el centro del valle de Bamiyan, lo primero que se veía era el hueco dejado por la voladura de una gigantesca estatua de Buda. Como una cuenca brutalmente vaciada del ojo de la tierra que avalaba el futuro, la ausencia de la estatua dolía en la mirada. En el feraz valle, las aguas propiciaban canales y acequias en las que se bañaban hombres y niños, sólo varones, entre la niñez y la muerte, bajo la vigilancia de centinelas de destrucciones arqueológicas y de baños reparadores en aguas verdes, armados de fusiles ametralladores y de cañones ligeros con los que apuntaban lo poco que se movía y todo lo que no se movía. La indiferencia de los presentes ante las mutilaciones de la tierra y las piedras se convertía en amabilidad cuando invitaban a visitar las cuevas menos incómodas, antiguas residencias de monjes budistas, donde sobrevivían pinturas murales y algún vigilante documentado que tenía la cabeza llena de la aritmética de las destrucciones.

—Los talibanes destruyeron dos mil monumentos y otros tantos bajorrelieves.

—El mulá Omar fue el inspirador de la destrucción de aquellas obras satánicas.

Herat había pronunciado el adjetivo sin pasión, como si le diera igual que fueran o no cosa del diablo. Por otra parte, los talibanes, si no destruyeron todo lo destruible, no fue por compasión o complicidad, sino porque confiaban en que les quedaba mucho tiempo de poder y les molestaba desplazarse para arruinar patrimonios artísticos y diabólicos demasiado lejanos.

—Eran un poco gandules y muchos murieron en lucha con los norteamericanos, pero muchos también se dejaron comprar por la CIA para que desertaran.

A los talibanes les fue fácil entrar en el museo de Kabul y convertirlo en un doble cementerio del pasado, con toda la saña exhibida contra los restos de cultura griega y budista, tan diabólico el conquistador Alejandro Magno como el fugitivo príncipe Gautama. Carvalho acentuó el mal humor que lo acompañaba desde la entrada en Afganistán, como si le doliera pisar un país despellejado, de suelos tan terrosos como las casas y de modernidades a punto de autodestruirse, sobrantes en un paisaje obligado a ser sincero ante tanta muerte. También despellejadas y desguazadas las gentes, supervivientes de todas las guerras posibles, cojos y mancos por doquier, como obligados a salir a la calle para escandalizar con sus insuficiencias, especialmente visibles los cojos con sus muletas diseño Cruz Roja o sus muletas caseras que, de conservarse algún día, entusiasmarían a antropólogos y turistas cuando abandonaran el país las tropas de ocupación y de todas las cruces y medias lunas rojas. Para Herat, ese día sería el principio del fin. Todas las tribus se echarían de nuevo al camino en pos de la hegemonía y todos los intentos de modernización se escaparían por los sumideros. Desde el liberalismo al marxismo, nada ha podido contra la lógica de la autodestrucción y la autosatisfacción de la cultura de la violencia. Carvalho le señalaba las antenas parabólicas que de vez en cuando sorprendían el paisaje en la cima de casas acastilladas, según una tradición defensiva perpetuada siglo a siglo, avalada por dominación tras dominación.

—Por esas antenas penetrará la modernidad. En España, hace cuarenta años, en algunos pueblos todavía les tiraban piedras a las muchachas que llevaban minifalda. Luego llegó la televisión a todas partes y con ella la minifalda, el topless y la propaganda del preservativo o de las pastillas anticonceptivas. Cuando las mujeres pueden salir en topless en una televisión, ya está, se ha alcanzado la modernidad.

Biscuter le hizo una señal de que no siguiera por ese camino. Había algo de disgusto en la expresión de Herat y el joven guía necesitó cinco kilómetros de polvo y baches, vía Kabul, para decir lo que pensaba:

—Para mí la modernidad no es la desnudez de las mujeres, sino el agua corriente en los grifos, la anestesia en los hospitales, la paz. Las mujeres han llevado burka durante siglos y seguirán llevándolo. Ahora pueden ir a la escuela y trabajar fuera de casa. Apenas se practican lapidaciones a las adúlteras y, si se aplican, son con piedras más pequeñas.

Biscuter comentó a Carvalho en catalán que aquel chico tenía novia, que la novia llevaba burka por la calle, aunque enseñaba el rostro siempre que podía porque era un producto de la escuela primaria soviética, y que lo que más podía dolerle a Herat era imaginar a su novia en topless, en cualquier playa, siempre lejana, habida cuenta de que Afganistán no tenía acceso al mar, salvo a través de Pakistán, por un pasillo hacia Karachi. Aquel pasillo estaba lleno de cadáveres, había motivado ya mucha sangre porque de aquella salida al mar dependían todas las repúblicas islámicas de la antigua URSS. No recordaba si la frase «Hay pueblos que nacen para hacer la Historia y otros para padecerla» era de Nietzsche o de Jerry Lewis, pero podía aplicarse a aquel jodido país. Carvalho recibió de pronto la llamada desde la memoria de una foto afgana y, sin embargo, amable que había obtenido al final de los años sesenta o comienzos de los setenta. Una apacible foto de viajeros barceloneses en Afganistán, camino de Katmandú o Goa, en tierras, decían, «de hachís bueno y barato», respaldados por una hospitalidad característica de pueblos nómadas o agrarios. En la foto, Martí Capdevila, uno de sus compañeros de cárcel, y entre más gente, Ana Briongos, posteriormente autora de libros sobre sus viajes por Irán y Afganistán. Todos aquellos testimonios dibujaban un tránsito barato por tierras y gentes propicias, tal vez pilladas entre dos guerras, en un excepcional período de tranquilidad previo a la invasión soviética para reforzar un gobierno filomarxista, desde el comienzo cercado por la reacción islamista en parte financiada por Estados Unidos y Pakistán.

—Como un cerco en torno al poder materialista y ateo, crecieron las medersas, las escuelas coránicas, las mezquitas, los santones. Alá es grande, eso lo tengo claro. Pero no siempre lo que le sirve y los que lo sirven lo son también. Finalmente Pakistán traicionó a los talibanes. Pakistán no es tierra segura; tiene complejo. La India se cierne sobre ellos como una amenaza y no pasa mes sin atentados de los hindúes contra los musulmanes, y a la inversa. India tiene la bomba atómica.

El proyecto de Herat no era militar, sino convertirse en el Omar Sharif de los afganos, para ser más exacto, el Omar Sharif de los tayikos, etnia a la que pertenecía, minoritaria en relación con los pastunes o patanis. Los pastunes poblaban también buena parte de Pakistán y las divisiones territoriales impuestas por las potencias colonizadoras habían acentuado la confusión.

—Los tayikos formamos islas en distintos lugares de Afganistán. Kandahar y alrededores sería considerado como una de esas islas. El heroico comandante Masud, asesinado por los talibanes, era tayiko y lo temían tanto los soviéticos primero como los talibanes después. Piense que la autoridad de Kabul es relativa y que, en mi tierra de origen, por ejemplo, rigen en gran manera las directrices del gobierno de Irán.

Pasaron junto a un mojón que anunciaba la cercanía de Kabul. Biscuter y Herat se miraron, señal de previo acuerdo, porque detuvo el tayiko el vehículo, salió de él y, desde la carretera de tierra algo prensada, oteó el lugar o la dirección que más le convenía. Finalmente volvió a la furgoneta, la puso en marcha y tomó por un camino que los protegía del relativo tránsito de la ruta principal y que estaba salpicado por fragmentos de un bosque que tal vez había sido importante antes del diluvio universal. Allí se detuvieron entre los árboles, aplicados Biscuter y Herat a alinear potes de pintura y brochas a lo largo de las paredes laterales del coche donde figuraban los *graffiti* y el reclamo de la FAO (Organización de las Naciones Unidas para la Agricultura y la Alimentación). Se aplicaron sobre todo a tachar las siglas hasta la destrucción, luego dieron varias manos de pintura sobre los borrones y esperaron a que se secaran para imponer unas nuevas proclamas: «Free World Corporation», que se le habían ocurrido a Biscuter.

—Es una entidad que no existe, pero que da el pego. Primero porque está en inglés. Segundo porque la palabra «Libre» asociada a «Mundo» forma parte de los mitos oficiales de la actual situación política, y finalmente «Corporation», que tiene algo de seriedad comercial o industrial o de *businessment*, jefe. Si nos preguntan algo, recuerde que nos dedicamos a fomentar el libre comercio de productos no del todo necesarios, por ejemplo, la exportación de melones. No se ría, porque los afganos presumen de tener los mejores melones del mundo. Hemos de presentarnos como una sociedad a la vez benéfica y lucrativa, como tantas otras que están a la cola de la sopa boba del nuevo gobierno y de la esperada ayuda norteamericana.

Biscuter se quitó el ropaje afgano que lo convertía en un inaceptable mestizo étnico y recuperó su aspecto de explorador indeterminado de países improbables, algo más arrugado que de costumbre.

—Esta ropa va bien para moverte por lugares indeterminados, pero ahora nos meteremos en Kabul, que es el único lugar determinado de todo el Afganistán actual. Allí está el poder formal, los cuarteles generales de las tropas de ocupación y todas las asociaciones internacionales que tratan de globalizar todo esto un poco. Imagínese que nos encontramos a alguien de la FAO de verdad. En cambio, nadie pertenece a una inexistente Free World Corporation.

No hacía falta que a las afueras de Kabul figurara el rótulo: «Está usted entrando en una ciudad destruida», porque las destrucciones eran obvias, como una parte más de un *collage* de ciudad sorprendida y desbordada por su condición de capital de una nación inexistente y de un Estado de ficción. Herat le dijo que en la capital mucha gente se moría de hambre, especialmente entre los repatriados de Pakistán, los niños y los viejos, pero en cambio, la alegría se había convertido en un rito social casi obligatorio. Se oía música en todas las calles, salía por todas las ventanas, y las antenas parabólicas abrían sus ojos y sus orejas hacia los cuatro puntos cardinales.

—Ruinas y antenas parabólicas —comentó Carvalho.

A medida que se acercaban al centro aumentaban las músicas, las voces melódicas de cantantes edulcorados, los rótulos en los comercios, precarios, viejos rótulos que a Carvalho le recordaban los de la España de su infancia en la posguerra. Mujeres en burkas, azules los más bonitos. Muchas mujeres enjauladas y en cambio niñas con la cara al aire y pañuelos blancos sobre las cabezas.

—Van al colegio —informó Herat como una prueba de que las cosas habían cambiado—. Kabul está lleno de pobres, viudas y mutilados. Sólo ha llegado una parte de la ayuda internacional prometida y la administran en cada región, según criterio de los señores feudales.

Le señaló un bazar dedicado a la venta de productos extranjeros, como quien señala un territorio que no le pertenece, pero sí a ellos.

Cuando recuperaron a Herat lo vieron muy inquieto y a la vez ilusionado. Finalmente no pudo contener su secreto y, señalando a Carvalho, le espetó:

—La Universidad de Kabul tiene el honor de invitarlo a dar una conferencia sobre «Globalización y literatura española».

Tardó Carvalho en descubrir que Herat le estaba aludiendo no sólo como compañero de viaje, sino como conferenciante universitario, y se tomó un tiempo para asumir lo escuchado y comentarlo visualmente con un Biscuter a la vez estupefacto y predispuesto.

—No creo haber oído bien.

—Esta tarde he ido a lo que queda de universidad para ver a algunos amigos que están ahí de profesores, y cuando les he dicho que viajaba como guía de dos ilustres visitantes españoles, uno de ellos especialista en literatura, me han rogado si usted podría dar una conferencia.

—A ver si nos entendemos, Herat. Yo soy un escritor, es decir, un artista, no un intelectual que elabora teorías sobre literatura. Lo mío es la praxis, no la teoría.

—Yo no recordaba su nombre y ellos me han dicho varios que tengo aquí apuntados: Goytisolo, Pérez Reverte, Almudena Grandes, Camilo José Cela, Javier Marías.

—Sospecho que Almudena Grandes debe de ser una mujer y no, no soy ninguno de los otros.

—Pero usted es un escritor importante, según me dijo su amigo, y además le pagarán algo, muy poco porque son tiempos de penuria y no hay ni para comprar libros. Pero hay una beca especial para conferenciantes extranjeros de primera categoría...

—Jefe, usted es de primera categoría. ¿Cuánto pagarían?

—Deben de pagar bien porque hay bofetadas para ser profesor universitario. Pero he de confirmar su nombre. Bouvard creo recordar.

—Es un seudónimo, mi nombre de verdad es Sánchez Dragó y no me gustan los actos públicos. Me ponen nervioso.

—Estarán sólo los estudiantes de Hispánicas, como ellos se llaman a sí mismos. Voy a telefonear.

Impidió Biscuter que Carvalho se interpusiera en el camino de Herat.

—Caiga lo que caiga siempre nos irá bien, y además un acto como ése nos da cierta seguridad.

—¿De qué coño voy a hablarles?

—Recuerde algún trabajo de investigación, de cuando usted era estudiante.

—Pedro Salinas, el amor en Pedro Salinas, o el tratamiento de la humillación en la historia del hijo del capitán, de *Los hermanos Karamazov*. También un trabajo sobre Defoe.

—Ése no es español.

—Es el autor de *Robinsón Crusoe*.

—Eso puede ser bonito.

—Y, para los afganos, tan exótico como Pedro Salinas.

—¿Pero no siente usted curiosidad?

La sentía y la siguió sintiendo cuando llegaron con Herat al cuerpo central de la Universidad de Kabul y fueron recibidos por un grupo de profesores, entre ellos los relacionados con el departamento de Hispánicas, honradísimos porque una figura del prestigio de Sánchez Dragó se hubiera prestado a hablar en una universidad que trataba de recuperarse de los desastres de la guerra. Otro profesor corrigió al anterior.

—No es Sánchez Dragó, es Pérez Reverte.

El profesor corregido sonrió con suficiencia.

—Tengo una colección de vídeos sobre autores españoles divulgados por el Ministerio de Cultura de España hace unos quince años y reconozco a Sánchez Dragó allí donde esté.

—Pues en mi nota figura Pérez Reverte.

—Y en la mía Antonio Muñoz Molina, académico de la Lengua.

Dudó en ese momento el hispanista.

—¿Nos hemos equivocado? ¿Es usted Muñoz Molina?

—Muñoz Molina podría ser mi hijo. Yo, en realidad, soy Juan Goytisolo y viajo de incógnito.

—¡Goytisolo!

Estaba en éxtasis uno de los hispanistas.

—El otro día citaron uno de sus libros en un viejo telefilme de «Mannix», una serie de acción norteamericana.

—Mannix y yo éramos íntimos. Yo pensaba hablarles de algo que uniera nuestras experiencias históricas comunes, por ejemplo, del impacto del canon individualista heredado del mito de *Robinsón Crusoe* y cómo ha afectado el canon del heroísmo diseñado por nuestras culturas originales, la cristiana o la musulmana.

Algo parecido a la inquietud recorrió al grupo de introductores y uno de ellos utilizó a Herat como confidente para que trasmitiera a Carvalho el mensaje de la prudencia. La universidad estaba vigilada por confidentes al servicio de los altos mandos de las tropas de ocupación y muy especialmente de la CIA. Biscuter estaba intrigado sobre el cambio de personalidad de Carvalho. ¿Por qué había renunciado a ser Sánchez Dragó y en cambio adoptaba la personalidad de un tal Goytisolo? Sánchez Dragó salía por la tele hablando de libros y debía de ser famoso en el mundo entero.

—Es un sex-symbol y no quiero confusiones. Goytisolo, en cambio, vive en una población del Atlas marroquí y lo citan en seriales televisivos norteamericanos. Es más improbable. ¿A ti te consta la existencia de Goytisolo?

Los hispanistas dialogaban entre sí en busca de algún conocimiento sobre el escritor que debían presentar, y aunque tenían memorizada alguna de sus obras, en realidad escaso conocimiento tenían de una literatura posterior a García Lorca y, en cambio, profundos saberes sobre el Siglo de Oro y, muy especialmente, sobre las relaciones de la lírica mozárabe con la evolución de la poesía castellana hasta la imposición del metro italiano.

—La famosa carta de Navaggero a Boscán, usted ya sabe.

Carvalho asintió eruditamente y se puso en marcha la comitiva hasta una aula principal llenísima de gente, no sólo de estudiantes de español y de literaturas hispánicas, sino también de algún oficial de las tropas españolas desplegadas en Afganistán, sabedores de que iba a impartir una conferencia en Kabul un eminente profesor español difícil de identificar, pero milagrosamente español.

—¡Libros! ¡Libros! Deberían ustedes enviarnos libros porque nos han dejado en la más absoluta miseria y no podemos ponernos al día sobre nuestra materia. La universidad tiene muchas obras españolas hasta José María Gironella y Camilo José Cela, pero después la pobreza melló nuestras estanterías. ¿Podría usted hacer algo a su retorno a España? ¿No podrían los editores enviarnos lotes especiales a mejor precio? Piensen que en el futuro Afganistán será un bastión occidental en Asia y, por tanto, un tapete para grandes batallas culturales.

Casi todos los discursos iban en la misma dirección y cuando se sentaron a la mesa presidencial enfrentados al público, diríase que representativo de un país lleno de soldados, cojos, mujeres veladas y exiliados interiores, medió un silencio hasta que el decano presentó al «ilustre escritor español que ha tenido a bien regalarnos un paréntesis de cultura de lujo entre tanta barbarie. Goytisolo era un extraño novelista de vanguardia que había conseguido atravesar el espejo, si consideramos que la novela es un espejo frente a la realidad. A todos los que han leído *Makbara* les ha llegado la revelación de que un gran escritor ha rebasado los límites de un género y ha llegado a cumplir la ambición laocontina de la síntesis de las artes». Al experto le estaba saliendo un conocimiento tan profundo como extenso de la obra de Juan Goytisolo y Carvalho comprobó que, aunque limitó la presentación a tres cuartos de hora, no lo hizo por falta de conocimientos, sino por sentido de la prudencia.

—Y ahora los dejo con Juan Goytisolo, que les hablará de...

«¿De qué les voy a hablar?» Pero sin contestarse a sí mismo se puso en pie y señaló hacia el público.

—¿De qué quieren ustedes que les hable?

Una salva de aplausos heredó el desconcierto inicial.

—Son tan pocos los instrumentos de comunicación entre nuestras gentes y nuestras culturas que hay que aprovechar acontecimientos como éstos para huir de la retórica y hablar, cara a cara, de lo que realmente nos afecta. Hablaré de lo que ustedes quieran y me concentraré en la primera proposición que me hagan.

Tardaron en envalentonarse los presentes y finalmente un muchacho tan delicado que parecía transparente se levantó y dijo:

—¿Qué posibilidades hay de encontrar trabajo en España?

Se levantó rígido el hispanista dominante y escogió la voz más plácida de este mundo para desautorizar el sentido de la pregunta, sobre todo si tenían en cuenta que Goytisolo era un creador, no un sociólogo o un politólogo. Pero Carvalho lo apartó con un movimiento del brazo.

—Tranquilo. Voy a literaturizar la respuesta a una pregunta supuestamente sociologista. Usted me pregunta qué posibilidades tiene de encontrar trabajo en España. Pongámonos de acuerdo en el sentido de las palabras. Trabajo, ¿de qué? ¿En lo suyo? ¿Como hispanista? Ninguna. No tiene ninguna posibilidad de encontrar trabajo en España, a no ser que utilice su conocimiento de la lengua para vincularlo a algún tráfico, sea comercial o político. En cualquier caso, como hispanista puede encontrar en España conocimientos que luego puede aplicar a su materia revertida sobre su propio país. Pero lo mejor que le puede ocurrir a un hispanista es dejar de serlo, de la misma manera que el regalo más espléndido que puede recibir un afgano es adquirir otra nacionalidad, y nada supera la situación de aquel que no tiene nacionalidad alguna. Todas mis novelas maduras son propuestas de exilios absolutos y, por tanto, reflejan perfectamente su situación. Son ustedes los exiliados absolutos. ¿Dónde están? ¿En Afganistán? ¿Sí? ¿Están seguros? Todas las mañanas cuando salen a la calle, camino de la universidad o de donde sea, ¿les parece a ustedes que están en Afganistán o en una propuesta de Afganistán que no les pertenece? Aunque luego los imperios necesitaron revalorizar el sentido de lo nacional hegemónico y lo patriótico, recuerden ustedes que la fundación del prontuario literario de comportamiento moderno, según el criterio de la burguesía como clase ascendente, se produce en una isla, desde la soledad ensimismada de un isleño: Robinsón. La filosofía capitalista de la libertad de iniciativa se basa en el exilio de un isleño, Robinsón. Ahora es cuando podemos empezar a hablar y yo a contestar a su pregunta: ¿qué posibilidades hay de encontrar trabajo en España?

Emocionado, Biscuter le exigía una pronta respuesta para dar la puntilla a la expectación del personal.

—Ninguna.

No había cobrado la conferencia, aunque sí recibido la promesa de una modesta remesa de dinero, porque faltaban firmas protocolarias y permisos, todo debido a la urgencia de la convocatoria. El desconcierto provocado por una conferencia sobre *Robinsón Crusoe* y la globalización a la luz de Monte Peregrino, no había extirpado del todo el interés combinatorio, en cultura de *collage* desplegado por Carvalho. Reposaba tumbado en la cama, cercano un Biscuter reflexivo sobre Monte Peregrino. ¿Una mafia? ¿El Opus Dei? ¿Se refundaba el capitalismo sobre mafias y sectas? Una radio ubicada en algún rincón del hotel obligaba a escuchar a los clientes una variada gama de canciones y alocuciones, siempre en voces masculinas, porque las mujeres no podían cantar a través de las ondas hertzianas sin que quedara claro cuándo el Profeta había diseñado tamaña prohibición.

Las alfombras ocupaban todos los suelos, a manera de reliquias de tiempos mejores, diríase que ancianas alfombras ya ubicadas en el albergue cien años atrás o recuperadas de algún desguace de las últimas guerras. Lo cierto es que a Carvalho le producía la impresión de que levantaba polvo al andar, y las decoloradas geometrías de los tapices alcanzaban niveles de propuesta abstracta, algo así como una posible contribución de la deconstrucción a la perspicacia del ojo humano.

Había que almacenar agua en la desconchada bañera de la habitación porque las restricciones eran imprevisibles, y ante la propuesta de lavar ropa interior no había otra salida que buscar una de las pocas lavanderías públicas de Kabul o llegar a un apaño con la blindada asistenta del piso para que la lavara a mano en un pequeño lavadero del hotel. Todas las ofertas de la carta del restaurante se reducían a dos, porque hasta el sábado no dispondrían de viandas que pudieran garantizar una mayor riqueza de oferta. Se conformaron con un potaje —según Herat, muy rico y representativo de la comida afgana—: lentejas, verduras y arroz. Había que llegar cuanto antes al general Ibrahim Massuf para quitarse un peso de encima, el que llevaba colgado de la oreja izquierda. Sin saber a qué se debía el encuentro, Herat los previno de que siempre era interesante saber de qué pie cojeaba cualquier militar con mando en plaza.

—Primero, ante todo, ¿pastún, tayiko, azara, uzbeko, aimaq, baluchi, kirguiz, turcomano, nuristani, pamir...? Y no agoto todas las posibilidades étnicas. A continuación hay que conocer su toma de posición en los pleitos dinásticos de los años setenta, con respecto a la URSS. Luego el papel asumido en la lucha por la sucesión de la hegemonía soviética, qué hicieron frente o con los talibanes y cuándo se sumaron al frente unido contra ellos. Aquí ha habido mucho cambio de conducta y cada cual es hijo de su historia. Tengo un primo hermano militar, de graduación media, que estará en condiciones de informarme.

Quedó encargado Herat de indagar sobre el general, con un plazo máximo del día siguiente, y sugirió Biscuter la necesidad de callejear por una ciudad irrepetible en la que todo lo nuevo parecía viejo y casi todo lo viejo había sido destruido. Las gentes, hombres fundamentalmente, formaban corros en torno de cualquier mercancía. Alguna mujer paseaba su cuerpo sin burka pero casi cubierta la cabeza y la cara por un suficiente pañuelo, de dos en dos de pronto avanzaban burkas, a veces uno de ellos tiraba de la mano de niños y niñas vestidos de civiles. No había rótulo de negocio que no estuviera a punto de morir de viejo o desuso y los nuevos no obedecían a ninguna ley estética, se limitaban a anunciar. Reflexionaba Biscuter en voz alta sobre qué diablos se podía comprar en aquel zoco al aire libre. Al acercarse a las amontonadas mercancías percibían restos de desguaces e incluso hebras de colillas que Carvalho no había vuelto a ver desde su infancia en la posguerra civil española. De pronto, Biscuter se detuvo como golpeado por algo oculto y evidentemente mágico, que no era otra cosa que un cartel en el que los soldados franceses invitaban a una velada artística rememorativa, con la actuación de la cantante Line Margaux y del conjunto Hungry, el no va más del rock duro galaico. «Fiesta de homenaje —así rezaba el cartel— a las tropas francesas de liberación, desarrollada con motivo de la visita del señor ministro de Defensa a Kabul.» Atribuyó Carvalho el interés de Biscuter a la redacción del texto en francés y, mientras continuaba el callejeo, constataba que la presencia policíaca y militar era sobre todo indígena, aunque de vez en cuando pasaran patrullas de la ONU o estrictamente norteamericanas, diríase que sin mirar nada ni a nadie, por la simple obligación de pasar recordando a la ciudadanía la situación de libertad vigilada. Carvalho deseaba llegar al hotel «para poner en orden —dijo— sus pensamientos». Biscuter pretextó ganas de estirar las piernas y lo previno de que no se inquietara si regresaba tarde. Pero el detective estaba inquieto porque había detectado el fragmento de desencuentro producido cuando se situaron ante el póster que anunciaba la fiesta francesa en homenaje de las tropas de ocupación con la presencia del señor ministro de Defensa. Así es que cada cual se fue por su cuenta, Carvalho se tumbó en la cama y se adormiló. Ya anochecía cuando se despertó con la obsesión puesta: ¿dónde estaría Biscuter? Le pareció que era tan fácil deducirlo que probablemente deduciría mal. Si se anunciaba una fiesta francesa y Biscuter había quedado extasiado ante la convocatoria, lo lógico es que acudiera a la fiesta, pero ¿por qué la voluntad de ir solo? Reclamó Carvalho un taxi que resultó ser un coche Seat, probablemente fabricado en España antes de la muerte de Franco, y pidió que lo llevaran al cuartel francés, donde estaba anunciada la fiesta. El sujeto interlocutor no sólo era el taxista, sino también una señora sentada en el asiento contiguo y con un niño muy pequeño en brazos. El taxista señaló a la mujer y al niño y le dio una explicación que Carvalho no entendió, pero cabeceó comprensivo e incluso le entregó una buena propina cuando llegaron a la entrada del cuartel francés, propina tal vez motivada porque el niño le dedicó su curiosidad durante todo el viaje y de vez en cuando se echaba a reír ante el aspecto tan exótico, por lo occidental, de aquel viajero que le guiñaba los ojos con escasa habilidad y le sacaba la lengua con torpeza o miedo. Se identificó Carvalho como Bouvard y lo dejaron entrar en un patio redondo con el suelo de tierra batida, como el de una pista de tenis, las sillas de tijera formando semicírculos en torno a una tarima ocupada por equipos de sonido, micrófonos y un gigantesco rótulo: «*A nous la liberté*.» Salió un telonero contando chistes militares que se parecían demasiado a los chistes militares españoles y Carvalho pudo ver a Biscuter adherido a un teloncillo que comunicaba el escenario con los previsibles camerinos. Casi coincidente con su descubrimiento fue la presencia de un locutor sobre el tablado y el anuncio de la dosis de canción francesa que los soldados iban a recibir como entremés de la dura aportación de los Hungry.

—Ha llegado el momento para la esperada actuación de... ¡Line Margaux! La voz de la canción francesa, de la canción de ¡siempre!

Y Line Margaux pasó junto a Biscuter antes de subir la escalera hacia el escenario, y se detuvo apenas un instante, el necesario para dejarse coger las manos por el representante de Free World Corporation. Luego dejó un beso tenue en una mejilla de Biscuter y ya de cara a los espectadores, desbordada su silueta, también su rostro, por la agresión de los reflectores, madame Margaux, es decir, madame Lissieux, anunció lo que iba a cantar.

—Una canción de Barbara que espero que os guste, muchachos, porque habla de regresos y lamenta que el tiempo perdido jamás, jamás se recupera.

Era madame Lissieux, la desaparecida de Patras, ahora en Kabul, con el pleno conocimiento de Biscuter, escote blanco, brazos blancos delgadísimos, la cabeza achicada por un peinado terminado en moño y dispuesta a cantar una canción de Barbara utilizando una voz que se parecía a la de Barbara. *Dis quand reviendras-tu?*

Voilà combien de jours, voilà combien de nuits,
voilà combien de temps que tu es reparti?
Tu m'as dit cette fois c'est le dernier voyage
pour nos coeurs déchirés c'est le dernier naufrage.
Au printemps tu verras, je serai de retour,
le printemps c'est joli pour se parler d'amour.
Nous irons voir ensemble les jardins refleuris
et déambulerons dans les rues de Paris.

Tras el último verso se alzaron los aplausos, los silbidos, los bravos, convocados por el imaginario de recuperar París, y volvieron a aplaudir cada vez que el estribillo les recordaba que «tout le temps perdu / ne se rattrape plus». Como si, a su edad, aquellos chicos emboinados y con rosetones en las mejillas tuvieran necesidad de añorar el tiempo perdido. Se retiró madame Lissieux o Line Margaux y Biscuter se pegó a su estela. Carvalho intentó soportar las actuaciones de los Hungry, pero algo le advertía de que iba a morir en el empeño. Dudó entre esperar a Biscuter, provocar un reencuentro o marcharse al hotel para comer algo y aguardar una explicación. En cualquier caso, de pronto comprendía que madame Lissieux había sido un fantasma acompañante desde que desapareció en el puerto de Patras y de que Biscuter había sido el cómplice de su ocultación. En el hotel sólo estaban en condiciones de abastecer de algo parecido a un bocadillo de pan sin sal y tasajo bastante sabroso, quizá demasiado salado. Tumbado en la cama, oyó los pasos de Biscuter deteniéndose ante la puerta, luego vio cómo asomaba la cabecita y preguntaba:

—¿Todo bien, jefe?

—Más o menos.

—Yo estoy baldado. Me voy a meter en la cama ahora mismo. Hasta mañana.

Al día siguiente Biscuter hablaba por los codos, pero en nada se refería a su encuentro nocturno con el alma o con el cuerpo mortal de madame Lissieux. Cuando se produjo un silencio entre tostada y tostada cubierta de cuajada y mermelada de ciruela, la llegada de Herat con información sobre el general Massuf impidió una posible revelación, porque el retrato del general era, en realidad, un *collage* de todas sus transformaciones. Había estado al lado de todos y posteriormente en contra de todos, y ahora se dudaba de su incondicional entrega a la causa teóricamente representada por Karzai y el gobierno de concentración.

—Es un pastún, pero tengo manera de recabar información de su cuartel general, por personas intermedias que no vale la pena identificar porque sería peligroso, para ellas y para ustedes. No obstante, sería conveniente que ustedes expresaran sus deseos de llegar hasta él y ofrecieran un motivo contundente.

—Que le traemos un recordatorio de Malena, eso es todo. No hay nada más.

Se encaminaron, pues, al cuartel donde Massuf permanecía cuando no estaba en su ciudad de origen, Jalalabad, ya casi en la frontera con Pakistán, y recorrieron un Kabul que no habían visto hasta entonces, donde el espíritu de supervivencia había convertido chabolas o casas semiderruidas en sastrerías, barberías, talleres de reparación de bicicletas, colmados o simples chiringuitos donde se vendían los más diversos granos tostados o los más policromados caramelos, maneras de entretener el hambre que se había instalado en cada rostro como una suposición, especialmente en el de los ancianos que mendigaban en la puerta de la mezquita o de los niños acompañados de sus cabras o de sus hermanos más chicos. Una inesperada mujer semidesnuda o mal cubierta por velos rojos aparecía y desaparecía en la puerta de una casa semiarruinada. Allí había un burdel, no podía ser otra cosa que un burdel.

—Mi padre estuvo en Kabul hace años, antes de la lucha con los soviéticos, y le pareció una ciudad bellísima, llena de monumentos y de parques, embajadas, la universidad, barrios muy bonitos para los ricos. Es como si hubiera pasado un terremoto y lo hubiera destruido casi todo. Recuerdo una película norteamericana en la que destruyen Nueva York y el protagonista lo descubre porque de entre los cascotes de las destrucciones emerge todavía la cara de la estatua de la Libertad. Delante de la mezquita azul había unos almacenes ingleses donde se vendía de todo; creo que se llamaban Marks y Spencer.

Carvalho comparaba la evocación de Herat con el Kabul realmente existente y se negaba a plantearse análisis o conclusiones. Las destrucciones estaban allí, como estaban las ruinas de Éfeso o las de Paestum, y los que parecían sobrar eran los seres humanos, especialmente los adultos, que quizá recordaban otra ciudad. Herat les advirtió que estaban acercándose al cuartel y que estuvieran preparados para sucesivos controles militares. ¿Qué razón iban a dar para la entrevista? ¿Free World Corporation? ¿Malena?

—Massuf no es un hombre de fiar. Cuando los talibanes rodearon la ciudad que él defendía, no pegó ni un tiro. La vendió al enemigo y se refugió en Pakistán, donde vivió como un rey con el dinero que le habían pagado.

Le darían, pues, las dos razones. El presidente y el secretario general de la ONG internacional Free World Corporation...

—No, no digan que es una ONG. Odian las ONG; se sienten espiados y condenados por ellas.

Tal vez el simple enunciado bastaba: Mundo Libre Corporation, aunque a Carvalho le sonaba a empresa fantasma de la CIA en los tiempos de los hermanos Dulles.

—Jefe, Free World Corporation, pronunciado como lo pronuncia, usted y Malena. Sin duda Malena es una autoridad aquí.

—¿Una agente del Mossad?

Herat se echó a reír.

—Si es del Mossad, no pasa nada, y menos ahora. Aquí, tanto tienes, tanto vales. Si esa persona tiene algo que venderle al general Massuf, serán bien recibidos.

El primer control militar se limitó a examinarles la cara y la caja del coche. El segundo retuvo los nombres que les pasó Carvalho, los consultó por teléfono, y el tercero los esperaba a la entrada misma de la residencia de Massuf: cuatro hombres con las manos llenas de ametralladoras Kalashnikov y la desconfianza absoluta en los ojos. Fueron registrados por manos expertas, incluso en tocar cojones y semiintroducir un dedo en el ano, y además pasaron por un localizador eléctrico de metales que sonó repetidamente para Carvalho hasta que acertaron a contemplar la pistolita como primera causa y el pendiente como segunda. Se rieron los aduaneros y los dejaron pasar a un pasillo que había estado alguna vez recubierto de mosaicos y que ahora ofrecía sus mellas como trampas para los pies, hasta dos tropezones dio Biscuter, que se reconoció muy patoso desde niño. Un patio con fuente sin agua concentraba a media docena de soldados no del todo uniformados, pero muy armados, y en el marco de una puerta un oficial con aspecto de sargento en cualquier ejército del mundo les cortó el paso, volvió a escuchar todos los motivos de la visita y luego le pidió a Herat que se los tradujera.

—¿Tayiko? —preguntó el sargento al traductor.

Herat asintió con la cabeza y el sargento escupió hacia su izquierda, en dirección al infinito. Pero abrió la puerta y allí estaba el general Massuf vestido de mariscal inglés procedente del arma de caballería, porque llevaba botas de montar, una fusta en una mano que le servía para acompañar el diseño de su bigote historiado y una expresión rubicunda de personaje de tensión alta o de bebedor de alcoholes poco islámicos. Le explicó Carvalho el encargo de Malena, acompañado con un sinfín de saludos y recuerdos de excelentes momentos compartidos y, a medida que Herat le traducía, observaba la sonrisa progresivamente total que ocupaba el rostro del general.

—¡Malena! —dijo con un cierto embeleso, pero luego cambió de tono de voz y exigió algo en otro tono claramente despótico que se convirtió en petición más amable en boca del traductor.

—Pide lo que Malena les dio.

Se quitó Carvalho el pendiente, separó la diminuta cápsula redonda donde estaba el mensaje o lo que fuera y se la entregó a un Massuf evidentemente sorprendido, pero que no quiso permanecer en el desconcierto durante demasiado tiempo. Se puso en pie y ofreció a los recién llegados la posibilidad de una bandeja de fruta sobre la que se cernían todas las moscas de Kabul y que sólo mereció el entusiasmo de Herat, confeso gran consumidor de peras y manzanas. Acariciaba el general la cápsula, pensativo, y agradeció que Carvalho interrumpiera la entrevista atribulado, dijo, por el tiempo que había perdido con ellos, un hombre destinado a tan altos menesteres. Los saludó Massuf y en cuanto le dieron la espalda empezó a gritar reclamando presencias de ayudantes a los que enseñó la cápsula entre admiraciones y risotadas. «Otra vez el pasillo lleno de trampas, intransitable —dijo Biscuter— para cualquier lisiado víctima de mina terrestre y finalmente la calle.»

—Por si acaso, no volvamos al hotel de momento.

—¿Y el equipaje?

—Me he tomado la libertad de ponerlo en lugar seguro.

No se recrearon Biscuter y Carvalho en la indeterminación, sobre todo porque Herat se alejaba a demasiada velocidad del cuartel y estaban más pendientes de los efectos que los socavones provocaban en sus cuerpos. Buscó el guía un establecimiento de bebidas que se llamaba Ziggy y allí los invitó a que tomaran un té o algo parecido mientras él localizaba a su contacto. Llamó por teléfono y media hora después aparecía un joven de la misma edad que el guía, muy parecido a él, tal vez un pariente, y mantuvieron una conversación que endureció el ceño de Herat cada vez que contemplaba a sus dos patronos pendientes de lo que él urdía. O bien era costumbre afgana, como lo era griega o turca, hablar en un tono de voz de pelea, o bien se estaban peleando. No llegaron de momento a la confrontación porque una fortísima explosión hizo temblar las paredes del local y algunos de sus camareros y clientes se echaron al suelo, al tiempo que llegaban gritos histéricos desde la calle, adonde salieron Biscuter y Carvalho a tiempo de presenciar la alocada diáspora de toda clase de vehículos y de cuerpos humanos, incluso cojos dotados de una capacidad de velocidad insospechable. A la izquierda del Ziggy, en un horizonte no demasiado lejano, se levantaba una columna de humo y alguna ráfaga de luminosidad de hoguera todavía en fase de crecimiento, mientras sonaban sirenas que podían ser de ambulancias o de coches de bomberos que no pasaron por aquella calle, por lo que Carvalho dedujo que eran efectos sonoros tal vez transmitidos por invisibles altavoces.

Herat y su garganta profunda salieron a la calle, contemplaron el incendio a lo lejos y la entonación de su discusión todavía se hizo más amenazadora. Carvalho vio un reflejo en la mano del otro y un cuchillo se alzó sobre Herat, pero demasiado lento, porque el muchacho tuvo tiempo de parar el brazo de la muerte y luego agarrarse a él con las dos manos, tratando de evitar la puñalada. Saltaron Carvalho y Biscuter al escenario, con el ánimo de disuadir al agresor, que se separó de Herat y los afrontó cuchillo en mano sin despertar por ello demasiada curiosidad entre los presentes, más atentos a la primera ambulancia que tomaba la dirección del siniestro. Mientras parecía que se cubría la retirada, vigilando el territorio que le limitaban Carvalho y Biscuter, dispuestos a dejarle espacio para la huida y no extremar el acoso, el hombre saltó sobre Herat y le clavó el cuchillo en el brazo. Luego echó a correr sin que nadie lo persiguiera, pendiente Carvalho de examinar la profundidad del corte que ya empezaba a sangrar con voluntad de asustarlos. Le quitó a Herat la camisa de lana bordada y después le arrancó la camiseta, la rasgó para obtener una tira de tela y amasó lo restante para taponar la herida a la altura del húmero. Una vez taponada, utilizó la tira como un vendaje compresor y le quitó al herido un cinturón de cuero acordonado para situarle un torniquete donde el brazo va a convertirse en sobaco, al tiempo que lo invitaba a mantenerlo en alto. Mientras Biscuter corría con Herat hacia el coche, Carvalho procuró enterarse de dónde había un hospital o algo parecido, pero obtuvo explicaciones insuficientes, tanto verbales, para las que era un sordo, como gestuales. Finalmente, uno de los parroquianos se ofreció a acompañarlos y se subió teatralmente al estribo del coche situado a la izquierda, metió un brazo por la ventanilla y con la otra mano fue moviendo un pañuelo blanco que se había quitado del cuello para que nada se opusiera al paso del coche, donde Herat casi había perdido el conocimiento y Biscuter lo reanimaba vertiéndole una botella de agua por la cara.

Llegaron a un centro sanitario difícil de identificar y los enfermeros les opusieron el espectáculo de los heridos que iban llegando de la explosión reciente. Sin embargo, Biscuter gritó: «Free World Corporation», Herat ordenó algo taxativamente, Carvalho puso un billete de cinco dólares en la mano del acompañante voluntario y el herido fue introducido en algo parecido a un hospital de campaña, pero que evidentemente era un hospital civil.

Una explosión había terminado con el general Massuf y dos de sus ayudantes y había malherido a otros tres. No era una buena noticia en los oídos de Biscuter y Carvalho, que la relacionaban con la entrega del chip. Pero ¿qué relación tenía con la escena de la discusión entre Herat y su confidente y la posterior puñalada? No podían tener respuesta inmediata. Herat estaba adormilado en una camilla dentro de una sala donde cohabitaban cuarenta enfermos encamados y diez en camillas alineadas junto a las paredes. Carvalho y Biscuter preguntaron por el médico que lo asistía: Simpson. «Doctor Simpson. ¿Inglés?» «No, australiano.» Sorprendieron a Simpson en el momento en que introducía la mano bajo la camiseta de felpa de un anciano esqueleto más que de un esquelético anciano y escuchaba el sonido perverso de algún rincón de aquel cuerpo. Contempló al viejo con una cierta sonrisa en los ojos, pero el enfermo no lo miraba, parecía perseguir algún fragmento de nada o algún recuerdo inevitable con unos ojos que ya parecían vacíos de vida. El médico dio algunas instrucciones en una lengua a la medida de la oreja del enfermero y afrontó a Carvalho y a Biscuter como los patronos de Herat, personaje indispensable para sus idas y venidas por Afganistán como representantes del Free World Corporation.

—Le hemos cosido la puñalada. No perdió mucha sangre porque alguien le hizo un taponamiento correcto y un torniquete.

—Fui yo —se identificó Carvalho.

Simpson lo estudió y finalmente le dijo lo que pensaba:

—Parecía un taponamiento y un torniquete profesional. Algo militar, como si usted hubiera aprendido estas técnicas en algún cursillo con militares.

El encogimiento de hombros de Carvalho no le dijo ni que sí ni que no. «¿Cuánto tiempo de hospital necesita la herida?» «Poco. Déjenlo descansar durante el día de hoy y mañana se lo llevan, siempre que se comprometan a hacerle las curas.»

—¿Hacia dónde van?

—Tal vez vayamos a Kandahar.

No le gustaba la propuesta.

—Si van allí, tengan cuidado. Acaban de asesinar al general Massuf, según parece, mediante una explosión a distancia. Pero no sólo los militares son temibles, aquí y en todas partes. Hay quinientos kilómetros de carretera de tierra, es decir, doce horas de coche con mucha suerte, y una partida de bandidos cada diez kilómetros. Con la excusa de que siguen persiguiendo talibanes o ahora terroristas, te quitan hasta el resuello. Al lado de Kabul, Kandahar es la Edad de Piedra. Kabul es un escaparate, pobre, pero un escaparate al fin y al cabo, que trata de mostrar lo mejor de la actual situación. Sin embargo, todo eso es forma y no responde al contenido de este aquelarre. Les resumo la situación. Hay un gobierno en Kabul que no garantiza la gobernabilidad de un país sin conciencia de serlo. Los señores de la guerra o señores feudales, para entendernos, controlan sus territorios, imponen sus peajes y sus leyes. Los extranjeros han dejado de ser el buen amigo mudo, porque no habla su lengua, y se ha convertido en un militar de ocupación o en un traficante de cualquier cosa que siempre piensa ser más listo que los de aquí. Al parecer, los aliados ya están satisfechos porque han cumplido con el expediente de derrotar a los talibanes, no del todo, porque Bin Laden sigue suelto y el gran jefe Omar, a pesar de ser tuerto, consiguió fugarse en moto y es partidario de la construcción de un modelo islámico social basado en la *sharia*, alternativo al modo occidental, un modelo talibán inspirado en el Corán. Pobre hombre. Los norteamericanos prefieren el modelo neocapitalista y aquí están, pero no hacen casi nada de momento y en el futuro no harán nada de nada. Los norteamericanos apenas se mueven de su base de Bagram. Los talibanes se han afeitado las barbas o se han quitado las barbas postizas y están por ahí, entre la multitud. A unos cuantos los secuestraron y se los llevaron a la base de Guantánamo para demostrar que el llamado *mundo libre* también puede comportarse como un secuestrador y violador de derechos humanos. Pero esa historia de Guantánamo no ha hecho más que empezar, y formará parte de la leyenda áurea de este pueblo. Será muy difícil demostrar que los secuestrados de Guantánamo no eran santos. Toma y daca. Casi un noventa por ciento de los pobladores de Afganistán son nómadas o campesinos, los talibanes eran campesinos en su mayoría, y una levísima película sedentaria ocupa las ciudades. Este país no se parece a ningún otro que ustedes o yo hayamos conocido. Sobre mi mesa tengo datos, por ejemplo, de la violación de una cooperante de una ONG. La vieja costumbre de saquear los camiones de los talibanes ha proseguido, aunque los camiones ya no son de los talibanes. Karzai y otros ilusos piden a las potencias extranjeras que envíen más soldados para que traigan la seguridad y respalden el poder del Estado. Nada de nada. Cuando los extranjeros patrullan por las calles de Kabul, lo hacen como si estuvieran en Viena en 1945. ¿Violencia? Nadie tiene nada que enseñar sobre la violencia a estas gentes. No olvidemos que la palabra «asesino» viene de *hashishin*, jóvenes más o menos afganos que se drogaban con hachís para matar cruzados y que estuvieron siempre muy presentes como amenaza en la Ruta de la Seda. Y la denominación de estos bandidos procede del nombre de la sustancia que extremaba su fuerza muscular y su violencia: el *hashis*. Recuerdo algo que me impresionó hace treinta años, o casi treinta años, un libro de Colin Wilson: *Los asesinos, historia y psicología del homicidio*. Wilson había sido uno de los autores más destacados de la generación airada, aquellos jóvenes escritores de los años cincuenta y sesenta que miraron hacia atrás con ira. ¿Recuerdan la fórmula? El libro sobre el homicidio comenzaba con un capítulo sobre estas tierras en el que remontaba a Marco Polo la observación de lo fácilmente que se mataba por aquí, en una amplia área que comprendía el antiguo Imperio persa, desde la frontera de la India hasta el Mediterráneo. La palabra «asesino» procede de aquí, precisamente de aquí. Y el hachís y el opio siguen siendo los motores del poder, así, bajo los antiguos afganos como bajo los futuros. ¿No han visto campos y campos llenos de adormideras?

Simpson tenía el don de crear expectación, como si protagonizara una perpetua rueda de prensa, fueran quienes fueran sus interlocutores, y dejó en suspense la noticia etimológica sobre la palabra «asesino» o sobre la ubicación de las adormideras para irse a Guantánamo. Les aseguró que las noticias de Guantánamo circulaban en voz baja, y que si alguien las filtraba desde la cárcel, no eran los presos, prácticamente incomunicados con el mundo exterior. Aquí la gente las comentaba como si tuvieran miedo no de contarlas, sino de considerar que podían ser ciertas. ¿Quién las filtraba? Los propios norteamericanos. Estaban interesados en demostrar su impunidad y de paso establecían las bases de lo que podríamos llamar terrorismo global al servicio del bien.

—Les interesa divulgar que utilizan a los presos como

cobayas para drogas disuasorias. Es el origen de una farmacocracia dirigida por el imperio al servicio de la nueva teología de la seguridad: drogas contra manifestantes, amotinados, rebeldes activos. A pesar de haber sido prohibidas por la Convención de las Armas Químicas en 1993, después de la voladura de las Torres Gemelas todo está permitido. La lucha de clases futura se plantea entre vencedores y vencidos desde una perspectiva económica y social y el sistema prepara una trama disuasoria o represiva sin precedentes: drogas contra los insumisos y cárceles contra los delincuentes.

Explicó el papel que habían desempeñado la cocaína, el alcohol, el éter, las anfetaminas o la methedrina, una droga de la valentía utilizada por el ejército británico. Pero tal vez el laboratorio más importante de estas drogas al servicio de la Teología de la Seguridad había sido la Sudáfrica del *apartheid.*

—Llegaron a proponer la fabricación de bombas tan inteligentes que sólo mataban negros.

De los labios del médico salían las palabras como disparos y a una velocidad de disparo: ketamina, ghb (gamma-hidroxibutirato), que provoca hipertensión y convulsiones; otras armas tienen poder anestésico. Determinante la buspirona, ansiolítico para situaciones de ansiedad en las cárceles.

Biscuter y Carvalho recordaron al mismo tiempo a Bromuro, el viejo limpiabotas informador de Carvalho, convencido de que los gobiernos de Franco metían bromuro en la alimentación de sus súbditos para frenar la agresividad sexual, de hecho, la alegría sexual, la libertad sexual. Simpson señalaba el Laboratorio de Investigación Aplicada de la Universidad de Pennsylvania como el centro de indagación de estas armas, diríamos que farmacéuticas y a veces casi surrealistas.

—El Sunshine Project se propuso aunar los efectos del gas pimienta y el valium o un tranquilizante parecido.

—Usted es un alto cargo de la ONU y médico, médico en activo, aquí también.

—Cierto.

—Ante este espectáculo dantesco de miseria, enfermedad, pobreza, ¿qué observa? ¿Qué informes pasa a la ONU, por ejemplo?

—Mi último informe comenzaba así: «En el Afganistán liberado de los talibanes y dirigido por el gobierno transitorio pero supuestamente democrático de Karzai, los hospitales sirven sobre todo para morir, y en las facultades de medicina sólo hay cadáveres. La universidad está, en su conjunto, al borde de la quiebra y de la rebelión. Los estudiantes se mueren de hambre y no tienen ni libros. Les digo a ustedes que, si hasta los estudiantes pasan hambre, imagínense la que pasan otros sectores sociales más deprimidos.» ¿Quieren ver la parte más macabra del hospital?

Señaló la puerta que separaba su estancia privada del improvisado hospital y apareció un hangar más que una sala, donde cohabitaban camas convencionales metálicas, oxidadas, con la trama de los somieres colgante como panzas, con colchonetas en los suelos de orígenes plurales, las había que procedían de alguna guerra mundial que terminó hace muchos años y las otras habían llegado a Afganistán por los cauces de la beneficencia globalizada. Eran las colchonetas que les sobran a los globalizadores. Hospitales para morir.

—Estamos en un hospital casi medieval. Apenas si podemos hacer transfusiones, y miren el techo: es de lona. No nos dio tiempo a reconstruirlo, y además, nada garantizaba que no se produjera otro bombardeo que lo derribara. Si quieren llorar, vayan a Maternidad. El niño que nace con problemas, o muere o experimentará secuelas toda su vida. Vayan y fíjense en la cara de los padres cuando nacen sus crías: ni una sonrisa, ni una flor. Sólo resignación. Y estamos en Kabul, la capital. En el resto del país, enfermar es un suicidio, tal como suena.

—Y todo esto, ¿para qué?

Simpson se rió ante la pregunta de Biscuter.

—Los afganos tienen mala suerte territorial. Estuvieron en la Ruta de la Seda y en la de penetración de Asia hacia Europa. Ahora forman parte de la estrategia de controlar lo que queda en los yacimientos de petróleo de Iraq, Irán, Arabia Saudí, Azerbaiján, las repúblicas islámicas ex soviéticas y, además, los norteamericanos tienen un diseño aproximado del próximo enemigo en la batalla final.

—¿La lucha final entre el socialismo y el capitalismo?

—¿Entre qué y qué? No sea tan ingenuo. La lucha final entre el capitalismo controlado por Estados Unidos y el controlado por la China que fue comunista. Fíjense en la estrategia de penetración yanqui a partir del 11 de setiembre. Están formando un telón envolvente del flanco sureste de China: la propia Rusia, las repúblicas islámicas ex soviéticas, Afganistán, Pakistán y han de resolver el expediente iraquí.

Inclinó la cabeza a manera de despedida.

—No vayan a Kandahar, sobre todo si viajan con el herido.

En cuanto Herat estuvo en pie y pudo vestirse, salieron del hospital sin que nadie les pidiera ningún permiso. Herat no hablaba; estaba tristísimo por la pelea con su primo, primer reconocimiento del parentesco que lo unía con su agresor.

—Nadie sabía que el general Massuf iba a estallar por los aires, pero mi primo se enteró de que el general había recibido un mensaje para que lo cumpliera en el momento en que ustedes dos llegaran a su presencia: matarlos. Mi primo se puso nervioso y casi me pidió que los matáramos porque, de lo contrario, nos iban a ajustar las cuentas. Fue entonces cuando sonó la explosión.

Probablemente el chip era un localizador, pero sólo podría determinarlo si se demostraba que Massuf había sido asesinado por un proyectil dirigido. No era necesario que Malena se lo hubiera enviado desde Israel: bastaba un helicóptero desde el cielo de Kabul o desde pocos kilómetros de la frontera con Pakistán; un helicóptero impune. A Carvalho y a Biscuter se les cayó la fragilidad encima, como si ellos mismos fueran de cristal y se hubieran desplomado hechos añicos sobre su propio cerebro.

Herat había guardado los equipajes en casa de la madre de quien lo había apuñalado y no sabía si era el momento más adecuado para ir a recogerlos.

—A lo mejor los ha destruido mi primo.

Una Vuitton. ¿Cómo se puede destruir una Vuitton aunque sea una modesta Vuitton con ruedas capaz de viajar en clase económica?

—Pues eso del equipaje es ahora lo más acuciante. Imaginemos que nos relacionan con la voladura del general y se ponen a buscarnos. Yo no me voy de Kabul sin mi maleta.

Herat confiaba en que su tía no estuviera al tanto de lo que había ocurrido entre su primo y él, y los invitó a presentarse en casa de su familia para sentirse respaldado. Les pidió que evitaran las calles principales y se acercaran a las afueras en dirección a Jalalabad, que estaba muy cerca de la frontera pakistaní. Conducía Biscuter y Herat aprovechaba los ramalazos de luz de las escasas farolas adosadas a los edificios para comprobar si la herida sangraba. Aparcaron el coche ante un edificio casi tan inclinado como la torre inclinada de Pisa, pero mucho menos alto, la ex vivienda de un rico tintorero de Kabul convertida ahora en apartamentos para tres familias. Abrió la puerta de un recibidor, comedor, *living*, cocina, todo a la vez, una mujer cúbica, de ojos enormes, con un pañuelo sobre la cabeza, y saludó a Herat con tanto calor en las palabras como voluntad de huida en la mirada. Estuvo cariñoso Herat con la mujer y, mostrándole a sus amigos, le pidió que les devolviera el equipaje que le había dejado. Ella indicó con un gesto automático la habitación contigua, lo reprimió a destiempo y empezó a emitir nombres en voz alta, mientras iban saliendo de aquella habitación un probable marido, dos chicas con velo en la cara y un adolescente de ojos grandes con el bigote insinuado o pintado. Todos saludaron a Herat con afecto y a los extranjeros con cortesía, mientras tía y sobrino entrecruzaban una conversación que iba encrespando a Herat.

—Dice que no nos marcharemos de su casa sin tomar un té y sin probar sus pastelillos de queso.

Era a la vez una queja y una pregunta. Carvalho decidió

pasar por la experiencia de beber el té de aquella mujer que le recordaba a algunas de sus más que difuntas tías gallegas. «En cuanto te acercas a gentes de casi inmediatas raíces campesinas es muy frecuente que se parezcan a mis tías», se comentó Carvalho, a la vez divertido y alarmado por la situación. No dominaba la distancia que podía haber en aquel país entre un primo apuñalador y una tía anfitriona a pesar de la puñalada, porque era evidente que la mujer conocía aquella puñalada. Sus ojos de vez en cuando se adherían al brazo de Herat como tratando de eliminar sus dudas y había más angustia que emoción afectiva en el tono que utilizaba cuando hablaba con su sobrino.

—¿Bien de salud? ¿Bien? La salud es lo más importante. Todo lo demás es relativo.

Herat les traducía el monólogo de su tía.

—Soy una mujer muy ignorante, pero conozco los rostros y el tuyo es un rostro de muchacho sano y bueno, muy bueno.

Quietistas y silenciosos, los otros miembros de la familia parecían esperar el milagro de los pasteles y el té, y bastó un golpe de ceja del marido para que la mujer se fuera tras la cortina que separaba del resto del mundo aquel recibidor, cocina, comedor, *living*. Carvalho creyó percibir voces en el cuarto de al lado y Herat las oyó claramente, por lo que dio unos pasos en aquella dirección que fueron interrumpidos por la actuación de sus dos primas, convertidas en dos tabiques enmascarados y de actitud suplicante. Pero la cortina se abrió enérgicamente y en el recuadro apareció el primo apuñalador, que seguía vestido de soldado. Todos callaban y se miraban los unos a los otros, como pidiendo un desenlace, fuera el que fuera, hasta que los primos se echaron el uno encima del otro, abrazados, llorando, reconociéndose las caras con las manos, y el lugar de la herida acariciado por la mano del apuñalador, con tantas lágrimas en los ojos de la tía que, a pesar de ser muy grandes, no daban para tanta agua. Parecía un telefilme hindú protagonizado por afganos. Las excusas del primo provocaron que Herat se quitara la ropa y enseñara el vendaje que le había hecho Simpson, sin mancha de sangre alguna, lo que tranquilizó a todo el mundo. Ahora estaban las chicas muy cariñosas con los tres recién llegados, y sobre la mesa, el té y los pastelillos, aunque Carvalho trataba de estirar el pescuezo para ver si en la habitación contigua su maleta le enviaba señales de vida o de socorro. Estaba en todo la tía y, sonriendo, invitó a Carvalho a pasar a la estancia: allí permanecían sus equipajes entre dos literas, cuatro camas, supuso que las utilizadas por las dos chicas y los padres. Cuando volvió al comedor, recibidor, *living*, cocina, Herat y su primo bisbiseaban gravemente en una esquina de la habitación. Biscuter engullía un pastelillo detrás de otro entre las risas de la muchacha y los ojos de alegría del padre de familia, que todavía no había enseñado su voz ni sus intenciones. Cuando los dos primos terminaron su conversación, Herat hizo un gesto a sus dos patronos para que lo acompañaran a la habitación de al lado.

—La cosa está complicada porque mi primo me ha confirmado que se ha desencadenado una operación de busca y captura de ustedes dos. Les atribuyen alguna responsabilidad en lo ocurrido y hay quien insiste en que lo que ustedes entregaron a Massuf era un localizador para el proyectil. También me confirma aquella información tan sorprendente como inquietante: Massuf había recibido indicaciones de, nada más recibir el mensaje, detenerlos y matarlos, pero por algo no obró tan rápidamente. ¿Quién pudo haber dado esa orden?

Carvalho y Biscuter dijeron al mismo tiempo el nombre de Malena.

—De hecho, se cargaba a tres pájaros de un tiro. Pero lo que no entiendo es qué beneficio reporta matar al general.

Herat se encogió de hombros. En Kabul se mataba en la sombra y desde la sombra, y esas muertes no añadían ninguna emoción a un pueblo que había asistido a veinte años de múltiples guerras entre religiosas y tribales o ambas cosas a la vez, con la sensación milagrosa de que habían salido vivos, aunque fuera con una pierna o un brazo menos. Permanecieron en silencio hasta que el guía les aconsejó no volver al hotel y esperar unos días a ver el celo que ponían en perseguirlos, suponía que no mucho, dependía de a quién atribuían realmente el asesinato. Por la técnica empleada podía ser obra de algún comando talibán de los que seguían actuando por el país, pero era extraño que dispusieran de proyectiles tan dirigibles.

—En algunas zonas siguen intactos. Se han mezclado con la población normal, pero eso no les impide mantener una trama organizada. Un día volverán o intentarán volver. Esperan que el imperialismo norteamericano provoque el estallido de la bomba islámica en Asia central, en el Cáucaso, en Turquía, donde los islamistas van a gobernar, seguro. La guerra contra Iraq podrá ser una señal.

¿Dónde podían esconderse Carvalho y Biscuter, y cómo salir del país?

—¿Adónde van?

—Al Ganges —contestó Carvalho antes de que Biscuter se entrometiera.

—Querrá decir a la India.

—No, no. A mí la India me importa un pimiento. No quiero ver ni a sus gurús, ni a sus encantadores de serpientes, ni su miseria de exportación visual, ni sus vacas, ni sus filósofos que me parecen todos unos cantamañanas. Detesto ese folclore o esa realidad, como detesto en España los toros, los sanfermines, la fiesta de la Virgen del Rocío, la del Pilar, la de Montserrat... Todas las fiestas de las vírgenes, de todas las vírgenes, y también detesto al cardenal primado, sea el que sea, y a toda la Conferencia Episcopal.

No tenía mucho sentido lo que estaba diciendo y, consciente de ello, ratificó:

—El Ganges. Quiero recorrer el río y comprobar si es cierto que la gente se lo toma como un río sagrado y bebe sus aguas sin temor a pillar una gastroenteritis galopante.

No estaba la situación para *boutades* y por ello Biscuter asumió la lógica establecida y expresó su acuerdo de esconderse unos días hasta encontrar un sistema para llegar al Ganges. Repitió dos veces al Ganges para tranquilizar a Carvalho. Pero si se iban, ¿cómo cobrarían la brillante conferencia universitaria de Carvalho? Se fue Herat en busca de su primo, que lo acompañó diligente y con aspecto de estar a su disposición pasara lo que pasara y fuera la disposición que fuera.

—Le voy a pedir que lo organice todo: el traslado al lugar donde van a esconderse tres, cuatro días y el procedimiento de llegar a la India atravesando Pakistán.

—¿Está seguro de que va a ayudarnos?

Herat se señaló la puñalada.

—Ha de pagarme la agresión. Cuando he visto la actitud de la familia, he comprendido que todo nos venía de cara.

Volvió a hablar con su primo y luego les dijo que permanecerían en aquella habitación, tres para cuatro camas de litera.

—¿Y la familia?

—Tienen cosas que hacer.

Entró la tía con una bandeja de pastelillos y un termo lleno de té mezclado con leche y miel. Después los dejó a solas y corrió la cortina que los separaba del comedor, cocina, recibidor, *living*.

Su colchón estaba lleno de grumos de lana mal batida y el de Biscuter era de hojas secas de panocha o de cualquier otra planta, ruidoso y movedizo, como si fuera un erótico colchón de agua. Recordó colchones de infancia, en la posguerra del barrio chino de Barcelona o en aquella casa de Montcada, a la que su madre y él iban a pasar quince días de agosto, mientras ella cosía para sus amigas las anfitrionas. Herat dormía intensamente desde su condición de convaleciente y Carvalho pudo comprobar que eran los tres únicos habitantes de la casa cuando salió al comedor en busca del retrete. No había. Tampoco orinales debajo de las literas, por lo que dedujo que habría alguna comuna fuera, y la que encontró le recordó la de su casa en el barrio chino, un banco de madera con una taza en el centro con una tapadera también de madera. Hizo sus necesidades con cuidado de que sus partes no rozaran materia alguna. Tuvo que dejar la pistola en el suelo, colocarse en cuclillas con el ojo avizor para corroborar la puntería de sus esfínteres abiertos cuando enviaban las aguas mayores y menores hacia la oscura profundidad de algún pozo muerto. Era como retroceder décadas y décadas y recuperar una seña de identidad que sin duda había contribuido a que fuera tal como era desde la fase anal atribuida a las criaturas. Cuando recuperó su camastro, la voz de Biscuter sonó desamparada:

—¿Dónde, jefe?

—Es una comuna. Está fuera. Es como la de la casa en la que me crié o como las que vimos en Pompeya. Te resultará incómodo.

—Yo he vivido en barracas, jefe.

Cuando Biscuter partía en pos de sus necesidades, Carvalho volvió a inquietarse por todo lo que desconocía de su ayudante, no sólo de su condición de poblador de barracas, sino de su comunicación telefónica constante, suponía que con madame Lissieux, a la vista de cómo había conseguido convertirla en una *chanteuse* en el mismísimo Kabul. Le dolía la falta de confianza que traducía aquella ocultación y las dudas que le brotaban por todos los rincones de un cerebro ya demasiado dolorido por el esfuerzo de entender la lógica interna de un viaje que se había parecido demasiado a una persecución continuada. Oyó que volvía Biscuter de sus vaciamientos y ya estaba penetrando en un sueño suficiente cuando llegaron voces desde la otra habitación. Herat saltó de la cama y permaneció expectante hasta que identificó a los miembros de la familia.

—Hay que vestirse cuanto antes.

—Ni siquiera nos hemos desnudado.

Estaban todos en la polifacética habitación de entrada, la tía de Herat con una gran bolsa de plástico y los demás con cara de sueño y ganas de sacarse cuanto antes la situación de encima. Herat fue abrazando uno por uno a todos sus parientes, especialmente a su primo el apuñalador, que lo entretuvo con un inaccesible monólogo en el que repitió varias veces palabras que parecían clave. Ya despedido de parientes, precedió a Biscuter y a Carvalho en el descenso de la breve escalera que los llevaba a la calle. Allí estaba la furgoneta, diríase que nueva, aunque lo único que había cambiado era el color, de la policromía al rojo intenso conseguido por la familia, pintora durante toda la noche, y la matrícula. Depositados los equipajes, Herat le pidió a Carvalho que condujera, él ya lo asesoraría, y a Biscuter que se volviera a vestir como un afgano y se cubriera con unos cartones, a medias escondite, a medias cobertura en el caso de que los detuviera algún control.

—Usted será mi primo. Es mudo y está bastante enfermo de algo contagioso, hepatitis, por ejemplo, y usted será un extranjero que envía información a la ONU sobre la situación actual del país. Hemos encontrado una casa segura a unos treinta kilómetros en dirección a Peshawar, en Pakistán, y luego creo que será fácil atravesar el país por el norte hasta llegar a Rawalpindi en busca de la India, en busca del Ganges. Pero en Pakistán apenas deben dejarse ver. Es como si cruzaran el país por un túnel, porque allí domina la etnia petani, a la que pertenece el general asesinado, y los servicios de información afganos tienen aliados por todas partes. Conduzca usted: me duele el brazo, y ya le indicaré las dificultades de un camino bastante pesado.

No estaba demasiado de acuerdo Biscuter con la división de papeles, argumentando que jamás, jamás, nadie había conseguido escapar fingiéndose mudo y que ya en todo el mundo se habían visto millones de películas en las que el fugitivo se finge mudo porque no sabe la lengua del país.

—Pero no pueden ir los dos, exhibiéndose. Deben de haberlos descrito como una pareja.

Tumbado entre cartones, Biscuter oía las constantes asesorías que Herat dedicaba a Carvalho, mientras las primeras claridades reverberaban para enseñar la aridez de los cuatro horizontes, otra vez entre montañas inevitables. Biscuter se pasó el recorrido cantando canciones de las zarzuelas más obsoletas que Carvalho podía recordar.

He pasado la noche en un sueño
y ese sueño me hablaba de amor,

el amor de la imagen divina
que se adueña de mi corazón.

Cuando el cantante no recordaba la palabra exacta, la sustituía por cualquier otra que cumpliera el sentido del enunciado.

No puede ser una mujer sirena
que envenenó las horas de mi vida,
no puede ser porque la vi sufrir,
¡porque la vi reír, porque la vi llorar!

—No creo que la letra sea la correcta, y no grites tanto porque nos van a oír las patrullas.

—El cerco de vigilancia lo habrán situado en la frontera pakistaní y no es ése nuestro destino ahora. Lamento que no puedan quedarse la furgoneta hasta la India porque tendrían que declararla en la frontera, y la documentación no se corresponde con la matrícula que le hemos puesto. Dentro de unos días lo más correcto será coger una especie de autobús público que suele viajar por estas carreteras y que les costará dos mil dólares.

Biscuter emergió de pronto de entre los cartones.

—¿Vamos a comprar un autocar por dos mil dólares?

—No. El autocar lo dejarán nada más atravesar Pakistán y haber llegado a la primera estación de tren. Los dos mil dólares son para pagar a sus compañeros de viaje.

La oscuridad del interior y la posición de mudo postrado que Biscuter se veía obligado a adoptar impidió que pudiera intercambiar aunque fuera una mirada interrogante con Carvalho. Herat supuso su desconcierto.

—Ya hablaremos de sus compañeros de viaje. Es fundamental que encontremos los más adecuados.

Una vez bordeada Jalalabad —la ciudad oasis— por terribles caminos que les permitieron evitarla, la carretera ascendió a un monte, como todas las carreteras de Afganistán, y permaneció montaraz durante todo el recorrido que les restaba, hasta que Herat avisó a Carvalho de que llegarían a algo que parecía un bosque, un bosque de eucaliptos, un árbol depredador, que se comía todo lo que crecía a su alrededor, que habían plantado en algún momento de optimismo sobre la industria papelera.

—Poco han podido comer los eucaliptos en este erial.

—Todo el mundo los odia. Es un árbol maldito. «Extranjero», decían los talibanes.

Del camino de fango pasaron a otro que más parecía una vereda casi sin huella de haber sido transitada por alguna rueda posterior al Diluvio Universal. Pese a la belleza de un paisaje ya definitivamente encaramado en las estribaciones del Hindu Kush, estaba preocupado Carvalho por el habitáculo que adivinaba ya cercano, apenas una choza de adobe para guardar ganado, en algunas zonas de España llamada *borda*, que más parecía minúsculo hipogeo creado por la montaña que por los pastores.

—Esto está abandonado porque los bombardeos no dejaron nada de comer ni a las cabras.

Metió el coche Carvalho en la que parecía ser cuadra mayor del aposento y pasaron a la menor, donde los esperaban jergones por los suelos en torno a una pequeña chimenea centrada y prolongada por un tubo de hierro hasta encontrar el techo. En un lateral de la chabola, un alto orinal de barro en el que podían sentarse asumía su identidad de retrete luego vaciable en el exterior. Abrió la bolsa de plástico Herat y de ella extrajo dos enormes panes, algo parecido a una olla, dos quesos y diversas bolsas que distribuyó con cuidado por una alacena semiderrumbada.

—Nos quedaremos aquí cuatro días, y es fundamental que nadie piense que estamos aquí. Ésta es una chabola abandonada, y aunque esta zona está muy poco poblada, las gentes del lugar lo saben todo, y si nos movemos demasiado nos localizarán en seguida. Si vienen personas normales, yo les contaré la historia del pobre mudo enfermo y del alto funcionario que no quiere abandonarlo a su suerte. Si no vienen personas normales, es decir, si se presentan policías o soldados, pues no sé qué decirles. Me sorprendería que vinieran, pero si vienen...

«Si vienen hay que echar a correr o sacar las pistolas si las hubiera.» Carvalho sentía ahora viva la Beretta que llevaba adherida al dorso de la bragueta, aunque no estaba dispuesto a disparar a tontas y a locas creando una situación insalvable para todos, pero muy especialmente para Herat.

—Tendrán hambre.

«Depende de qué.» De la olla sacó Herat paletadas de arroz mezclado con grasa, pistachos y nueces, una degeneración del *qabli*, y varillas que ensartaban pedacitos de carne con el riguroso pedacito de sebo en el centro; más o menos, un *kebab* o algo perteneciente a la familia de los *kebabs*.

—Dispondremos de manteca de leche, también de leche que yo iré a buscar a un pastor amigo, y algún queso. Pero sólo encenderemos el fuego para cocinar de noche. Por esa chimenea sólo debe salir humo cuando oscurezca. No hay que contar con lo que podamos comprar. Cuatro días los podemos resistir.

Cualquiera que haya estado en prisión vuelve a ella cada vez que deja los cojones abandonados en la puerta de algún hospicio de cojones. Eso es lo que había hecho Carvalho el día anterior, cuando se consideró atrapado en el cubil de la familia de Herat, sin apenas posibilidad de huida o de violencia.

Al tercer día no podía soportar el pan duro con crema de leche y miel y prefirió dejar de comer excusándose en problemas de estómago. No quedaban pinchos de carne y la tonelada de arroz grasiento y apenas adornado con nada que lo hiciera apetecible se había reducido a una pulpa amarillenta, sin que Biscuter consiguiera mejorarlo añadiéndole leche y azúcar en un desesperado intento de lograr algo parecido al arroz con leche. Carvalho sabía desconectar en ese tipo de situaciones, extrañar sus deseos hasta carecer de ellos, y para sobrevivir le bastaba mirar o recordar, incluso sin nostalgia. Habían oído hasta veinte veces de boca de Herat el resumen de la situación en Afganistán que representaba, según él, la opinión que tenían la mayor parte de los afganos a pesar de las diferencias étnicas. No añoraban a los talibanes, pero tampoco habían recibido de los extranjeros otra cosa que lotes alimentarios horrorosos, color naranja, llenos de cosas que o no se podían o no sabían comer. Menos en la zona de Kabul, en las bases militares y en los cielos donde eran amos y señores los extranjeros, a ras de tierra todo volvía a ser como antes de los talibanes: un país dividido entre señores feudales y más pobre que nunca, miserable incluso Kabul, en otro tiempo orgullosa de su nivel de vida y su aspecto de capital canónica. Y como ocurre con las situaciones artificiales, en cuanto se fueran los extranjeros todo volvería a ser como antes y en ese antes cabía toda la imprecisa historia de un país de paso, en el espacio y en el tiempo, a la vez escaparate y muestrario de todos los nomadismos posibles.

—Es una lástima que no puedan visitar Pakistán, especialmente al norte, desde Cachemira hasta el Himalaya, el Karakoram es un lugar fascinante y se puede acceder por autovía. Llega hasta el Nanga Parbat, uno de los montes más altos del mundo.

Las condiciones del encierro le recordaban a Carvalho sesiones carcelarias en la etapa preventiva: cuatro en una celda; la taza del váter, el mayor condicionante del espacio y el tiempo, también de los sentidos, sólo extrañable durante las contadas horas de pasear por el patio. Cuando cerraba la noche, Herat les abría las puertas y recorrían senderos no visibles desde la vía de tierra para los automóviles, aunque nunca oyeron ruido alguno que los evocara y sí, en cambio, vuelos de aviones, así como vieron escuadrillas sobrevolando Kabul o marchando hacia Kandahar, en una clara demostración de fuerza de los norteamericanos. Al amanecer el cuarto día oyeron el ruido de un vehículo que se acercaba, y ante sus ojos apareció una moto con sidecar procedente de alguna guerra mundial anterior a la segunda, un tándem amarillo portador de dos emisarios embozados en turbantes y gafas de sol. Era el momento de recogerlo todo y acercarse a la frontera para luego cruzarla en la moto, tres personas, un conductor y Carvalho y Biscuter.

—¿Y tú?

Herat se encogió de hombros. Ya tendría su momento. Debía acabar de curar su herida, y un día u otro llegaría a unos estudios cinematográficos para empezar su carrera de Omar Sharif tayiko, pero no quería hacerlo en la India, un país donde los afganos eran odiados más especialmente que todos los demás musulmanes. Tal vez en Egipto, o en

Marruecos, donde habían construido unos grandes estudios cinematográficos en mitad del desierto.

—Ouarzazate —dijo Biscuter con una precisión sorprendente, sobre todo para Carvalho.

Empezaba la operación de escape y no resistió preguntarle a Biscuter a propósito de sus prodigiosos conocimientos sobre la industria cinematográfica marroquí. Marchó la moto por delante seguida de la furgoneta, a la suficiente distancia para que nadie pudiera relacionar los dos vehículos.

—En la moto no cabrán todos los equipajes.

—Todo está calculado.

Subía todavía más la montaña hacia el paso de Khyber y allí recuperaron a sus motoristas para que Herat actuara como maestro de estrategias, colocara a Carvalho más algunos bultos de mano en el asiento trasero de la moto y a Biscuter en el sidecar, con el equipaje más voluminoso sobre él, hasta el punto de que el hombrecillo desaparecía como si fuera un simple pretexto. Les pidió paciencia Herat, porque en cuanto llegaran a territorio pakistaní los esperaba un autobús lleno de gente contratada para viajar con ellos, como extras para el rodaje de una película. Comparsas.

—En eso emplearé el dinero que ustedes me van a dar.

Pasaron los dólares de las manos de Biscuter a las de Herat y finalmente a las del conductor de la moto, disfrazado de improbable piloto checo, tal como solían aparecer en los cromos sobre motociclismo que poblaban la infancia de Carvalho. Una vez sentado en la moto y pertrechado por cuatro fardos del equipaje, fueron asegurados Carvalho y los bultos mediante un pulpo de maletero, no fueran a caerse en algún bandazo del camino. Antes de dejarse cubrir de maletas, Biscuter tuvo tiempo de hacer testamento.

—En cuanto tenga cobertura o pueda encontrar un teléfono humano, pienso llamar a esa hija de puta y dejarla como se merece.

Carvalho supuso que se refería a Malena, por la que no guardaba ninguna animadversión. Los viajes necesitan obstáculos y era preferible el ofrecido por una terrorista de Estado al servicio del Mossad, delicadamente rubia y capaz de tocarte las partes con dedos cariñosos, que cualquier accidente inscribible en el cálculo de probabilidades de una agencia de turismo. Tardó medio viaje en comprender que nunca se caería de la moto, ante todo porque el conductor era muy bueno y porque era sólida la fijación que habían hecho de sus cuerpos gracias a los pulpos. La moto y el sidecar conocían los caminos abruptos que atravesaban la frontera de Pakistán, un país que demostró ser igual al que dejaban y, según Herat, habitado por la misma gente, los pastunes, al menos en la estrecha zona del norte que los separaba de la India. Una hora de moto los había descoyuntado, pero se temían una sesión más larga, por lo que cuando el artefacto se detuvo en la desembocadura del camino en algo que pretendía ser una carretera y vieron cómo los esperaba un escaso y viejo autocar en el que permanecían unas veinte personas, quietas como muñecos de cartón recortados para una escenografía entre lo infantil y lo horroroso. Le pareció infantil a Carvalho, horrorosa a Biscuter, cuya mala leche había crecido desde los sótanos del sidecar, donde lo habían sepultado.

—Es la segunda vez que me convierten en un paquete subalterno, pero será la última. No sabe usted lo que he pasado debajo de todos esos bultos. Tenía su maleta Vuitton ante las narices; la reconocía por el olor. Esos fabricantes deben de tener un perfume de sobaco aplicado a sus maletas.

El motorista les abrió la puerta del pequeño autocar y ningún ocupante se dio por aludido, como si fueran invisibles, cuando les hizo ocupar sus asientos previamente atribuidos: Biscuter tres filas por delante de Carvalho, sentado en la última, junto a la puerta de salida. Les pusieron en la mano los billetes que justificaban su derecho a viajar hasta la frontera con la India y se bajó el motorista del vehículo sin hablar con nadie, ni siquiera con el conductor. Tardó el autocar en obedecer la orden de la llave de contacto para ponerse en marcha y, cuando decrecieron los ruidos, Biscuter se volvió a Carvalho y le gritó:

—¿Se ha fijado? A usted lo han puesto junto a la puerta trasera por si hay que salir huyendo, y a mí, otra vez las sobras. O estos tíos son unos clasistas o yo tengo cara de estar cansado de la vida.

Descendía la carretera y algo parecido a la dulzura de un rodar armónico los sorprendió como inesperable cualidad de la suspensión, aunque tal vez sólo se tratara de la comparación con lo que había sido viajar en la moto batidora. Sólo veía las puntitas de las cabezas de los extras, pañuelos sobre las de las mujeres, algún hombre sinceramente calvo, con una calva vieja, como deshidratada y punteada por ralos pelos negros y blancos, duros. Apenas había dormido y lo hizo a medias, molesto porque la cabeza le bailaba y cada sacudida invitaba a despertar, hasta que perdió las ganas de desvelarse y se vio a sí mismo en sueños, sentado en un bar que le pareció el Raffles de Singapur, donde sólo había estado una vez, pero que ahora se prestaba a escenificarle el sueño. A un metro, también acodado en la barra, un muchacho alto y rubio, con aspecto de corresponsal norteamericano en alguna guerra asiática.

—¡Con lo fácil que es ser holandés! Es lo más fácil de este mundo.

—¿Es más difícil ser de aquí?

Vaya tío estúpido. En realidad, él le estaba diciendo lo fácil que era ser holandés en comparación con ser afgano y el otro le preguntaba si se refería a los pobladores del Raffles.

—Ser afgano es de las cosas más difíciles de este mundo.

—¿Y ser de Ruanda Burundi? ¿Qué le parece?

—También, también.

—Lo mejor es ser... No se me ocurre.

—Isleño en un país rico. Por ejemplo, australiano.

La conversación derivó hacia la pena de muerte. ¿Hay pena de muerte en Australia? Al otro no le interesaba demasiado, pero a Carvalho sí, porque le dolía el cuello y tal vez se aplicara la horca en Australia. El frenazo del autocar le cortó el sueño y se llevó una mano al cuello porque le dolía de tanto balancearlo, aunque el resto del cuerpo se puso en tensión por si el frenazo suponía algún peligro. Miles de cabras negras, muy mal peinadas, ocupaban la carretera y el pastor fingía, sólo fingía, saber la lengua de las cabras, porque los animales no obedecían los precipitados, diríase que angustiados chasquidos de su lengua, acuciado por los gritos y la gesticulación teatral del conductor, que señalaba el reloj de su muñeca como si le estuviera anunciando el final de su vida. Poco a poco los animales encontraron sus senderos y sus arruinados alimentos, a manera de vegetaciones que sólo ellos veían, y el autocar reanudó la marcha ahora a través de un exultante oasis, junto a un rótulo que anunciaba Islamabad, aunque el coche no obedeció la indicación y bordeó la ciudad sin entrar en ella. Hacia la izquierda se les impuso de pronto la tierra alzada tratando de convertirse en el Himalaya, un imán geográfico que a Carvalho le retuvo la cabeza y la atención, respaldado por Biscuter, que, perdida la disciplina, se había sentado a su lado y le señalaba las montañas.

—Ahí está, jefe. Es la hostia, es la hostia.

Biscuter le tendió un paquete envuelto en papeles sutiles, como kleenex.

—Estaba usted muy dormido. El coche se ha parado y la gente se ha bajado, a sus cosas. Yo he comprado agua y algo para comer. Unas pastas que saben a anís y llevan dentro algo parecido a cabello de ángel.

Llegó Carvalho a la revelación del bocado y expresó su asombro:

—Un *pastisset*. Es como un *pastisset* o como los *flaons* que me trae de Villores mi gestor, Enric Fuster.

Biscuter tenía ganas de decirle algo que no decía.

—¿Qué pasa, Biscuter?

—Estos tíos y tías son rarísimos; no hablan, ni siquiera entre sí. Creo que no se conocen.

—Tal vez lo hayamos conseguido. Viajar en un autocar lleno de mudos.

—O de muertos.

Los tipos que encontraban al borde de las carreteras eran tan parecidos a los afganos que les costaba asimilar el cambio de país. Iguales también los caminos y los cielos, las erosiones y los verdores anticipo del Penjab y del Himalaya antes de llegar a la India y buscar el descenso hacia el valle del Ganges. En cambio, las actitudes de las gentes eran más extrovertidas y los camiones exhibían unas cajas de madera policromadas, reproductoras para ellos de herméticas significaciones. Nada herméticos, en cambio, los pequeños autobuses cargados de pasaje, hasta treinta personas apiñadas en una caja capaz para apenas una docena. Contrastaba el espacio libre del que gozaban los compañeros de viaje, que parecían desconocerse entre sí, salvo una pareja de viejos que de vez en cuando intercambiaba algunas palabras. Él estaba empeñado en que la mujer le mirara el antebrazo derecho, donde había descubierto un mal o una curiosidad. A un promedio de cincuenta kilómetros por hora, podían tardar doce en atravesar el norte más estrecho de Pakistán y llegar a donde fuera con la sensación de haber realizado un viaje en compañía de seres no invisibles, pero sí falsamente visibles, tan insuficientemente reales como la carretera ensimismada, ni siquiera incómoda, simplemente molesta. Pero el objetivo era el Ganges. Una de esas etapas intermedias que el propio viaje le había sugerido, sin que tuviera en la cabeza ningún recorrido preferido más que el dictado por Italia y el necesario retorno a Grecia, un paisaje conectado con la adolescencia de un comunista clandestino y español, recién casado. El resto le ratificaba el sentido de una frase de Samuel Beckett que había leído hacía mucho tiempo: «Esto no es moverse, sino ser movido.» La dijo en voz alta y Biscuter lo interpretó como una queja contra el autobús.

—Desde luego, y además vamos a ciegas.

—Tú lo has dicho.

—¿Adónde vamos?

—Al Ganges.

—¿Por ahí?

Biscuter señalaba más o menos la dirección acertada y Carvalho se encogió de hombros. El ayudante iba provisto de una guía de viaje especialmente dedicada a Pakistán en la que se recomendaba que vieran lo que no verían, y compensaba la travesía fugaz con indicaciones sobre la vestimenta de las gentes, como el *purdah*, el velo de la mujer, o el pañuelo de cabeza (*dupatta*) que se recomendaba para las mujeres occidentales. El trayecto del norte de Pakistán le parecía el más largo de todos y recurrió a la recién adquirida facultad de dormirse cuando estaba al borde del aburrimiento para secundar la terquedad del autobús en busca de la frontera con la India. Un imprevisto frenazo lo obligó a despertar y casi a recuperar el equilibrio. Biscuter se había adelantado a la altura del conductor y desde allí volvió para anunciar que había un control de carretera, militar o algo parecido, porque no distinguía de uniformes. No era completamente mudo el conductor porque dialogaba con gentes de extraño uniforme y no consiguió convencerlos del todo a pesar de la propina que metió entre las hojas de sus visados y salvoconductos, porque el más poderoso de los controladores subió al autobús, examinó uno a uno a los pasajeros y reparó en los dos extranjeros. Hizo con una mano el gesto como de escarbarles y dedujeron que les estaba pidiendo la documentación. De nuevo Bouvard y Pécuchet quedaron expuestos a la sabiduría o a la ignorancia del casi evidente policía que se llevó la mano al corazón y les preguntó:

—¿Negocios?

—Sí, negocios de alimentación.

Sonrió el policía y puso los ojos en blanco mientras remiraba lo que parecía ser el equipaje de los extranjeros en busca de cualquier huella alimentaria.

—No llevamos muestrario.

—Pero sí un catálogo, jefe.

Corrigió Biscuter a Carvalho, y para su asombro rebuscó en el equipaje y ofreció al policía un catálogo de cestas de Navidad emitida por El Corte Inglés en el año 1999 y los libros sobre *salumi* que les habían regalado los de Slow Food en Roma.

—Dígale que estamos poniéndolo al día.

Así lo hizo Carvalho y tuvo que prestarse a comentar con su interrogador las excelencias de cada una de las cestas. Tan entusiasmado estaba el hombre que reclamó la presencia de dos de sus acompañantes y les enseñó aquella exhibición de cestas de la abundancia.

—Regálesela —propuso Biscuter a Carvalho.

Éste se puso en pie, recuperó el catálogo de manos de un sorprendido policía y, tras una breve inclinación de cabeza, se la devolvió al tiempo que le decía:

—Es suya. Para mí es un honor que la tenga usted.

Quedó el inquisidor tan emocionado como contento, correspondió al saludo y se retiró con la revista abierta, comentándola con sus acólitos. Ninguno de los pobladores del autobús hizo comentario alguno, ni siquiera cuando quedó expedito el camino y desde la cuneta el jefe de los controladores alzó el catálogo de El Corte Inglés en homenaje a los dos simpáticos extranjeros.

—¿Cómo se te ocurre viajar con un catálogo de cestas de Navidad de El Corte Inglés?

—Nunca se sabe.

—El próximo viaje, en avión o en tren. No vuelvo a subir a un autocar ni para salvar la vida.

Kilómetro tras kilómetro, Carvalho fue reconstruyendo un viaje en el que no acababa de comprobar las ventajas de ser un viajero y no un turista. Tal vez se había equivocado de itinerario y estaba dando la vuelta al mundo demasiado vecino el sur. Una vuelta al mundo más al norte hubiera sido menos conflictiva, porque es cosa sabida que casi todos los desastres ocurren en el sur, los geológicos y los humanos. Entre ensueños, recuerdos y consideraciones que contrastaban con el ojo avizor que permitía a Biscuter estar al tanto de cuanto ocurría, notó Carvalho que volvía a detenerse el vehículo. Allí estaban, a pocos metros de una evidente frontera. Descendían todos los pobladores de aquella nave, diríase que espacial, llena de sordomudos, pero cuando iban a bajar también Carvalho y Biscuter, el chófer los detuvo con el gesto de un brazo convertido en barrera, mientras cerraba los ojos, como si no quisiera verlos. Nada más quedarse a solas los tres, el chófer puso en marcha el vehículo y lo acercó a la barrera fronteriza, donde al parecer era conocido, porque intercambió comentarios y bromas con los guardias uniformados y con los aduaneros que salían de una oficina, seguramente porque no podían aguantar más el inmenso vacío que mostraban sus amplios ventanales. A un requerimiento convencional de un policía, sacó el chófer un sobre de su pecho; del sobre, varios papeles, y los puso en manos del funcionario mientras se revolvía para indicarle que hacían referencia a sus pasajeros. Su ademán se había vuelto perentorio y su brazo tendido trataba de recuperar los papeles cuanto antes, pero el policía se acercó a la ventanilla por donde asomaban las cabezas los dos extranjeros.

—*French?*

Asintieron con la cabeza y dijeron al mismo tiempo:

—*Bouvard et Pécuchet.*

—*Bouvard et Pécuchet.*

Silabeó el policía, se echó a reír, devolvió los visados al chófer y los invitó a seguir con un amplio y generoso ademán, que los acompañó varios metros, hasta que vislumbraron ahora la frontera india, donde el conductor sin duda era menos conocido porque los obligaron a bajar del vehículo, lo registraron con cierta parsimonia y compararon los papeles del sobre con los rostros y la documentación de Carvalho y Biscuter. Husmearon la pistola y leyeron letra a letra el permiso de armas. Les preguntaron si entendían el inglés y, al confirmarlo Carvalho, el policía hindú le preguntó qué buscaban en la India.

—El Ganges.

Se aguantaron la mirada y repasó el policía un papel que parecía el más determinante. Luego autorizó el pase mediante un largo discurso diríase que algo altanero dirigido al conductor, y los dos viajeros dispusieron de todo el vehículo para sí. Antes de instalarse, el chófer les entregó los sobres que había utilizado para cruzar las fronteras, y de allí monsieur Bouvard y monsieur Pécuchet extrajeron los papeles que legalizaban su tránsito, incluidos visados que los parientes de Herat habían conseguido en una noche con la madrugada incluida y una nota que Herat, imaginaban, les dirigía en inglés con algunas suposiciones y consejos sobre su viaje: «Por la India lo mejor es viajar en tren. En cuanto el chófer les deje en Jammu, la primera parada que puede llevarlos hasta Delhi, cómprense una guía de viajes ferroviarios y, si la encuentran, búsquenla en la primera estación importante o en la propia Delhi. Desde allí programen cómo hacer el recorrido del Ganges, supongo que Benarés (Varanasi) es una parada imprescindible, como Patna o Calcuta, ya en la desembocadura, en el delta. Lo que ya no sé es cómo ir a Bangladesh. Aunque tal vez prefieran bajar por la costa del Índico para acercarse a Sri Lanka. Les recomiendo dos guías de ferrocarriles: la *Trains at a Glance* o, si no la encuentran, *Indian Bradshaw*. Espero que el viaje se haya resuelto bien, con la ayuda de los viajeros de nuestra asociación Hermanos Tayikos. Que Alá los proteja.»

Estaba visto que no se podía sobrevivir en el mundo actual sin pertenecer a alguna asociación similar a la de los Hermanos Tayikos, providenciales mudos dispuestos a perder la voz por una causa; qué causa era lo de menos. A pesar de disponer de todo el autocar para sí, no se acercaron al conductor, obediente a instrucciones precisas, y así siguieron durante horas hasta que encontraron la estación indicada. Los ayudó el chófer a descender el equipaje, los saludó mediante varias inclinaciones de cabeza y los abandonó a su suerte, que no era otra que abrirse camino entre las colas que esperaban ante las ventanillas y finalmente recurrir a un empleado de la compañía, en cuyas manos pusieron su suerte y diez dólares. Quince minutos después subían al tren que hacía escala en Jammu rumbo a Delhi, adonde no llegarían hasta el día siguiente, tardanza agradecida porque el cuerpo les pedía cama, aunque fuera de litera, después de más de un día de haber traqueteado más que vivido. Se asearon en el lavabo, con el tren todavía estacionado en Jammu, se cambiaron de calcetines y de ropa interior y lavó diestramente Biscuter en el lavabo las mudas sucias, valiéndose de un detergente que ya no se parecía al que había iniciado el viaje, pero que estaba fabricado por la misma multinacional.

—Yo, si no es Unilever, es que no compro.

Introdujo los calcetines y las mudas mojadas en una toalla, la enrolló para que presionara sobre las aguas retenidas y luego recuperó dos calzoncillos y una camiseta, dado que Carvalho sólo usaba slip. Colgó la colada entre el somier de la litera superior y el marco de la ventanilla y después gastó media botella de colonia saturando los aires de un perfume al que llamó Agua de Sevilla, comprado en Estambul. Aunque tenían ganas de resumir Afganistán y de predecir la India, sólo cruzaron cuatro expresiones voluntariosas antes de quedar dormidos, Biscuter arriba, porque detestaba dormir en el somier inferior desde los tiempos del servicio militar y de la cárcel.

—No lo digo por usted, jefe, pero es que si dormías abajo, te mataban a pedos, y a veces se meaban en ti desde la litera de arriba, o te caían cosas más asquerosas. Insisto en que no lo digo por usted.

Asumió Carvalho la pequeña dosis de claustrofobia que implicaba tener por techo el breve bulto que Biscuter producía en la cama de arriba y agradeció después la sensación de espacio propicio que lo ayudó a relajarse y a soñar algo difícil de recordar al día siguiente, pero que estaba poblado de eriales ocres afganos y seres mutilados que se le acercaban o se le alejaban a la pata coja, sin que la pierna superviviente tampoco alegrara la vista. En algo le afectaba aquella situación, porque se sintió a disgusto mucho rato, hasta que despertó brevemente y, alarmado, comprobó que seguía conservando las dos piernas. Se levantaron con la llamada del revisor, más dedicado a convertirse en subvencionado portador de algo para desayunar que en comprobador de billetes. No podían elegir: café o té y un sándwich de queso cheddar con mostaza, una rodaja de tomate y otra de lechuga, el bocadillo estándar de aquella línea, a no ser que intentaran abrirse camino hasta el coche restaurante.

—¿Abrirnos camino? ¿Es cuestión de lejanía o es que ha habido un desprendimiento de literas?

—Pasajeros. Miren.

Asomaron la cabeza al pasillo y no lo vieron. Cuerpos y cuerpos humanos habían conseguido imitar la estrategia de las sardinas en lata y ni siquiera era posible saltarlos de uno en uno porque los cuerpos no dejaban espacio entre sí.

—Si quieren, los desalojo.

—No, no. El tren es suyo.

Trajo el revisor un termo con café azucarado y aromatizado con canela, cuatro sándwiches y dos bolsas de pistachos. «Regalo de la casa», dijo. Cuando cobró y les agradeció la propina, Carvalho y Biscuter tuvieron curiosidad por ver cómo conseguía pasar por encima de la población yaciente sin dañarla. No lo consiguió. Aunque fingía pisar con delicadeza, sus pies protegidos por recios zapatones cuarteados caían unas veces sobre el costado derecho, otras sobre el izquierdo de los viajeros caídos y adosados, pisoteados ahora, cuando no en el pecho, en el estómago o en los testículos, como ocurrió con un santón vestido de color naranja que apenas se quejó. Ya eran las gentes diferentes de las que habían visto en Afganistán o Pakistán, diríase que más aceitunadas y más descoyuntadas en sus movimientos, con una estudiada gracilidad o desidia en la caída de los brazos desde los hombros, casi siempre puntiagudos. Todos tenían los ojos más redondos que afganos o pakistaníes, grandes, negros, o con unas cataratas verde pus, enormes y solidificadas.

Así como Nueva York ya la ha visto todo el mundo desde cualquier rincón de la Tierra, Delhi prometía un enigma de fondo por debajo del tópico de ser la capital y, por tanto, el muestrario de todas las contradicciones de la India. Diez millones de habitantes y por delante, como representándolos, mendigos y santones, tullidos y niños pedigüeños, cuerpos abandonados diríase que a su propia muerte en las esquinas más imprevistas, uniformes y conductas de casta social, mujeres en saris que no querían ocultar demasiado sus tetas redondas y rotundas, esqueletos de ascéticos o de muertos de hambre, putas policromadas, camellos de diferentes drogas, ofertas de todo lo vendible, ciclistas taxi, coches casi sin espacio para desadosarse, ni siquiera el río se llama Ganges, sino Yamuna, flores, flores, flores, estatuas de deidades hindúes diríase que robadas de fallas valencianas, tal vez de un parque temático hinduista de la Walt Disney Corporation, olores y ruidos, los primeros como un zumbido y los segundos como una llamarada, escupitajos de betel mascado en las aceras, de vez en cuando, una vaca tan sagrada como indolente comiéndose las vegetaciones de los alcorques y parterres, vacas de tópico indio, probablemente en la nómina municipal. Pero lo cierto era que Carvalho volvía a oler y a ver aromas y colores como en su niñez, desde una ansiedad iniciática, descubriéndolos. Cada vez que había preguntado por qué no conseguía tener una relación sensorial como la de la infancia, se le contestaba que España olía menos que en los años cuarenta y que el detrimento de los colores era consecuencia de la corrupción atmosférica por el monóxido de carbono emitido por los coches. Además, los ojos se cansan de ver demasiado, como los oídos se fatigan de oír en exceso.

A poca distancia de la estación Central, en la Connaught Place, recomendada como punto original de cualquier recorrido y de cualquier posible comprensión de la capital, Biscuter y Carvalho calcularon las distancias entre su hotel y los centros radiales de los tres recorridos seleccionados por el recepcionista: el Delhi Moghul, Nueva Delhi y la zona sur de la ciudad. Obedecieron las órdenes y empezaron por el Delhi Moghul, del que más tarde, de noche, en el balance de postales mentales les quedaría el Fuerte Rojo, así llamado por el color de la arenisca de sus fachadas, repleto de construcciones que reflejaban el esplendor de la corte Moghul. Estaba cerrada la mezquita Jami Masjid, presentada como la mayor de la India, y quedó maravillada la imaginación de Biscuter por los baños reales, Hamman, situados en el Fuerte Rojo, especialmente desde que supo que de una de las tres fuentes manaba agua de rosas. Empeñado estuvo Biscuter, a partir de aquella revelación, de que algún día tendría un baño semejante y, desde luego, un surtidor de agua de rosas, fuera aquí en la Tierra o el cielo. El viejo Delhi se hacinaba en los alrededores de la mezquita, atraídos los extranjeros por los mercados, especialmente dura la experiencia de los olores del mercado de las aves, repartidos entre los excrementos de los animales y la sangre fresca que manaba de sus cuellos porque eran sacrificadas en presencia del comprador. El olor a mierda, muerte, hierbas aromáticas y especias emanaba como una nube sobre cualquier recorrido entre bazares y cafés donde aparecían como muestrarios, aparentemente desorganizados, de cosas y seres humanos. Destacaban entre los autóctonos los grupos turísticos que se movían unidos y reunidos por monitores que trataban de impedir el asalto de mendigos, conseguidores y aprendices de guías, generalmente niños que se dejaban fotografiar y a continuación reclamaban el estatuto de ahijados de las fotógrafas. Incluso pasaron junto a un grupo de españoles que se quejaban de las pestes al grito de qué horror, qué horror o si lo sé no vengo.

—Están todos los que son y son todos los que están.

—Faltan los ricos locales. Deben de vivir en islas pasteurizadas.

—Ésos ya son como todos los ricos, no resisten una prueba de fidelidad étnica, por mínima que sea.

Dejaron para la tarde Nueva Delhi, de la que seleccionaron el Fuerte Viejo y el mausoleo de Humayun, a modo de definitiva impregnación de una alternativa estética a lo musulmán presente desde Turquía. Al día siguiente se propusieron visitar el sur de la ciudad, como obligación previa a un desplazamiento que Biscuter había exigido: el Taj Mahal.

—Usted reconoce haber venido a la India a por el Ganges. Pues bien, yo he venido por el Taj Mahal, que fue una de las ocho maravillas del mundo, si mi memoria no me falla.

—Del mundo antiguo no será, porque el Taj Mahal es posterior al monasterio de El Escorial.

Cogieron un taxi para llegar a la oferta principal del Delhi viejo, Nizamuddin, población situada a unos seis kilómetros y que debe su nombre a uno de los santos más venerados en la India, Nizamuddin Auliya, poderoso porque consiguió que la divina providencia se cargara a un sultán que le había dicho: «En Nueva Delhi sólo hay sitio para uno de los dos.» Un pesado baldaquín hizo justicia al caer sobre el sultán y aplastarlo sin respetar las jerarquías dinásticas. El mausoleo dedicado al santo sultanicida no era el original, sino una reproducción construida tres siglos después de su muerte. El mausoleo de Safdar Jang hizo exclamar a Biscuter: «¡Taj Mahal», pero no lo era, y a pesar de la resistencia pasiva de Carvalho, Biscuter le ofreció un plan para ver aquella supuesta octava maravilla del mundo según la clasificación de maravillas universales del siglo XVII. Consistía en dejar la línea más directa hacia el Ganges, descender en Agra, ver el Taj Mahal y continuar más tarde hasta Kanpur, donde ya verían el Ganges y luego Benarés.

—Además, el Taj Mahal está cerca de un río, el Yamuna, y a usted los ríos le chiflan.

Pernoctaron en un subhotel casi pegado a la estación y nada más amanecer recuperaron un vagón, esta vez de segunda, para trasladarse a Agra, a doscientos kilómetros de Delhi. Ya en Agra, advirtió Carvalho que con el Taj Mahal quedaba saturada su capacidad de absorber piedras en ese día. Aceptó Biscuter las condiciones, aunque no retiró ojo del detective para comprobar continuamente el efecto que le producía el monumento. Si bien Carvalho resistió con una cierta indiferencia el impacto que le provocó la entrada al conjunto necrofílico, se conmovió en cambio cuando al fondo del jardín vio el mausoleo construido en homenaje a la querida y prolífica reina Mahal, muerta de sobreparto en su decimocuarto alumbramiento y homenajeada por su ardiente esposo, que no reparó en gastos para construir lo que algún poeta llamó: «El más espléndido monumento al amor», y el llorica Rabindranath Tagore: «Una lágrima de mármol detenida en la mejilla del tiempo.» Construido en piedras duras, se dijo que traídas de canteras europeas, el impacto inicial blanco verdeaba más tarde o se acentuaba en azul o rosa, según la claridad del día, efectos buscados por los arquitectos, que contaron con la complicidad del espacio para vaciarlo con delicadeza y del sol, para jugar con la apariencia material del homenaje. Sentía Carvalho una atracción casi magnética hacia la luminosidad del edificio, de efecto más escultórico que arquitectónico, y no siguió a Biscuter en la visita a los interiores o a la cripta mortuoria, sino que permaneció en el jardín calculando la teatralidad del escenario y del mausoleo, su protagonista principal. Los ojos de los espectadores del siglo XVII debieron de quedarse abiertos para siempre ante aquella maravilla incomparable, porque ahora, tras casi cuatro siglos de posibles comparaciones, el mausoleo de Taj Mahal seguía siendo una de las maravillas del mundo que daba sentido a la visión turística que acababa de conceder Carvalho al esteticismo de revista ilustrada de su ayudante.

Cuando Biscuter salió de los interiores era portador de sólida información, incluso sobre los costes del monumento, construido en un buen momento de la dinastía Moghul y capaz de reunir caligrafías coránicas procedentes de Kandahar, una cúpula que se arrastró desde Constantinopla o la jardinería obra del mejor artista de Cachemira. Ojearon las mezquitas que jalonaban el majestuoso mausoleo y se sentó Carvalho a meditar sobre la capacidad de medir la belleza que cada ser humano conserva dentro. Rechazaba la información como una ayuda para la emoción estética, aunque asumía que el Taj Mahal, construido ahora como mausoleo de la familia imperial de los Bush, sería simplemente una horterada. Como no salía de sus meditaciones, le recordó Biscuter que tenían el proyecto de ir a la estación, recuperar los equipajes y emprender la ruta hacia Kanpur y Benarés, pero permaneció Carvalho en su precario asiento del borde de un muro del jardín.

—No somos turistas, Biscuter, sino viajeros, y si corremos habitualmente más de la cuenta es o porque nos persiguen o porque no me llega el dinero para un viaje sin final libérrimo.

—Ya le ofrecí mis ahorros.

—Yo soy el responsable de esta huida. Pero no quiero abandonar este supuesto monumento al amor sin reflexionar sobre la estupidez del emperador Sha Jahan, que preñó a su esposa hasta catorce veces en menos de catorce años y le provocó una muerte por parturienta repetida. Más sensato y duradero habría sido su amor si hubiera limitado sus excesos sexuales. En cambio, me parece magnífico la escasa motivación religiosa de este alarde. Es un monumento a la nostalgia, al amor y al sol.

—¿Al sol?

—Al sol. Fíjate en cómo cambian los colores de las piedras y las vegetaciones según las horas del día, de ahí que sea difícil contemplar el Taj Mahal a una hora determinada, y yo mismo siento deseos de captar los colores del atardecer, del anochecer.

—Pues, por mí, tranquilo, como si le complace que nos quedemos para verle los colores al amanecer.

Media hora más permanecieron allí, en coincidencia con la disminución progresiva de visitantes, y cuando Carvalho ofreció la posibilidad de retirarse, Biscuter saltaba más que caminaba a su lado, resumiéndose los portentos de un viaje que pasaba por tan largo viacrucis de ruinas y monumentos.

—Imagínese, jefe, cuando hable con mis amigos y conocidos y pueda explicarles en qué consiste ver el Taj Mahal como ahora, a las seis, a las seis en punto de la tarde, hora local. Por cierto, ¿qué hora será en Barcelona?

—A pleno sol.

—Lo que son las cosas.

El próximo tren para Kanpur no partía hasta el día siguiente, y a Carvalho le dio pereza someterse otra vez a un viaje por carretera. Decidieron permanecer en el mismo hotel y esperar el nuevo día.

Biscuter había estado triste las ocho, tal vez las diez primeras horas del viaje entre la frontera de Pakistán y Delhi, porque recordaba a Herat y le había dolido su miedo a llegar a la India, que en cierto sentido era su impotencia para llegar a ser el Omar Sharif de los tayikos. Ya en camino de Benarés, evocaba el conocimiento del muchacho, su verdadero introductor y compañero en Afganistán antes del reencuentro con Carvalho y la impresión recibida de cuánto se parecían los habitantes de pueblos subdesarrollados a los españoles de su infancia y su primera juventud.

—Es que éramos igualitos, jefe. Sobre todo los pobres, claro. Le quita usted Alá y le pone el Sagrado Corazón de Jesús, y lo mismo.

—También los ricos se parecen a nuestros ricos.

—Y los detectives privados, a nuestros detectives privados. Estoy seguro.

Pero al salir de Kanpur rumbo a Benarés pareció como si la excitación del río, la voluntad de avanzar en el mismo sentido de su vida y de su muerte les fuera imponiendo la evidencia del futuro. El Ganges aparecía y desaparecía en un recorrido a veces paralelo, a veces convergente, experimentados ya en adaptar sus cuerpos y sus tiempos al tren de vapor, como un ser vivo que avisaba de su existencia, exteriorizaba sus cansancios y pulsiones y los obligaba a compartir las vaharadas de su respiración, especialmente en los túneles, un olor a combustión que a Carvalho le recordaba trenes de niñez y juventud, como el que lo había llevado de Barcelona a Galicia, en plena infancia, para conocer a sus abuelos paternos. El fluir del río se acoplaba al de su memoria. Salieron de ella situaciones, palabras, hechos ligados a aquel viaje épico por una sedienta España de posguerra, sin trenes eléctricos, obligados transbordos que podían durar toda una noche y asaltos a vagones de tercera superpoblados en los que niños y maletas entraban por las ventanillas como declaración de principios y voluntad de viaje. Los fragmentos de ríos en España casi siempre agostados le sumergían la vista en el bálsamo o en la tentación suicida de las aguas. Los olores. El del humo como dominante, imposible de cumplir el precepto de no respirar en los largos túneles, y leve pánico, fomentado por los mayores, a que los pulmones se chamuscaran, en tan duros tiempos para los pulmones, amenazados por toda clase de tuberculosis. Los WC de los vagones estaban llenos de maletas e incluso de pasajeros, que sólo salían para permitir que sus colegas mearan o cagaran en solitario, cuando se trataba de adultos, pero si los emisores de aguas mayores no habían cumplido los doce años, no tenían más remedio que hacer sus necesidades con los ojos cerrados, tal vez la única posibilidad de no ser vistos. Recordaba Carvalho un fragmento del viaje de retorno. Su padre los había precedido por motivos de trabajo y su madre consiguió sentarlo sobre las maletas acumuladas en el retrete junto a un hombre joven pero muy vivido que, ya pasado el transbordo de Miranda de Ebro, le contó historias de guerra y de reencuentros, sin aclarar en qué bando había participado, hasta que Pepe comunicó algo que tenía expresamente prohibido comunicar:

—Mi padre estuvo en la cárcel.

—¿Cuándo?

—Después de la guerra.

A partir de ese momento bajó el tono de voz del extraño compañero de viaje, como si hubiera disminuido la intensidad de la claridad del paisaje que se iba.

—Yo acabo de salir de la cárcel. De momento regreso a Barçelona, pero en cuanto pueda me las piro de este miserable país y me voy a Francia. A París, por ejemplo.

¿Por qué su padre no se había ido a París? ¿Por qué estaba viviendo en el barrio chino de Barcelona y no en París? Formuló estas preguntas a su madre en cuanto se reencontraron, para extrañeza de la mujer, que no podía explicarse la voluntad de huida que despertaban los retretes de la Renfe. El váter del tren con destino a Benarés estaba limpio, olía a algo parecido a zotal, el desinfectante de los cines de su niñez, pero no tenía agua corriente, ni en el grifo del lavabo, ni en la cisterna del retrete, por lo que Carvalho entendió el porqué del cubo lleno de agua balanceante que estaba junto a la puerta. Tuvo que superar las ganas de quedarse allí dentro repitiendo viajes mentales, rodeado de seres queridos resucitados y no salir al pasillo para recuperar la huida de los paisajes y las anticipaciones de estaciones de pedanía que la sirena de la locomotora anunciaba sin detenerse. Extrajo de un bolsillo el papel donde constaba el nombre del hotel recomendado en Benarés y el del particular Jalan Nawada, que anunciaba el alquiler de su «espaciosa mansión» en Patna, con un amplio mirador al río.

—Prepárense ustedes para Benarés. Allí se recibe todo el espíritu de la India.

¿Qué era el espíritu de la India, según el recepcionista de un hotel mediocre de Delhi? Además, todo, absolutamente todo el espíritu de la India. Tal vez sólo se tratara de ese derecho a la diferencia que todavía compite con la globalización de las culturas y las conductas.

—Procuren meterse con respeto en las aguas del Ganges,

si pueden, en el Harischandra Ghat. Se llaman *ghats* a las salidas al río mediante unos escalones que también sirven de asiento para el espectáculo, el del río, el de las gentes, el de las gentes y el río. Además, en Harischandra hay crematorio, por lo que pueden ver alguna cremación de cadáveres.

Antes de llegar a la estación, el tren atravesaba un afluente del Ganges, el Varana, y en la Varanasi City Railway Station ya creyeron oler a río en una ciudad que habían imaginado casi encharcada. Consiguieron optar con vida a un taxi a través de un pasillo de conductores que trataban de retenerlos, de separarlos, de trocearlos para multiplicarlos en clientes potenciales. En el recorrido hasta el hotel tres estrellas de la Durga Kund Road observaron manifestaciones, más que procesiones, que iban buscando las bocacalles de la izquierda rumbo al Ganges, rumbo a los *ghats*, escaleras anfiteatro para el gran espectáculo de la comunión de los santos fluviales. El hotel no tenía aire acondicionado, pero sí una red espectacular de ventiladores cenitales, para entusiasmo de Carvalho, porque los asociaba con el cine en blanco y negro de ficciones ubicables en países tórridos, fueran del trópico de Cáncer o del de Capricornio. Además, parecían estar en pleno verano húmedo mediterráneo y el calor los hizo buscar definitivamente ropas de algodón ligero. Biscuter a punto estuvo de comprarse un ventilador manual que finalmente desdeñó por sentido del ridículo.

—Biscuter, lo que para ti es el sentido del ridículo aquí no tiene ningún sentido.

Encaminados hacia el río, nada más abandonar las amplias calles de los hoteles y las tiendas donde se vendía desde ropa Burberrys hasta las más peregrinas alquimias, pasando por simios y afrodisíacos de ungüento de serpiente, entraron en un laberinto de callejas descendientes hacia el *ghat* correspondiente, que resultó ser el Harischandra. Se pusieron a la cola de las multitudes que avanzaban hacia una de las puertas del río sagrado y, más allá, el resplandor, el resplandor que había puesto apodo a Benarés: la Luminosa. El espacio abierto del río era como una metáfora de la luz total, la nítida revelación de santones de vestas color naranja, mujeres ligeramente veladas, pedigüeños dotados de las más sorprendentes llagas y mutilaciones, cien mil niños que se ofrecían como guías, vendedores de flores especialmente afortunados porque el río se tragaba todos los días toneladas de crisantemos, lirios y rosas que no conseguían perfumar sus aguas terrosas y ácidas, propicias a los cuerpos que, sentados en los escalones más bajos o introducidos en las aguas hasta la cintura, creían participar en un extraño orden cósmico que les subía desde las plantas de los pies hundidos en el limo de los fondos. Y esa ascensión de energía se convertía en llamarada en cuanto les estallaba en la cabeza, motivando la actitud del éxtasis o de la concentración, iluminando rostros barbados alzados hacia los cielos hinduistas o sellando rostros por oscuros párpados como si trataran de camuflarse entre los ocres barrosos del río. Entrar en el *ghat* Harischandra desde las callejas era como desembocar en las filas superiores del universo o, en su defecto, de cualquier campo de fútbol de vieja estirpe, por ejemplo, el de Les Corts de la infancia de Carvalho, y contemplar desde allí la marea humana descendente hacia el Ganges, de lento avance, tampoco pasiva, era como si los creyentes estuvieran dotados de un ritmo exacto ya incluido en sus genes de santos anfibios recuperadores del remoto origen de la vida en las aguas. Fascinantes los cuerpos más que las almas, los ojos profundos y blandos de los ancianos que venían de diferentes hambres e iban hacia la muerte, en cambio, abundaban los acuarentados en trance de accesis a sus cielos y las mujeres que habían dejado la cesta de la compra para sentir el paso del Ganges sobre sus varices y sus pies de irritada osamenta, y los rostros enharinados para expresar alegrías eucarísticas en aquella colectiva, masiva, comunión de agua. Sobre un túmulo asomado al río ardía en una pira un cuerpo humano amortajado, las llamas establecían luchas de aromas entre la carne humana asada y las esencias de las ramas más verdes y las flores más húmedas. Cien arco iris de cien colores diferentes establecían un puente presentido entre la pira y los adoradores del río, mientras la viuda fingía ansiedad de cremación compartida, pero retenida por sus familiares, no llegaba a lanzarse al fuego, y el espectáculo de la compasión más peligrosa de todas las compasiones quedaba en un sí fallido, teatral. Teatrales los rezos entre labios, manos unidas, ojos cerrados o en blanco. Allí no se miraba a los otros y tal vez por eso se quedaron Biscuter y Carvalho en calzoncillos y bajaron hasta las aguas, primero para rozarlas con las plantas de los pies, luego para sumergirse hasta la cintura y sentir el placer de una caricia rápida pero intensa, como si fueran aguas imantadas que borraran la memoria y te instalaran en el deseo posible.

Bajaron hasta el *ghat* para remontar la ribera con una barcaza dotada de un altavoz que daba explicaciones grabadas sobre diferencias entre los distintos anfiteatros, identidades más sutiles que las marcadas por la existencia o no de crematorios. La barca avanzaba por el centro del río, «lejana de los cuerpos semisumergidos vivos y de los restos de cuerpos flotantes muertos», explicó a su lado lo más parecido a un coronel del ejército colonial británico que había visto en su vida. Cabello pulcrísimamente plateado, diríase que bien teñido, bigotillo ultimado en dos puntas que saltaban al vacío tratando de mantener siempre la misma distancia con las mejillas, rostro atezado, traje de coronel explorador inglés con polainas de tela gruesa abotonada, fusta en una mano, en la otra un paipay, y a su lado una señora blanca, blanquísima, recién salida de un arduo recorrido por las rebajas de Oxford Street.

—No miento. Hay piras de dos o tres clases. Las de las castas superiores están dotadas de excelente y abundante leña y el cadáver arde totalmente. Lo que se arroja al río, pues, son cenizas. Pero en las piras más miserables, el cuerpo del muerto nunca arde del todo y van a parar al río cenizas mezcladas con brazos enteros o piernas, incluso cuando yo era niño vi medio cadáver flotante sobre las aguas.

—¿Nació usted en la India?

—En cierto sentido, sí. Mi padre era coronel del ejército de su reciente majestad, Jorge VI, y vivía en Delhi, con mi madre. Cuando yo estaba a punto de nacer, mi madre regresó a Londres, ya que quería parirme en la mansión familiar, por entonces regentada por mi abuela, lady Roxana Bentley, una gran mujer que en cierta ocasión abofeteó públicamente a la señora Simpson, aquella divorciada norteamericana que descarrió al rey Eduardo VII. Nada más nacer yo, mi madre regresó a la India y aquí crecí hasta la independencia. Mi padre todavía quedó para liquidar instalaciones militares y así pude vivir mi adolescencia aquí. Irrepetible. Jamás sentiré como sentí entonces, porque en ningún otro lugar hay tanta sensualiad como en la India.

—¿Es usted militar?

—No, soy biólogo.

Como Carvalho observaba su vestuario, Mr. Robert Carrington se echó a reír.

—Exactamente las ropas que mi padre usaba cuando salía con alguna misión o expedición, sin estrellas ni galones, claro. Era una persona muy elegante y a veces era reclamado por el virrey Mountbatten, primo de su majestad, para que le asesorara sobre vestuario. Siempre le decía: «Robert (mi padre se llamaba Robert, como yo), vas siempre tan bien vestido que te envidio. ¿Cuánto rato tardas en vestirte?» «Una hora, señor», respondió mi padre, y no era cierto, porque entre aseo y vestuario podía tardar más de dos horas. Pero aquel día se redujo a lo de la hora y a Mountbatten le faltó poco para desmayarse: «¡Una hora! ¡Pero si yo me pongo cualquier cosa y en cinco minutos ya estoy!» Mi padre se puso algo serio y finalmente le dijo: «Se nota, señor, se nota.»

Reía el poscoronel biólogo y Carvalho creyó haber escuchado o leído la misma anécdota aplicada a distintas situaciones y personajes, sobre todo aplicada al ex rey de España Alfonso XIII y su ayuda de cámara, un militar aristócrata catalán. El poscoronel les presentó a su mujer, sólo descriptible como una vieja inglesa con pamela que había conseguido tener el mismo número de arrugas en el cuello y en las manos. Rebasaron el *ghat* Harischandra y se sucedieron el Kedar, el Dhobi, de estructura en lo esencial similar, pero corregidos por una mayor presencia de lo corporal o de lo sagrado. El Dashashvamedha estaba considerado como el más importante, según el biólogo coronel inglés, por su simbolismo religioso y porque allí está el templo dedicado a Shitala, la diosa de la viruela.

—¿Cura la viruela?

—No, la causa: es la que transmite la viruela.

En aquel *ghat* se repetían las sombrillas naturales, gigantescas hojas que los remojados romeros habían arrancado de algún palmeral cercano. Más arriba, la fama del anfiteatro fluvial dependía de un templo dedicado a Shiva, el dios de los animales, pero a Carvalho lo atrajo sobre todo la presencia de dos elefantes metidos hasta media pata en el agua terrosa que aspiraban con sus trompas. El falso coronel imperial les recomendó el *ghat* de Manikarnika, donde ejerce el crematorio más importante de Benarés y el más usado, con la ventaja de permitir asistir a cremaciones ejemplares de difuntos ricos, pero también de asumir incineraciones baratas que luego aportan al río algo más que cenizas. En el *ghat* terminal, dedicado a Shiva, el dios de los tres ojos, especialmente activo el que lleva en la frente, con el que mata como si estuviera dotado de un rayo láser, Biscuter se dirigió en francés al biólogo inglés tratándolo de «sir», pero no, no debía llamarle *sir*, «sino doctor, simplemente doctor». Quería Biscuter un resumen de la ciudad y un consejo para ver lo inevitable, porque callejear los cansaba y les fatigaba los ojos y los oídos. El doctor Carrington lo sentía mucho, pero Benarés era su gente, según el lema de Tucídedes asumido por Shakespeare.

—La gente, como casi todas las ciudades sugestivas, y ver personas sin poder comunicar con ellas disminuye incluso la posibilidad del espectáculo.

—¿Y comer? ¿Conoce usted algún restaurante curioso?

Pensó el biólogo el tiempo suficiente para que su mujer se le adelantara y recomendara el restaurante Panikkar, no muy lejano del *ghat* Mandir, donde siempre había una excelente comida del raj, la cocina resultante de la tradición india y de los deseos angustiados de los conquistadores y sobre todo de los administradores ingleses. Lamentaban no poder acompañarlos porque tenían una cita previa en la otra punta de Benarés, pero con mucho gusto los asesorarían sobre lo que tenían que ver, lo *necesario*, habida cuenta de que lo imprescindible de una ciudad varía según los ojos que la contemplan.

—En la ciudad vieja hay templos notables, como el de Vishwanath, prohibido para los no hinduistas, pero que puede contemplarse desde los pisos más altos o desde las azoteas de los edificios próximos. Es cosa fácil: basta darles una propina a los porteros de cada finca. La Jaana Vpi, una cisterna también conocida como la Piscina del Conocimiento, sólo abierta para los brahmanes antes de iniciar su visita a los *ghats*. Hacia el norte deben llegar a Sarnath, el lugar sagrado del budismo, al que pueden acceder en autobús o en tren. Apenas a diez kilómetros del centro de Benarés. Allí hay espléndidas stupas o la columna de Ashoka, y si siguen hacia el norte, más ruinas y más. Durante el recorrido pasan por los itinerarios de Buda, incluso el Árbol de la Iluminación, bajo cuyas ramas el que había sido príncipe Gautama tuvo su última, definitiva, iluminación.

A Biscuter la superposición o la cohabitación de religiones, con sus respectivos monumentalismos, le producía confusiones. A veces lo que era hindú lo interpretaba como búdico y sólo distinguía nítidamente lo monumental islámico por los signos que rodeaban la invocación a Alá, los minaretes, los arcos de herradura. Pero ¿y las doctrinas? Carvalho le resumió la relación entre brahmanismo e hinduismo como la materialización de una idea abstracta de la energía causante de la vida en unos dioses que permiten la fabulación o la parábola. Carvalho equiparaba esta religión con la funcionalidad de las religiones paganas e idolátricas, pero en el caso del hinduismo la tensión entre la realidad neutra y el yo generaba una relación cómplice mucho más profunda que la que hubieran tenido los griegos o los romanos con sus dioses explicativos del caos, del no entender de dónde coño venimos, ni adónde coño vamos. A Biscuter le encantó la función de la palabra «coño» como ratificación de dudas tan fundamentales, lo escuchaba extasiado y más todavía cuando describió el budismo como un método de conducta esencialmente laico y como una religión sin apostolado.

—El budismo superaba al brahmanismo en la búsqueda de respuestas a la angustia de la vida y la muerte, esa angustia está en el nacimiento y la supervivencia de todas las religiones. Buda parte del brahmanismo pero rechaza el fundamento de esa angustia y convierte la vida en un aprendizaje ensimismado, un aprendizaje para la virtud y en contra del sufrimiento.

—¿Y cómo está usted enterado de tantas cosas sobre el budismo?

—No me acuerdo casi de nada, pero en un momento de mi vida me pareció que budismo y marxismo eran conciliables y me sabía muy bien el sermón que Buda pronunció en Benarés, conocido como «Las cuatro verdades nobles». Ha llovido mucho desde que yo padecía la tentación budista y mucho más desde que Buda tuvo la iluminación definitiva debajo del árbol ese de las narices. Piensa que en todas las religiones hay situaciones maravillosas que favorecen la permanencia de la alienación religiosa, como ocurre en el fútbol.

¿Quién no recuerda los goles de Pelé? Las religiones utilizan árboles iluminadores para dignificar su triste origen de remedos del saber que hoy se han convertido en negocios psicosomáticos.

—¿Qué quiere decir psicosomático, jefe?

—Del cuerpo y la psique, es decir, el alma o el espíritu o la percepción intelectual.

Al día siguiente hicieron el recorrido budista al completo, y mientras Biscuter miraba fascinado los sedimentos objetivos de una cultura religiosa, Carvalho los contemplaba dentro de sí mismo, en aquellos años en que la repugnancia por el nacionalcatolicismo franquista lo hizo buscar religiones lo más ateas posibles. Tal vez la primera remembranza que conservaba de Buda había sido el origen de una fascinación, aquella peripecia del joven príncipe que sale de palacio y descubre de pronto la enfermedad y la muerte, la estafa, símbolo de todos los descubrimientos de la vida, ese gran fracaso.

Volviendo de Sarnath, cerca del último *ghat* visitado el día anterior, estaba el restaurante Panikkar, que el biólogo y falso coronel les había aconsejado como uno de los mejores dedicados a la cocina mestiza fruto de la ocupación británica: la cocina del raj. Paredes, sillas, mesas de madera oscura historiada, con relieves de monos y otros animales y seres humanos orantes, lámparas de opal, un ventilador de película colonial años cuarenta —por qué no *Vinieron las lluvias* o *Las lluvias de Ranchipur*— en cada uno de los tres comedores. Doce o trece comensales, una tercera parte de aborígenes y el resto extranjeros engullían con parsimonia las propuestas de la cocina anunciada en los carteles de la puerta de la calle pintada con purpurina.

—Biscuter, asistes a la comprobación de que los imperios dejan algunas muestras positivas, por ejemplo, en las cocinas. El mole poblano, sin ir más lejos, hubiera sido imposible sin la existencia de virreyes españoles en México. Asimismo, el espléndido aislamiento británico hizo posible una cocina síntesis con la hindú, la cocina del raj.

—A ver si pillamos una indigestión, porque el estómago es muy suyo y los nuestros están muy mal acostumbrados a cocinas sentimentales o racionales.

—Hay que seguir siendo marxista en algunas cosas. Marx

dijo que no se conoce un país si no se bebe su vino y se come su pan.

—Ya lo había oído, jefe. Una lumbrera. Eso también se me ocurre a mí.

Pidió Carvalho que los sorprendieran y diez minutos después tenían la mesa cubierta de más de una veintena de platillos iluminados por una bombilla enroscada en una caja decorada con marquetería y cubierta de policromías que recordaban los colores dominantes en el local, verde y rojo. Sopa de garbanzos, un *mulligatawny* de cordero, pescado al curry, anguilas fritas, curry de gambas y coco, *buffado* de pato, ternera a la piña, *sorpotel* o guisado de cerdo, *kedgere*, *foogaht* de judías, *brinjals* con *mussala* fritos, ensalada de pepino, ensalada de mango, diversas clases de pan como el *chapati*, el *nan* o el *paratha*, y un pan frito y hojaldrado que provocó inmediatas reacciones entusiasmadas de Biscuter. Como postre se prometían pudines de Madras y de jengibre, bevecas y mango al brandy. Aunque las porciones eran pequeñas, el menú ocupaba toda la mesa sin dejar apenas espacio para los cubiertos. Pidió Carvalho un vino blanco, seco y fresco, viniera de donde viniera, y fueron obsequiados con una botella de excelente vino neozelandés, más el aperitivo de un ponche que, según el camarero, evocaba todos los mestizajes gustativos de las colonias: brandy, oporto, almíbar de agua, almíbar de zumo de lima, soda, *arrack*, aguardiente obtenido o de dátiles, de algas o de arroz, corteza rallada, mangos y hielo. Un ponche macerado agresivo y exquisito que ratificaba la creencia de Carvalho de que los cócteles eran las bebidas alcohólicas realmente hechas a la medida del hombre, sin la intervención de dios alguno. Comentaron los platos con entusiasmo, tratando de señalar divorcios o convergencias entre lo indio y lo colonial, fuera inglés o portugués, y especial loa le mereció a Carvalho el *sorpotel* por lo que tenía de provocación o de respeto a la propia memoria del conquistador. Indagó la composición de aquel guiso de cerdo obtenido con las carnes más selectas, el hígado del propio cerdo o de ternera, aderezado con un muestrario impresionante de picotazos de sabores, sal, cúrcuma, tamarindo seco, cebollas, ajos, jengibre, semillas de cilantro, comino, canela, pimienta negra, clavos de olor, cardamomo, guindillas en polvo, vinagre de coco y azúcar. Sin respiración se quedó el camarero al terminar la lista de ingredientes y Carvalho esperó que se retirara para alzar el platillo de *soportel* como si lo consagrara.

—En verdad, en verdad te digo, Biscuter, que mucho se ha de amar o temer a un cerdo para ponerle tantas maravillas a manera de maquillajes de su sabor y de su aspecto.

Un hombre con cabeza de huevo y gafas de ciego pero musculado y altísimo aplaudió el comentario de Carvalho desde una mesa cercana, se puso en pie y se acercó a ellos para tenderles la mano, que fue estrechada antes incluso de que revelara su identidad y se expresara en un castellano a la vez afrancesado y bonaerense.

—Perdonen que me entrometa en su vida e incluso en su mesa, pero hablo español y he oído su comentario sobre ese plato de puerco y no puede ser más acertado. El colonizador acaba asumiendo los prejuicios del colonizado, de la misma manera que el carcelero acaba pareciéndose al preso. En el paladar, el colonizador inglés o portugués tenía la memoria del cerdo y o bien se recurría al cerdo salvaje, algo parecido al jabalí, o se criaban especialmente para consumo de los imperialistas, pero impregnados de maquillaje indígena, de colores y aromas agresivos. ¿Son ustedes españoles?

Se le escapó a Carvalho confirmar su condición de españoles y, desde un evidente alivio por recuperar parte de sí mismo, aseguró llamarse Pepe Carvalho y dejó a Biscuter la libertad de presentarse o no. Por única identificación adoptó el ayudante una sonrisa que le sentaba como una hoja de parra en las partes, y el intruso se puso en pie para presentarse y darles la mano.

—Mi nombre es Paganel, soy geógrafo francés, últimamente especializado en geografía religiosa.

—Ignoraba que existiera esa geografía.

—Es un concepto nuevo que yo he patentado y en cierto sentido impuesto en la universidad francesa, incluso en algunas universidades norteamericanas se habla de la geografía religiosa de Paganel. No sólo me interesan los lugares sagrados de la Tierra y que lo han sido sucesivamente aunque cambiaran las religiones y los dioses; también me interesa la sociología de la religión y la relación entre política y religión. Yo soy ateo. Y lo soy gracias a mí mismo, no gracias a Dios.

Le ofreció Carvalho sentarse a la mesa, y el geógrafo se quedo conmovido ante la selección de platos que habían elegido.

—Genial, porque es evidente que ustedes no son especialistas en cocina raj, pero han seleccionado según una memoria gastronómica propia y muy rica. Se nota por lo experto de la combinación de sabores. En este caso, sabores aventura.

—La verdad es que hemos dejado hacer al maître.

—La cocina raj es muy rica. De hecho, vengo a Benarés para poder gustarla, aparte de por razones profesionales. Yo no vivo en Benarés, sino en Patna, río abajo, pero India arriba, porque en el tramo del Patna el Ganges vuelve a acercarse a la frontera del Nepal antes de empezar el largo descenso hacia Calcuta. Más allá ayuda a componer con el Brahmaputra uno de los espectáculos acuíferos más atractivos del mundo, el inmenso delta de Bangladesh. Coman, coman. Yo estaba a punto de encender mi cigarro, si no les molesta.

Sentado a una esquina de la mesa para no entorpecer las idas y venidas de los brazos y los platillos, Paganel encendió un extraño puro de tosca hechura pero que tiraba bastante bien.

—Aquí llega tabaco cubano, y filipino, pero me he acostumbrado a estos cañonazos que me hace un viejísimo maestro cigarrero de Patna que aprendió el oficio de niño, todavía en antiguas tabaquerías coloniales. A propósito del *soportel,* traduce todos los prejuicios religiosos o civilizatorios con los que se enfrentan algunos animales, la vaca inclusive. Los indios se inventaron una palabra para no llamar cerdo al cerdo, lo llamaban «venado inglés». Sólo el cordero se lo comen todos los dioses sin hacerle ascos, pobre animal. Supongo que les interesará saber cómo se guisa un buen *soportel.*

Biscuter sacó un rotulador del bolsillo de su cazadora de campeón de safaris y se dispuso a escribir en la cara vacía del menú que les habían seleccionado e impreso.

—Hay que cocer el cerdo deshuesado en una olla grande, acompañado de su hígado, su corazón, sal y cúrcuma, y en cuanto empiece a hervir, rebajen el fuego porque ha de conseguirse un cocimiento lento. Una hora, más o menos. Aparten la carne y reserven el caldo. Hay que limpiar la vianda de sus grasas, pero no tirarlas, y una vez limpias las carnes, troceadas en pequeños dados, colocadas en un gran bol y cubiertas por el caldo de su cocción.

Pidió Paganel otro ponche para él, tomó aire para proseguir su receta y Biscuter y Carvalho dejaron de comer ante la envergadura que tomaba el proceso.

—La grasa también hay que cortarla en dados y reservarla. Se parte en trocitos la pulpa de tamarindo y se dejan en remojo en agua caliente. Cinco minutos después hay que exprimir los pedazos para que pierdan las pepitas y el corazón. Se reserva el líquido. Paciencia, no he hecho más que empezar. Se ha de limpiar la olla utilizada, volver a ponerla al fuego con aceite, la cebolla picada y los dados de grasa de cerdo. Cuando la cebolla está a punto de dorarse, no hay que entretenerse, no hay que darle tiempo a quemarse, y hay que añadirle ajo, jengibre, cilantro, comino, canela, pimienta negra, clavos, cardamomo, guindilla y vinagre. Se remueve todo a fuego alto hasta que se deshidrate un tanto la mezcla y entonces hay que incorporar las carnes troceadas y el caldo original. Se deja cocer todo a fuego lento una media hora y cinco minutos antes de apartar el recipiente del fuego, se añade vinagre, el agua del tamarindo y azúcar. Una vez frío el curioso *fricassé*, se ha de guardar tapadísimo en el frigorífico y dejarlo madurar durante dos días como mínimo. El tiempo ideal es que repose dos semanas y puede conservarse hasta seis en la nevera. Es como un escabeche. Hay que calentarlo antes de servir.

Algún temor había asomado a los ojos de los españoles y Biscuter se atrevió a preguntar:

—El que nos hemos comido, ¿cuánto tiempo ha estado en la nevera? ¿Dos días? ¿Seis semanas?

—¿Estaba bueno?

—Riquísimo.

—Entonces, ocho semanas. Dos semanas más, qué importa.

Sentados en la terraza de un café veían el trajín de uno de los *ghats* del Ganges, especialmente el baño de las mujeres, que ya en el agua descolgaban el velo y quedaban con los senos al aire para que los mojara el río. Tanto Biscuter como Carvalho habían aceptado cigarros tan manuales como ancestrales, porque Paganel iba aumentando la edad del cigarrero hasta acercarla a los cien años.

—¿Les gusta la India?

—Sólo hemos venido a ver el Ganges, pero de vez en cuando no hay más remedio que diversificar objetivos. Estuvimos en el Taj Mahal.

—Bueno. No se acomplejen. No hay que hacer el viaje para ver el Taj Mahal, pero si se está en la India, hay que verlo. Los impresiona el espectáculo religioso de Benarés, de Benarés y el río, supongo.

—No.

Tardó Carvalho en encontrar una explicación a su no, las palabras justas requeridas por el extraño oficio del francés.

—Las figuras de Shiva, o de cualquier otra deidad, forman parte de un decorado, no de una comunión espiritual profunda. Ésa se establece con el río, con el agua, con todas las significaciones que implica un elemento en sí mismo sagrado. Si alguna curiosidad me despierta este inmenso muestrario de religiones es lo tántrico, por lo que tiene de aplicación en lo estrictamente vital. Yo he conseguido ver un Ganges sin dioses, lleno de miles y miles de personas situadas entre las dos verdades fundamentales.

—La vida y la muerte, supongo.

—Exacto.

—Es usted un agnóstico, incluso un ateo.

—Así es.

Paganel alzó los brazos, sonrió plenamente, suspiró como si liberara aires malsanos y secretos, y gritó para pasmo de camareros y de los clientes más próximos a su mesa.

—¡Yo también! Sólo soy partidario de la geofilia, pero desprovista de la menor protección providencialista. El amor a la Tierra. Desde el pesimismo de que es cuanto tenemos y de que el principal enemigo de la Tierra es el supuesto rey de la creación: el hombre.

A partir de ese momento se sintieron prohijados por el geógrafo, y al comunicarle que Patna era su próxima estación de viacrucis y que ya tenía medio apalabrada una pequeña vivienda unifamiliar de un tal Jalan Nawada, tomó Paganel la nota donde constaba la dirección del arrendador y la rompió en cuatro pedazos.

—Vendrán a Patna y serán mis huéspedes. Me estoy quedando sordo de no hablar con nadie. Patna es uno de los puntos de irradiación del budismo, una interesante alternativa a estas religiones llenas de dioses.

Completó Paganel sus servicios al asumir la condición de guía «por lo que quedaba» de Benarés, después de la gozada del río. Los monumentos eran recientes, con la excepción de algún templo, pero Benarés, en opinión de Paganel, era como un inmenso teatro religioso donde las casas, por muy monumentales e históricas que fueran, cumplían su papel de decorado del rito del río. Cuando ya estaban en el Land Rover de Paganel rumbo a Patna, el geógrafo se empeñó en describirles su vida, en parte anclado en Patna, donde sacaba las conclusiones de sus viajes a través de la geografía religiosa de la India. Todavía le quedaban un par de meses y realizaba su itinerario en sentido inverso al de Carvalho y Biscuter. Venía del sureste asiático después de haber visitado Australia, y su enclave religioso más estimulante, en pleno reino de la naturaleza, al norte, en el interior del parque nacional con el que compartía el nombre: Kakadu.

—Las figuras antropomórficas de las cuevas de Ubirr son de las más sugerentes del mundo, se inscriben en la búsqueda de la geometría esencial del arte representativo y simbólico. Al nivel de las de Altamira, en España, por ejemplo. Piensen que esas pinturas rupestres son una crónica completa desde el pasado autónomo hasta la llegada de los conquistadores blancos, que en Australia fue terrible, de una crueldad despiadada. Unos auténticos salvajes exterminadores de lo indígena. Todavía en el siglo XX, el gobierno blanco prácticamente les robaba sus hijos a los pocos indígenas que quedaban para llevar al límite la desidentificación étnica. Hoy ya está todo controlado. La hegemonía blanca no hay quien la discuta, pero el nuevo indigenismo que se mueve por todo el mundo ha reactivado al menos el derecho a la protesta. Kakadu es hoy una reserva donde los aborígenes pueden practicar sus ritos para el turista, como si se tratara de un show antropológico. Es muy interesante la relación de los originarios australianos con el mundo. Se consideraban los guardianes de la Tierra y de todo lo creado durante un período ensoñado que equivale al Génesis. Los espíritus que hicieron el mundo todavía habitan los lugares donde se manifestaron, y es misión de los hombres actuales protegerlos de toda clase de contaminaciones.

Había estado en Birmania, a pesar de los riesgos que conlleva moverse por un país donde los gobiernos ignoran cualquier derecho humano.

—Eviten Birmania. Es un país hermosísimo, pero gobernado por la casta militar y oligárquica más impresentable del sureste asiático.

Antes de subir a China quería pasar un mes en el valle del Dolpo, un *cul-de-sac* del Himalaya, en Nepal, que había permanecido cerrado a los extranjeros hasta hacía más o menos diez años. La perspectiva de ese nuevo objetivo entusiasmaba a Paganel, que daba golpes al volante como estimulando al coche a acercarse en lo posible a su nuevo objetivo.

—Allí se ha creado el parque nacional de Shey Phoksundo, presidido por un lago bellísimo, de esos lagos de aguas tan sólidas que parecen otra clase de materia. Aguas lujosas, sagradas y por ello vírgenes. El valle pertenece al Nepal y apenas lo conocen los nepalíes, pero lo respetan como un lugar mágico donde los budas, los corderos y las amapolas son azules. Los budistas consideran que Dolpo es la cuna de la religión *bon*. El signo simbólico de la esvástica que figura en los templos *bon* significa una inversión del tiempo y una destrucción del universo que nos instala en una relación tiempo-espacio de fantasía. En Dolpo habita el leopardo de las nieves, no hay carreteras, ni luz eléctrica, ni teléfonos, ni hospitales... ¿Se vienen?

—No soporto los países sin luz eléctrica.

—Yo quiero ver ese lago sagrado de Phoksundo, de color turquesa, color debido, según la leyenda, a una compleja historia de diosas y piedras preciosas, turquesas, naturalmente. Los botánicos, en cambio, atribuyen el color a la fermentación de ciertas algas. El budismo del valle del Dolpo es de los más especiales y se aplica sobre todo a interpretar correctamente lo real. Toda causa tiene su efecto y a la inversa. Toda acción negativa provoca reacciones negativas.

Era persuasivo el apostolado *bon* de Paganel, una voz incontenible que durante los doscientos kilómetros aproximadamente que separaban Benarés de Patna relató sus viajes pasados y futuros, años y años, porque en cuanto completaba otro de sus recorridos circulares en torno a las religiones del globo, descubría sus insuficiencias y se ponía en marcha otra vez. Lo curioso era que cada lugar religioso había sido originalmente mágico, magnético, y las religiones hegemónicas sucesivas habían instrumentalizado esa atribución original.

La casa del geógrafo estaba situada a las afueras de Patna, asomada al Ganges, que ahí recibe al Gandak y al Ghaghara y es ya un río pleno, dispuesto a iniciar el descenso hacia la muerte en el golfo de Bengala. Era un bungalow bien programado, provisto de antena televisiva parabólica y, por tanto, de la posibilidad de encontrar imágenes de todo el mundo, incluso de España, de la que llegaba un constante, tenaz programa sobre los pazos gallegos y sobre la romería de la Virgen del Rocío en Andalucía. Pero el mejor espectáculo era sentarse en la terraza sobre el Ganges y dejar que las aguas se convirtieran en un móvil no sólo fluyente, sino también de pronto retenido, formando bucles condicionados por secretos obstáculos. Paganel se empeñó en que conocieran las inevitables maravillas de una ciudad pequeña, ángulo de un rectángulo budista que tenía en Gaya, Rajgir y Nalanda citas inevitables, pero que sus dos huéspedes rehuyeron, prestándose a lo sumo a algún recorrido por Patna, patria del más grande gurú de los sij. El gurú mereció la dedicación de un colosal templo, principal edificio de la ciudad junto al Golghar, de forma ovoide, almacén alimentario, según designio de los colonizadores ingleses, y hoy sobre todo utilizado como mirador del Ganges.

Mirar el Ganges, convocar recuerdos, temer futuros como el que podría acontecer si los norteamericanos, según todas las noticias, conseguían arrastrar al mundo a la invasión de Iraq, asumir heroicamente el empeño de Biscuter de guisar un *oreiller a la belle Aurore* en homenaje a Paganel, y así pasaron cuatro días.

El quinto día, Paganel amaneció dando portazos y blasfemando en un *patois* cerradísimo. También derribó algunos montones de libros e hizo el ademán de chutar contra un carísimo globo terráqueo que había adquirido en Murano, pero se contuvo la punta del pie a tiempo y la magnitud del posible destrozo fue como una señal para que el irritado científico cesara en sus destrucciones. Trataban de comprender Carvalho y Biscuter en qué medida ellos o su ya excesiva estancia en la casa podía motivar la indignación de Paganel, azorados hasta el punto de que su anfitrión comprendió sus temores y se les acercó, conciliador.

—Disculpen este arrebato. Son cosas mías, exageraciones mías.

Paqanel estaba indignado porque no le llegaban suficientes subvenciones del Opus Dei, su patrón indirecto, y estaba perdiendo la batalla cartográfica frente a los norteamericanos, los verdaderos antagonistas. Hace un siglo eran los ingleses. Falsear la cartografía había formado parte de la estrategia imperial.

—Hasta que los franceses creamos los institutos franceses y los clubes *mediterranées,* es un decir, y fue imposible falsificar el mundo. Ahora la batalla se da en otra dimensión. Ya no se trata de presumir territorios ocupados como en los tiempos del imperialismo decimonónico, sino de territorios dependientes según el esquema de la globalización, o dependientes económica o estratégicamente y factores disuasorios o integradores desde un punto de vista informativo y cultural. Y aquí interviene la cultura audiovisual y, otra vez, la religión.

Recurrió Paganel a una breve escalera móvil para acceder a las máximas alturas de su biblioteca y de ahí extrajo una pesadísima carpeta que a punto estuvo de caer desparramada al suelo, con Carvalho y Biscuter ya situados en disposición de actuar de manta salvavidas de bombero. Fue necesaria la ayuda de Biscuter para que la carpeta quedara sobre una mesa. Paganel la abrió entonces y reveló su contenido de mapas múltiples, y escogió un mapamundi a doble página, dibujado a mano y policromado. Los instó a que examinaran su obra desde la satisfacción de un padre conocedor de la entidad de sus hijos. Bajo el título general de *Atlas mundial de las religiones,* el mapamundi ofrecía el estado de la cuestión de la instalación de las religiones homologadas.

—¿Les parece solvente?

Biscuter asintió, y Paganel frunció el ceño.

—¿Cómo puede parecerle solvente esta paparrucha seudocientífica basada en supuestas denominaciones de origen? Por ejemplo, desde México hasta la punta del Cono Sur, constan como cristianos católicos y no da constancia de que la Iglesia vaticana ha perdido cuarenta millones de católicos en estas tierras, cuarenta millones que se han pasado a las diferentes sectas protestantes o a las religiones afroamericanas. La coloración de islámicos sunnitas o chiitas es indemostrable, dada la expansión chiita condicionada por el auge de Irán. ¿El judaísmo puede realmente encerrarse en los límites del Estado de Israel? ¿Y el judaísmo actuante desde Estados Unidos o desde Londres o desde Argentina o desde Rusia? Tampoco constan las sectas de diversas inspiraciones y no se mide cualitativamente el poder real de las religiones, que es lo que les interesa a quienes me han encargado el trabajo. Pues bien, es indispensable que yo adelante mis conclusiones a las que vayan a presentar norteamericanos o ingleses, y no hablemos ya de los trabajos en este sentido encargados por Arabia Saudí.

—Pero los datos son los datos. Los ríos son los ríos. Los hechos son los hechos.

Paganel cabeceaba negativamente mientras su sonrisa expresaba la condena a la inocencia de Carvalho.

—Falso, falso. En el siglo XIX los ingleses agrandaban en los mapas su instalación imperial como un instrumento de alienación de cara a sus escolares y de implícita lucha cultural contra los cartógrafos franceses.

—Los franceses harían lo mismo.

—Falso, falso. Francia ha buscado la verdad histórica desde los tiempos en que Diderot redactaba la Enciclopedia y Carème teorizaba sobre las sopas y las salsas en la transición de Luis XVI a la restauración de 1815.

Paganel insistía en que todo podía hundirse si no recibía la subvención pactada.

—La Iglesia católica está muy mal de dinero y el Opus constituye su fracción rica, los de esa secta infame jugaron limpio cuando yo les advertí que era ateo, heredero de las tesis de Sartre modificadas en algunos aspectos por la Escuela de Frankfurt. Usted es el geógrafo más importante y nos interesa conocer la verdad, aunque luego divulgarla o no divulgarla sea otra cuestión. Mi interlocutor era un portavoz directo del papa, Navarro Valls, su jefe de estrategia mediática, un español del Opus que parece un galán de una película de Röhmer.

Desde la ventana se veía la larga, lenta, ancha marcha de un Ganges marrón, río femenino, según los hindúes, porque amamanta la India desde su nacimiento en el Himalaya y convierte su andadura en un rito de esperanza, a veces de vida, a veces de muerte. En Rishikes, una de las ciudades más sagradas por las que pasa el río más sagrado de este mundo, la diosa Ganga sale de la cabellera de Shiva, subrayando la condición femenina de las aguas. El río dejaba atrás Patna después de ser engordado por el afluente Gogra e iba a la suya, al margen de las disquisiciones albergadas por sus orillas, donde ya muy de tanto en tanto cremaban los cadáveres atardecidos o se enfadaban los geógrafos mal pagados o las gentes ocultaban irritaciones esenciales bajo las pieles oscuras y la segunda piel de las castas, como el hombre anguloso y airado que, con un palo negro en la mano, perseguía a una muchacha y a veces le acertaba en la cabeza, tal y como pudieron comprobar desde un ventanal.

—Es una adúltera —razonó Paganel—. ¿Comprenden?

—No —dijeron al mismo tiempo Biscuter y Carvalho.

—Están ustedes, yo mismo, maleados por la cultura liberal y sin preceptos, pero los que comulgamos con la Nada somos una minoría. El ser humano nace cruel y posesivo, porque sólo así sobrevive. Las religiones convierten los déficit en virtudes, y no me atrevo a afirmar que sean más felices los lúcidos ateos que los religiosos alienados. ¿Recuerdan cómo define Durkheim «religión»?

Biscuter y Carvalho repasaron todos los álbumes de su saber y no figuraba en ellos el concepto de religión según Durkheim. A Paganel le gustaba sonreír mientras vencía.

—«Una religión es un sistema solidario de creencias y de prácticas relativas a las cosas sagradas.» ¿Qué les parece? Obscenamente obvio, diría yo, porque se limita a describir una formalización de conductas, es puro sociologismo. Yo, en cambio, estoy más de acuerdo con Lucrecio o con Lenin. ¿Recuerdan cómo connotó Lucrecio la religión? ¿No? Para Lucrecio la religión es un sistema de amenazas y promesas que cultiva y desarrolla el fondo temeroso de la naturaleza humana, que abruma al hombre y lo incita a la revuelta contra la religión si es valeroso, y esa revuelta puede triunfar si el rebelde va armado de conocimiento científico y sabiduría filosófica. La lucidez de Lucrecio es portentosa. La gran novedad de esa tesis es que, si el ser humano sale de la desprogramación religiosa, puede quitarle toda función al hecho religioso, y yo estoy en esa situación. Además, al igual que Marx, creo que la religión es el opio del pueblo.

—Y ¿qué hace un agnóstico como usted dedicado a la cartografía religiosa? —se atrevió a razonar Carvalho y allí estaba esperándolo Paganel para rematarlo.

—Yo soy un geógrafo que es no sólo un científico, sino un constatador de lo real, de lo real matérico y de lo real según las relaciones humanas. A finales del siglo XIX los anarquistas predijeron un mundo sin patronos, reyes ni dioses, y juzguen ustedes mismos. Tal vez los reyes hayan decrecido, pero no los patronos ni los dioses. A las antiguas religiones hegemónicas se ha sumado un tramado sectario que va desde la secta Moon a la liga argentina de fútbol, por citar sólo una de las iglesias particulares de una nueva religión de diseño.

Biscuter se había ido con las aguas del Ganges, y Carvalho, con las de su propia educación sentimental, de la que formaba parte la oscura, asfixiante educación religiosa de la posguerra española, el nacionalcatolicismo como instrumento de la ideología vencedora para mutilar todavía más a los vencidos. Iluminó las facciones de Paganel cuando musitó:

—Saber es defenderse.

La frase se ganó el entusiasmo del geógrafo que, con los brazos alzados hacia el cielo, enrojecido por el poniente y la alerta de los vientos, pregonaba su fe en la inteligencia humana para que al menos una minoría de sabios pudiera salvarse de la conjura de estupidez y superstición que se cernía sobre la Tierra. No veía Carvalho motivo para tanta alegría, porque la frase la había urdido tiempo atrás, casi en la adolescencia, por la misma época en que había descubierto que el movimiento se demuestra huyendo, no andando.

—Pero defenderse es casi siempre inútil.

Carvalho había hablado como para sí mismo y Paganel no se lo consintió. Lo cogió por los hombros forzándolo a aguantar la mirada.

—Usted también es religioso porque es un fatalista. Los auténticos hombres libres no pueden, no podrán, ser fatalistas, ni sustituir el papel del providencialismo divino por el providencialismo diabólico. Ni siquiera el fracaso esencial, la muerte, ayuda a racionalizar el fatalismo. La plural lucha contra la muerte, eso sí es ejercer libertad, construir libertad. Entre aquella sublime imbecilidad que dijo Leibniz suponiendo que la bondad de Dios lo había impulsado a buscar comunicarse mediante la creación, la creación de *lo mejor*. En la distinción de Cudworth entre el fatalismo o *fatum* fisiológico y el divino, usted incurre en el fisiológico.

A través de la ventana, Carvalho percibía que la relación entre la adúltera y su propietario se había agravado, y la mujer yacía en tierra, mientras el palo del marido subía y bajaba en busca de las partes más sensibles. Carvalho observó de reojo a Paganel por si reaccionaba, pero se limitaba a constatar lo que pasaba con un rictus de asco. ¿Dirigido a quién? ¿Tal vez a los dos? Y sin reflexionar demasiado, Carvalho abrió la puerta del bungalow a los caminos traseros que llevaban al río y avanzó con paso firme hacia el ámbito estricto de la paliza hasta descubrir a la mujer sangrante y muda y al marido cavador de su sangre y vocinglero para que todos entendieran el porqué de su conducta. Se colocó Carvalho a tres metros del desigual encuentro y exclamó con fuerza:

—¡Basta!

En aprovechamiento de la sorpresa del golpeante, avanzó los metros que los separaban, tomó con las dos manos el palo alzado y se lo arrebató al apaleador, con la duda de si arrojarlo lo más lejos posible o conservarlo por si las cosas se ponían en su contra. Ahora el marido gemía y se dirigía a los cuatro horizontes explicando el injusto trato del que estaba siendo objeto, explicación deducida por Carvalho a la vista de cómo se iban concentrando ciudadanos de Patna o de su extrarradio y miraban ora a la mujer tendida, ora al marido ultrajado, ora al extranjero que se había metido donde nadie lo llamaba. Optó Carvalho por seguir manteniendo la iniciativa, se inclinó hacia la yaciente esposa, como amortajada en su sari azul claro, la ayudó a incorporarse y comprobó un hermoso rostro con los labios partidos por los palos y las lágrimas corriendo toda clase de ungüentos y maquillajes. La tomó por el brazo y acompañó sus pasos inicialmente vacilantes, luego más decididos en dirección al bungalow de Paganel, en cuya puerta montaba guardia Biscuter con los brazos cruzados sobre su escaso pecho y la mirada desafiante dirigida a la torva aborigen que seguía la marcha increpante del marido a la estela de su maltratada mujer y su salvador.

—¡Hijo de puta! —gritó de pronto el ferviente esposo en correctísimo argot inglés, y como si fuera una propuesta de acción, sus paisanos levantaron los puños y los gritos y corrieron tras Carvalho y la adúltera.

Lograron atrapar al detective, pero no a la mujer, que con pies ligeros se metió en la casa por el hueco que había dejado el cuerpo de Biscuter. Corrió éste en ayuda de su jefe, caído en el suelo de barro, cercado de pies que buscaban sus riñones e incluso su cara y, más alto que ninguno, el marido, que volvía a empuñar el palo y trataba de acertar en la cabeza del detective. Se lanzó Biscuter en *plongeon* sobre tan desigual reunión y recibió la ayuda de un pasillo de cuerpos por el que fue a parar a tierra, a escasos centímetros del yaciente Carvalho. Se oyó un tiro que nadie supo de dónde salía, pero que puso a todo hindú pies en polvorosa, y de la polvareda emergió Carvalho con la pistola en la mano recién liberada de su cueva y Biscuter con la renovada cualidad de agrandar hasta lo increíble la dimensión de su pecho. Regresaron a casa de Paganel y allí estaba el geógrafo repasando mapas, aparentemente insensible ante la postrada estampa de la mujer empadada de sangre y lágrimas, sentada en cuclillas en un ángulo de la estancia. Como viera que Carvalho y Biscuter se acercaban a ella tratando de remediar los descosidos, les advirtió:

—Comprendo su reacción. Hubiera sido la mía de no conocer el país mucho mejor que ustedes. Si van a hacer lo que presiento, adquirirán un cierto derecho a propiedad sobre esa señora y el marido les meterá detrás no sólo a esa infame turba, sino a la policía, la judicatura, etc., etc. No es que los maridos maltratadores tengan buena prensa, pero pueden tener mejor trato que los extranjeros que se meten donde nadie los llama.

Ya estaba Biscuter revolviendo en su botiquín y de él salieron algodones, gasas, agua oxigenada y un calmante que, suponía, devolverían a la golpeada a una cierta paz de los sentidos. A medida que los algodones de Biscuter retiraban sangres y pellejos, emergía el rostro de una mujer guapísima que excitó el esternón de Carvalho, ese lugar donde siempre había oído por primera vez las llamadas del erotismo, como si el esternón siempre hubiera sido algo más que un hueso. Pero también Paganel se había conmovido. Se quitó las gafas, se inclinó hacia la mujer y recibió la propuesta de un abrazo que finalmente consumaron, al tiempo que Carvalho le proponía a Biscuter dejarlos a solas y retirarse a la habitación que oficiaba de *living*. Desde allí oyeron los bisbiseos de la pareja, las voces dulces que subían y bajaban, casi podían oír las caricias que las largas, huesudas manos de Paganel dejaban sobre las maltratadas carnes de la mujer, y así atardeció aún más. Anochecía ya cuando se abrió la puerta y un Paganel sin gafas y balbuciente se excusaba y les prometía una explicación.

—No tiene usted nada que explicar.

—Se merecen una explicación y se la merece mi cobardía. Esta mujer se llama Lalita, empezó siendo mi ayudante, porque está casi titulada por la universidad y ahora es mi amante. Ustedes han intervenido en defensa de una mujer

357

adúltera y ella el adulterio lo había cometido conmigo. Yo, en cambio, he permanecido aterrado, aquí, pendiente de mis libros y mis estudios. Temeroso de que el marido y sus parientes conviertan todo esto en una pira, sobre todo en estos tiempos de tanto recelo hacia lo *extranjero*.

Fue cuanto habló Paganel en varias horas. Dejó que Biscuter improvisara una cena. Apenas comió en compañía de sus invitados y su adúltera, a la que dedicó escasa atención, mientras parecía sumido en zozobras o pensamientos de los que no salió hasta la alta noche, dormida la mujer sobre una alfombra, alertas Biscuter y Carvalho ante el apasionado fumar del geógrafo, como si estuviera cargando de humo y nicotina la caldera de sus pensamientos.

—Hay que hacer algo. Por una parte, hay que alejar a Lalita cuanto antes de esta casa, por su bien y por la supervivencia de cuanto contiene después de años y años de investigación. Les ruego que me ayuden a sacarla de aquí y a poner a salvo lo más esencial de mis trabajos. Lo lógico es que vayan hacia Calcuta, donde será fácil ocultarla en casa de unos amigos, y a ustedes los acerca a su propósito de dar la vuelta al mundo. Yo trataré de pactar una solución con las autoridades del lugar, habida cuenta de que ella no estará ya aquí y yo puedo pretextar desconocer su paradero.

Amanecía cuando un pequeño camión de mudanzas se detuvo ante el bungalow de Paganel, y el geógrafo, con la ayuda de Biscuter y Carvalho, cargaba en él hasta veinte cajas llenas de folios, cuadernos, carpetas y libros que apenas redujeron en un diez por ciento el total del papeleo acumulado en el despacho y casi nada de los miles de volúmenes acumulados en las estanterías. Entre caja y caja, Lalita fue introducida dentro de un saco de dormir, acompañada de varias mantas que quedaron a la espera de los cuerpos de Biscuter y Carvalho. Todo estaba dicho y decidido. Paganel los despidió enmarcado en la puerta principal de su casa con el leve gesto de la mano y una secreta mirada de agradecimiento sepultada por las dioptrías y las penumbras del amanecer.

Unos seiscientos kilómetros los separaban de Calcuta y asumieron la recomendación de permanecer en la caja del camión envueltos en las mantas, junto al saco de dormir que ocultaba casi totalmente a Lalita, y así hasta que salieran del entorno de Patna y quedaran, por tanto, alejados del esposo burlado y de sus parientes. Después de Calcuta, ¿qué? Biscuter era partidario de seguir hacia Bangladesh y Birmania, pero Carvalho se negó a pasar por un país tan amenazador.

—Me hubiera encantado volver al Triángulo del Opio, esta vez desde Birmania y no desde Chiang Mai, como en 1975 y en 1982, pero estoy cansado de zarandeos. Quisiera pasar un tiempo plácido, sin amenazas, a lo turista. En Tailandia, la mítica Siam, por ejemplo, y descender hacia Malasia por la misma ruta por la que llegué a Koh Samui, unas islas paradisíacas en el golfo de Siam, cercanas a una ruta de Conrad, y poco a poco llegar a Singapur a tomarnos ese cóctel horroroso pero literariamente imprescindible que se llama singapur sling.

Nada habían dormido, pendientes de reunir los más urgentes materiales de salvación y por eso se permitieron hacerlo durante casi doscientos kilómetros hasta que se despertaron a causa de los tirones que de las mantas daba la muchacha. Mediante gestos les dijo que necesitaba salir del camión y Carvalho se acercó al conductor por entre las cajas y le dijo en inglés que debían bajar para hacer sus necesidades. Circuló el vehículo todavía durante media hora y se detuvo ante una gasolinera de bastante buen ver. Descendió primero la mujer cubierta por el velo y, tras ella, uno de los conductores, que montó guardia en la puerta del mingitorio hasta que salió y fue sustituida por Carvalho y Biscuter, que husmeaban el aire prometedor de té y de algo dulce, porque olían a pastelería y tenían hambre. Concedieron los conductores que fueran a desayunar y rechazaron la oferta de ser sus invitados, oferta que no extendieron a la fugitiva porque se había vuelto a acurrucar sobre sí misma como si hubiera perdido de pronto toda memoria y todo deseo. Tomaron té con jazmín en la barra de la cafetería de carretera y dulces en los que sin duda intervenían la calabaza y la harina, tal vez extraída de los maizales que predominaban en el inmediato horizonte. Biscuter pidió un vaso de cartón lleno de té y dos dulces que llevó hasta la camioneta, donde despabiló a la mujer y lo puso en sus manos. Algo parecido a una sonrisa de muchacha adolescente, sorprendida por una delicadeza inesperada, recuperó la entidad de su compañera de viaje, de pronto reubicada con su belleza cargada de madrugada y erosiones de mal dormir, pero en definitiva un rostro espléndido donde la ausencia de maquillaje dejaba en libertad la dulzura de la mirada y la sensualidad de los labios partidos. «Joder, vaya señora», comentó Carvalho a Biscuter mientras abarcaba espacio suficiente para recuperar la posición supina.

—*Ferma*, jefe. Una chica muy *ferma*.

Antes de entrar en Calcuta, se detuvo el camión en un villorrio, y al pie de la carretera esperaba un matrimonio occidental, franceses cuando hablaban entre sí y fonéticamente franceses cuando lo hacían en una mezcla de inglés y dialecto con los responsables de la expedición. La compañera de viaje había bajado del camión con gracilidad, y tumbados en el fondo de la caja, Carvalho y Biscuter presenciaron el traspaso de la mercancía humana a la joven pareja, que llevaron a la adúltera fugitiva hasta un viejo Rover aparcado en la cuneta. El resto de la mercancía, humana y libresca, prosiguió el viaje inmediatamente, y por una ranura del toldo que tapaba el trasero del camión, Biscuter creyó entender la palabra «Calcuta».

—Ya estamos en Calcuta.

Y Carvalho sintió como si se le cayera Calcuta encima.

—Extensa, caótica y contaminada.

Carvalho lo repetía como una salmodia cuando contemplaba desde el cristal de su habitación la promesa de una bocacalle donde se amontonaba basura orgánica e inorgánica de unos tejados escombreras erosionados hasta el detritus, o tal vez fueran las ruinas y los restos terrestres que habían subido hasta allí en un meritorio esfuerzo de llegar a los cielos huyendo como basuras aterradas por las miserias humanas. Todas las calles le habían parecido ocupadas por ejércitos de mutilados, leprosos y ciegos con los ojos tapiados por cataratas entre el verde y el amarillo. Y ni siquiera, al menos en Calcuta, la hegemonía de los tipos asténicos restaba dramatismo al horror, aunque lo llevaran como autoasumido, controlado y superado.

—La llamada Ciudad Británica es muy bonita, pero también allí la limpieza es desigual. Ése es el gran problema de Calcuta. Espero que no sean ustedes aprensivos. En cambio, les aconsejo que no crucen el puente hacia Haora. Aquello es el infierno. Es una ciudad de industrias y miserias donde la gente se muere por las aceras y tardan más de un día en recoger los cadáveres.

Las palabras del criado todoterreno del hotel, maletero, ascensorista, camarero, planchador de ropa, remendón de lo que hiciera falta y responsable de un hipotético servicio de habitaciones no habían hecho otra cosa que corroborar los fantasmas que había traído puestos y los que había visto en el breve trayecto hasta el hotel que les había buscado Paganel. Carvalho se sentía paralizado y optó por hacer caso a sus sentimientos. Calcuta no figuraba en su itinerario original y tampoco sabía si habría preferido viajar hacia el sur, llegar hasta Goa, de donde conservaba recuerdos trasmitidos por coetáneos buscadores del paraíso en los años sesenta o setenta del siglo XX, o subir hasta Nepal para peregrinar a Katmandú con treinta años de retraso o localizar Shangrila, la ciudad literaria que le había transmitido Hesse en plena adolescencia. Pero Calcuta, no. Se negó a salir de la habitación después de un primer paseo con Biscuter en el que buscaron lo obligatorio de la ciudad, los espacios generosos de la que había sido zona residencial y monumental británica presidida por un parque y el parque por un fuerte.

—Si van al New Market, cuidado. Podrán comprar un tigre o una cajita de pulgas amaestradas o un pedazo de stupa sagrado, antiquísimo, naturalmente falso. Hay una industria que fabrica pedacitos de ruinas de nuestros templos, sean de la religión que sean, y las de stupas budistas son las más buscadas. El mercado es un espectáculo. Pero ojo con la cartera, casi todos los carteristas de la ciudad están allí y nadie sabe cuánta gente vive en Calcuta. Las cifras oficiales se han quedado en doce millones de habitantes, pero sobre todo en Haora nadie sabe cuánta gente vive. En realidad, es una ciudad donde los espacios libres del centro colonial se pagan en el resto. No existen. Por algunas calles de Haora se ha de caminar saltando por encima de los que han muerto en las aceras después de haber vivido en las aceras.

Visitaron el mercado porque era criterio carvalhiano que no se conoce una ciudad si no se visitan sus mercados, más eficaces que las catedrales para relacionar vida e historia. Pero antes, Biscuter quiso pasear, todo lo rápidamente que

Carvalho quisiera, por el Indian Museum, el más antiguo de la India y dotado de algunas piezas artísticas únicas como la Balaustrada, relieves que reproducían episodios de las vidas anteriores de Buda mediante una estatuaria progresiva, heredera de los diferentes estilos de la escultura india, materializados en una piedra de arenisca roja y dorada. La ventaja de los museos es que se convierten en territorio libre una vez superada la barrera de los centenares de guías que se consideran indispensables para tu supervivencia y dependen de un turista, aunque sólo sea de un turista para poder vivir una semana. Contrató Biscuter al que le pareció más destruido por la vida o por la historia, y durante dos horas los ilustró la voz en *off* del jubilado y viejo profesor de antropología, según él, de la Universidad de Calcuta. Subrayaba lo que veían y lo que no veían, y cuando Carvalho desconectó la oreja, quedaron acústicamente a solas el guía y Biscuter, nulamente comunicados por el inglés, que Biscuter no entendía.

En el New Market soportaron colas de pedigüeños que se les colgaron de la sombra, aunque a veces tendían las huesudas manos para golpearles los brazos o las caderas en demanda de la limosna. Y cuando no eran mendigos de todas las edades, eran clanes de guías que se ofrecían para protegerlos de otros clanes de guías, combatientes entre sí, también apabullantes los introductores a los más variados negocios que llegaban hasta el abrazo y a cortar el paso con tal de que se metieran en sus tiendas o se situaran ante las jaulas donde se contoneaban cobras, jóvenes panteras o elefantes neonatos que sacaban la trompita en busca de plátanos. La parte del mercado dedicada a los animales era como un zoológico achicado, tan achicado que todos los animales parecían enanos, y su persistente olor acompañaba a los viajeros en su tránsito por las más insospechadas ofertas: desde las montañas de especias hasta los inevitables ungüentos de serpiente que permitían una sexualidad de karma, ropas para todos los cuerpos fruto de los más insospechados desguaces, porque Biscuter encontró, en bastante buen estado, el uniforme de un oficial japonés de la segunda guerra mundial, o así lo parecía. Síntesis de incienso y basura, una nube de aroma los acompañaba como una aura, a la que se sumaron los efluvios de las hierbas aromáticas dominadas por el perfume de un cilantro envanecido y omnipresente, a pocos pasos de toneles llenos de extraños peces, como si estuvieran todavía vivos y nadaran en salmuera, o de pescados disecados colgantes en ramilletes, todavía con los hocicos apuntando a los ojos del contemplador.

Con las narices acongojadas y los oídos tapiados por todos los sonidos que en la India adquieren la condición de el Sonido, regresaron al hotel para descansar y buscar espacio más amplio para sus hazañas. Nada más atravesar la puerta del Lahore House, el recepcionista, camarero, chófer, planchador, lavandero los avisó de que habían llamado del consulado francés y dejado un teléfono a nombre de monsieur Maristany. Era muy, muy urgente. Monsieur Maristany hablaba español con acento del Midi, aunque de vez en cuando *salava*, como si hubiera vivido años en las islas Baleares. Sin dar más explicaciones, rogó a Carvalho que se trasladara al consulado y le prometió toda clase de información, pero de momento estaba obligado a ser discreto.

Hacia el consulado partieron Carvalho y Biscuter. El bedel los introdujo inmediatamente en un despacho interior, para más tarde mirar por las ventanas por si veía algo indeseable. Sus párpados afirmaron, es decir, ratificaron que todo estaba en orden, y cerró la puerta tras de sí dejando a los dos visitantes a solas, sin otra compañía que una edición de 1975 del *Larousse Illustré*, asaltada por Biscuter desde su insaciable deseo de aprender y de llegar a saber tanto como sabía Carvalho. En éstas, se abrió la puerta y allí quedó enmarcado el profesor Paganel, sonriente, con los brazos abiertos, a los que se echó Biscuter entusiasmado.

—Mire, jefe, quién está aquí. El mejor geógrafo francés del mundo.

Se quitó de encima Paganel los elogios y el elogiador y se fue a estrechar la mano de Carvalho. Cuando el geógrafo dejó libre el dintel de la puerta, apareció el evidente monsieur Maristany, con cara de cómplice telefónico de la escena. Hizo las presentaciones Paganel, rogó el cónsul Maristany que todo el mundo se sentara, y tras un breve silencio introductorio, el geógrafo carraspeó y habló:

—Bien. Reconstruyamos la situación. Se crea el incidente con el marido que agredía a la esposa adúltera. Luego ustedes se enteran de que el adulterio lo ha cometido conmigo y secundan mi plan de poner a salvo mis libros, mis trabajos y a la muchacha maltratada. Los dejo camino de Calcuta y regreso a Patna. Nada más meterme en casa observo que merodean en torno a ella grupos de hombres y que de esos grupos empiezan a salir piedras, cada vez más grandes, contra las fachadas y las ventanas de mi bungalow. Luego estalla un griterío y a través de los cristales puedo observar rostros feroces, terribles, de pánico, por lo que telefoneo a la policía y cinco horas, cinco horas después envían a cuatro agentes en un jeep, les explico lo que está pasando y se enfadan conmigo. ¿Y la mujer? Es imprescindible que devuelva a la mujer a su marido. Me doy cuenta de que tengo al enemigo en casa y fuera de mi casa. En vano esgrimo que desconozco el paradero de la mujer, sin recordar que ya había contado a la policía que la puse a salvo con dos amigos extranjeros y les di sus nombres, para que comprobaran mi sinceridad. Nada más desdecirme al asegurarles que no sabía dónde estaba Lalita, comprendí que podía pasarlo muy mal. Se me ocurrió telefonear al cónsul francés en Calcuta y, afortunadamente, M. Maristany, al habla con el embajador en Delhi, lo convirtió todo en una cuestión de Estado y los policías tuvieron que meterme en el jeep y llevarme hasta Calcuta. Pues bien, nada más subir al jeep, todos los maridos de la zona, o así me lo pareció a mí, nos rodearon y empezaron a zarandear el vehículo hasta que a uno de los guardias se le ocurrió, como a usted, disparar al aire. Se apartaron los manifestantes, pero no para bien. Dejaron al jeep en paz pero no sé de dónde, como si las llevaran ya encendidas debajo de las ropas, exhibieron docenas de teas enormes que iluminaron la escena y luego corrieron hacia mi casa para arrojar contra ella el fuego, sin que esta vez intervinieran los guardias. Al contrario, aprovecharon que mi casa se había convertido en una hoguera para sacar el jeep de tan peligrosa situación y aquí me tienen. Aquí nos tienen: Lalita está conmigo.

—Felicidades.

—Gracias, Biscuter, pero no los he llamado para que me feliciten, sino para avisarlos de que esos energúmenos conocen su existencia, porque la revelé a los agentes y no me fío de su voluntad de silencio. Aquí el sistema de sectas funciona, porque las sectas ayudan a sobrevivir y hay tramas establecidas a partir de lazos de religión o parentesco. Les aconsejo que se vayan cuanto antes de Calcuta. Lalita saldrá dentro de unas horas en un mercante que la dejará en las islas Andamán, allí me reuniré con ella, y dentro de pocos días habré de resituar mis objetivos. No sería prudente proseguir mis trabajos en India, que ya estaban prácticamente acabados, ni es aconsejable subir hasta el valle del Dolpo. Estoy asustado y Nepal me parece demasiado cerca. Hay que dejar pasar un tiempo. ¿Quieren venirse a las islas Andamán, con Lalita, conmigo? Es un lugar paradisíaco.

—Todavía no hemos visto el delta del Ganges.

La observación de Carvalho impidió la entusiasta aceptación de Biscuter.

—Toda Asia me parece cada vez más paradisíaca —insistió tozudamente Carvalho—. Nada más salir de Europa ya empiezas a encontrarte paraísos terrestres.

Lalita los esperaba en el despacho de Maristany. Había luz suficiente como para comprobar el encanto de la mujer, iluminada la cara por la sonrisa leve con que había acogido a Biscuter y a Carvalho, ojos negros pero no redondos como solían abundar entre las hindúes, un óvalo de rostro diseñado con voluntad de emblema, labios tiernos y algo abundantes, cabello negro ultimado en un moño reposado en la base de un cuello alto y sano, sin asomo de esqueleto vertebrador que pudiera arruinar el mejor proyecto de cuello femenino. Llevaba una blusa fucsia de manga corta bajo el sari y podían vérsele los brazos exactos de muchacha bien alimentada. No podía quitarle Carvalho los ojos de encima hasta que notó un suave empujón de Biscuter para que dejara de mirarla alelado y reparara en el discurso que había emprendido Paganel sobre sus proyectos de futuro.

—Bien. Un cierto reposo en mis investigaciones de campo me permitirá entrar en liza contra tanto profeta como se está alzando, en aprovechamiento de una óptica consumista sobre las religiones. Mi primer ataque va a ser contra Roger Garaudy. ¿Sabe usted de quién le hablo? Fue príncipe heredero del poder intelectual del Partido Comunista francés y le tocó velar por la ortodoxia contra Lefèbvre hasta que él mismo cayó en la herejía y fue combatido por otros príncipes herederos del rigor doctrinal de la dirección del comunismo francés, Scève y Casanova, entre otros. Pues bien, hete aquí que el autor de *Perspectives de l'homme*, desdichado intento de enriquecer el marxismo con las otras filosofías hegemónicas en el siglo XX, se convirtió al islamismo, tal como suena. Pero no ayer o anteayer: treinta años de islamista. Y tengo ganas de ajustarle las cuentas. A la edad que tenía Garaudy cuando dio el salto del marxismo al islamismo sólo cabe una pregunta: ¿cómo es posible que haya necesitado usted una revelación para descubrir lo que ahora le parece evidente?

Lalita no sabía quién era Garaudy, pero no tendría más remedio que enterarse si proseguía su convivencia con el geógrafo de las religiones.

—Tendrían que leer ustedes *Por un islam del siglo XX*, de Garaudy. Un panfleto que ya nació tarde, porque el siglo XX, según Howbsbawn, acabó antes de lo previsto. Garaudy tiene que enfrentarse no sólo a una adaptación del islamismo como doctrina que da orientaciones civiles muy precisas, sino que se basa en principios teológicos lapidarios: sólo Dios posee, sólo Dios manda, sólo Dios conoce. De los dos primeros radicalismos teológicos, se puede llegar, con muchas ganas, a afirmar que coinciden con la crítica de la propiedad privada y contra el papel del poder aquí en la Tierra. Allá cada cual con su aparato de digestión intelectual. Pero no lo olvidemos, ¡sólo Dios sabe!

Estaba muy interesado Biscuter en las profundidades lógicas de las angustias intelectuales de Paganel y en cambio Carvalho se recreaba en la placidez autosatisfecha de Lalita, que ocupaba su propio espacio con plenitud y escuchaba la voz en *off* de su compañero de adulterio como una música. De repente, Paganel regresó de su justa contra Roger Garaudy y propuso desde una sonrisa encantadora:

—Las islas de Andamán, ¿qué les parece? ¿Se suman?

Desde la mitología a la huida, Paganel abría los brazos como tratando de acogerlos a todos.

—No entra en nuestros planes. Lo lógico es que prosigamos a Bangladesh, Birmania, Tailandia, Singapur y tal vez entonces dudar entre seguir hacia el sur o ir a China. Aunque no sé muy bien por qué me interesa ese país. Me aturde la gente. Si me aturde la gente en la India, imagínese en China.

—Alá es grande y ha permitido que hasta en China haya desiertos y lugares recoletos.

Biscuter asumía la resolución de Carvalho, pero al repasar en una de sus guías las virtudes atribuidas a las islas Andamán, vio que eran muchas. Consiguió un breve aparte con Carvalho y se limitó a recitarle algunas de las características isleñas. Hasta trescientas, coralinas, llenas de playas tan hermosas como las de las Maldivas, semidespobladas, el Parque Nacional Marítimo de Mahatma Gandhi, a un paso de Malasia y Sumatra. Carvalho se limitó a contestarle que no estaban de vacaciones y que no lo atraía someterse a un curso de teología o de antiteología. Le daba lo mismo.

—Pero tú, Biscuter, eres muy dueño de elegir.

—Jefe, jefe, no se embale. Usted ya sabe qué he elegido.

A Carvalho le molestaba reconocer que lo más incómodo del viaje, si lo hacían con Paganel, era la presencia de Lalita, la obligación de estar y no estar con ella, pero finalmente se absolvió por un procedimiento que utilizaba en los últimos meses: «A mi edad, puedo y debo asumirme tal como soy.» Tras unas cuantas tazas de té, Biscuter dialogaba intensamente con Paganel, la mujer seguía en su ensimismamiento satisfecho y Carvalho quería marcharse porque urgía ultimar el trayecto del Ganges y decidir el rumbo posterior.

—¿Cómo llegar al delta? Me refiero al punto culminante del delta.

Biscuter lo tenía estudiado.

—Hay dos procedimientos: o meternos en Bangladesh o buscar la desembocadura desde el mar. Supongo que habrá recorridos desde el mar, al sur de Calcuta. Por lo que he leído, lo mejor es viajar por el interior, pero es incomodísimo, y sólo se cumplen trayectos fluviales limitados. En realidad se trata de dos ríos: el Ganges y el Brahmaputra.

De pronto una bombilla se encendió sobre la cabeza de Carvalho y se fue hacia Maristany.

—Usted seguro que lo sabe: ¿es posible sobrevolar en un helicóptero la desembocadura del Ganges, hasta Bangladesh?

Maristany ahorraba palabras pero no informaciones, y con un evidente Cartier de oro escribió: «Air India 50 J.L. Nehru Road, tef. 2472356-2427358, junto al aeropuerto, también teléfono 5119031.»

—Pregunten por Zakir y díganle que van de mi parte. Es el propietario y a la vez conductor de un helicóptero solvente. No es un vuelo fácil; entraría dentro de la categoría de vuelos de larga duración.

Se abrazaron los hombres en el momento de la despedida y Lalita aceptó la gentileza de las inclinaciones de medio cuerpo de Biscuter y Carvalho y allí se quedó, a la espera de un pintor, del mejor pintor de la mejor feminidad. Las despedidas reprodujeron la gestualidad del reencuentro y evidenciaron que Biscuter se iba a contra corazón, atraído por la sabiduría de Paganel, con quien ya había compartido una breve conversación sobre los cátaros, su religiosidad más conocida y exótica. En cambio, el detective vivía una extraña urgencia que lo llevó a preguntarle al cónsul si podía telefonear a la Air India desde allí mismo. Consiguió hablar con Zakir después de tres intermediarios y el piloto propietario le advirtió que era una excusión larga, cara, expuesta a los cambios de viento, porque debían hacerla en helicóptero si realmente querían ver algo del delta del Ganges, sobre el que a veces se cernían nieblas que imposibilitaban toda visión.

—¿Me está usted aconsejando que no haga el viaje y me compre un libro de fotografías del delta?

—No. Es un viaje que me gusta. Le estoy previniendo porque, si se producen algunos de los inconvenientes que le enumero, usted me ha de pagar igual y ya he pasado por varias situaciones difíciles.

—Le pagaré en el momento de embarcar.

A las seis de la mañana los esperaba Zakir en la zona de vuelos irregulares del aeropuerto de Calcuta tan vestido de aviador que era difícil verle el rostro, aunque su voz y su cuerpo gesticulante eran pura sonrisa. Se sorprendió ante el equipaje de que eran portadores sus viajeros.

—¿Se van a quedar en Bangladesh?

—No, pero nada más regresar a Calcuta nos subiremos al primer avión que vaya a Chiang Mai.

—No hay vuelo Calcuta-Chiang Mai. Hay que pasar necesariamente por Bangkok.

Subieron al helicóptero y Biscuter se sentó junto al piloto sin pactarlo con Carvalho, con un inmenso plano de la India a vista de pájaro sobre las rodillas. En él había delimitado el perímetro que, partiendo de Calcuta, se adentraba en Bangladesh hasta la capital Dhaka y luego descendía con el Ganges hasta que sus aguas se diversificaban en un larguísimo manglar, el Sundarbans, tan amplio como todo el sur de Bangladesh; luego deberían sobrevolarlo hasta la frontera con la India y de nuevo Calcuta. La cabeza de Zakir iba diciendo que sí, pero que la duración de la vuelta los obligaba a repostar y a repasar el helicóptero en Dhaka, trámites lentos, porque los de Bangladesh son todavía más lentos que nosotros. La excursión incluía almuerzo de carne empanada, yogur, frutas, todo el té que quisieran y una botella de whisky. «Por si los viajeros no eran abstemios por motivos de salud o de religión», aclaró el piloto.

—¿Es usted abstemio?

—¡No! —contestó Zakir, alborozado.

El whisky era necesario porque de la tierra emanaba toda la humedad de este mundo y, a poco que se acercaran para ver un detalle, parecía como si les empapase el mismísimo esqueleto. Mientras daba instrucciones sobre cómo ponerse el cinturón y moverse por tan estrecha nave, explicaba la historia del aparato, un helicóptero herido en una de las guerras entre India y Pakistán, precisamente a causa de Bangladesh. Pero ahora era un aparato sano, un poco viejo, pero sano.

Cuando ya estaban en vuelo, Zakir les señaló la parte del delta que correspondía a la India y el origen del manglar de Sundarbans, uno de los más extensos del mundo, ubicado mayoritariamente en Bangladesh.

—Subiremos hasta Dhaka para que vean dónde se forma realmente el Padma, nombre que recibe el río resultante del encuentro del Ganges con el Brahmaputra. Al conformarse el encuentro de los ríos e iniciar el descenso hacia el delta, transportan un millón de toneladas de aluviones al día, pero las aguas forman una inmensa red de ríos, brazos de agua muertos, ciénagas, la lenta fluidez del manglar laberíntico que alterna las aguas retenidas con las circulantes, donde se cultiva el arroz y la malaria, también el cólera. Si no eres del lugar, es muy peligroso poner el pie en esa zona.

Volaron directamente hacia la capital, Dhaka, y desde el helicóptero presenciaron la definitiva conversión del Ganges en el Padma, más una derivación menos caudalosa que iba hacia Khulna, los manglares y el mar. El Padma se ensanchaba a su paso por la capital con voluntad de estuario, pero la mayor parte de sus aguas se desparramaban luego por la red acuática de pantanos y manglares y el curso central se hacía mar frente a Chittagong, dentro de un enclave de Bangladesh, al norte de la península de Malasia. Subía y bajaba el aparato según Zakir consideraba que había un punto interesante y así veían los arrozales rodeados de cocoteros como únicas tierras cultivadas, aunque los kilómetros y kilómetros de pantanos servían sobre todo a una jungla que, a medida que penetraba propiamente en la zona de Sundarbans, se convertía en bosque húmedo, en palmerales y conjuntos de malváceas, una de ellas, la *sundri*, había puesto nombre a la región. Cambió Zakir su propósito inicial de repostar en la capital y prefirió hacerlo en Khulna, la ciudad más importante del delta, y así hicieron de un tirón la travesía de Bangladesh, descendieron hacia el golfo de Bengala y el piloto aprovechó la plenitud de los manglares para sorprender la quietud de los cocodrilos junto a las aguas, empeñado además en sorprender a la fauna del lugar: búfalos, monos, pitones y cobras, pero sobre todo tigres, los tan conocidos tigres de Bengala.

—Las serpientes no se ven, a no ser que quieran aterrizar, pero no es recomendable entre tanta jungla. Pero tigres es posible que sí; a veces los he visto.

Carvalho estuvo a punto de preguntarle cuántos tigres había visto desde el helicóptero, pero le pareció una grosería, y se entregó a los relatos de Zakir sobre la relación del tigre con las serpientes. Eran cuentos tradicionales en los que casi siempre el tigre era el bueno y la serpiente la mala y en los que apenas tenía cabida el hombre, como si su papel fuera demasiado difícil en medio de la naturaleza brutal donde ni siquiera las aguas prometían quietud.

—Cuando menos te lo esperas, hay subidas de las aguas, inundaciones que borran el paisaje y matan a hombres y animales. Y nada se puede hacer. Demasiada agua.

Demasiada agua. Carvalho había visto ya los tres niveles del Ganges, la premonición del nacimiento, la plenitud religiosa de las llanuras y ahora el encharcamiento en la tierra antes de morir. Como si se tratara de una metáfora angustiada, el Ganges intentaba ser mil ríos antes que aceptar su condición de moribundo. Y de las exactas humedades terminales arrancaba la promesa del retorno, cuando el milagro de las evaporaciones hechas agua y nieve reprodujeran en el Himalaya el inicio de otro viaje hacia la muerte. Ninguna metáfora de la vida comparable a la de las aguas en movimiento desde la soberbia original hasta las fallidas huidas por pantanos y manglares que no consiguen evitarles el mar. Aterrizaron en Khulna y, mientras repostaba el helicóptero, propuso el piloto buscar un rincón fresco del aeropuerto, y bajo un cañizo espeso recubierto de enredaderas llenas de flores azules ocuparon dos bancos y comieron lo que había: elogiada al máximo la carne empanada, en su punto los mangos y los *lichis*, abundante el té enriquecido con whisky para inicial pasmo de Zakir, hasta que le explicaron que acababan de inventar el carajillo indio y le propusieron que lo probara. Hasta cinco carajillos de té se tomó el piloto, ante la alarma de sus viajeros, que procuraron beberse la botella antes de que diera cuenta de ella el hombre que más necesitaban para volver a Calcuta.

Algo adormilados, empapados de calor húmedo, ralentizaron las palabras y los gestos, y Carvalho comentó con Biscuter el rodeo a que se veían obligados si querían llegar a Tailandia. No había vuelos directos a Chiang Mai, por lo que era necesario saltar a Bangkok y desde allí plantear un traslado hacia el norte, hasta el Triángulo del Opio. Luego una visita somera a Bangkok, donde Biscuter quería ver cómo las animadoras sexuales de la ciudad conseguían, sin ayuda de las manos, meterse y sacar un pelota de ping-pong de la vagina. A continuación, un descenso en tren hacia Malasia y Singapur, con escala en el puerto donde Carvalho había embarcado para Koh Samui veinte años antes, tras una dura noche compartida con un cura italiano y soldados tailandeses a la caza y captura de los penúltimos comunistas del mundo.

—Segundas partes nunca fueron buenas, pero aquella vez en Koh Samui recibí mensajes equivalentes a los que recibió san Agustín, el Águila de Hipona, cuando vio a un niño que intentaba meter el mar en un agujero abierto en la arena.

—Las criaturas piensan lo que menos te esperas. Yo tenía un sobrino que una vez metió la cabeza entre dos barrotes del balcón de su casa y hubo que sacarlo a base de mucho jabón.

Zakir no dormía, a pesar de los muchos carajillos que se había tomado, y cuando Carvalho le tradujo la conversación que había mantenido con Biscuter sobre el imperativo de ir a Bangkok para luego subir hasta Chiang Mai y el Triángulo del Opio, se quedó reflexivo el piloto y finalmente informó:

—Hay otra solución. Yo no puedo llevarlos en helicóptero porque la distancia es enorme y este artefacto está pidiendo la jubilación. Pero desde Calcuta salen algunas veces avionetas privadas o vuelos Fokker alquilados por particulares, que van hasta Chiang Mai o hasta Laos o Hanoi, entonces ya con escalas.

—¿Son muy caros esos viajes?

—A precios asiáticos para asiáticos. Además, muchas veces transportan a comerciantes poco normales, peligrosos. Pero si consigues meterte en uno de esos aviones, llegas. Son muy seguros, más que los helicópteros y los jumbos, ¿me entienden?

Nada más recuperar el helicóptero, Zakir telefoneó a la base e indagó qué vuelos podía haber aquella noche o al día siguiente por la mañana en dirección a Chiang Mai. Tras larguísimos merodeos desinformativos, finalmente entraron en una conversación concreta sobre un vuelo concreto: «Mañana a las diez de la mañana, rumbo a Chiang Mai», un Fokker fletado por una federación tailandesa de lucha en el que había cuatro plazas libres, y el precio del vuelo podían arreglarlo en trescientos o cuatrocientos dólares por persona.

—Si son trescientos...

Finalmente fueron trescientos cincuenta. Zakir les propuso que durmieran en el mismo aeropuerto, en algún hotel próximo, los había de todas clases, y a medida que enunciaba hoteles y aportaba ventajas y desventajas, era evidente que el cerebro de Biscuter estaba buscando soluciones propias.

—¿Y si durmiéramos aquí?

—¿Aquí?

—Aquí, sí, en el helicóptero. Hay espacio para dos personas, un poco encogidas, pero sólo se trata de unas horas porque vamos a llegar tarde, una cenita, un tentempié. ¿Cuánto costaría dormir aquí, jefe?

Esta vez el jefe era Zakir, algo embarazado, no seguro de que sus superiores dieran el visto bueno. Carvalho recordó que Maristany había hablado de Zakir como el propietario del helicóptero y, por tanto, su propio jefe.

—No tienen por qué saberlo.

Si no se enteraban, de acuerdo, cincuenta dólares. Treinta. Cuarenta. Treinta y cinco y unos carajillos de té. Zakir estuvo conforme.

El Fokker se llenó de músculos tailandeses y las cuatro plazas libres fueron ocupadas por Biscuter, Carvalho y un matrimonio que les pareció chino. Para Biscuter empezaba una aventura y, en cambio, para Carvalho se trataba de una recuperación veinte años después de su segundo viaje a Tailandia, treinta de un primer encuentro con el país. Del más lejano viaje conservaba un recuerdo especial personificado en un niño habitante en una de las aldeas situadas entre Chiang Mai y el Triángulo del Oro, un niño de cuatro años que se sabía una canción francesa: «*Frère Jacques, frère Jacques, dormez-vous? Dormez-vous? Sonnent les matines, sonnent les matines, ding, dang, dong, ding, dang, dong...*» La cantaba para cada una de las expediciones de turistas y viajeros, y era la principal fuente de ingresos de su familia, gracias a la nana que le había enseñado un misionero francés. Luego podían visitarse los campos de adormideras, e incluso recibir un curioso cigarro con capa de palma seca, suavemente evanescente, prometedor de humos más profundos. Aún no se había liquidado del todo la guerra de Vietnam y el Triángulo del Oro delimitaba una amplia zona compartida por Birmania, Tailandia y Laos, habitada por tribus chinas desde los tiempos de la guerra civil entre maoístas y nacionalistas, difícilmente controlable, en la que sobrevivían restos del ejército chino de Chiang Kai-Shek, dominando las zonas más productivas de estupefacientes. Nadie discutía el cultivo, la industria y el comercio de cocaína, heroína y opio, en manos de aliados de Estados Unidos durante la guerra del Vietnam, con una presencia vigilante de la DEA, la policía internacional norteamericana sobre el narcotráfico, que había pactado el mínimo de cupo que podía penetrar en Estados Unidos. Durante el segundo viaje pudo percibir que todas las aldeas estaban donde estaban, pero habían desaparecido los hombres y los campos de adormidera. Ya no había guerra del Vietnam y nada justificaba la tolerancia con los cultivos que se habían trasladado hacia el norte, lejos de las rutas turísticas. La mano de obra viajaba hacia allí y luego regresaba a sus aldeas dormitorio, donde ya no encontró a ningún niño que cantara *Frère Jacques*; tal vez aquel niño era ya un trabajador más del tráfico prohibido. Carvalho sentía atracción por el Triángulo del Oro o del Opio porque era, como el Triángulo de las Bermudas, un lugar de naufragios sorprendentes; en primer lugar, zozobraba la falsa moral antidroga, en aquellos aluviones tribales, con más conciencia de lo que los unía en su aislamiento que cualquier dependencia teórica con Bangkok o Birmania. Los antropólogos habían señalado a los mehos como los más singulares, antiguos pobladores de Yunnan, en el sur de China, donde habían cultivado el opio desde la prehistoria. Perseguidos por cuestiones étnicas o políticas, los mehos se habían esparcido por el norte de Birmania, Tailandia y Laos, llevando consigo su vieja cultura del opio, sentando la base de lo que más tarde sería llamado Triángulo del Oro, hoy sostenido por toda clase de generales, pero sobre todo por tailandeses y birmanos. Los antropólogos trataban de convertir a los mehos en una de las curiosidades de aquella región evanescente en la que los autocares llegaban hasta aldeas y mercados de artesanías que enmascaraban el sentido de aquel *cul-de-sac* de geografía, historia y drogas, sin que ningún gobierno hubiera podido controlar la capacidad de desaparecer de aquellas tribus montañeras, de pronto desplazadas en función de sus intereses.

—De cara al turismo han construido el imaginario de miles y miles de putas adolescentes, concentradas sobre todo en Bangkok, pero te las encuentras en cualquier centro turístico. El norte es la alternativa. El norte es la realidad de la corrupción pactada, y todo lo demás, la escenificación de una convivencia con reyes y militares, sobre todo militares fácilmente enriquecidos. El Imperio norteamericano necesitaba aliados incondicionales, al precio que fuera. Una vez le dijeron a Roosevelt que su hombre fuerte en Nicaragua, el general Somoza, era un hijo de puta. «Sí —contestó Roosevelt—, pero es nuestro hijo de puta.»

La cabeza de Biscuter asentía a todo lo que Carvalho decía, sobre todo cuando adoptaba maneras didácticas incluidas en el precio del viaje. Los atletas tailandeses apenas se movían, tal vez para no poner en peligro la estabilidad del avión. En cambio, dos o tres directivos o entrenadores habían iniciado una ronda de mekong, el whisky tailandés, que hicieron extensiva al resto del pasaje con excepción de los atletas, pura musculatura patriótica. Carvalho y Biscuter aceptaron, pero el matrimonio chino rechazó la oferta con más contundencia que amabilidad.

—En Chiang Mai hay que estar el menor tiempo posible. Me gustaría sorprender el norte, llegar a donde no dejan llegar.

—Yo estoy dispuesto a todo, jefe.

El responsable de la expedición atlética les regaló unos pases para que ese mismo día pudieran presenciar durante la cena una exhibición de lucha tailandesa, algo parecido a un combate de boxeo pero en el que se podían dar patadas y los espectadores podían beber mekong, a juzgar por cómo agitaba tentadoramente la botella casi vacía ante los ojos de sus invitados. Entre los diarios que repartieron en el Fokker figuraban algunos ejemplares de una edición inglesa del japonés *Asahi Shimbun*, donde constaban los planes bélicos de Estados Unidos y el Reino Unido contra Iraq, uno de los países componentes del *eje del mal*, otra vez la reencarnación de la ciudad del diablo enfrentada a la ciudad de Dios dentro de la simbología religiosa aplicada por Estados Unidos después de la destrucción de las Torres Gemelas de Nueva York.

—¿A qué te suena *justicia infinita* o *libertad duradera*?

—¿Qué es eso?

—Los nombres sucesivos que el presidente Bush ha aplicado a su lucha contra el terrorismo internacional.

—A cosa india. Me suena a cosa india, pero no de esos indios a los que acabamos de dejar, sino a los del Oeste, a los del Far West. Yo me imagino al jefe de los apaches pidiendo al jefe del Séptimo de Caballería justicia infinita o libertad duradera.

—Son metáforas tan artificialmente relacionadas con la intención real que representan que no te dicen nada. El derribo de las Torres de Nueva York le ha aportado al sistema la coartada para enseñar toda su capacidad de pánico y de brutalidad. Pero imagínate que estalla una guerra a causa de Iraq mientras estamos de viaje.

—Menos mal que nos alejamos de allí.

—Pero todo el universo es el territorio de empeños tan absolutos como libertad duradera o justicia infinita.

—Dos pasadas, jefe. No sé qué les ocurre a los norteamericanos, con las buenas películas que hacían, que todavía hacen, y todo lo que han inventado para la salud y cómo operan del corazón en Houston y al tenor Carreras en Seattle.

Nada más llegar al hotel, el mismo de los viajes anteriores, el Chiang Mai Inn, discutieron qué hacer y sobre todo si el viaje hacia el norte, hacia el país de la memoria de Carvalho, lo hacían ya al día siguiente o esperaban un tiempo para situarse en la ciudad. Biscuter exhibía los folletines publicitarios del hotel e insistía sobre todo en visitar un lugar habitado por elefantes, algo así como un país de paquidermos domesticados donde los había de todas las edades y los pequeñitos se comían los plátanos en la mano de los turistas.

—En realidad se los quitan de las manos. Si hay un chorizo rápido en este mundo es la cría de elefante cuando ve un plátano, esté donde esté.

Todas las ofertas de viajar hacia el norte incluían poblados de diferentes etnias, artesanías, orquídeas, elefantes, y cuando Carvalho les hablaba del Triángulo del Oro le señalaban con la punta del dedo el lugar más lejano de donde llegaba la expedición en torno a Chiang Mai.

—¿Se pueden ver ahora las explotaciones de droga? ¿Las fábricas de cocaína y heroína? ¿De opio? ¿De anfetaminas?

El recepcionista pensaba que Carvalho estaba loco, pero no perdió en ningún momento la sonrisa hierática.

—Todo eso es tan fácil verlo aquí como en Europa. ¿Hay en Europa alguna ruta turística de la anfetamina o de la heroína?

—No. Tiene usted razón, pero en Europa se consumen, sobre todo, y ustedes las producen.

Las excursiones reglamentadas por los hoteles y las agencias tenían un límite: te instalaban muy cerca del meollo del Triángulo del Oro y sólo veías vegetación y podías tramar tus estrategias mentales. Para encontrar drogas no hacía falta ir a donde las elaboraban, en Chiang Mai era más fácil.

—No quiero tomar drogas. Casi no me interesa lo que veo y mucho menos lo que no veo y he de imaginar.

—Otra cosa es que usted monte la excursión por su cuenta con un chófer más o menos mafioso que lo llevará a donde desee. Pero tal vez no vuelva.

Mientras decidían qué hacer, pensaron que aprovechar la invitación para la cena y la lucha tailandesa era la fórmula más barata de ganar tiempo. Carvalho apenas tenía recuerdos de su primer viaje a Chiang Mai, salvo el del niño cantante de una nana francesa, un niño que ahora tendría treinta y cuatro o treinta y cinco años. Todavía menos del segundo viaje, tal vez por lo intensa que había sido su vida en Bangkok y el onanista viaje a Koh Samui.

—Es curioso. El segundo viaje fue un fracaso total. Venía a buscar a una mujer a la que, en el fondo, no quería encontrar, porque en realidad yo escapaba de la obligación de descubrir a una asesina, una desgraciada lesbiana que se lo debía todo a sí misma. Así dicho parece un sarcasmo. Me pasé todo el viaje fascinado por los miles, millones de pájaros que sobrevuelan Bangkok al atardecer, y no obtuve su nombre hasta mi vuelta, poco antes de mi regreso a Barcelona. ¿Sabes de qué pájaros se trataba?

—Lo sé, jefe, porque en veinte años me lo ha contado usted dos mil veces. Pero me gusta que me lo diga. Me gusta que los pájaros que no supo distinguir sean tan comunes.

—Golondrinas, Biscuter, tal como suena, golondrinas.

Era un aviso del final de la capacidad de sorpresa. No ya del final de la aventura, sino incluso de la sorpresa.

En el centro, un recinto en el que la techumbre de madera y paja descansaba en columnatas eficaces de cañas de bambú, donde los colores conseguían ser casi infinitos en las flores y en el vestuario de las mujeres, se alzaba el cuadrilátero para la lucha libre. Podían comer al mismo tiempo porque las sillas, que todavía olían a la paja verde de los asientos nuevos, disponían de una mesa adosada donde cabía un plato combinado de especialidades tailandesas y un vaso de caña repleto de algo más afrutado que alcoholizado. Carvalho recordaba la agresividad de la cocina tailandesa, emparentada con la de la China del sur pero muchísimo más picante y acentuada siempre la intensidad de los sabores. Podías añadirte la salsa de *nam pla*, lo más parecido que había al *garum* original latino, obtenido por la putrefacción de pescados y la obtención de un intenso líquido sazonador. La bandeja contenía un bol lleno de arroz rodeado de cinco recipientes más pequeños con curry de cordero, legumbres especiadas, otro curry de cabeza de cerdo y camarones agridulces, asesinados con una sobredosis de jengibre. La intensidad de los sabores obligaba a beber, sobre todo cerveza, y después el mekong helado, suave pero conquistador de las neuronas hasta que se iban con otro. Sus compañeros de vuelo ya estaban sobre el cuadrilátero saludándose y saludándolos. Minutos después empezaron a darse patadas dentro de un ballet muy estudiado en el que los puños inducían al cuerpo a cuerpo y los pies entraban en juego con una contundencia inesperada, decisiva, con vocación de daño y desprecio.

Las excursiones al norte tenían como atractivo principal no ver lo que sabías que estaba allí, el llamado Triángulo del Oro o del Opio, un territorio tan probable como invisible, como una aura tendida por encima de las fronteras de Birmania, Tailandia y Laos. El Triángulo era el enunciado de lo prohibido, como si el opio, la morfina o la heroína fueran fantasmas, sueños o tópicos. El turista había pagado un precio por el morbo de pisar el Triángulo del Opio, pero el pacto sellado entre productores y el gobierno consistía en que, a ser posible, jamás el turista viera ni una adormidera y se dejara ganar por el candor de aquellas reservas étnicas, por las excelencias del mercado artesanal y la belleza de una zona tropical montuosa. Detrás de cada corrupción había una trama en la que participaban militares, los verdaderos vertebradores del reino de Tailandia, conocida como «el país de los hombres libres» porque no había padecido ocupación militar extranjera, pero sí estaba experimentando la presión demográfica de la población de origen chino que controlaba el ochenta por ciento del comercio, incluido el opio y derivados.

En cambio recordaba la primera visita, 1972, quizá 1973, cuando había recorrido los campos de adormideras y fumado aquella aproximación publicitaria al cigarro prohibido, mientras en primer plano el niño meho cantaba *Frère Jacques* y contagiaba de ingenuidad los campos de la droga y las industrias y los comercios consecuentes. Las familias trabajaban unidas en la recolección del opio, en hacer las incisiones requeridas para que soltara su savia; luego hervían la cosecha en agua para eliminar impurezas y formaban paquetes de opio de kilo que pasaban a los chinos haw, al norte del norte del Triángulo del Oro, que eran los responsables de los procesos posteriores. Durante la primera visita de Carvalho, un uno por ciento de la población thai era drogadicta, y pudo contemplar las difíciles condiciones de vida, terapia y muerte aplicadas en un país subdesarrollado. Las excelentes relaciones entre los gobiernos norteamericano y tailandés significaban una política de tolerancia con el Triángulo del Oro, su industria y su comercio, a cambio, se decía, de que los oficiales norteamericanos combatientes en Vietnam practicaran el reposo del guerrero con las putas de Bangkok o Singapur. La policía antinarcotráfico de Estados Unidos, la DEA, estaba en condiciones de asfixiar al máximo la cantidad de mercancía que iría a parar al mercado norteamericano. ¿Y a los otros? Tanto en 1972 como en 1982, los hoteles estaban llenos de agentes de la CIA y de la DEA, en aquella retaguardia lúdica y sexual de la guerra del Vietnam primero y del definitivo cerco al comunismo realmente existente en años en que se fraguaba su caída. Los expertos norteamericanos en la represión de la droga actuaban en el Triángulo del Oro entre la servidumbre y la fascinación.

El hotel puso a su disposición un Range Rover dentro del cual dormitaba el que iba a ser a su chófer. Nada más abrir los ojos por el zarandeo del recepcionista, el vietnamita Bao Dai saltó al suelo y cuchicheó con el empleado, pero lo hacía en un tono de voz altísimo desde la evidencia de que no iban a ser entendidos. El recepcionista los informó de que oponía reparos a la pretensión de llegar hasta los cultivos de adormideras, e imposible ya el acceso a las zonas de elaboración.

Eso te costaba la vida, nadie sabría quién te la habría quitado y no se recuperaría jamás tu cadáver.

—Sólo adormideras.

Esta vez le contestó Bao Dai:

—No siempre se pueden garantizar. A veces hay problemas y controlan todas las entradas.

—Finalmente me conformaría con encontrar a un niño de 1972, que ahora tendrá treinta y cuatro o treinta y cinco años.

Biscuter insistió en que para él era tan imprescindible el ex niño cantor como los elefantes, fáciles de ver en pleno trabajo a cincuenta kilómetros de Chiang Mai, o en plena limpieza en un río, rodeados de sus crías y de vendedores de reproducciones del animal en maderas preciosas. «Preciosas», insistió Bao Dai. Por allí estaban las crías a la caza del plátano turístico, moviéndose con una gracilidad infantil y una seguridad adulta entre los corrillos de turistas inmediatamente desplatanados. En el camino que llevaba al riachuelo donde los elefantes se refrescaban entre carga y descarga de troncos, se habían instalado mercadillos de artesanías, y los dedos de Biscuter se pusieron blandos en torno a una talla de elefante tan bella por el diseño como por la calidad de la madera. Se lanzó a la batalla del descuento hasta que comprendió que no litigaba con la flexibilidad indispensable en un nativo, sino con una extraña pareja de sesentones occidentales vestidos de hippies, como escapados de alguna reserva de marginados cultos de aquella década prodigiosa de los sesenta o como especie protegida para que los pobladores del siglo XXI supieran a qué atenerse sobre cómo habían sido los anarquistas utópicos y cultos que habían tratado de cambiar el sistema mediante el amor libre y la supresión del sillón patriarcal, aunque lo hubiera diseñado el mismísimo Charles Eames. De pronto, aquella ya vieja Ofelia artesana, diríase que cubierta de nenúfares, rescatada de la muerte en el agua, observó a su pareja y juntos miraron a Biscuter como preguntándole por qué los trataba como a nativos sin reparar en el esplendor del trabajo. Dejó de regatear y aceptó el segundo precio propuesto por aquellos tallistas fugitivos de sus terrores de adolescencia. Todos los plátanos que Biscuter y Carvalho compraron fueron aspirados por las trompas de ágiles elefantes en fase prelógica y con vocación de carteristas, y Carvalho tuvo que pedir ayuda a Bao Dai para que Biscuter escapara de ser robado por toda la camada infantil de paquidermos, que sin duda recordarían toda la vida aquel día en que un especialista en salsas y sopas francesas los sació de plátanos, siempre de los más caros.

—En Surin, hacia el nordeste, en el mes de noviembre se celebran fiestas protagonizadas por los elefantes, incluso combates de guerreros que montan sobre esas bestias. Podrían quedarse. No falta tanto.

Superaron la fiebre del elefante, aunque Biscuter todavía una hora después reflexionaba sobre lo imposible o lo posible de la adopción y domesticación de un animal así en una casa con jardín, naturalmente, o en el futuro, en un planeta donde el concepto de tierra y naturaleza superara la necesidad del aprovechamiento de la fuerza de trabajo animal, incluido el del hombre. El paisaje iba imponiendo bosques de maderas duras y solemnes, las que requerían el trabajo de carga y arrastre del elefante. Por encima de la línea del cielo de las selvas, los montaraces campos y bancales para el tabaco, el té, las fresas y el *lamyai*, un exquisito fruto que el chófer les hizo probar. Las manos de Bao Dai acariciaban las lejanías donde crecían melocotones, ciruelas, manzanas y una explosión de flores silvestres presididas por orquídeas nacidas en libertad o gladiolos igualmente libres en la naturaleza libre. Aunque la carretera nacional conducía a Chiang Rai, casi punto de encuentro de las fronteras de Laos, Tailandia y Birmania, Bao Dai —¿qué le recordaba ese nombre a Carvalho?— se iba metiendo por carreteras menores y les guiñaba el ojo como si les estuviera indicando la proximidad de los cultivos prohibidos. A Carvalho le fue difícil reconocer los poblados mehos de sus primeros viajes, no porque hubieran prosperado algo, sino porque todos se parecían, repentinos en breves calveros de la selva montañosa.

—En todos ellos, las artesanías mejores de Tailandia, pero no traten mal a los vendedores —les advirtió, temeroso—. Esta gente no es como la de Bangkok, que vive gracias al turismo y todo lo demás. Esta gente de aquí son algo racistas, tanto los mehos como los karen, y se consideran la otra cara de Tailandia.

—¿Y los que viven directa o indirectamente de la droga?

—Es el producto que más les piden y el que les pagan mejor. Nadie les ha dado un cultivo alternativo equivalente. Se intentó con el algodón, pero no puede competir con la adormidera.

Guiados por Bao Dai, comieron en una fonda de carretera una sopa de arroz con carne y huevo, carne al curry acompañada de unos pimientos que hacían llorar como sólo se llora ante la muerte de un ser querido, una balsámica crema de nuez de coco, tés servidos helados con flores y el inevitable mekong. Se le escapó un regüeldo a Biscuter, sacó más tripita que pecho y, enmarcando con sus brazos el fragmento de paisaje que tenía enfrente, exclamó:

—¡La Tierra! ¡Viva la Tierra!

En veinte años poco habían cambiado los poblados a ojos del viajero de paso. Las mismas mujeres vestidas con trajes típicos tratando de vender pipas de latón o de madera, para fumar tabaco o estupefacientes, pipas estilete y pipas profundas, artesanas, baratas. Mujeres, niños bellísimos que seguían pareciéndole pintados al esmalte, y cerdos negros y pequeños que andaban sueltos por las calles de tierra roja. Carvalho creyó reconocer un poblado y empezó a preguntar a las gentes si, años atrás, muchos años atrás, cultivaban allí mismo la adormidera y si habían conocido a un chiquillo que cantaba una nana francesa. Era Biscuter quien la tarareaba, y provocaba más de una vez ataques de risa excesivos, casi crispados, y algún recuerdo de los más viejos del lugar, en el que todavía quedaban misioneros católicos franceses, llegados en el pasado desde Laos, Camboya o Vietnam, aunque ya no tenían la importancia que habían tenido todavía en los años de transición, los sesenta y primera parte de la década de los setenta. Ahora, entre las religiones extranjeras predominaban las sectas cristianas evangélicas, y no, nadie recordaba a un niño cantando una nana francesa. Carvalho memorizó de pronto que en el segundo viaje otro niño, tal vez algo más crecidito, había cantado *Sur le pont d'Avignon,* prueba evidente de que o había cambiado el misionero o había cambiado de repertorio. Bao Dai, Bao Dai.

—Tiene usted nombre de emperador, pero no de emperador de Tailandia, sino de Vietnam. Fue el último rey de Vietnam antes de la generalización de la lucha del vietcong contra la dominación extranjera.

Maravilladamente sorprendido por el conocimiento de Carvalho sobre la historia del sureste asiático, Bao Dai no evitó una valorativa exclamación.

—Mi padre era un admirador de Bao Dai porque era monárquico pero también moderno, y Bao Dai fue un renovador protegido por los franceses, pero en cuanto éstos se retiraron, se encontró demasiado débil para hacer frente a la guerra contra el vietcong y a la influencia norteamericana.

—Biscuter, es como si tu padre te hubiera puesto Alfonso XIII en homenaje a un rey desbordado primero por los republicanos y luego por sus iniciales aliados, los franquistas.

—Mi padre no era partidario del *cametes.* En realidad, no lo conocí. Después de la guerra nos escondimos en Andorra, más tarde él se marchó a América y nunca más se supo.

Daban por concluida su visita al último poblado cuando un niño empezó a correr tras ellos y habló con el chófer con mucha ansiedad, luego con acaloramiento y finalmente Bao Dai les transmitió que aquél era el niño que cantaba la nana. O era un caso prodigioso de conservación o era una mentira o Bao Dai no había entendido la información.

—Quiere decir que su tío era el niño que cantaba *Frère Jacques* hace treinta años. Trabaja en las montañas y regresa cada tres días. Hoy le toca volver a casa.

Carvalho estaba tan dispuesto a comprobar los efectos de las nanas francesas sobre los indígenas del Triángulo del Oro que, sin pactarlo con Biscuter, esperarían el tiempo que fuera necesario, y se sentó en un montículo de tierra que servía de base al esplendor de poderosas matas de soja. Biscuter siguió persiguiendo y palpando artesanías, aunque sólo se compró una diminuta pipa de estaño artificialmente envejecido que parecía haber fumado algo no excesivamente conocido.

Bao Dai especulaba sobre la posibilidad de quedarse a dormir por allí si es que insistían en su propósito de acercarse todavía más a «lo que no se veía ni se podía ver». El anuncio de fracaso había sido muy poético, pero el chófer aclaró que no eran los primeros extranjeros que llegaban con el propósito de conocer los laboratorios clandestinos de droga, los campos de cultivo y las rutas y los sistemas de expedición. Los que lo conseguían y volvían era porque habían recibido permisos en Bangkok, e incluso volado hasta los lugares prohibidos en avionetas oficiales, acompañados de militares tailandeses o de agentes de la DEA. Durante cuarenta años, la memoria colectiva acumulaba tantos desaparecidos como viajeros habían intentado romper el cerco invisible del no menos invisible *emporium* de la droga.

—Tal vez con veinte años menos, jefe.

—Es que nunca volveré aquí. Tú, no sé, pero yo sé que nunca volveré.

—Y aunque volviera, jefe, se quedaría igual in albis. Sólo vemos lo que ellos quieren que veamos. ¿No lo comentaba usted así durante las guerras del Golfo o la de Yugoslavia? Jamás se filtró una imagen que acusara a los vencedores, ni siquiera se vio a los héroes del Imperio del Bien heridos o muertos. Y todo estaba, como quien dice, retransmitido en directo. Los bombardeos sobre Iraq quedaban como puntos luminosos, pero nunca se vieron los muertos de verdad. Todas las destrucciones de las guerras yugoslavas eran producto de la maldad serbia, ni una fue mostrada como consecuencia de los bombardeos norteamericanos o ingleses. Recuerdo sus comentarios, jefe. Usted nunca fue James Bond y tampoco lo es ahora. Sólo en las películas de James Bond el chico, e incluso su amigo, pueden entrar en los laboratorios de la droga. Aquí, ahora, sólo se puede escoger entre que te maten por intentar ver esos supuestos laboratorios sin ninguna garantía de verlos o dejar hacer, dejar pasar droga tras un cálculo de tus fuerzas frente a las que manejan la industria y el comercio de todo el tinglado.

Ya oscurecía cuando, entre la primera penumbra y la última reverberación de un poniente que se caía tras las montañas, vieron una polvareda suave que acompañaba la circulación de camiones medianos que bajaban por rutas forestales. Uno se quedó en el poblado mientras los otros proseguían una singladura que parecía rutinaria. Del camión detenido bajaron una treintena de hombres con diferentes maneras de caminar, ya que desde la distancia en la que permanecían era difícil apreciar las edades. Uno de aquellos hombres sería el treintañero que en su infancia cantaba en francés para recibir las propinas de los turistas, del propio Carvalho, un niño de cara de porcelana bajo un sombrero hexagonal de colores y con unas manitas de diseño con las que componía una sumaria almohada sobre la que apoyar la cabeza.

> *Frère Jacques, frère Jacques,*
> *dormez-vous? Dormez-vous?*
> *Sonnent les matines,*
> *sonnent les matines.*
> *ding, dang, dong,*
> *ding, dang, dong.*

Pero del supuesto niño encantador y afrancesado no había ni rastro por más que Bao Dai diera vueltas por el poblado renovando sus preguntas y mereciendo silencios por casi toda respuesta. Por fin ya había caído la noche como una inapelable cúpula sin estrellas y Bao Dai encendió los faros del Range Rover para crear una zona de luz y recordar la presencia de los que estaban esperando.

—Nos vamos, si no viene dentro de...

Pero venía. Tiraba de él su sobrino, capaz de conducir con su pequeña mano la manaza del campesino desproporcionada con respecto al tamaño de su cuerpo fuerte pero delgado. Achinó algo más los ojos el hombre para manifestar perplejidad y trató de impedir que el niño siguiera hablándole a Bao Dai mediante el procedimiento de poner una mano blanda sobre los labios. El chófer señalaba a los dos occidentales y le gritaba más que le hablaba, sin merecer otra respuesta que un silencio que parecía despectivo. Biscuter se puso a cantar la nana en francés y el hombre volvió hacia él la cabeza, meditativo:

—¿Sabe usted francés?

No entendía la pregunta que Carvalho le estaba haciendo precisamente en francés y Bao Dai se la tradujo: «No, no sabía.»

—¿Entonces, cómo es que lo cantaba cuando era un niño de cuatro años?

Se quedó en la duda de contestar con el silencio o con palabras y finalmente habló pausadamente a Bao Dai, aunque mirando cara a cara a sus visitantes. Les habían enseñado algunas canciones en francés, pero no francés. No hubo tiempo. El misionero se fue y él siguió cantando la nana a los turistas hasta los diez años. Entonces ya era demasiado mayor para inspirar ternuras y propinas, y su madre no pudo impedir que el padre empezara a llevárselo para trabajar en el campo. Había sido el oficio de sus antepasados y sería también el suyo. Le preguntó Carvalho si sabía otras canciones francesas y apenas recordaba fragmentos de *Les sabots d'Helene* o de *Malbrough s'en va-t-en guèrre*. Pero no entendía lo que cantaba.

—¿Tampoco entonces? ¿Tampoco entendía la nana? ¿No sabía que estaba cantando una nana?

Sí. Les habían dicho que era una canción para dormir niños franceses. No recordaba qué quería decir la letra, pero entendía que la música era muy tierna y delicada y que lo ayudaba a imaginar cómo sería Francia y el mundo donde vivían los niños a quienes cantaban aquellas canciones. Luego escogió quedarse en el poblado y no emigrar a Chiang Mai, Bangkok o quién sabe dónde.

—Pregúntele adónde le hubiera gustado ir.

Tenía la respuesta al borde de los labios: a Singapur o a Australia.

—¿A Estados Unidos, no? ¿A Norteamérica?

Se echó a reír. Norteamérica estaba en muchos sitios menos en Tailandia y a veces Norteamérica tampoco estaba en Norteamérica. Por encargo de Biscuter, Bao Dai le preguntó al niño si sabía cantar alguna cosa en francés, pero no, no sabía. Tampoco en inglés, pero sí en su lengua nativa dialectal que Bao Dai no conocía del todo bien. Y cantó en la noche, treinta años después que su tío, a manera de reflectores teatrales los faros del Range Rover. Decía más o menos la canción que cuando llueven se mojan las flores pero no el caracol, se mojan los caminos pero no el caracol, se mojan los niños pero no el caracol, porque el caracol es listo y tiene la casita dentro de sí mismo. Hasta que se fuera a cultivar adormideras como su tío, al niño le transmitirían una educación en la que la mismidad, sea de los caracoles, sea de los niños, los pone a salvo, al menos de la lluvia. Carvalho le dio una propina al cantante y el tío la rechazó hasta tres veces.

—Dígale que se la damos para que el niño empiece a preparar su viaje a Singapur cuando sea un muchacho.

Aceptó entonces la propuesta el tío y, tras los saludos, desanduvieron tío y sobrino el camino y las luces del coche permitían ver cómo el niño saltaba cogido de la mano del hombre, que avanzaba como quien no tiene ninguna posibilidad de cambiar de rumbo. Tras un intercambio de cansancios, Biscuter y Carvalho llegaron a la conclusión de que ya se enterarían algún día de lo que se cocía entre cincuenta y cien kilómetros más arriba, e incluso Biscuter apostó por la televisión autonómica de Cataluña como el medio más adecuado para enterarse de todo.

—Les encanta hablar de estas cosas. Le escribiré al que maneja todo eso y le explicaré lo que nos ha pasado, a ver si pone en marcha una película, un reportaje.

Les urgía el regreso a Bangkok después de un día completo en el que habían visto elefantes y recuperado treinta años después una emoción que ya conllevaba un anuncio de fracaso: la distancia que había entre el proyecto de un niño meho con posibilidades de ser una vedette del Olympia de París y el recurso de convertirse en un cultivador clandestino de opio. De la misma manera, ejemplificó Biscuter, que hay una distancia entre lo mítico y lo real.

—Ya le pasó a usted en Samarkanda, ¿recuerda?

Cada cual tumbado en su asiento, no tardaron en dormirse a pesar de los socavones de las carreteras mal asfaltadas que conducían a la nacional. Notaron el cambio de pavimento y se adhirieron al sueño como una cinta aislante, hasta que de pronto surgió ante Carvalho una figura convocada a la que inmediatamente llamó Charoen, porque ése era el nombre del inspector tailandés que había secundado su búsqueda de Teresa Marsé en 1982. Cínico y lúcido, funcionario y crítico, el Charoen del sueño no hacía demasiado caso a Carvalho, como si se mostrara en desacuerdo con su retorno a Tailandia. ¿Qué buscaba ahora? ¿Drogadictos? ¿Generales corruptos? ¿Comunistas? ¿Blancas fugitivas del tedio de los países ricos? ¿Capos de la mafia vinculados al Triángulo del Oro? ¿Putillas tailandesas adolescentes? ¿Agentes del ejército de ocupación universal norteamericano? Con respecto a su viaje anterior sólo había una calamidad importante que añadir: los enfermos de Sida, que recibían tratamiento en establecimientos muy parecidos a los que hace veinte años se empleaban para los drogadictos. Comunistas ya no quedaban, ni siquiera en las selvas de las fronteras con Birmania. En cambio, la especie de los generales corruptos no había desaparecido y todo lo miserable se sucedía a sí mismo. En vano Carvalho trataba de contarle que esta vez no tenía nada importante que buscar, que incluso se había permitido el lujo de indagar el paradero de un niño que a comienzos de los años setenta le había cantado una nana francesa. Charoen seguía dándole la espalda y de pronto se volvía para agredirlo, a lo que Carvalho sólo era capaz de oponer un puñetazo blando que se deshacía en el aire. El policía acusaba indeterminadamente con un dedo: «Media Tailandia lucha contra la heroína y otra media la fomenta, desde lo más alto del poder hasta el último intermediario. Un general mete en la cárcel a los traficantes y otro general los saca porque él dirige el tráfico. ¿Comprende?»

Se despertó indignado con Charoen y consigo mismo, hasta que descubrió que todo había sido un sueño y que, a la luz muy incipiente del amanecer, Chiang Mai era una línea en el cielo de barrios dormitorio y templos dedicados a Buda, a qué Buda no importaba, si al de Oro o al de Esmeraldas. Ya en los viajes anteriores había descubierto su insensibilidad ante la arquitectura religiosa budista tailandesa si estaba en perfecto estado y en uso religioso convencional. Le parecían edificaciones sensacionalistas de policromía excesiva y de un figurativismo naïf, festivo, de falla valenciana, como las de la India. Cuando se convertían en ruinas grises, sin policromía, eran bellísimas.

Biscuter también se despertó y le preguntó qué podían hacer en Chiang Mai que no pudieran hacer en Bangkok.

—Ir de Chiang Mai a Bangkok, por ejemplo.

—Obvio.

—Hay barrios de artesanos, de ebanistas de la teca, de plateros, muy buenos, muy asiáticos. También se puede visitar un mercado de noche y allí comprar lacas, puros birmanos que parecen aquellos cigarrillos de herboristería que fumábamos los niños en España después de la guerra, juguetes para niños muy bonitos, de madera. Y mujeres casi blancas, del mismo origen, en torno a Lampang, las putillas más apreciadas tanto en Chiang Mai como en Bangkok.

Biscuter callaba y al llegar al hotel pagó con su dinero a Bao Dai, a pesar de las protestas de Carvalho.

—Lo invito a niño meho cantando nanas francesas.

A Carvalho le quedaba sueño arrinconado en el cerebro o tal vez sólo entre ceja y ceja. Si no dormía, sería sodomizado por la melancolía y la tristeza que había acumulado durante el viaje al Triángulo del Oro. Biscuter, en cambio, quería bañarse en la piscina y desayunar, dijo, como un rey, como un rey extranjero, y luego tomar el primer avión hacia Bangkok.